Niko Mahle

DAS ROSENKREUZER KOMPLOTT

VERRAI-VERLAG
Stuttgart

Impressum

Bibliografische Information der
Deutschen Nationalbibliothek:

Die Deutsche Nationalbibliothek verzeichnet diese
Publikation in der Deutschen Nationalbibliografie;
detaillierte bibliografische Daten sind im Internet über
http://dnb.d-nb.de abrufbar.

1. Auflage: Juli 2020

https://verrai-verlag.de

Lektorat: ***text & geschick***, Wiesbaden

Umschlaggestaltung:
ehrle studios Werbeagentur GmbH

Bildquellen Titelbild:
Radmila/Shutterstock.com
Nata-Lia/Shutterstock.com
paulista/Shutterstock.com
oksana2010/Shutterstock.com
tichr/Shutterstock.com
Eric Isselee/Shutterstock.com
Raggedstone/Shutterstock.com

Printed in Germany
ISBN 978-3-948342-13-5

Niko Mahle

Jahrgang 1980, lebt seit einigen Jahren gemeinsam mit seiner Frau im Herzen Stuttgarts. Er hat Wirtschaftsinformatik studiert und arbeitet als IT-Führungskraft für ein mittelständisches Stuttgarter Unternehmen. Neben Informatik interessiert er sich für Sport, Fremdsprachen, Serienstreaming, Computerspiele, Musik, Kultur – und er liebt Spannungsliteratur aus den Bereichen Thriller, Horror und Science Fiction.

„Das Rosenkreuzer Komplott" ist sein erster Roman.

1

Ihr Herz hämmerte vor Aufregung wie wild, ihr Atem ging schnell, aber nicht unkontrolliert. Mit ruhigen, doch flinken Fingern zog Vicky routiniert das Gummiband des Türrahmens ab und fuhr mit dem Bügelhaken in den Innenraum des Autos.

Fast blind durch die Dunkelheit, der alte Mercedes stand etwas abseits der Straßenbeleuchtung, musste sie jetzt nur noch den Türgriff erwischen. Von ihrer durchnässten Kapuze tropfte der kalte Regen unablässig in ihr Gesicht. Als sie die Verriegelung mit dem Haken erreichte, spürte sie ein wärmendes, fast erregendes Gefühl.

Klack.

Der Wagen war offen.

Schnell rutschte sie auf den Beifahrersitz und schloss leise die Tür. Ein kurzer, routinierter Blick in alle Richtungen, doch niemand war zu sehen.

Sie schob sich die nassen Strähnen hinter das rechte Ohr und durchsuchte das Auto systematisch nach Beute, öffnete das Handschuhfach und schloss es sofort wieder, weil das Licht sie nervös machte. Das Navi zog sie trotzdem heraus. Sie drehte sich um und tastete über die Rückbank. Ihre Finger erspürten eine Lederjacke und eine Umhängetasche.

Das könnte endlich der erhoffte Volltreffer sein.

Nach den vier geknackten Autos zuvor dachte sie schon, das Glück hätte sie komplett verlassen.

Plötzlich wurde sie von einem Geräusch abgelenkt. Dann ein Schatten. Vor dem Auto bewegte sich etwas. Etwas Neongelbes. In einigen Metern Entfernung tappte ein merkwürdig leuchtendes Tier über die verkehrsberuhigte Anwohnerstraße. Vicky runzelte die Stirn. In Gedanken ging sie den heutigen Tag durch. Bevor sie gegen 23 Uhr mit ihrer Tour begonnen hatte, war sie, bis auf ein paar Bier und einen Wodka Sour, brav gewesen. Keine härteren Drogen und schon gar keine, die zu Halluzinationen führten.

Neugierig und zugleich fasziniert betrachtete sie das merkwürdige Wesen. War das eine Ratte? Eine neongelbe Ratte? Oder spielten der Regen auf der Windschutzscheibe und das diffuse Laternenlicht ihr einen Streich?

Sie steckte das Navi in ihren Rucksack, packte die Lederjacke und die Umhängetasche vom Rücksitz und stieg rasch aus dem Auto. Geduckt und so lautlos wie möglich schlich sie um den schwarzen Wagen herum und blieb vor dem Tier stehen. Jetzt sah sie es klar und deutlich vor sich. Das Fell war tatsächlich leuchtend gelb. Vicky schaute sich um. Weit und breit niemand zu sehen. Außer dem Wind, dem Regen und dem üblichen nächtlichen Stadtlärm Stuttgarts war nichts zu hören.

Die merkwürdige Ratte lief plötzlich los.

Vicky folgte ihr einige Schritte, bis das Tier zwei Häuser weiter um die Ecke huschte und durch die Gitterstäbe eines großen Stahltors in der Dunkelheit verschwand.

Als Vicky die Augen öffnete, erblickte sie Nesra, die so laut schnarchte, dass Vicky dachte, ihr Kopf würde gleich platzen.

„Guten Morgen, Vic!“, hörte sie eine angenehme Stimme leise flüstern. Ehe ihre Synapsen die Stimme mit Luke in Verbindung brachten, sah sie, wie er seinen durchtrainierten Oberkörper aufrichtete. Er grinste sie über seine schlafende Freundin hinweg an:

„Heilige Scheiße, was für eine Nacht“, schüttelte er ungläubig seine schwarzen Haare. „Ich mache erst mal Kaffee.“

Vicky sagte nichts, sondern sah ihn bloß an. Während sie noch mit ihren Kopfschmerzen kämpfte, war Luke auch schon in der Küche verschwunden. Während sie vorsichtig ihren Kopf hin und her bewegte, kamen langsam die Erinnerungen an den letzten Abend zurück.

Nach ihrem fünften und letzten Bruch (und der seltsamen Begegnung mit einer neongelben Ratte) war sie gegen 2 Uhr nachts zu Drago in den Club zurückgekehrt. Mit dem Mercedes hatte sie endlich Glück gehabt. In der Umhängetasche war ein Apple-Laptop, den sie zusammen mit der erbeuteten Jacke, dem Navi und einigen anderen Dingen direkt bei Drago ablieferte. Sie hatte damit nicht nur ihren Deckel der letzten Tage begleichen können, sondern noch 400 Euro gutgemacht. Die Kohle wurde natürlich gleich wieder in Rauschmittel investiert.

Drago war nicht nur der Besitzer des berüchtigtsten Underground-Clubs Stuttgarts, dem „Ocsid", sondern auch Boss eines Syndikats, das in Stuttgart und Umgebung die organisierte Kriminalität unter Kontrolle hatte.

Vicky hatte Luke und Nesra nach ihrer Tour wie jeden Samstag im VIP-Bereich des Ocsids, dem Nox Room, getroffen, so viel wusste sie noch. Aber dann verschwammen die Erinnerungen. Kein Grund zur Sorge: Sie hatte sich an den Filmriss nach solchen Nächten gewöhnt.

Mit schmerzverzerrtem Gesicht griff sie sich mit beiden Händen an die Schläfen. Auf das unerträgliche Pochen hätte sie allerdings liebend gern verzichtet.

Der Geruch von frischem Kaffee brachte Vicky in das Hier und Jetzt zurück.

Sie hörte das Klirren der Kaffeetassen, die Luke aus dem Schrank zog. Nackt stieg sie aus dem übergroßen, von Luke und Nesra so geliebten Wasserbett.

Sie sammelte ihre verstreut auf dem Boden liegenden Kleider auf, zog sich an und ging in die offene Küche. Luke saß wie üblich in Boxershorts am Küchentisch, schlürfte vorsichtig den heißen Kaffee und starrte wie hypnotisiert auf sein iPhone.

Auf dem Tisch stand eine Tasse mit dampfendem Kaffee. Daneben lagen Kopfschmerztabletten. Typisches Katerfrühstück.

„Schau mal Vic, war krass gestern", sagte Luke, ohne aufzublicken und hielt Vicky ein Foto hin. Es zeigte die drei im Ocsid an der Bar. Nesra und Vicky küssten sich heiß und leidenschaftlich und Luke umfasste dabei von hinten Vickys Brüste. Er grinste dabei äußerst zufrieden in die Kamera.

Vicky schüttelte unwillig den Kopf. Immer diese Fotos. Sie wollte nur eins, die Kopfschmerzen besiegen. Sie nahm sich drei Aspirin und schluckte sie mit kleinen, vorsichtigen Schlucken Kaffee hinunter. Köstlich. So wie sie es mochte.

Luke war weiterhin mit seinem iPhone beschäftigt und betrachtete die Trophäen der letzten Nacht.

Vicky nahm ihre Tasse, ging durch die Küche ins Wohnzimmer zurück zum Sofa und machte es sich bequem. Von hier aus konnte sie Nesras Schnarchen hören und Luke beim Daddeln beobachten.

Wem er wohl gerade die Fotos der letzten Nacht zusendete?

Nach einer weiteren Tasse Kaffee ging sie ins Bad. Als sie frisch geduscht und endlich ohne Kopfschmerzen – auf Aspirin ist einfach Verlass – wieder in die Küche ging, war Luke noch immer in sein iPhone vertieft.

Nesra wurde allerdings gerade wach und streckte wie eine Raubkatze alle Viere von sich. Luke legte sofort sein liebstes Spielzeug aus der Hand und setzte sich auf die Bettkante.

„Guten Morgen, mein Schatz, meine hübsche Schoko-Schönheit, hattest du aufregende Träume?", säuselte er Nesra ins Ohr.

Er bekam nur ein nicht ganz ernst gemeintes „Fresse!" zur Antwort, was ihn nicht davon abhielt, an ihrem Hals zu knabbern.

Immer wieder ein schöner Anblick, dachte Vicky, während sie die beiden bei ihrem sonntäglichen Ritual beobachtete.

Vor etwa zwei Jahren hatte sie Luke und Nesra in einer Bar in Stuttgart kennengelernt. Luke, knapp 30, schwarze, kurze Haare, stahlblaue Augen, machte sie damals sehr offensichtlich an. Sie ließ ihn gnadenlos abblitzen. Kurze Zeit später stand wie zufällig Nesra vor ihr. Etwas älter als Luke, ägyptischer Abstammung, mit dunkler Haut und grünen Katzenaugen. Nesra reizte sie mit ihrer souveränen Art so sehr, dass sie sich sofort verknallte und sich damit zwangsläufig auch auf Luke einlassen musste.

Nach dem ersten gemeinsamen Abend war Vicky in diesem riesigen Wasserbett in einem wunderschönen Loft mitten in einem der teuersten Ecken Stuttgarts aufgewacht. Luke hatte sich als liebenswerter Angeber entpuppt, der seinen ganzen Charme investierte, um Nesra auf Händen zu tragen. Nicht, dass sie sonderlich darauf erpicht gewesen wäre. Außerdem teilte er Vickys Spaß an kleineren Abenteuern, mit denen sie sich ihre Wochenenden finanzierte.

„Fang doch nicht schon wieder mit der Ratte an", stöhnte Luke leicht genervt, während er eine weitere Tasse Kaffee einschenkte. Nesra kam aus dem Bad. Sie griff nach der Tasse und den Kopfschmerztabletten.

„Ratte?", fragte sie neugierig.

„Vic erzählt dauernd von einer leuchtenden Ratte, die sie gestern Nacht anscheinend gesehen hat", sagte Luke und rollte mit den Augen.

Bei dem Wort leuchtend malte er mit den Händen magische Gesten in die Luft.

„Ich meine ja nur, wer streicht denn Ratten an? Aber wahrscheinlich hast du recht, und ich hatte Halos von der Nacht zuvor", antwortete Vicky, während sie zur großen Fensterfront des Wohnzimmers ging und hinaus auf die Stadt schaute. Die Dächer Stuttgarts waren durch den grauen Dunstschleier des Regens kaum zu sehen. Es wurde schon wieder dunkel.

Keine Ratte weit und breit, dachte sie. Immerhin.

Nesra umarmte Vicky von hinten und flüsterte ihr ins Ohr: „Wenn du immer so ein Glück bei deinen Raubzügen hast und wir dann solche Partys feiern, habe ich auch nichts gegen gelbe Ratten, Honigtöpfchen."

Vicky lächelte und entspannte sich. Sie mochte es, wenn Nesra sie Honigtöpfchen nannte.

„So ein Mist, es ist schon halb sieben, meine Schicht beginnt gleich", jammerte Luke.

Er sprang auf und zog hastig seine herumliegenden Klamotten an.

Als Anästhesist im Marienhospital arbeitete Luke sonntags oft und gern in der Spätschicht, weil es seinen Aktivitäten am Wochenende entgegenkam.

„Warte", rief Vicky ihm hinterher, „ich komme mit, ich muss dringend in meiner Wohnung vorbeischauen."

Sie umarmte Nesra zur Verabschiedung und genoss den Geruch der Nacht, der noch an ihrer Haut klebte.

Nesra verabschiedete Vicky mit einem Kuss auf den Mund: „Wir sehen uns spätestens am Wochenende, Honigtöpfchen. Pass auf dich auf."

Vicky zwinkerte Nesra vielsagend zu und ging zur Tür.

Als Luke und Vicky mit dem Aufzug runterfuhren, hatte Luke das iPhone schon wieder in der Hand und grinste selbstzufrieden.

„Das war mal wieder ein Wochenende. Unglaublich, Vic, ich kann kaum erwarten, meinen Kollegen von unseren Exzessen zu erzählen."

„Ich hasse das, Luke, ich hasse es, wenn du mit unseren Partys immer so angibst. Muss das sein?"

„Das muss sein", sagte er trocken und fügte spitzbübisch hinzu: „Aber es liegt natürlich daran, dass du dich so verausgabst. Und ich erinnere mich Gott sei Dank noch an alle Details."

Vicky schwieg betreten. Ihre ständigen Filmrisse waren beinah schon legendär. Zuviel Trips, Acid und andere Chemikalien. Selbst schuld, dachte sie noch. Komisch nur, dass die anderen trotz ähnlichem Programm später immer genau wussten, was passiert war. Sagten sie zumindest.

Der Aufzug hielt an. Bing. Die Aufzugstür ging auf. Luke hastete aus dem Aufzug, raus aus der Haustür und zu seiner Vespa. Vicky folgte ihm nachdenklich.

„So long, Vic. Stay tight und see you soon", rief er ihr über die Schulter zu.

Vicky antwortete nicht.

Sie atmete die kalte Novemberluft ein und merkte, wie ihr vom frischen Sauerstoff schwindlig wurde.

Die Kapuze tief ins Gesicht gezogen, um sich vor der nassen Kälte zu schützen, bog sie nach rechts um die Ecke ab Richtung U-Bahn. Richtung Studentenwohnheim.

Als sie einige Minuten später vor dem Eingang des Wohnheims stand, fühlte sie sich müde und erschöpft. Verdammtes Wochenende. Sie blickte durch die Glastür des Hauses ins hell erleuchtete Treppenhaus und wusste, dass ihre Laune mit jedem Stockwerk nach oben noch schlechter werden würde. Im 6. Stock angekommen, schloss Vicky ihre Wohnungstür auf und betrat den Flur.

Obwohl sie nie studiert hatte, wohnte sie schon seit einigen Jahren hier. In einer kleinen Zweizimmer-Wohnung eines Studentenwohnheims im Stuttgarter Westen in der Nähe der Stadtmitte. Den Studentenausweis hatte sie als Vorlage bei der Vermietergesellschaft schlicht gefälscht.

Sie zog ihre Chucks aus, ließ ihren Rucksack auf den Boden fallen und ging in das kleine Wohnzimmer. Da das Tageslicht schon wieder verschwunden war, drang von außen kaum Licht in die Wohnung. Vicky ging auf die einzige Lichtquelle im Zimmer zu. Das hell beleuchtete Aquarium stand auf einem alten, abgewetzten

Sideboard, das schon Teil der Wohnung war, als Vicky eingezogen war.

Im Aquarium schwammen fünf Goldfische hektisch an der Oberfläche hin und her und bettelten um Futter.

Vicky konnte ihren Fischen stundenlang zusehen. Ihre gleichmäßigen Bewegungen, ihre stille Eleganz beruhigten sie und stimmten sie immer wieder versöhnlich, egal wie groß ihre Wut auf die Welt auch gewesen ist. Trotzdem passierte ihr es immer wieder, dass sie vor den langen Wochenenden das Füttern vergaß.

Seit Freitagabend war sie nicht mehr zu Hause gewesen, dachte sie, als sie das Fischfutter in das Aquarium schüttete und den Fischen dabei zusah, wie sie die kleinen Futterfetzen mit ihren Fischmündern gierig einsaugten.

Beim Anblick des Festmahls der Fische hörte Vicky das Knurren ihres eigenen Magens. Wann hatte sie das letzte Mal etwas gegessen? Sie konnte sich nicht erinnern.

Sie ging, ohne das Licht anzumachen, in die kleine Küche, wusste aber schon beim Öffnen des Kühlschranks, dass sie außer ein paar Bier und etwas Schnaps nichts finden würde.

Es klopfte an der Tür.

Vicky spähte durch den Türspion und erkannte Tom von nebenan.

Vicky zögerte.

Tom studierte Chemie und war vor einem Semester in die Wohnung nebenan eingezogen. Er kam aus Stuttgart, war etwa genauso wie sie Mitte zwanzig und deutlich organisierter. Und, so wie sie ihn einschätzte, nahm er im Gegensatz zu den meisten anderen Menschen, mit denen sie sich umgab, seine Zukunft und sein Studium sehr ernst. Er trieb regelmäßig Sport, ernährte sich gesund, trank kaum Alkohol und nahm bis auf gelegentliche Joints keine Drogen zu sich.

Sie waren sich auf einer WG-Party im dritten Stock vor einigen Wochen nähergekommen und hatten dann hin und wieder eine

Nacht miteinander verbracht. Sie mochte ihn und war gern mit ihm zusammen. Eigentlich. Das Problem war nur, dass er so nett und verständnisvoll war, dass sie das Gefühl hatte, nicht gut genug für ihn zu sein. Ihn nicht zu verdienen. Sie wollte ihn schlicht nicht mit ihren Problemen belästigen.

Trotzdem ging es ihr mit ihm deutlich besser als ohne ihn, was auch daran lag, dass sie in seiner Anwesenheit so gut wie keine Drogen nahm.

„Vicky, komm schon, mach auf, ich hab dich ins Haus kommen sehen", sagte er durch die geschlossene Tür.

Vicky öffnete.

„Hey", begrüßte sie ihn schüchtern.

„Wo warst du das ganze Wochenende?", fragte er.

Sie ignorierte seine Frage und blickte ihn stattdessen mit großen Augen an.

„Ich hab Hunger, komm, lass uns zu dir gehen, du kochst uns was Leckeres", sagte sie, während sie sich an ihm vorbei drückte und in seine Wohnung lief.

Er folgte ihr.

Als Tom etwa eine halbe Stunde später die Nudeln in das Abtropfsieb schüttete und Vicky den Geruch der köchelnden Gemüsepfanne aufnahm, glaubte sie, vor Hunger fast wahnsinnig zu werden. Sie saß im Schneidersitz auf dem Sofa und rubbelte ungeduldig das Etikett der halb ausgetrunkenen Bierflasche ab. Dabei beobachtete sie Tom. Einmal mehr fiel ihr sein markantes, energisches Kinn auf, was ihm eine besondere Note verlieh.

Während Tom gekocht hatte, hatten sie sich gegenseitig von ihrem Wochenende erzählt. Nun ja, Vicky hatte nur das erwähnt, was sie noch mit ziemlicher Sicherheit wusste, und dies schloss die zwei Nächte im Ocsid weitgehend aus. Und den Teil, an den sie sich am besten erinnerte, nämlich ihren nächtlichen Raubzug, verschwieg sie ihm auch lieber.

Die neongelbe Ratte hatte sie also auch unterschlagen, denn sie war sich mittlerweile ziemlich sicher, dass sie sich das eingebildet hatte.

„Fertig", sagte Tom, „es kann losgehen."

Sie setzten sich auf das Sofa gegenüber und schoben die Beine gemeinsam unter die Decke. So hatten sie in den letzten Wochen öfter Zeit zusammen verbracht. Den dampfenden Pastateller auf dem Schoß, begann Vicky hastig, das Essen herunterzuschlingen.

„Schmeckt's?", fragte Tom lachend.

„Köfftlisch", sagte sie mit vollem Mund und ohne aufzublicken.

„Schön, aber es gibt keinen Grund, das Essen so herunterzuwolfen", meinte Tom mit amüsiertem Blick und begann ebenfalls zu essen.

„Tom?", fragte sie ein paar Minuten, nachdem sie den leeren Teller auf den Tisch gestellt und ein weiteres Bier in der Hand hatte.

„Ja?"

„Kann ich heute Nacht hier bleiben?"

„Hm, ich habe morgen zwei wichtige Vorlesungen", sagte er ausweichend.

Statt einer Antwort, bewegte sie ihren linken Fuß an seinem Hosenbein nach oben.

„Du warst doch das ganze Wochenende nicht zu Hause", meinte er mit gespielter Verzweiflung.

Sie war mit ihrem Fuß an ihrem Ziel angekommen und fing an, mit ihren Zehen sanften Druck auf seinem Penis aufzubauen. Dabei suchte sie seinen Blick und fand ihn auch.

Langsam richteten sie sich auf, ihre Oberkörper kamen sich immer näher. Vorsichtig stellten sie das Bier auf den Tisch, ohne den Blickkontakt zu verlieren.

Er war es, der schließlich den letzten Schritt machte und sie mit sanftem Druck auf das Sofa drückte.

Sie saß auf einem Holzsteg an einem See und blickte auf das Wasser hinaus.

Über dem See hing ein grauer, kalter Nebel, sodass sie die Bäume des angrenzenden Waldes nicht mehr erkennen konnte. Sie blickte hoch in die Wolken, die sich vor die Sonne geschoben hatten. Kein Himmel, nirgends. Als sie wieder auf den See hinausschaute, war er plötzlich verschwunden. Vor ihren Augen klaffte ein riesiges Loch. Das Ufer und der schlammige Seegrund waren übersät mit braunen Wasserpflanzen und sterbenden Fischen, die zappelnd versuchten, Luft durch ihre Kiemen zu pressen.

Ein gelber Fleck bewegte sich von links nach rechts durch den verschwundenen See.

Da war sie wieder. Die neongelbe Ratte. Sie lief an den Wasserpflanzen vorbei und schnupperte an den Fischkadavern. Plötzlich hielt sie inne, drehte sich um und blickte Vicky mit ihren kleinen, schwarzen Knopfaugen durchdringend an.

Beep, beep, beep … der Wecker riss sie aus ihrem Traum. Sie öffnete die Augen, fand sich in Toms Bett wieder und setzte sich benommen auf. Tom war schon wach und kam gerade aus dem Bad.

„Guten Morgen", sagte er, während er den nervenden Alarm seines Smartphones abstellte.

„Ich muss gleich los. Frühstück steht auf dem Küchentisch. Alles o. k. bei dir?"

„Was für ein verrückter Traum", murmelte sie zu sich selbst und versuchte, den Schlaf abzuschütteln. Weil ihr kalt war, zog sie die Bettdecke fast bis zur Nasenspitze.

„Danke für das Frühstück", sagte sie leise.

„Nicht der Rede wert, wir sehen uns später, o. k.?", fragte er, als er seine Schuhe anzog.

Sie antwortete: „Ja, bestimmt, vielleicht, ich weiß noch nicht, Tom, danke dir."

„Es ist nur ein Frühstück", sagte er und zuckte mit den Schultern.

„Ich meine nicht das Frühstück, ich meine alles", sagte sie.

Tom lächelte unsicher, drehte sich um, packte seine Uni-Tasche, seine Jacke und seinen Schal und zog leise die Wohnungstür hinter sich zu.

Vicky war allein.

Sie wagte einen Blick auf ihr iPhone. Es war halb neun.

Scheiße.

Seit einer Stunde hätte sie auf ihrer Arbeitsstelle sein sollen. Mit Widerwillen dachte sie an den Job, den sie seit gut zwei Monaten bei Rewe im Bosch-Areal hatte. Dabei war es gar nicht so sehr die Arbeit, das ständige Regale ein- und Lager ausräumen, das sie störte. Es waren ihre Kollegen. Die zynischen Sprüche, die Verbitterung und der Groll, den sie ausstrahlten, erinnerten sie an ihre elternlose Kindheit, die sie in freudlosen Jugendheimen mit überforderten Heimleitern verbracht hatte.

Sie nahm sich eine Lucky Strike aus der Packung, leckte sie mit der Zunge der Länge nach an, sodass der Tabak feucht wurde, zündete sie mit ihrem Feuerzeug an und kroch noch tiefer in das warme Bett. Dabei zog sie die Bettdecke über ihre nackten, tätowierten Brüste und schaute dabei durch das Fenster in den wolkenbedeckten Himmel.

Sie seufzte, nahm noch einen tiefen Zug aus der Zigarette und genoss das Nikotin, das warm und vertraut durch ihre Lungen in ihren Körper floss. Je später sie in ihre Wohnung zurückkehrte, desto besser, dachte sie.

Nachdem sie die Lucky Strike auf den Filter heruntergeraucht hatte, stand sie widerwillig auf, aß das von Tom zubereitete Müsli, ging in ihre Wohnung, zog sich schnellstmöglich um und verließ das Haus in Richtung Rewe-Filiale.

Tagtäglich derselbe Trott. Sie erschien zur Arbeit, zog sich im Personalraum ihren Arbeitskittel und die Sicherheitsschuhe an, trank im Aufenthaltsraum Kaffee und begann mit dem, was sie spöttisch „ihr Workout" nannte. Meistens musste sie in die Verkaufsregale Waren einräumen oder im Lager größere Lieferungen entgegennehmen. Diese mussten dann wieder ausgepackt und erneut verräumt werden. Während der Arbeit hörte sie laute Musik über ihre Kopfhörer, meistens Techno oder Metal. So verging die Zeit schneller, außerdem ersparte ihr das die Gespräche mit den Kollegen.

Der Job war anspruchslos, aber angenehm monoton, und die Kohle war o. k. Danach ging sie fast jeden Abend Joggen oder trieb zwei- oder dreimal Kraft- und Kampfsport im Fitnessstudio. Eine Art Ausgleich für die Wochenenden im Ocsid, aber eben nicht nur. Vicky liebte das Gefühl der totalen körperlichen Erschöpfung, den Schmerz nach der Anstrengung. Dann fühlte sie sich lebendig und empfand so was wie Befriedigung, die sie sich wirklich verdient hatte. Wenn sie im Studio trainierte, oft Hantel- oder Zirkelboxtraining, belohnte sie sich danach häufig mit der Sauna. Die Männer, die verstohlen ihren tätowierten, durchtrainierten Körper betrachteten, störten sie nicht.

Im Gegenteil.

Danach ging sie dann völlig kaputt und ausgepowert, aber zufrieden, zurück in ihre Wohnung. Das waren die Nächte, in denen sie meistens Lust auf Tom bekam.

Freitag. Endlich.

Nachdem Vicky vormittags hauptsächlich mit dem Einräumen von Regalen und dem Aus- und Anschalten der ständig kaputten Pfandflaschen-Automaten beschäftigt war, ließ sie es am Nachmittag entspannter angehen. Sie lungerte im Lager herum und versuchte erst gar nicht, beschäftigt auszusehen.

Dann war es 18 Uhr.

„Rewe – Mein Markt", sagte sie lächelnd, als sie ausstempelte und die Filiale durch das Wareneingangstor des Lagers verließ. Dabei dachte sie nicht nur an den Werbeslogan der Filiale, sondern auch an das Six-Pack Bier, die Flasche Gin Mare, die Flasche Tonic und das Pappbecher-Set fürs Wochenende, das sie hatte mitgehen lassen. Die schweren Glasflaschen im Rucksack auf ihrem Rücken klirrten leise Beifall.

So lief sie vollbepackt und erleichtert, die Woche mal wieder überstanden zu haben, über den Berliner Platz und durch den Uni-Park der Hochschule für Technik. Ihr Ziel war der Schlossgarten, in dem sie sich mit Luke, Nesra und einigen anderen aus ihrer Clique verabredet hatte. Sie trug eine schwarze Leggins und Doc-Martens-Stiefel, ein weißes Top und einen dicken, schwarzen Mantel. Um den Hals hatte sie einen Schal geschlungen, der sie vor diesem beißend kalten Novemberwind schützen sollte.

Durch die Kopfhörer dröhnten die harten Beats von Carl Cox in ihren Ohren, und so hörte sie die lauten Sirenen der Polizeiautos und Rettungswägen nicht, die sich gerade ganz in ihrer Nähe befanden und sich ihren Weg durch den Feierabendverkehr in Richtung Hauptbahnhof suchten.

Im Schlossgarten angekommen, erspähte sie Luke und drei weitere Personen, zwei Männer und eine Frau, die in der Nähe der Jubiläumssäule an einem Brunnen saßen. Luke war von Weitem leicht zu erkennen, er trug seine weißen Adidas Sneaker, die wie

Astronauten-Schuhe aussahen. Dazu hatte er eine enge, schwarze Chino und seinen schwarzen Mantel an. Er war eindeutig der Mittelpunkt des Geschehens, wie er sich gestenreich vor die anderen drei stellte und offensichtlich eine scheinbar unwiderstehliche Geschichte zum Besten gab. Seine Zuhörer schienen sich jedenfalls köstlich zu amüsieren. Jetzt, da sie näherkam, erkannte sie auch deren Gesichter:

Den Kleinsten von ihnen nannten alle nur Glue, da er wohl schon als Kind gern Klebstoff geschnüffelt hatte und das, so erzählte man es sich, wohl immer noch so hielt. Vicky kannte ihn kaum und mochte ihn auch nicht besonders. Seine Haut sah wächsern und leicht durchsichtig aus, als ob sie die Konsistenz von angetrocknetem Klebstoff angenommen hatte. Außerdem zuckte Glue manchmal mit dem Kopf ganz leicht, aber ruckartig nach links, dabei blinzelte sein linkes Auge kurz. Dieser Tic war kaum wahrnehmbar, aber Vicky fand ihn schlicht unangenehm. Sie stellte sich immer dabei vor, wie etwas Klebstoff von seinem Gehirn hinter seinem Auge heruntertropfte und ihn zu diesem krankhaften Zucken zwang.

Die zweite Person hatte sie schon gelegentlich im Ocsid gesehen, er hatte eine Glatze und trug ein blondes Bärtchen. Sie wusste nicht mehr, wie er hieß.

Die Frau in der Runde hieß Pina. Sie war jung, italienischer Abstammung, mit sehr kurzen, schwarzen, lockigen Haaren und einem unangenehmen Lachen, das Vicky immer an ein quiekendes Schwein erinnerte.

Als sie die Gruppe erreichte, war Luke mit seiner Geschichte beim Höhepunkt gelandet.

„… und ich hab nur gesagt, wer hätte auch gedacht, dass das so tief reinpasst!!!“

Die Gruppe brüllte vor Lachen.

Dann bemerkten sie Vicky.

„Hey, Vic. Du kommst zwei Minuten zu spät. Grad hab ich von unserem legendären Silvesterabend im Universal Dog damals in Lahr erzählt. Weißt du noch?“

Vicky musste wider Willen lächeln. Sie erinnerte sich nicht oft an die Drogen- und Partynächte, die sie mit Luke erlebt hatte, aber *diese* Nacht war tatsächlich unvergesslich gewesen.

„Schön, dass du da bist", sagte Luke, als Vicky nicht antwortete.

Er gab ihr zur Begrüßung einen Kuss auf den Mund.

Vicky sagte nichts, sondern erwiderte den Kuss. Den klebrigen Glue, den blonden, unbekannten Bartträger und Pina begrüßte sie mit einem Nicken, zog den Rucksack vom Rücken und stellte ihn auf die Sitzfläche des Brunnens.

Als sie lächelnd mit beiden Händen den Gin und das Bier aus dem Rucksack herauszog und triumphierend in die Luft hob, war der Jubel groß.

Während sie mit Gin und Musik das Wochenende einläuteten und den Small Talk genossen, kamen nach und nach noch weitere Leute dazu, die Vicky vage bekannt vorkamen. Die Gruppe war mittlerweile auf über zehn Personen angewachsen.

„Hey Leute, ich komme gerade vom Hauptbahnhof, habt ihr mitbekommen, was da gerade abgeht?", fragte ein Halbwüchsiger, der völlig außer Atem war. Er hieß Benni, war noch keine 20 Jahre alt und der kleine Bruder von Pina, der schwarzlockigen Italienerin mit dem Schweinelachen. Als niemand reagierte, hakte er nach:

„Ernsthaft, habt ihr nicht die ganzen Sirenen gehört?"

Als immer noch niemand verstand, fügte er hinzu: „Da ist einer vom Turm gesprungen. Tot. Krass, oder? Einfach tot."

Schlagartig hatte Benni die ganze Aufmerksamkeit der Gruppe.

„Die haben erst gedacht, es wäre ein Terroranschlag. Als ich vorbeilief, war aber schon alles abgesperrt. Anscheinend gehen die jetzt von einem Selbstmord aus."

Viele murmelten etwas, einige konnten es gar nicht glauben, andere machten dumme Sprüche.

Vicky war bestürzt. Der Gedanke, dass ein Mann gerade ein paar hundert Meter entfernt von einem Turm in den Tod gesprungen war, machte sie traurig.

„Kranker Scheiß, jemand hat es gefilmt und das Video schon hochgeladen", sagte Luke und hielt sein Smartphone so vor sich hin, dass es alle sehen konnten. Neugierig drängten sich alle um Lukes iPhone.

Vicky wollte nicht hinsehen und konnte trotzdem nicht anders. Das Video zeigte einen dicklichen, glatzköpfigen Mann in einem braunen Trenchcoat, der auf dem Dach des Bahnhofsturms stand. Auf der Straße vor dem Bahnhof hatte sich eine Menschenmenge versammelt, die ihn neugierig beobachtete. Die meisten Passanten blieben spontan stehen, als sie den Mann auf dem Turm stehen sahen. Einige zückten das Handy oder riefen dem Mann etwas zu. Irgendein krankes Hirn aus dem Off rief „Spring endlich."

Der Mann breitete die Arme aus, drehte sich langsam um die eigene Achse und blieb dann mit dem Gesicht in Richtung Königsstraße stehen. Das Video zeigte den Mann nun frontal von vorn und zoomte näher heran. Der Mann öffnete seinen Trenchcoat und entblößte seinen nackten, massigen Oberkörper.

Als Vicky erkannte, was auf dem Oberkörper zu sehen war, verschlug es ihr den Atem.

Auf der Brust waren mit einem dicken Pinsel in großen roten Buchstaben die Wörter „SEHT HER" aufgetragen worden.

Darunter, auf dem runden Bauch des Mannes, war deutlich eine große, schwarz eingefasste, gelbe Ratte zu erkennen.

Vicky war wie vom Schlag getroffen. Sie ließ den Becher mit Gin fallen und blickte an sich herunter. Ihre Hände zitterten. Sie hatte die ganze Woche nicht mehr an die Begegnung mit der Ratte gedacht.

Der Mann im Video drehte sich nun langsam um die eigene Achse, blickte frontal in die Linse der Kamera und sprang plötzlich in die Tiefe.

Für eine Sekunde sah es so aus, als ob er nach dem Absprung schweben würde, dann kippte der Oberkörper vornüber und nahm Fahrt auf. Wie eine Puppe, fast regungslos, die Arme baumelten leicht am Körper hin und her, stürzte der Mann vom Turm und schlug mit einem dumpfen Aufprall auf der Straße auf.

Die Kamera machte einige hektische Bewegungen, anscheinend versuchte der Chronist, sich der Aufprallstelle zu nähern. Es waren geschockte und weinende Passanten zu sehen. Einige rannten zu dem Körper des Mannes, um irgendwie zu helfen, andere drehten sich entsetzt weg, übergaben sich oder schlugen vor Verzweiflung die Hände vor dem Gesicht zusammen.

Das Video zeigte den wahrscheinlich toten Mann, der auf dem Rücken lag, sein nackter, bemalter Bauch war deutlich zu sehen. Damit zoomte das Video aus und endete abrupt.

Luke senkte das iPhone, ohne ein Wort zu sagen. Er biss sich beschämt auf die Unterlippe und starrte auf den Boden. Dabei versuchte er ungeschickt, das iPhone in seine Hosentasche zu zwängen.

In der Gruppe war es während des Videos still geworden. Pina war kreidebleich und hatte sich bestürzt auf die Parkbank gesetzt. Glue zuckte leicht mit dem Kopf und schniefte dabei unaufhörlich.

Keiner sagte ein Wort. Auch Vicky war ruhig, aber in ihrem Kopf arbeitete es. Mehr noch als die Tatsache, dass der Mann sich umgebracht hatte, verstörte sie das, was sie auf seinem Bauch gesehen hatte. Diese merkwürdige, neongelbe Ratte.

Immerhin war sie sich nun aber in jedem Fall sicher:

Sie hatte sich das Ganze nicht eingebildet.

Irgendjemand reichte einen Joint herum. Vicky zog daran und gab ihn dann weiter.

Sie musste sich setzen.

„Komm Vic, wir gehen jetzt ins Ocsid, Nesra hat sich gemeldet und wird später dazukommen. Sie hat wohl noch was anderes zu tun."

Vicky sah Luke an. Sie wusste nicht, wie viel Zeit inzwischen vergangen war. Es saßen nur noch Luke und sie an dem Brunnen.

Sie war so mit ihren Gedanken beschäftigt gewesen, dass sie gar nicht gemerkt hatte, wie die Gruppe sich nach und nach aufgelöst hatte.

Vicky antwortete Luke nicht, nickte aber mit dem Kopf und stand auf.

Sie spürte, wie sich tief in ihrem Inneren ein Gefühl regte. Wie sich an ihrem Unterbewusstsein eine dünne Haut löste und etwas freizugeben versuchte. Etwas wollte zum Vorschein kommen, pochte unter der Oberfläche. Es kratzte an ihrem Verstand und wollte sich unbedingt mitteilen. Sie wusste nicht, was da zu Vorschein kommen wollte. Sie war sich nicht mal sicher, ob sie es wissen wollte, denn es fühlte sich an wie eine dunkle Vorahnung, wie etwas, das sich etwas verändern würde.

Luke schien nicht über das Video sprechen zu wollen. Sie wusste auch nicht, ob er die gelbe Ratte auf dem Bauch des Mannes bemerkt hatte.

Wie auch immer. Vicky war im Augenblick mit sich selbst beschäftigt und dankbar für sein Schweigen. So liefen sie wortlos nebeneinander her durch den Schlossgarten.

Nach einigen Minuten hatten sie den südlichen Teil des Parks durchquert und damit fast das Ocsid erreicht.

Der Nachtclub war ein riesiger, im Zweiten Weltkrieg entstandener Bombenschutzbunker, der zahlreiche Tunnelverästelungen und mehrere Ein- und Ausgänge hatte. In den 80er Jahren wurden in dem Bunker einige berühmt-berüchtigte Techno-Events gefeiert, sodass sich viele legendäre Geschichten um die Location rankten. Vor einigen Jahren hatte ein stadtbekannter Impresario namens Drago den Bunker mitsamt der unterirdischen Tunnelanlage erworben und unter dem Namen Ocsid einen riesigen Club mit verschiedenen Floors eröffnet.

Da Drago, wie Vicky inzwischen wusste, auch noch anderen, nicht ganz legalen Nebengeschäften nachging, diente der Bunker ihm auch als schicke Fassade für seine anderen Unternehmungen.

Der Eingang des Ocsids befand sich in einer alten S-Bahnunterführung, durch die man als Gast des Clubs von Freitagnacht bis Sonntagmittag fast durchgehend Zutritt hatte – wenn man es sich leisten konnte.

Als Vicky und Luke sich ihrem Ziel näherten, war vor dem Eingang schon die Hölle los.

Vicky sah auf ihr iPhone. Es war nun fast 22:30 Uhr, das Ocsid öffnete offiziell erst in einer halben Stunde. Dennoch war die Warteschlange schier endlos. Vicky und Luke gingen an einer Reihe Edelkarossen vorbei, die direkt neben der Bahnunterführung parkten. Die Fahrer der Limousinen standen lässig an die Motorhaube gelehnt beieinander, rauchten und unterhielten sich angeregt. Die VIPs wurden, das wusste Vicky aus eigener Erfahrung, meistens schon vor dem offiziellen Einlass ins Ocsid geladen, damit sie in Ruhe ihren Geschäften nachgehen konnten.

Luke war es, der das Schweigen beendete.

„Ich brauche jetzt dringend etwas, das meine Stimmung hochbringt. Wie steht's mit dir?"

„Da sag ich nicht nein. Ich bin allerdings wieder ziemlich blank. Musste ein paar Schulden begleichen", antwortete Vicky.

„Kein Problem", sagte Luke lapidar. „Mal sehen, wer schon alles da ist."

Sie gingen an der Schlange der wartenden Gäste vorbei und machten erst vor den vier großgewachsenen Türstehern halt. Sie registrierten die neidischen Blicke der anderen und begrüßten Maurice, den Boss an der Tür, mit einem breiten Lächeln.

Maurice war ein riesiger, mit Bergen von Muskeln bepackter US-Soldat, der auf einer der nahegelegenen Patch-Barracks-Kasernen der Amis stationiert war und am Wochenende als Dragos Chef der Security das komplette Sicherheitspersonal des Ocsids anführte. Er trug seine schwarzen, kurzen Haare in der schmalen Irokesenform, während die Seiten seines bulligen Kopfes mit kunstvollen Mustern ausrasiert waren. Genauso wie die anderen Türsteher trug er schwarze, hohe Armeestiefel und Armeehosen. Außerdem hatte er wie sie eine Lederjacke an, was die Crew bedrohlich und einschüchternd wirken ließ.

„Hey Luke … hey Vic“, begrüßte er sie und öffnete die Tür.

Luke blinzelte ihm zu: „Na, du alter Ferkeldieb?“

Maurice ignorierte den Spruch, und Luke hatte auch keine Reaktion erwartet, sodass er ihn nicht weiter beachtete und durch die Tür trat.

„Hallo Maurice“, grüßte Vicky schüchtern, versuchte dabei zu lächeln und folgte Luke ins Innere.

Sie schritten durch einen langen, engen Tunnel, dessen Wände aus grauen Backsteinen bestanden. Sie passierten den Eingangsbereich, der sich in einer Verbreiterung des Tunnels befand. Zwei junge Frauen in Vickys Alter saßen hinter der Kasse, tranken Energydrinks aus Strohhalmen und quatschten miteinander. Die Ruhe vor dem Sturm, ging es Vicky durch den Kopf. Flankiert wurden die zwei Mädels von zwei Mitarbeitern der Security, die regungslos dastanden und schon jetzt den typischen Blick zwischen Langeweile und Arroganz übten. Luke und Vicky mussten keinen Eintritt zahlen, weil sie quasi zur Familie gehörten, und auch wenn Vicky die Mitarbeiterinnen an der Kasse nicht kannte, so kannten sie Vicky und deuteten mit einer Handbewegung an, dass alles o. k. war.

Als Nächstes passierten Luke und Vicky die Garderobe und die erste Theke, die sich an das Ende des Eingangstunnels anschloss, und erreichten schließlich eine Art Plattform, von der man eine atemberaubende Sicht auf die größte Tanzfläche des Ocsids hatte.

Besagter Mainfloor war ein gigantischer, rechteckiger Raum, der einen Stock tiefer als der Eingangstunnel angelegt war. Von der

Plattform aus führte eine Stahltreppe auf die Tanzfläche. Der Raum selbst glich einer Art Gewölbekeller, dessen Wände ebenso wie der Tunnel mit Backsteinen verbaut waren. Vicky schätzte die Größe auf den doppelten Umfang ihres so sehr geliebten Rewe-Hauptlagers. Die bestimmt fünfzehn Meter hohe, mit einer aufwendigen Lichtanlage bestückte Decke machte selbst bei Stammgästen immer wieder mächtig Eindruck. Vicky konnte die einige Meter höher hängende, menschengroße Discokugel in Form eines tanzenden Teufels gut erkennen.

In der Mitte stand das DJ-Pult, umringt von etlichen mannshohen Boxen und zwei Käfigen, in denen zu späterer Stunde mehrere halbnackte Frauen und Männer tanzen würden.

Jetzt war noch kein DJ zu sehen. Trotzdem war aus den Boxen Deep House zu hören, wenn auch noch deutlich leiser als normal.

An den Rändern des Mainfloor gab es mehrere Bars und Eingänge zu anderen, kleineren Räumen, welche als spezielle Rückzugsorte für private und weniger private Feiern gebucht werden konnten. In den Bars herrschte schon ein geschäftiges Treiben, die Vorbereitung für den großen Ansturm der Gäste war fast abgeschlossen.

Um in den VIP-Bereich, den sogenannten Nox Room zu gelangen, musste man den Mainfloor durchqueren und am Ende durch einen weiteren, fast versteckten, kleinen Tunnelgang gehen.

Der Ursprung des Namens Nox Room war Vicky nicht bekannt. Sie hatte mal von einer römischen Göttin gehört, der die Nacht gehöre, aber vielleicht brachte sie da auch etwas durcheinander.

Vom Nox Room aus gelangte man in Dragos private Geschäftsräume. Hier hatten selbst die VIPs unter den VIPs keinen Zutritt. Dieser Bereich war Lukes und Vickys Ziel.

Der Eingang des zweiten Tunnels war durch eine rote Kordel auf zwei goldenen Ständern versperrt. Über dem Tunneleingang waren stilvolle, schwarze Engelsflügel auf die Backsteinwand gesprayt. Links und rechts standen zwei weitere Mitarbeiter von Dragos Security. Auch hier ließ man sie gelangweilt passieren, bis sie endlich im Nox Room ankamen.

Der VIP-Bereich war deutlich intimer als der Mainfloor. Er bestand aus zwei gegenüberliegenden Bars an der linken und rechten Seite und einigen Sitzgruppen, die sich in dem Raum verteilten. In der Mitte des Raumes war eine kleine Tanzfläche für diejenigen VIP-Gäste, die lieber unter sich blieben und nicht auf der großen Bühne gesehen werden wollten. Vicky und Luke ließen sich an ihrer Lieblingsbar auf zwei Hockern nieder.

Es war noch sehr früh, sodass außer einem Pärchen, das am anderen Ende in einer Sitzgruppe saß, niemand zu sehen war.

„Hey Miyu, zwei Wodka Sour und zwei Bier", begrüßte Luke die Frau hinter der Bar.

Vicky fand Miyu sehr attraktiv. Ihre asiatischen Wurzeln, kombiniert mit den kurzen, blondierten Haaren, ließen sie aufregend und exotisch aussehen. Die typischen Mandelaugen, das sehr symmetrische Gesicht und die helle, glatte Haut erinnerten Vicky an eine Elfe. Miyu trug ein ärmelloses, schwarzes Top, das die tätowierten Schlangenmuster auf ihren Armen gut zur Geltung brachte. Der Kontrast der schwarzen Tätowierungen auf der hellen Haut wurde durch das Schwarzlicht an der Decke der Bar zusätzlich verstärkt.

„Hallo, Luke. Drinks kommen gleich. Hi, Vic", begrüßte sie die zwei.

„Hey", erwiderte Vicky den Gruß.

„Zwei Bier und zwei Wodka Sour", sagte Miyu.

„Danke dir, schreibst du es erst mal an?", fragte Luke, nahm die Getränke entgegen und stellte einen Wodka und ein Bier zu Vicky.

„Schon geschehen", antwortete Miyu und tippte etwas in ihr Tablet.

„Ist er da?", fragte Vicky und nippte an ihrem Wodka Sour.

„Ja, allerdings hat er gerade Besuch. Ich lasse ihn wissen, dass ihr hier seid, wenn ihr wollt."

Vicky nickte.

„Hast du etwas, mit dem wir den Abend einläuten können?", fragte Luke treuherzig.

„Für dich immer, Darling", antwortete Miyu und fuhr Luke spielerisch mit der Hand durch die Haare.

Luke grinste und flirtete zurück.

Während Vicky die beiden beobachtete, ertappte sie sich bei dem Gedanken, mit wem aus dem Ocsid Luke und Nesra wohl noch nicht geschlafen hatten. Sie tippte darauf, dass Miyu nicht dazu gehörte.

Die Asiatin bereitete zwei Linien Koks auf einem kleinen Edelstahlbrettchen vor und überreichte beiden jeweils ein Röhrchen. Luke zog gierig die erste Line mit einem schnellen, heftigen Ruck durch die Nase, hob seinen Kopf, schüttelte ihn, gab grunzende Geräusche von sich und trommelte mit den Fingern einige Sekunden sehr schnell auf dem Tresen herum.

„Oh, das war überfällig!", krächzte er, während er Vicky das Brettchen rüberschob.

Vicky nahm ihr Röhrchen und konzentrierte sich. Mit einem Ruck zog auch sie die Line durch die Nase. Sofort setzte ein heißkaltes Brennen ein, das in wenigen Augenblicken von der Nase auf ihren Kopf und Körper übersprang. Ein Gefühl von heißer Energie durchströmte sie, wie ein Blitzeinschlag in der Mitte ihres Körpers. Der Stromschlag ebbte sofort wieder ab und setzte ein wohliges Gefühl frei, das zwischen Dominanz und Zufriedenheit oszillierte. Sie hatte plötzlich das Gefühl, eine Krone auf dem Kopf zu tragen, auch wenn sie natürlich wusste, dass dies Unsinn war. Scharf zog sie die Luft durch den Mund ein, hielt kurz inne und atmete dann langsam aus.

„Uuuuuhh, Vic, du geile Sau", schrie Luke ebenso enthusiastisch wie sinnfrei und rieb sich dann mit dem Finger die Reste des weißen Pulvers aufs Zahnfleisch.

„It's Friday night, we're gonna rock this joint until the morning light …"

Miyu war währenddessen nach hinten durch die Bar verschwunden, kam einige Minuten später mit einer Kiste Getränke wieder zurück und fing an, einige Flaschen unter der Bar zu verräumen.

„Er weiß, dass ihr da seid und hat gleich Zeit für euch", sagte sie, während sie mit den Flaschen hantierte.

„Great", antwortete Luke und wurde dann ernst: „Hast du mitbekommen, was draußen am Hauptbahnhof abgegangen ist?"

„Ja, aber ist das interessant? Im Ocsid zählt nur das, was im Ocsid passiert, Schätzchen", sagte Miyu, ohne aufzuschauen.

„Aaah, Freunde, schön, dass ihr hier seid. Wir müssen reden", hörten Vicky und Luke eine dunkle, laute Stimme in ihrem Rücken.

Drago war tatsächlich eine imposante Erscheinung. Fast zwei Meter groß, breitschultrig und muskulös wie ein Bodybuilder. Mit seinen schulterlangen, schwarzglänzenden Haaren, die er glatt nach hinten gekämmt trug und seinem breiten Gesicht, wie immer frisch rasiert und gepflegt, strahlte er in seinem teuer aussehenden dunklen Anzug Macht und Selbstsicherheit aus.

Rechts hinter ihm, in einigem Abstand, wartete seine rechte Hand, Katla, eine hochgewachsene, schlanke Frau mit roten langen Haaren, die in einem Zopf streng nach hinten gebunden waren. Sie trug einen dunklen Hosenanzug, teuer aussehende High Heels und wirkte nicht weniger selbstsicher und von sich überzeugt als Drago.

Um Katla rankten sich mindestens genauso viele Gerüchte und Geschichten wie um Drago. Eines dieser Gerüchte besagte, dass Katla als Kind die Gefangene eines Kinder-Prostitutionsrings war und Drago sie bei einer Wette gewonnen und somit aus deren Händen befreit hatte.

„Hallo Drago", begrüßte ihn Luke fast ein bisschen überschwänglich. Vicky nickte ihm nur verhalten zu. Sie fühlte sich in seiner Gegenwart nicht wirklich wohl.

Vielleicht, weil sie nicht einschätzen konnte, warum Drago an ihr einen Narren gefressen hatte.

Mehr als einmal hatte er sie aus der U-Haft freibekommen. Vermutlich mit Bestechungen, Drohungen und anderen kriminellen Gegengeschäften. Drago, so viel stand fest, verfügte über glänzende Kontakte und hatte keine Skrupel, sie auch einzusetzen. Auch ein Grund, warum das Ocsid überhaupt noch existierte. Aber warum er diese Kontakte gerade für sie einsetzte, war Vicky schleierhaft. Klar: Luke und sie führten regelmäßig kleinere Diebstähle, Einbrüche oder Betrügereien für ihn durch und bezahlten so ihre offenen Rechnungen im Ocsid. Aber das waren für Drago schlicht Peanuts. „Wir sind nützliche Idioten, die für ein bisschen Cash alles riskieren", ging es Vicky durch den Kopf, „wie Marionetten in einem Puppenspiel, oder die Bauern in einem Schachspiel."

Solange er Vicky und die anderen nicht vom Brett stieß, konnte sie sich damit arrangieren.

„Ich muss mit dir unter vier Augen reden", sagte sie unvermittelt zu ihm. Luke blickte sie irritiert an.

„Das trifft sich gut", antwortete Drago. „Ich habe auch etwas mit euch zu besprechen. Ein Job. Das Übliche."

Er deutete ihnen an, mitzukommen, ging an der Bar vorbei und verschwand in dem Tunnel zu seinem Büro. Vicky und Luke standen auf, ließen ihre Jacken und Getränke an der Bar zurück und folgten ihm. Katla bildete das Schlusslicht.

Sie folgten Drago in sein privates Reich, das von einem riesigen Schreibtisch dominiert wurde. Dahinter waren an der Wand zahlreiche Monitore angebracht, die das Ocsid sowie die Aus- und Eingänge aus verschiedenen Kamerapositionen zeigten.

Drago ließ sich hinter seinem Schreibtisch nieder. Katla blieb vor dem Büro stehen und schloss die Tür.

Drago war leidenschaftlicher Uhrensammler. Ein Geschäftspartner hatte Drago verärgert, da er ihm bei einer Auktion eine besondere Uhr vor der Nase weggeschnappt hatte.

Hier kamen Luke und Vicky ins Spiel.

Sie sollten in das Haus des Mannes einbrechen und die Uhr für Drago stehlen.

„Das Ganze muss morgen Nacht über die Bühne gehen. Bis Mitternacht muss ich wissen, ob ihr das für mich erledigt. Wenn nicht, macht es jemand anderes“, fügte er scheinbar gleichgültig hinzu. „Wie hoch ist euer Deckel im Augenblick?“, fragte Drago noch mit einem Grinsen.

„Wie viel springt denn für uns raus?“, fragte Vicky.

„Einen Riesen für jeden. Für die Uhr plus das, was ihr mir noch so mitbringt. Und die Deckel gehen auf null.

Vicky und Luke schauten sich an und dachten nach.

Luke antwortete: „Du weißt, dass ich das erst mit Nesra klären muss.“

Vicky schaute ihn verwundert an. Dass Luke erst die Erlaubnis für ihre nächtlichen Touren einholen musste, war ihr neu. Andererseits war Nesra in einem Punkt schon immer sehr speziell gewesen: Sie wollte über alles, was Drago betraf, informiert sein. Vicky war ein bisschen eifersüchtig, wie Nesra sich um Luke kümmerte. Auch wenn sie nicht genau verstand, warum.

Sie wandte sich an Drago: „Wir geben dir noch heute Nacht Bescheid.“

Drago schien fürs Erste zufrieden zu sein. Er lehnte sich in seinem Stuhl zurück und legte die Beine auf den Tisch.

„Dann wünsche ich euch jetzt viel Spaß, wir sehen uns sicherlich nachher“, sagte er abschließend und paffte genüsslich an seiner Zigarre.

Als Luke sich erhob und zur Tür ging, hielt Vicky noch kurz inne. Sie wollte Drago unbedingt noch allein sprechen. „Luke, ich komme gleich nach“, sagte sie. Luke schaute stirnrunzelnd zu Vicky, dann zu Drago, zuckte gleichgültig mit den Schultern und verließ das Büro.

„Drago, hör mal. Ich weiß, es klingt etwas seltsam, aber ich muss dich etwas fragen.“

Drago blickte sie neugierig aus den Augenwinkeln an, während er seine Zigarre in den Fingern drehte.

„Hast du schon mal etwas von gelb angemalten Ratten oder einem Symbol einer gelben Ratte gehört?“

Drago erstarrte kurz, legte dann die Zigarre in den Aschenbecher auf seinem Schreibtisch und beugte sich zu ihr vor.

„Eine gelbe Ratte? Als Symbol für was?“

„Einfach nur eine gelb angemalte Ratte. Klingelt da was bei dir?“

„Vic, ich dachte bisher, dass du mit den Drogen, die du nimmst, klarkommst, aber …“

„Ach vergiss es“, unterbrach sie ihn, erhob sich und ging Richtung Tür. Sie machte noch mal kurz Halt, wollte sich umdrehen, entschied sich dann aber anders.

„Ich habe von keinen gelben Ratten gehört, Vic, so leid es mir tut, aber wenn mir eine über den Weg läuft, richte ich ihr gerne viele Grüße von dir aus“, hörte sie ihn hinter ihrem Rücken sagen. Sein dröhnendes Lachen machte sie wütend. Sie hasste Dragos Sinn für das, was er Humor nannte.

Als Vicky in den VIP-Bereich zurückkehrte, sah sie Luke mit Nesra an der Bar sitzen. Die Stimmung war offensichtlich ausgelassen. Nesra baggerte gemeinsam mit Luke an Miyu herum. Sie trug ein goldenes, ärmelloses Top, das einfach umwerfend gut zu ihrer dunklen Haut passte, eine schwarze, enge Lederleggins, in der ihr knackiger, runder Po und ihre langen durchtrainierten Beine gut zur Geltung kamen. Sie saß mit übergeschlagenen Beinen da und streichelte ganz langsam mit ihrer rechten schwarzen Stiefelspitze das Hosenbein von Luke.

Vicky setzte sich zu ihnen.

„Guten Abend, Honigtöpfchen“ grüßte Nesra, nahm sie in den Arm und küsste sie dabei kurz, aber zärtlich auf den Mund. Vicky erwiderte den Kuss und schmeckte für einen kurzen Augenblick den Tequila, der noch an Nesras warmer Zungenspitze klebte.

Sie setzte sich neben sie auf einen Barhocker, steckte sich eine Zigarette an und trank ihren Wodka Sour auf ex.

„Was sagst du zu Dragos Auftrag?“, fragte Vicky.

Nesra lächelte.

„Typisch Drago. Für mich o. k. Ihr könnt entscheiden. Ich denke, Luke ist mit an Bord.“

„Wir haben noch nicht darüber reden können“, antwortete Vicky. „Aber das Geld könnte ich schon gebrauchen.“

Vicky war noch mit einer Monatsmiete im Rückstand und die Tatsache, dass sie heute schon wieder im Ocsid war, bedeutete, dass das Wochenende einmal mehr über ihre Verhältnisse gehen würde.

Luke bestellte die nächste Runde Wodka, als Vicky ihn auf Dragos Angebot ansprach. „Bist du dabei?“, fragte sie.

„Klar, warum nicht. Schnell verdientes Geld. Ins Haus rein, die Uhr einpacken und wieder raus“, antwortete er, als er die nächste Runde Wodka entgegennahm.

„Ich weiß nicht, Luke. Irgendwie ist grad eine komische Zeit. Irgendwas braut sich zusammen“, zögerte Vicky.

„Ach, komm, Vic“, warf Luke ein: „Easy come, easy go …“

Vicky zögerte. Sie wollte gerade wieder von der gelben Ratte anfangen und über die Verbindung zum Selbstmord am Hauptbahnhof sprechen, da ging ihr Dragos Reaktion durch den Kopf.

„Na gut, vielleicht spinne ich einfach nur“, sagte sie zu sich selbst und fügte in Lukes Richtung hinzu:

„O. k., wir machen es. Lass uns nachher Drago informieren.“

Ihre kurzen Selbstzweifel wichen einem prickelnden Gefühl, das sie als Aufregung, Vorfreude und Abenteuerlust kannte. Auf diesen Nervenkitzel, der sie bei den kleineren Raubzügen packte, war sie fast süchtig. Die Aussicht auf einen Tausender war ein zusätzlicher Anreiz. Sie blickte auf ihr wieder gefülltes Glas Wodka, dann zu

Luke, der schon wieder Miyu lachend etwas ins Ohr säuselte und dann zu Nesra, die gerade mit einem jungen Mann flirtete und nebenbei eine Line Koks durch die Nase zog.

In diesem Moment waren alle Bedenken vom Tisch. Sie beschloss, dass dieser Abend, dieser Freitag großartig werden würde. Sie trank einen großen Schluck aus dem Glas, machte ihre Zigarette aus und winkte Miyu zu sich, um die nächste Bestellung aufzugeben. Die Nacht war noch jung, und mehr zählte nicht.

Der Geruch von frischem Kaffee ließ Vicky aus dem Schlaf erwachen. Sie öffnete die Augen und sah, dass sie neben Nesra lag. In der Küche hörte sie Lukes Stimme. Sie setzte sich auf die Bettkante, bereute es aber sofort wieder, da ihr Kopf sich mit höllischen Kopfschmerzen meldete. Sie hielt kurz inne, legte die Hände an die Schläfen und atmete tief ein und aus. Anschließend ging sie durch das Wohnzimmer in die offene Küche.

Luke saß wie üblich in Boxershorts am Küchentisch. Er hielt sein iPhone in der Hand und war mit einem sympathisch aussehenden Unbekannten in ein Gespräch vertieft. Der Unbekannte hielt eine Tasse Kaffee in den Händen und hörte Luke gebannt zu. Erst jetzt bemerkte Vicky, dass sie nackt war. Sie überlegte, sich etwas anzuziehen, entschied sich dann aber dagegen. Sie erinnerte sich bruchstückhaft an wildes Durcheinander im Wasserbett.

Dann ist's jetzt auch egal, ob ich was anhabe, dachte sie sich.

„Morgen, Vic. Setz dich, Kaffee ist fertig“, begrüßte sie Luke, stand auf und goss Vicky eine Tasse ein. Sie setzte sich neben den Unbekannten und nickte ihm zu.

„Guten Morgen, ich bin Finn, falls du dich nicht mehr daran erinnerst.“

„Natürlich erinnere ich mich noch“, log Vicky.

Luke stellte die dampfende Tasse vor sie auf den Tisch und legte eine Packung Aspirin daneben. Sie nahm einige Pillen aus der Verpackung und schluckte sie mit einem großen Schluck hinunter.

Vicky dachte an die gestrige Nacht und suchte nach Bruchstücken der Erinnerung. Sie hatten es an der Bar im VIP-Bereich des Ocsids mächtig krachen lassen. Mehrere Runden Wodka und Bier bestellt. Wahrscheinlich auch noch andere Getränke. Sie erinnerte sich auch an einige Linien Kokain. Teilweise kamen ihr Bilder auf der Tanzfläche in Erinnerung. Es war heiß und stickig gewesen. Irgendjemand hatte sie später auf eine Ampulle Liquid Ecstasy eingeladen. Oder war es sogar mehr als eine?

Sie erinnerte sich nun auch wieder, wie sie gegangen waren. Zu viert. Nesra, Luke, dieser Finn und sie. In der Wohnung angekommen, hatten sie getanzt und weiter gefeiert. Sie hatte Bilder im Kopf, wie sie auf dem Bett lag und Luke und Finn auf dem Sofa sitzen sah. Die beiden fingen an, miteinander rumzumachen, während Nesra sich bis auf die Unterwäsche auszog und mit einer Flasche Sekt zu ihr unter die Bettdecke krabbelte.

Dann verschwanden die Erinnerungen wieder.

Vicky wischte die Gedanken weg und kam ins Hier und Jetzt zurück. Es gab nun Wichtigeres, als die vergangenen Stunden aufzuarbeiten.

„Luke, was ist mit unserem Job, haben wir Drago Bescheid gegeben?“

Luke hielt mit seinen Ausführungen kurz inne, blickte belustigt zu ihr herüber und antwortete: „Ja, alles erledigt. Wir sollen heute Abend zu ihm kommen, dann verrät er uns die Details.“

Finn blickte beide verwundert an. „Ihr arbeitet zusammen?“, fragte er.

„Nichts Interessantes“, war eine Stimme hinter Vicky zu hören. „Die zwei Jungspunde jobben öfter mal nebenher, für ein bisschen Extrakohle“, flunkerte Nesra und schickte einen mahnenden Blick in Richtung Luke und Vicky.

„Guten Morgen, mein Schatz“, sagte Luke und sprang auf, küsste Nesra und umarmte sie zärtlich.

Nesra erwiderte Lukes Liebkosungen für einen Moment, riss sich dann von ihm los und verschwand Richtung Badezimmer.

Vicky trank ihren Kaffee aus, ging in das Ankleidezimmer zu ihrer Klamottenschublade und suchte sich etwas Bequemes zum Anziehen raus. Da sie fast immer das gesamte Wochenende bei Luke und Nesra verbrachte, hatte sie einen Teil ihrer Klamotten bei den beiden gebunkert. Eine schwarze Leggings und einen grauen Kapuzenpullover. Barfuß verließ sie das Ankleidezimmer und lief durch den Flur zurück ins Wohnzimmer.

„Vic, wir bestellen Thai, für dich auch o. k.?“, fragte Luke über den Küchentisch zu ihr herüber.

„Jepp. Für mich wie immer gebratene Nudeln“, antwortete sie.

Luke nickte und starrte wieder auf sein iPhone.

Vicky machte es sich auf dem Sofa bequem, auf dem kurz darauf auch Nesra Platz nahm. Sie trug einen Bademantel und hatte ein Handtuch wie einen Turban um den Kopf gewickelt. Ein himmlischer Duft von Kokoslotion wehte Vicky in die Nase, und sie bemerkte neidlos, wie sexy die dunkle, makellose Haut Nesras im Tageslicht glänzte.

Den restlichen Nachmittag verbrachten sie in der Wohnung. Sie aßen zusammen, quatschten miteinander und schauten sich auf Netflix die neueste Staffel der Serie „Haus des Geldes“ an. Sie liebten es, über den Überfall auf die spanische Banknotendruckerei zu diskutieren und stellten sich vor, wie es wäre, selbst so ein großes Ding zu drehen und dann mit Säcken voll Geld abzuhauen. Und Vicky liebte es, mit den beiden verrückte Zukunftspläne zu schmieden.

Ganz so, als wären wir eine Familie, stellte Vicky für sich fest, als sie darüber nachdachte. Vielleicht waren sie das auch?

Sie kannte zumindest kein anderes, kein echtes Familiengefühl. Sie war in Jugendheimen oder in ziemlich zweifelhaften Pflegefamilien aufgewachsen und wusste nicht, wer ihre Eltern waren. Sie wusste nicht, ob sie Geschwister oder andere Familienangehörige hatte oder ob diese noch lebten. Sie wusste eigentlich gar nichts aus ihrer Vergangenheit. Sie wusste nicht einmal, ob Viktoria ihr richtiger Name war.

Wenn Sie ehrlich war, gab es auch bezüglich Luke und Nesra einige Leerstellen. Vicky hatte zum Beispiel keine Ahnung, mit was Nesra ihr Geld verdiente. Nesras Job war bisher nie ein Thema zwischen ihnen gewesen. Er musste aber verdammt gut bezahlt sein, da sie, so viel wusste Vicky immerhin, die Miete des Lofts allein bezahlte. Sie hatte Nesra nie danach gefragt und Luke war ihr jedes Mal bei der Antwort bewusst ausgewichen, sodass Vicky im Laufe der Zeit einfach beschlossen hatte, das Thema nicht mehr anzusprechen.

Finn verließ die drei gegen 19 Uhr. Es war inzwischen draußen stockdunkel geworden und ein dichter Nebel hatte sich über Stuttgart gelegt. Luke holte Bier aus dem Kühlschrank. Die drei machten es sich auf dem Sofa gemütlich und steckten die Füße unter die Decke.

„Wann sollt ihr bei Drago sein?“, fragte Nesra beiläufig.

„So gegen 22 Uhr“, antwortete Luke, während er die Bierflaschen mit dem Feuerzeug öffnete und je eine Flasche an Nesra und Vicky weiterreichte.

„O. k., ich bin heute nach Mitternacht im Ocsid. Ihr könnt mich jederzeit anrufen, wenn ihr Hilfe braucht“, bot Nesra an.

„Wird schon klappen, wie immer“ sagte Luke, „schnell rein und schnell raus“, fügte er hinzu und lächelte.

Vicky lächelte zurück, trank von ihrem Bier und schaute dabei aus dem Fenster. Sie hatte keine Zweifel und vertraute auf das Improvisationstalent, das sie gemeinsam schon öfters unter Beweis gestellt hatten.

Ihr iPhone klingelte. Es war Tom. In Vicky regte sich das schlechte Gewissen. Sie hatte einige Tage nichts mehr von sich hören lassen, und er machte sich wahrscheinlich Sorgen. Sie ließ es klingeln und versuchte, nicht an ihn zu denken.

Im Hintergrund lief ein älterer Stuttgarter „Tatort", als Luke und Vicky sich für den nächtlichen Beutezug umzogen. Kommissar Lannert sah sie missbilligend an. Beide wählten ein dunkles Outfit. Luke trug eine dunkelblaue Jeans, schwarze Nikes, ein dunkelgraues Longsleeve und seinen schwarzen Mantel. Vicky entschied sich für eine schwarze, enge Hose, Doc-Martens-Stiefel, ein dunkelgrünes, ärmelloses Oberteil mit einem dünnen, grauen Cardigan und ihre schwarze Lederjacke.

Kurz darauf hatte sie ihren Rucksack mit den Einbruchsutensilien geschultert. Gegen halb zehn verließen sie die Wohnung in Richtung Ocsid.

Sie waren pünktlich um 22 Uhr im Nox Room. Drago war niemand, den man ohne guten Grund warten ließ. Und so saßen sie, unter den unergründlichen Augen von Dragos Nummer 2, Katla, an der Bar, rauchten eine Zigarette nach der anderen und tranken Sekt.

Gegen 23:30 Uhr erschien Drago endlich und deutete ihnen an, zu ihm ins Büro zu kommen.

Drago steuerte die kleine Sitzecke links vom Schreibtisch an. Er ließ sich in einen der braunen, ledernen Ohrensessel fallen, lächelte Luke und Vicky an und nickte zufrieden. Die beiden setzten sich ebenfalls. Nach einem kurzen Blickwechsel mit Drago verließ Katla das Büro und schloss die Tür von außen.

„Es ist so", kam Drago ohne Umschweife auf das Geschäftliche zu sprechen. „Ich kenne da jemanden, der in einem Sicherheitsunternehmen arbeitet, das sich auf Einbruchschutz und Alarmanlagen spezialisiert hat. Wie der Zufall es will, hat seine Firma auch die Sicherheitsmaßnahmen im Haus meines Geschäftspartners betreut.

Der Mann ist mir seit Kurzem etwas schuldig. Als Gegenleistung hat er mir den Code für die Alarmanlage in dem Haus zukommen lassen." Drago fingerte einen kleinen, gefalteten Zettel aus seiner inneren Brusttasche seines schwarz glänzenden Anzugs hervor und reichte ihn Vicky.

„Die Adresse steht auch darauf", fügte er hinzu. Sie steckte den Zettel kommentarlos in ihre Hosentasche. Sie wusste, dass sie nun Dragos Worten aufmerksam zuhören musste, denn er hasste es, sich zu wiederholen.

„Der Alarm geht erst 120 Sekunden, nachdem ihr im Haus seid, los. Es ist kein stiller Alarm, das heißt, wenn der Alarm ausgelöst werden sollte, hört ihr ihn. Dann müsst ihr schleunigst verschwinden. Mit dem Code habt ihr genau 120 Sekunden Zeit, die Anlage zu deaktivieren", erklärte er. Nach einer kurzen Pause fuhr er fort.

„Der Hauseigentümer kommt erst morgen früh wieder. Er ist heute Abend mein Gast, er wird gegen 1 Uhr hier sein und er wird nicht vorm Morgengrauen hier rauskommen, das verspreche ich euch", sagte er grinsend. „Zeit genug also, die Uhr zu suchen, zu finden und dann wieder zu verschwinden."

„Welches schöne Stück sollen wir mitgehen lassen?", fragte Luke.

Drago legte ein Foto auf den Tisch. „Das ist eine Girard Perregaux. Mit dem Armband aus Krokodilleder ist sie etwa 45.000 Euro wert. Bei der Auktion lag der Preis leider noch ein Stück höher." Vicky und Luke betrachteten mit offenem Mund das Foto. Es war eine silberne Herrenuhr mit schwarzem Ziffernblatt. Während Vicky sich fragte, ob Drago den Wert der Uhr erwähnte, um ihnen klarzumachen, wie unterbezahlt sie als Einbrecher waren, pfiff Luke beeindruckt durch die Zähne: „Krass, fünfundvierzig Riesen ist die wert? Scheiße, wer gibt für eine Uhr so viel Geld aus? Ich meine, es ist ja nur eine Uhr, oder?"

Statt zu antworten, blickte Drago Luke tief in die Augen. Vicky spürte fast körperlich, wie er sich mit größter Anstrengung zusammenriss, um Luke nicht sofort mit einer seiner Pranken eine Schelle zu verpassen. Sie wusste, dass er so eine despektierliche Äußerung nicht noch einmal dulden würde. Luke bemerkte seinen Fauxpas und wurde bleich im Gesicht.

Vicky lenkte ihre Konzentration wieder auf die Fünfundvierzig-Riesen-Uhr und versuchte, sie sich einzuprägen. Zufällig fiel ihr Blick auf die goldene Armbanduhr an Dragos Handgelenk. Ob die auch so viel wert war? Ihr fehlte jegliche Vorstellungskraft, so viel Geld für eine Armbanduhr auszugeben. Ihr fehlte die Vorstellungskraft, für *irgendetwas* auf der Welt so viel Geld auszugeben.

„Ihr bringt mir die Uhr, bevor der Gast das Ocsid verlässt, habt ihr das verstanden?“, beschwor Drago sie eindringlich.

Vicky und Luke nickten.

Scheinbar zufrieden stand Drago auf und angelte sich eine dicke Zigarre aus der Zigarrenbox auf seinem Schreibtisch. Er knipste das Zigarrenende ab, zündete sich seine Havanna an und stellte sich paffend vor die Monitore hinter seinem Schreibtisch.

Vicky verstand den Wink und erhob sich. Es war alles gesagt, und Luke tat es ihr gleich.

Schweigend verließen sie das Büro und gingen zurück in den Nox Room.

Sie setzten sich an die Bar und bestellten bei Miyu zwei Bier und zwei Sambucca.

„Haben wir alles dabei?“, fragte Luke, als Miyu die Getränke abgestellt hatte und außer Hörweite war.

„Ja, ich hab alles dabei, wie immer. Ist ja nicht mein erster Tanz“, antwortete Vicky leicht genervt.

Sie war in der Regel vor ihren gemeinsamen Beutezügen deutlich entspannter. Für sie kam der Kick erst kurz davor oder währenddessen. Luke war meist schon Stunden davor nervös und versuchte, sich mit seinem üblichen Geplapper zu beruhigen.

Da sie ahnte, dass das Warten für ihn zur Qual würde, winkte sie Miyu zu sich und bestellte einen Joint.

So vertrieben sie sich die Zeit an der Bar, ein wenig Alkohol und der Spliff brachte sie auf andere Gedanken und irgendwann amüsierten sie sich so gut, dass Vicky den Auftrag fast schon vergessen hatte, als ihr Blick auf ein ungleiches Pärchen fiel. Katla begleitete einen kahlköpfigen, etwas älteren, gut gekleideten Mann in den Nox Room. Drago trat fast zeitgleich von der anderen Seite hinzu und begrüßte den Mann mit einer herzlichen Umarmung. Vicky wusste allerdings, was Dragos herzliche Umarmung so alles bedeuten konnte.

Sie verstand Katlas eindringlichen Blick in ihre Richtung und das leichte Nicken, das unmissverständlich Luke und ihr galt.

„Luke, es wird Zeit."

Luke sah auf, registrierte den Unbekannten bei Drago und Katla und verstand sofort.

Sie packten ihre Sachen zusammen, zogen die Jacken an und verließen schweigend das Ocsid.

Draußen angekommen, vibrierte Vickys iPhone. Sie zog es aus der Tasche. Es war eine Nachricht von Tom:

"Wo bist du?"

Vicky kniff die Augen leicht zusammen und war hin- und hergerissen.

Luke drängte. „Sag schon, wo müssen wir hin?"

Sie steckte das iPhone wieder in ihre Jackentasche und holte Dragos Zettel heraus. Im fahlen Licht der Straßenlaterne prägte sie sich die Adresse ein, steckte den Zettel wieder weg und zog sich die Kapuze über den Kopf, sodass nur noch die Spitzen ihre blonden, lockigen Haare aus der Kapuze hervorlugten.

Sie kannte die Straße, die auf dem Zettel stand.

„Ist knapp zwanzig Minuten von hier entfernt, im Stuttgarter Norden."

Luke grinste zufrieden: „Endlich geht's los!!"

Sie nahmen den Nachtbus und stiegen eine Haltestelle vor ihrem Ziel aus, liefen zwei Straßen zu Fuß ab, bis sie kurz vor dem Haus unter einer Straßenlaterne stehen blieben. Es war gespenstisch ruhig, kein Laut aus den umliegenden Häusern drang nach außen. Vicky zog noch mal den Zettel aus der Tasche. Ja, sie waren richtig. Es war eine weiße, moderne Villa mit einer Doppelgarage und einem Garten drum herum. Es war dunkel im Haus, und alles sah leer und verlassen aus. Vicky stellte sich vor, wie Drago gerade dem unbekannten Mann eine Runde nach der anderen ausgab, womöglich auch ein oder zwei Mädchen organisiert hatte, um ihn bei bester Laune zu halten.

Nun war es so weit. Sie war bereit.

Der Adrenalinkick kam nun auch bei Vicky an. Es kribbelte im ganzen Körper. Das angenehme Gefühl des Alkoholpegels, das sie in den letzten Stunden erreicht hatten, schien verschwunden zu sein. Dennoch wusste Vicky, dass dies täuschen konnte, durch den Alkohol war man zwar in der Regel etwas ruhiger, allerdings auch unvorsichtiger. Luke schien das Gleiche zu denken und zog ein kleines Tütchen mit weißem Pulver hervor.

„Showtime", sagte er, dann leckte er sich über die Lippen, öffnete das Tütchen und legte sich eine Portion Koks auf den Handrücken zurecht. Nachdem er und auch Vicky eine Line gezogen hatte, fühlte sie sich hellwach und bis in die Fingerspitzen elektrisiert.

Sie zogen sich beide Gummihandschuhe an und ihre Kapuzen tiefer ins Gesicht.

Jetzt konnte es losgehen.

Sie schlichen um das Haus und entdeckten auf der Rückseite einen grünblau beleuchteten Pool. Das Wohnzimmer, welches an den Garten angrenzte, war leicht einzusehen, da die komplette Außenwand im Erdgeschoss aus Glas bestand. Routiniert brachen sie mit dem Brecheisen die Verandatür auf. Die Geräusche, die sie machten, klangen unheimlich laut. Aber Vicky wusste, dass dies nur Einbildung war. Außerdem waren die meisten Fenster im November geschlossen. Kaum jemand bemerkte es, wenn bei den Nachbarn eingebrochen wurde. Und wenn doch, lag es meistens daran, dass jemand etwas gesehen und nicht gehört hatte. Als die Tür offen war, bewegten sie sich schnell zur rot blinkenden Alarmanlage. Vicky gab rasch den Code ein.

Die Anzeige der Alarmanlage schaltete wieder auf Grün.

Vicky und Luke lauschten einen Moment in die Dunkelheit des Hauses.

Alles blieb still. Nach einigen Sekunden, gefühlt waren es Minuten, deutete Vicky zu Luke und dann auf das Stockwerk nach oben. Meistens waren Schmuckstücke und Uhren im Schlaf- oder Ankleidezimmer zu finden. Sie wusste aus Erfahrung, dass die meisten Menschen Dinge, die sie öfters nutzten, anzogen oder gebrauchten, aus Bequemlichkeit nie in einem Safe wegschlossen, völlig egal wie teuer oder kostbar sie waren.

Luke schlich die Treppen rauf, während Vicky unten wartete.

Sie schaute sich im Wohnzimmer um, fand aber nichts, was für sie von Interesse war. Sie kniete sich wieder in den Schatten der Säule, die das Obergeschoss abstützte und blickte durch die Fensterfront auf den beleuchteten Pool im Garten. So verharrte sie einige Minuten, in der Hoffnung, dass Luke gleich die Treppen herunterkommen würde.

Ihr Atem ging schnell, aber gleichmäßig, sie beobachtete kurz, wie sich ihr Brustkorb durch ihre Atmung hob und senkte. Sie atmete bewusst durch den Mund. Ein und aus. Die Regelmäßigkeit beruhigte sie. Ihre Sinne waren geschärft und registrierten jede Auffälligkeit.

Plötzlich entdeckte sie eine Bewegung im Gebüsch links gegenüber vom Pool.

Irgendwas war da. Da wieder. Ein Schatten. Etwas kam aus dem Gebüsch.

Sie traute ihren Augen nicht.

Es war ein Tier, kleiner als ein Hund, mit einem langen dünnen Schwanz. Eine Ratte, nein, eine gelbe Ratte. DIE gelbe Ratte.

Das Mistvieh rannte leuchtend gelb am Pool vorbei über das kurze Rasenstück, blieb kurz auf halber Strecke stehen, schnüffelte an etwas und verschwand dann in Richtung der gegenüberliegenden Hecke.

Vicky stand auf, schaute der Ratte nach, wollte schon fast raus aus dem Haus in den Garten und hinter ihr her, da vernahm sie aus den Augenwinkeln Luke, der lautlos die Treppe runterschlich.

„Hab alles, lass uns verschwinden."

Vicky nickte ihm zu, drehte sich aber noch kurz zu der Ratte um. Sie war verschwunden. Vicky fluchte lautlos. In ihren Gedanken ging sie die erste Begegnung mit der Ratte durch, dann den Selbstmord des Mannes und nun das hier. Das konnte kein Zufall sein. Aber was sollte es bedeuten? Vicky schüttelte unwillig den Kopf. Sie hatte keine Lust auf Komplikationen in ihrem Leben. Es gab schon genug davon.

Luke griff nach ihrer Schulter. „Auf jetzt, wir müssen hier raus."

Vicky ließ die Ratte Ratte sein und deutete Luke mit einem Nicken an, dass sie bereit zum Aufbruch war.

Sie verließen die Villa auf dem gleichen Weg, auf dem sie hineingekommen waren. Alles blieb ruhig. Trotzdem blickte sich Vicky immer und immer wieder um, ohne das zu sehen, was sie erhoffte. Oder befürchtete.

Wieder auf der Straße, verlangsamten sie ihre Schritte, um nicht aufzufallen. Innerhalb weniger Minuten waren sie wieder normale Nachtschwärmer, die auf den Bus warteten.

Allerdings war außer ihnen keine Menschenseele auf der Straße. Sie fuhren den restlichen Weg zurück zum Hauptbahnhof und begaben sich dann ohne Umschweife zurück ins Ocsid.

Sie betraten den VIP-Bereich und ließen sich an der Bar auf zwei Barhockern nieder. Nesra sah sie von Weitem und kam von der Tanzfläche zu ihnen herüber.

„Hat alles geklappt?", fragte sie eher neugierig als besorgt.

„Alles bestens", antwortete Luke, während er unauffällig den Mann im Hintergrund beobachtete, in dessen Haus sie noch vor ein paar Minuten gewesen waren. Er stand an der gegenüberliegenden Seite der Bar und goss seinen zwei hübschen Begleiterinnen lachend Champagner nach. Vicky kannte die beiden Frauen. Sie arbeiteten für Drago.

Vicky nahm einen tiefen Schluck von dem eiskalten Bier, das plötzlich vor ihr stand und versuchte, ihre Gedanken zu ordnen.

Was war soeben geschehen? Sie waren in ein Haus eingebrochen und hatten eine teure Uhr gestohlen. So weit, so unspektakulär. Doch dann war wie aus dem Nichts wieder diese merkwürdige gelbe Ratte aufgetaucht. Es war ihre dritte Begegnung mit dem hässlichen Tier. Zufall? Wohl kaum. Sie beschloss, der Sache baldmöglichst auf den Grund zu gehen. Sie wusste zwar nicht wie, aber irgendetwas hatte es mit der Ratte auf sich. Wenn sie ein Zeichen, ein Scherz oder so was für sie sein sollte, dann musste jemand gewusst haben, wo sie gerade mit Luke gewesen war. Dafür kamen nicht viele infrage, eigentlich fast niemand. Es sei denn, sie wurde verfolgt.

Sie dachte noch einmal über Dragos Reaktion nach, über seinen Spruch über ihren Drogenkonsum, als sie ihm von der Ratte erzählt hatte. Im Nachhinein fand es Vicky sehr offensichtlich, dass Drago nur versucht hatte, das Thema zu wechseln. Was nur bedeuten konnte, dass Drago mehr wusste, als er zugeben wollte. Sie musste reden. Nicht mit Drago, aber mit jemand anderem.

Nur mit wem? Mit Luke oder Nesra? Das hatte sie schon ganz zu Anfang versucht. Und Luke hatte sich nur über sie lustig gemacht.

Blieb nur Tom. Bei dem Gedanken an seine Nachricht meldete sich das schlechte Gewissen bei ihr. Und die Gewissheit, dass sie ihm ganz bestimmt nichts über diese merkwürdige Nacht erzählen würde.

Der Besitzer des Ocsid saß in seinem schwarzen Ledersessel und beugte sich mit den Ellbogen vor auf den Schreibtisch. Seine gierigen Blicke folgten jeder Bewegung, als Luke die Diebesbeute nach und nach aus dem Rucksack zog. Vicky saß neben Luke und sah nun auch zum ersten Mal das, was Luke neben der Uhr noch hatte mitgehen lassen.

Das erste Stück war gleich die Uhr, die Drago unbedingt sein Eigen nennen wollte, die Girard Perregaux mit dem Krokodilarmband.

„Lecko mio“, entfuhr es Drago, als er sie um sein Handgelenk legte und mit glänzenden Augen begutachtete.

„Sehr schön! Das habt ihr gut gemacht“, sagte er, ohne dabei den Blick von der Uhr abzuwenden.

„Das hier habe ich auch noch eingesteckt“, sagte Luke und zog noch zwei weitere Uhren aus dem Rucksack.

„Oh, eine Panerai Luminor und eine Tudor Blackbay Heritage. Dobro, die bringen noch etwas Cash auf dem Markt“, sagte Drago anerkennend, blickte die beiden Uhren aber nur beiläufig an, um dann wieder sein Handgelenk mit seinem neuen Lieblingsstück zu betrachten.

Luke und Vicky warteten geduldig. Sie kannten Dragos Rituale und wussten, dass man ihn nicht stören durfte.

„O. k., Freunde“, sagte er schließlich.

„Ich bin zufrieden, sehr zufrieden. Ihr bekommt wie besprochen jeder Tausend Euro Cash und eure Deckel werden am Ende der Nacht genullt. Das heißt, alles was bis dahin auf eurem Deckel steht, ist beglichen.“ Dann zog er ein Bündel Geldscheine aus der Schublade seines Schreibtischs und zählte jeweils zehn Hundert-Euro-Scheine auf zwei Stapeln ab. Als er das restliche Geld zusammen mit den drei Uhren wieder in der Schublade verstaut hatte, schob er einen Stapel zu Luke und einen zu Vicky.

Die beiden packten das Geld rasch ein und nickten Drago zu.

Vicky war zufrieden. Sie hatten jeder einfach und unkompliziert tausend Euro verdient und, was mindestens genauso viel wert war, sie konnten den Rest der Nacht im Ocsid umsonst weiterfeiern. Inklusive des Deckels von letzter Nacht war das mehr als genug. Vicky war sich sicher, dass Luke es genauso sehen würde.

Der große Unterschied zwischen Luke und mir, dachte Vicky, ist nur die gelbe Ratte, die mir nicht aus dem Kopf geht.

Sie verließen Dragos Büro und gelangten wieder in den VIP-Bereich.

Nesra erwartete sie bereits. „Heute geben wir noch mal Vollgas", sagte Luke mit einem breiten Grinsen, „alles geht auf mich."

Nesra lächelte. Neben ihr standen zwei Frauen, die wie Models aussahen, die Vicky allerdings nicht kannte. Nesra stellte die beiden mit Namen vor, allerdings hörte Vicky nicht wirklich zu, sie hatte sie schon wieder vergessen, als sie sich zur Bar umdrehte und bei Miyu einen Gin Tonic bestellte.

Ihr war nicht nach Feiern, weil sie dauernd über die verdammte Ratte nachdachte. Sie musste endlich wissen, was es damit auf sich hatte.

Sie nahm ihren Gin Tonic, ihre Jacke und ihren Rucksack, sah aus dem Augenwinkel, wie Luke und Nesra mit den beiden Models lautstark und lachend eine Flasche Champagner öffneten und verließ unauffällig den VIP-Bereich. Sie ging durch den Tunnelgang rüber zum Main Floor und blieb am Rand des großen Raumes stehen.

Die Tanzfläche war brechend voll. Der DJ, der in der Mitte des Raums an den leicht erhöhten Turntables stand, feuerte die tanzende Menschenmenge an. Laute, harte Housebeats peitschten durch die Boxen, die sternförmig um sein Pult angeordnet waren. In den beiden Käfigen, die neben den Boxen auf der Tanzfläche standen, tanzten gutaussehende, durchtrainierte Männer und Frauen, die ihre schweißnassen Körper immer wieder eng aneinander rieben.

Vicky lehnte sich an die Wand, beobachtete das Treiben aus einiger Entfernung und nippte an ihrem Gin Tonic.

Was sollte sie nun tun? Auf was hatte sie Lust?

Und vor allem: Mit wem eigentlich?

Sie fühlte sich plötzlich sehr einsam und wollte raus aus dem Ocsid.

Sie stellte das Glas ab und fällte einen Entschluss.

Sie klopfte dreimal an die hölzerne Wohnungstür und wartete. Tom öffnete verschlafen, in Boxershorts und seinem „Foo Fighters"-T-Shirt, die Tür.

„Sag mal, hast du eine Ahnung, wie spät es ist?"

Vicky blickte auf den Boden.

„Und überhaupt, seit Tagen gehst du nicht an dein Handy."

Vicky fixierte weiterhin Toms abgetretene Fußmatte.

„Sorry, Tom", sagte sie irgendwann, hob leicht den Kopf und sah ihn mit einem entschuldigenden Blick an.

Nun mach schon, Tom, dachte sie. Lass mich hier nicht so blöd vor der Tür stehen.

Tom hielt ihrem Blick nur kurz stand, atmete hörbar aus und öffnete dann die Tür so weit, dass sie hindurchschlüpfen konnte.

Na also, triumphierte sie innerlich.

Sie huschte in den Flur, zog die Stiefel und die Jacke aus und ließ den Rucksack auf den Boden fallen. Sie war direkt vom Ocsid in das Studentenwohnheim gefahren und zu Tom gegangen. Sie war nun seit Freitagmorgen nicht mehr in ihrer Wohnung gewesen. Irgendwann musste sie allerdings rüber, um ihre Lieblinge zu füttern. Spätestens morgen. Bis dahin würde sie hierbleiben können, hoffte sie.

Tom ging an ihr vorbei, wieder ins Bett.

Sie zog sich komplett aus, ließ ihre Klamotten im Wohnzimmer liegen, und schlüpfte zu ihm unter die Bettdecke. Sekunden später war sie eingeschlafen.

Sie stand plötzlich neben dem glatzköpfigen Mann auf dem Bahnhofsturm. Der Mann drehte sich langsam um die eigene Achse, streckte dabei die Arme von sich und zog dann den Trenchcoat aus. Als er seinen Oberkörper entblößte, blieb er direkt zu ihr gewandt stehen und starrte sie mit seinem speckigen Gesicht und den kleinen Knopfaugen an. Dann drehte er ihr den Rücken zu und sprang. Sie blickte ihm nach. Während des Flugs drehte sich sein Körper auf den Rücken und er sah ihr weiter in die Augen. Dann schlug er auf dem Boden auf.

Vicky wurde aus dem Traum gerissen und saß sofort senkrecht im Bett. Einen kurzen Moment wusste sie nicht, wo sie sich befand.

Es war noch dunkel draußen. Nur das Licht des bleichen Mondes und der matte Schein einiger Straßenlaternen fanden den Weg durch das Fenster in den Raum.

Tom lag neben ihr und schlief.

Sie schlüpfte aus dem Bett, ging ins Badezimmer und wusch sich das Gesicht mit kaltem Wasser. Sie zog Toms Bademantel an, der an der Badezimmertür hing, krabbelte im Wohnzimmer auf dem Sofa unter die Sofadecke und steckte sich eine angeleckte Lucky an.

Nach zwei tiefen Zügen an der Kippe spürte sie das beruhigende Kratzen des Rauchs in ihrem Hals. Sie fühlte, wie sie sich langsam wieder beruhigte.

Was für ein verrückter Traum. Sie wusste instinktiv, dass die Bilder wiederkommen würden. Daher beschloss sie, sich das Video im Internet noch mal genau anzuschauen. Ein paar Suchanfragen reichten aus, um den Mann im Netz zu finden. Sie startete den Clip und blickte gebannt auf den kleinen Bildschirm ihres iPhone. Als das Video endete, hatte sie das Gefühl, etwas übersehen zu haben. Irgendetwas fand sie merkwürdig, sie konnte allerdings nicht genau sagen, was es war. Sie fühlte tief im Inneren ein Kribbeln, als ob ihr Unterbewusstsein es schon wusste und ihr nun unbedingt etwas Entscheidendes mitteilen wollte. Sie merkte, dass es ihr auf der Zunge, auf der Seele lag und sie im Begriff war, es zu erkennen. Sie startete den Film erneut. Und da sah sie es.

„Was zum Teufel machst du da", fragte Tom, während er plötzlich im Türrahmen des Schlafzimmers stand.

Vicky erschrak so stark, dass sie das iPhone und die halb gerauchte Zigarette auf die Decke fallen ließ.

„Mist", fluchte sie laut, als sie die Glutfunken der Zigarette auf der Decke ausklopfte.

Tom kam näher. „Was ist los mit dir?"

„Ich habe etwas entdeckt", antwortete sie, ihr iPhone wieder in der Hand haltend. „Das musst du sehen."

Tom setzte sich neben sie auf das Sofa und blickte auf das Display.

„Ist das ein Video von dem Selbstmord am Bahnhof?"

„Ja, und dabei ist mir etwas aufgefallen", sagte sie aufgeregt.

Sie spielte den Clip erneut ab. Als er endete, sagte Tom spöttisch: „Ich habe keinen blassen Schimmer, was du meinst, Vicky."

„Ich habe es auch erst beim dritten Mal registriert. Sieh es dir noch mal an und achte darauf, wohin der Mann schaut."

Sie spielte den Film erneut ab.

Als der Mann den freien Oberkörper und die gelb bemalte Ratte mit dem Schriftzug SEHT HER entblößte, rief Vicky aufgeregt: „Jetzt pass auf."

Der Mann drehte sich und blickte genau in die Handykamera, die ihn filmte. Er schien zu lächeln, bevor er sprang.

„Das ist Zufall, Vicky", sagte Tom.

„Woher soll der Mann wissen …"

„Du meinst, woher er wusste, dass er gefilmt wird?", fragte er mit spöttischem Gesicht.

Vicky nickte.

„Ach komm, das ist doch Quatsch", antwortete Tom und wurde lauter: „Ich glaube, da spinnst du dir was zusammen."

Etwas überrascht über den barschen Ton, den Tom plötzlich an den Tag legte, zuckte Vicky kurz zusammen. Diese Seite kannte sie gar nicht an ihm. Wahrscheinlich war er müde und wollte einfach wieder ins Bett. Dennoch war sie sich sicher, dass sie recht hatte: „Nein, Tom, ich glaube sogar, dass er es nicht nur wusste, ich glaube, dass er gesprungen ist, *weil* er gefilmt wurde. Er sprang in den Tod, damit es jemand sieht. Damit jemand die Nachricht sieht, die er auf der Brust trägt."

„Wer springt denn freiwillig in den Tod, um eine Botschaft zu übermitteln", fragte Tom und schüttelte dabei schon fast verzweifelt den Kopf.

„Weil ich glaube, dass er gesprungen ist, damit *ich* es sehe", antwortete Vicky traurig und hatte Tränen in den Augen.

Tom schaute sie mit einem merkwürdigen Blick an und schwieg.

Dann erzählte Vicky ihm alles. Von der ersten Begegnung mit der Ratte, als sie in dem gestohlenen Auto saß und auch von der zweiten, als sie mit Luke in das Haus eingebrochen war. Zusammen mit dem Mann, der in den Tod sprang, waren das drei Ereignisse, die miteinander zusammenhängen mussten, da war sie sich sicher.

Die Ratte verfolgte sie sogar in ihren Träumen.

Während sie sich alles von der Seele redete, hörte Tom einfach nur zu. Er unterbrach sie kein einziges Mal.

Als sie fertig war, hielt sie inne, atmete durch und blickte Tom ernst an: „Meinst du, ich werde paranoid?"

Tom erwiderte ihren Blick, atmete einmal tief durch und ließ dann die Schultern erkennbar hängen: „Nein, das glaube ich nicht, Vicky. Ich kenne dich zwar anscheinend weniger, als ich gedacht habe, aber ich denke nicht, dass du paranoid bist. Du bist ziemlich vieles, aber das bist du nicht."

„Was bedeutet das dann alles?", fragte sie.

„Wenn es stimmt, was du sagst, und wir gehen nun davon aus, dass es stimmt, dann kann es kein Zufall sein. Dann bedeutet es, dass es einen Grund dafür gibt, dass diese Ereignisse in deiner Nähe stattfinden." Vicky nickte zustimmend.

„Aber was hat es mit der gelben Ratte auf sich?", fragte sie zunehmend ratloser.

„Vielleicht ist es ein Symbol und hat etwas mit deiner Vergangenheit zu tun", mutmaßte er.

„Lass uns mal schauen, wer das Video bei YouTube hochgeladen hat.“ Er nahm Vicky das iPhone aus der Hand.

„Gute Idee“, sagte Vicky mehr zu sich selbst als zu Tom. „Dass ich darauf noch nicht selbst gekommen bin?“

„Hm“, Tom runzelte die Stirn, begann dann zu grinsen und sagte: „Der User nennt sich FredoHasstWelpen. Klingelt es da bei dir?“

Sie verneinte.

Tom zuckte ratlos mit den Schultern.

Er griff sich müde an den Kopf und blickte aus dem Fenster. Draußen dämmerte es und die Farbe des Himmels hatte von schwarz zu grau gewechselt.

Er blickte auf die Uhr.

„7 Uhr, ich mache uns einen Kaffee“, sagte er und erhob sich, ohne sie ein weiteres Mal anzusehen. Vicky folgte Tom fast flehend mit ihren Augen, als er in die Küche ging und Wasser in die Kaffeemaschine goss. Sie hörte, wie er die Kaffeekanne einsetzte, wahrscheinlich drei gehäufte Portionen Arabica in den Papierfilter löffelte, die Maschine anschaltete und im Bad verschwand.

Dann wurde ihr klar, dass Tom ihr auch nicht helfen konnte. Er weiß ja auch nicht mehr als ich, er hält mich nur auf, dachte sie.

Sie stand auf, sammelte ihre Klamotten auf dem Boden ein, zog sie an, schnappte ihren Rucksack und schloss die Wohnungstür hinter sich, ohne sich von Tom zu verabschieden.

Vicky verließ das Wohnheim, ohne sich umzudrehen.

Auf der Straße spürte sie die bittere Kälte des Novembermorgens. Der Tag war in Nebel und Sprühregen gehüllt und man konnte keinen Steinwurf weit sehen. Sie machte die Jacke zu, zog die Kapuze über den Kopf und steckte die Hände in die Jackentaschen. Sie dachte nicht darüber nach, wohin sie wollte, sondern marschierte einfach los.

Gedankenverloren streifte sie einige Zeit durch die leeren Straßen des Stuttgarter Westens.

Die Stadt schlief noch, es war Sonntag und nur vereinzelt nahm sie Passanten wahr, die im Nebel auftauchten und dann wieder verschwanden.

Sie blieb vor einer Bäckerei stehen, deren Schaufenster hell erleuchtet war. Das Geschäft hatte gerade eben geöffnet und sie beschloss, dass ein Frühstück eine gute Idee wäre.

Die Angestellte hinter dem Verkaufstresen, eine etwas ältere Dame mit rundem, dicklichem Gesicht, musterte sie mürrisch, setzte aber ein geschäftsmäßiges Lächeln auf, als Vicky einen großen, schwarzen Kaffee und ein Croissant bestellte. Sie setzte sich mit ihrem Pott an einen der Bistrotische neben dem Tresen, biss in ihr schmales Frühstück und blickte durch das Schaufenster auf die Straße hinaus. Ihr Gesicht spiegelte sich im Glas der Auslage.

Hier sitze ich, dachte Vicky in einem Anflug von Selbstmitleid. Sonntagmorgens allein in der Bäckerei. Ich und eine schlecht gelaunte Verkäuferin. Sie musste fast lächeln. Dann versuchte sie, ihre Gefühle zu greifen, sie zu verstehen und Ordnung in ihr Inneres zu bekommen. Keine einfache Übung. Oft fühlte sie nämlich nichts. Nichts war vielleicht das falsche Wort, die falsche Bezeichnung. Sie fühlte schon irgendetwas, allerdings konnte sie dies nicht in einem Wort zusammenfassen, es war nicht gut oder schlecht, glücklich oder traurig, zufrieden oder rastlos. Es war vielmehr ein pulsierendes Gefühl, dass immerzu versuchte, nirgendwo anzustoßen. Ihr kam dann immer das Bild einer schwarzen Membran einer großen Bassbox in den Sinn. Die Membran stand waagerecht in der Luft und vibrierte, ohne einen Ton von sich zu geben.

Besser konnte sie das Gefühl nicht beschreiben. Sie hatte auch noch nie versucht, es einer anderen Person zu erklären. Noch nicht einmal Tom.

Vermutlich lag es daran, dass sie die meiste Zeit ihres Lebens eine Einzelgängerin war. In den Jugend- und Pflegeheimen lebte man zwar mit anderen Jugendlichen zusammen, allerdings war man oft deutlich einsamer, als man als Außenstehender glauben würde. Und vor allem misstrauischer. Oft war es besser, sich nicht zu sehr mit anderen einzulassen, vor allem mit den Jugendlichen, die Vicky in den Heimen kennengelernt hatte. Alle kämpften, aber nicht miteinander, sondern gegeneinander. Sie fand, dass die Enttäuschungen, die Schmerzen, körperlich und psychisch, die man dadurch erlebte, es meistens nicht wert waren, jemanden besser kennenzulernen.

Luke und Nesra waren für sie seit langer Zeit die ersten engeren sozialen Bindungen, die sie eingegangen war. Bisher war sie nicht enttäuscht worden, auch wenn sie immer und jederzeit eine Stimme in ihrem Hinterkopf hörte, die sie genau davor warnte. Und dann war da noch Tom. Sie mochte ihn, aber das mit dem Vertrauen war so eine Sache. Und mit der Zukunft sowieso.

„Erwarte nichts, dann wirst du nicht enttäuscht", zitierte sie einen alten Kalenderspruch und musste beinah lachen, während sie den Kaffeebecher in die Hände nahm und sich im Schaufenster selbst beobachtete.

Sie hatte die Kapuze noch über den Kopf gezogen, die blonden, lockigen Strähnen hingen ihr links und rechts in das Gesicht. Das Lippenpiercing, welches sie an der Unterlippe trug, war im Schaufenster kaum zu sehen, ganz im Gegenteil zu den beiden Tattoos, die sich von ihren Oberarmen bis auf die beiden Handrücken schlängelten. Im Spiegelbild waren die beiden Schwanzspitzen der tätowierten Drachen deutlich zu erkennen.

Plötzlich nahm sie rechts von sich eine Bewegung wahr und blickte erschrocken rüber.

Ein glatzköpfiger Mann, etwa in den Vierzigern, setzte sich direkt neben sie. Sie hatte nicht bemerkt, dass jemand in die Bäckerei gekommen war. Er war auffallend gut rasiert und elegant gekleidet, trug einen dunkelblauen Schal um den Hals und einen schwarzen Mantel mit hochgestelltem Kragen.

Er blickte sie wortlos an und stellte den Kaffeebecher vor sich auf den Stehtisch. Bedächtig zog er die teuer aussehenden Lederhandschuhe aus, um sich dann die Hände an dem Kaffeebecher zu wärmen.

Dann stierte er aus dem Schaufenster auf die Straßen der Stadt, die langsam zum Leben erwachte.

Sie wandte sich achselzuckend wieder ihrem Spiegelbild zu und trank still ihren Kaffee.

Nach einigen Minuten ergriff der seltsame Mann das Wort.

„Ich mag dieses Wetter“, begann er, „bei so einem nassen Herbsttag quält sich niemand auf die Straße, schon gar nicht Sonntagmorgen. Dann hat man die Innenstadt für sich allein. Geht es dir ähnlich?“, fragte er.

Vicky war fast verblüfft, von dem Fremden überhaupt angesprochen zu werden. Meistens wurde sie ignoriert oder sogar ablehnend behandelt.

„Hm, ja, könnte sein“, antwortete sie ausweichend, während sie versuchte, sich zu erinnern, was er überhaupt gesagt hatte.

„Wobei“, warf er ein, „so richtig allein ist man eigentlich nie. Sind dir die Ratten aufgefallen?“

Vicky richtete sich auf, drehte sich zu ihm und sah ihn entgeistert an. Jetzt hatte er ihre volle Aufmerksamkeit. Der Mann, der bislang stur ins Schaufenster gesprochen hatte, drehte sich jetzt ebenfalls in ihre Richtung und erwiderte ihren Blick ruhig und abwartend.

„Was haben Sie da gerade gesagt?“, fragte sie ihn.

„Dass man in der Stadt nie ganz allein ist.“

„Ich meine das mit den Ratten.“

„Dass in der Stadt ständig Ratten auftauchen“, sagte er weiterhin völlig ruhig.

Vicky musterte ihn wortlos. Sie biss sich auf die Unterlippe und dachte nach.

Erst jetzt fiel ihr auf, dass er nicht nur glattrasiert war und keine Haare auf dem Kopf hatte. Er hatte auch keine Augenbrauen und keine Wimpern. Mein Gott, dachte Vicky, er sieht fast aus wie ein Alien.

„Schon gut, ich wollte dich nicht belästigen. Ich dachte, du wärst schon so weit", sagte der haarlose Mann, stand auf, verließ die Bäckerei, ohne sich noch einmal umzudrehen. Er ließ sie völlig verblüfft zurück.

Sie blickte ihm durch das Schaufenster nach und sah, wie er eilig hinter der nächsten Straßenecke verschwand.

Vicky starrte auf ihren mittlerweile leeren Kaffeebecher. Sie erhob sich und wollte gerade in Richtung Ausgang aufbrechen, als sie aus den Augenwinkeln eine kleine Karte neben dem Becher des Mannes liegen sah. Neugierig blieb sie stehen. Tatsächlich, eine Art Visitenkarte.

Die eine Seite war blank. Sie drehte die Karte in der Hand und hätte sie dabei vor Schreck fast fallen lassen.

Auf der anderen Seite war nur eine schwarz umrandete gezeichnete Ratte zu sehen, die neongelb ausgemalt war. Kein Name, keine Telefonnummer. Aber unter der Ratte stand in geschwungener Schrift ein Treffpunkt und eine Uhrzeit.

Sofort sprang Vicky auf und hastete aus der Bäckerei. Sie rannte in Richtung der Straße, in der der Mann vor wenigen Sekunden verschwunden war und hielt nach allen Seiten Ausschau. Fast eine Viertelstunde versuchte sie, den Mann wiederzufinden, aber er blieb verschwunden. Immer wieder blickte sie um sich, immer noch die Karte in der Hand.

Von dem haarlosen Mann fehlte jede Spur.

2

Auf der Visitenkarte stand:

Feuersee
19 Uhr

Vicky las sich die kurze Botschaft immer wieder durch.

Mit der rechten Hand drehte sie die Karte unschlüssig in der Hand, während sie mit der anderen die Zigarette in den Mund steckte und tief daran zog. Der Zigarettenrauch, den sie ausatmete, hüllte die Karte für einen Moment komplett ein, bevor der unangenehme kühle Wind sie wieder freigab.

Sie saß an der U-Bahn-Haltestelle auf einer Bank und versuchte, ihre Gedanken zu ordnen. Der Mann hatte sie nicht zufällig angesprochen, das war offensichtlich. Wie wäre sonst die Visitenkarte zu erklären?

Sie grübelte weiter.

Die Adresse und die Uhrzeit sollten vermutlich eine Einladung sein, ein Treffpunkt, ein Termin? Eine Falle?

Nur wen sollte sie da treffen?

Würde sie überhaupt hingehen?

Klar. Sie machte sich nichts vor. Natürlich würde sie hingehen, Neugier hatte in ihrem Leben schon so oft die Vorsicht besiegt.

Anfangs schien es noch ein dummer, mäßig origineller Witz mit einer neongelben Ratte zu sein, aber mit dem Selbstmord auf dem Turm hatte sich alles geändert. Etwas Größeres passierte da gerade.

Und wenn etwas Größeres in Stuttgart ablief, dann wusste in der Regel jemand garantiert Bescheid. Drago.

Sie musste also doch noch mal mit ihm sprechen. Allerdings nicht heute. Heute hatte sie etwas anderes vor. Höchste Zeit, ein paar Vorbereitungen zu treffen.

Die Uhr ihres iPhones zeigte 18:50 Uhr.

Vicky hatte den ganzen Tag in der Stadt verbracht, ohne im Studentenwohnheim gewesen zu sein. Sie hing in diversen Cafés und Bars rum, spielte die mögliche Begegnung immer wieder in Gedanken durch, dachte über die Fragen nach, die ihr auf den Nägeln brannten. Und über mögliche Fluchtwege, wenn die Sache aus dem Ruder lief. Irgendwann bekam sie Hunger, sie aß eine Kleinigkeit im Bagelshop in der Stuttgarter Stadtmitte und war dann ziellos durch die Stadt gestreift.

Nun wartete sie am Feuersee.

Die Sonne war schon vor mehr als einer Stunde untergegangen und hatte das letzte bisschen Helligkeit verschluckt.

Es hatte zwar aufgehört zu regnen, allerdings spürte Vicky den kalten, feuchten Wind durch alle Kleiderschichten hindurch.

Sie ging an der hell erleuchteten Johanneskirche vorbei und setzte sich hinter der Kirche an das Ufer des Feuersees auf eine Bank.

Der Treffpunkt lag direkt vor ihr.

Die Straßenlaternen spendeten gerade so viel Licht, dass sie auf der gegenüberliegenden Seite am Südufer des Sees schemenhaft ein paar Personen erkennen konnte. Kinder sammelten Kastanien oder Steine an den Ufertreppen des Sees und bewarfen die Enten damit.

Das wird nicht der Grund sein, warum ich hier bin, dachte Vicky.

Sie horchte auf, als der Wind die Blätter der großen Bäume hoch über ihrem Kopf zum Rauschen brachte.

Ansonsten war es bis auf den fernen Verkehrslärm der Stadt ziemlich still.

Vicky blickte nervös auf ihr iPhone.

18:58 Uhr.

GONG, GONG, GONG, GONG …

Als das ohrenbetäubende Glockenspiel der Kirche die Dunkelheit zerriss, war Vicky gerade dabei, sich eine weitere Kippe anzustecken. Sie erschrak so sehr, dass sie sich fast mit der Flamme des Feuerzeugs eine ihr ins Gesicht hängende Haarsträhne abgefackelt hätte.

„Beruhig dich, Viktoria", sagte sie zu sich selbst, steckte das Feuerzeug ein und zog nervös an der Zigarette.

Sie tippelte aufgeregt mit ihren kalten Füßen auf dem Boden, während sie auf der feuchten Bank saß und zunehmend genervt auf den See starrte.

Ein letztes Mal auf die Uhr des iPhones schauen, dachte sie.

19:03 Uhr.

Sie steckte das iPhone zurück in die Jackentasche und blickte wieder hoch.

Auf den Ufertreppen auf der anderen Seite war auf einmal ein groß gewachsener Mann aufgetaucht und sah direkt zu ihr herüber. Er hatte seine Hände in einem knielangen, grauen Regenmantel verborgen, stand breitbeinig da und schien sich keinen Millimeter zu bewegen. Er trug eine dunkle Mütze. Obwohl die Laterne am Ufer nur wenig Licht spendete, glaubte Vicky, einen dunklen Vollbart zu erkennen.

Ihr Herzschlag beschleunigte sich.

Sie stand auf, schnippte die Kippe weg und wollte gerade einige Schritte näher ans Ufer gehen, als sie hinter sich eine bekannte Stimme hörte.

„Hallo, Viktoria."

Vicky erschrak, drehte sich um und erkannte den haarlosen Mann wieder, der sie schon am Morgen in der Bäckerei angesprochen hatte.

Er war also tatsächlich gekommen.

„Woher kennen Sie meinen Namen?"

„Ich weiß sehr vieles über dich, Viktoria. Vermutlich mehr, als du selbst über dich weißt."

Vicky stockte und ging einen Schritt rückwärts.

„Was … Was meinen Sie damit? Was wissen Sie?“

„Ich kann es dir erklären, aber nicht hier. Hier ist es nicht sicher. Wir müssen in Bewegung bleiben.“

„Hören Sie, ich habe keine Lust auf ihre Spielchen“, sagte Vicky mit wachsender Ungeduld. „Wenn Sie nicht sofort sagen, was Sie von mir wollen, verschwinde ich.“

Der Mann antwortete nicht, sondern blickte sie nur mit undurchdringlicher Miene an, hob die Hände, die in schwarzen Handschuhen steckten und kam langsam auf sie zu. Vicky wich ein paar Schritte zurück und versuchte, die Parkbank als Schutz zwischen sich und ihn zu bekommen.

„Wer sind Sie überhaupt?“, fauchte sie ihn an. Sie blickte sich um, aber auf dieser Seite des Sees, hinter der Kirche, war weit und breit niemand anderes zu sehen.

„Mein Name ist Nyström“, antwortete er seelenruhig, während er langsam auf sie zukam. Vicky machte einen Schritt zurück.

Für einige Sekunden war es mucksmäuschenstill.

Wortlos umkreisten sich Nyström und Vicky wie zwei Boxer, die Bank zwischen sich. Vicky kam es wie Minuten vor. Dann wurde es ihr zu bunt.

„Was hat es mit der gelben Ratte auf sich? Was ist mit dem Selbstmord am Hauptbahnhof? Was hat das alles mit mir zu tun?“, fragte sie mit zunehmender Wut.

„Viktoria, ich werde dir alles erklären, aber zuerst müssen wir hier verschwinden, denn du bist ein Brorkind und damit in großer Gefahr“, sagte er mit beschwörender Stimme.

„Verdammter haarloser Wixer, mit Ihnen gehe ich nirgendwo hin.“

Viktoria griff in ihre Jackentasche, nahm das Feuerzeug in ihre Faust, um sich auf einen Angriff vorzubereiten.

Dann nahm sie all ihren Mut zusammen.

„Höchste Zeit, dem Freak eine Lektion zu erteilen“, sagte sie sich und ging in Gedanken die Abläufe aus ihrem Kampftraining durch:

Die Faust fest zu drücken, den Daumen ordentlich anwinkeln, Becken, Schulter und Arm zum Gegner drehen …

Plötzlich erschien einige Meter rechts hinter Nyström eine weitere Gestalt. Vicky erstarrte in der Bewegung, als sie den Mann vom gegenüberliegenden Seeufer erkannte.

Der Mann beachtete Vicky nicht, sondern zog einen merkwürdigen Gegenstand unter seinem Mantel hervor, der aussah wie ein langes, kantiges Holzkreuz.

„Nyström", schrie er mit einem seltsamen Akzent, stellte das Holzkreuz auf dem Boden ab und fixierte es mit seinem rechten Fuß. Daraufhin begann er, das Kreuz auseinanderzuklappen und etwas daran aufzuspannen.

Nyström drehte den Kopf zu dem fremden, bärtigen Mann und sprang dann mit einer fast überraschenden, katzenartigen Beweglichkeit über die Bank auf Vicky zu.

Er riss sie mit seinem Körpergewicht um.

Vicky krachte wuchtig mit der linken Seite auf den schlammigen Uferboden und versuchte, sofort wieder aufzustehen. Nyström hielt sie auf den Boden gedrückt und versuchte gleichzeitig, etwas aus seiner Manteltasche zu holen. Anscheinend ohne großen Erfolg, denn sein Druck auf Vicky ließ für einen kurzen Moment nach. Vicky schaffte es, sich aus seinem Griff zu befreien und aufzustehen.

Aus dem Augenwinkel registrierte sie, dass der bärtige Mann, der ihr gegenüberstand, auf sie zielte. Sie erkannte mit Entsetzen, dass er eine Armbrust in den Händen hielt. Sekundenbruchteile später hörte sie ein surrendes Geräusch und fast gleichzeitig spürte sie den heransausenden Pfeil, dessen Aufprall Nyström und sie von den Beinen riss.

Sie lag mit dem Rücken auf dem Körper Nyströms und spürte ein Brennen an der rechten Schulter. Keuchend blinzelte sie einige Male in den schwarzen Himmel hinauf. Als sie sich erhob, fiel sie sofort wieder auf die Knie. Ihr wurde schwindelig. Sie drehte sich auf allen Vieren zu Nyström um und erstarrte.

Der kahlköpfige Mann lag regungslos auf dem Rücken.

In seiner rechten Augenhöhle steckte ein handlanger, fingerdicker Pfeil. Sein Gesicht war zu einer ausdruckslosen Maske verzerrt. Aus dem Mund und der Augenhöhle lief unaufhaltsam dunkles, dickflüssiges Blut. Der Kopf sah verformt aus, als ob der Pfeil auf der Rückseite des Kopfes wieder ausgetreten und das Innere des Schädels gleich mit rausgerissen hatte.

Vicky spürte die aufkommende Übelkeit. Ihr Magen verkrampfte sich und sie schmeckte die saure Gallenflüssigkeit, die in ihren Mund schoss. Sie kotzte neben Nyström ins Gras, als sie mit einem Ruck nach hinten gerissen wurde.

Der Mann hinter ihr murmelte wütend etwas in einer fremden Sprache, als er Vicky an den Haaren von dem leblosen Körper wegzog.

Sie schrie voller Schmerzen auf.

Er zog Vicky grob auf die Beine und drehte sie zu sich um, sodass sie nun das erste Mal sein Gesicht aus der Nähe sah.

Unter seiner grauen Mütze schauten schwarze Locken hervor und er trug, wie Vicky schon vermutet hatte, einen Vollbart.

Er blickte sie drohend an, gab weiterhin unverständliches, wütend klingendes Kauderwelsch von sich und holte aus seinem Mantel Handschellen hervor.

Als Vicky sah, was er vorhatte, reagierte sie instinktiv.

Noch immer das Feuerzeug in der Faust geballt, spannte sie jede Faser ihres Körpers an und schlug blitzschnell zu.

Sie traf den Mann mit zwei schnell geschlagenen Jabs ihrer schwächeren Führhand mitten im Gesicht, machte einen Schritt nach rechts und schlug mit voller Wucht und dem Feuerzeug in der Faust ihrer linken Schlaghand einen Seitwärtshaken an die Schläfe.

Der Mann ging völlig überrascht und mit einem leisen Stöhnen bewusstlos zu Boden.

Vicky nutzte die Chance, drehte sich um und rannte los.

Sie sprintete an der Kirche vorbei, die Johannesstraße entlang, links in die Ludwigstraße und erst als sie die Senefelderstraße passiert hatte, kam sie keuchend zum Stehen. Während ihrer Flucht hatte sie immer wieder angstvoll hinter sich geschaut, und dabei an die mächtige Armbrust gedacht, die der Mann abgefeuert hatte.

Doch niemand war ihr gefolgt.

Sie lehnte sich völlig außer Atem an eine Hauswand und setzte sich auf einen Mauervorsprung, atmete tief ein und aus und versuchte, sich zu beruhigen.

„O. k., Vicky, alles gut, du bist ihm entkommen", sagte sie zu sich selbst.

Mit zitternden Händen zog sie eine Zigarette hervor, zündete sie an und nahm einen tiefen Zug.

Erst jetzt merkte sie, dass sie starke Schmerzen in ihrer linken Faust hatte. Sie begutachtete die geschwollene Hand und zwang sich, die Finger zu bewegen. Die Bewegungen taten zwar weh, aber sie glaubte nicht, dass etwas gebrochen war. Mehr Sorgen machte sie sich um ihre rechte Schulter, die nach dem Sprint höllisch schmerzte. Dort musste sie der Pfeil gestreift haben, bevor er in den Kopf von Nyström eingeschlagen war. Bei dem Gedanken an das Geschehen am Feuersee wurde ihr wieder schlecht. Sie tastete mit den Fingern nach der Wunde. Der Pfeil hatte ihr die Jacke und ihren Kapuzenpulli zerschnitten. Der Ärmel war blutdurchtränkt.

„Verfickte Scheiße, das brennt wie Hölle", fluchte sie, und spuckte wütend aus.

Ein Mann und eine Frau spazierten an ihr vorbei und schauten sie verstört an.

Ich muss hier weg, dachte sie nur, und vor allem brauche ich einen Arzt.

Wozu hat man Freunde, sagte sie sich, und erinnerte sich daran, dass Luke heute Dienst hatte.

Hektisch zog Vicky ihr Handy aus der Jackentasche.

Das iPhone hatte an der rechten oberen Ecke einen Riss im Display. Gott sei Dank funktionierte es noch.

Sie wählte seine Nummer, aber er ging nicht dran.

Eine Whatsapp-Nachricht würde auch genügen. Sie informierte ihn kurz und knapp, dass sie ins Marienhospital kommen würde.

Er sollte sie in zwanzig Minuten am Osteingang abholen.

Wenige Minuten später stand Vicky frierend vor dem Eingang des Krankenhauses.

Allein.

Luke war noch nicht da.

Sie zog eine Lucky Strike aus der Schachtel, zündete die Kippe an und lehnte sich mit dem Rücken an die Hauswand direkt neben dem Notfalleingang.

Es hatte wieder begonnen zu regnen, und sie zog die Kapuze ihres Pullovers tiefer ins Gesicht. Der ausgeatmete Zigarettenrauch löste sich langsam in der nasskalten Luft auf.

Jetzt, im Halbdunkel des Krankenhauses, während sie auf Luke wartete, kreisten ihre Gedanken wieder um die Ereignisse der letzten Tage. Die Ratte. Der Mann auf dem Turm. Das Video. Nyström. Das sonderbare Treffen im Park, der Mord mit der Armbrust. Der Täter, der sie verfolgte. Was hatte das alles zu bedeuten? Und was, um Himmels willen, war ein Brorkind?

Vicky spürte, dass ihre kleine geordnete Welt gerade ins Wanken geriet. Leichte Panik durchströmte sie. Bisher hatte sie alle Ereignisse von außen betrachten können. Jetzt wurde es persönlich. Woher kannte Nyström überhaupt ihren Namen?

Wusste er wirklich mehr über sie?

Was wollte er von ihr?

Und was hatte der bärtige Mann damit zu tun? Der Mörder. Galt der Anschlag ihr oder Nyström? War sie noch in Gefahr? War der bärtige Mann etwa auf der Suche nach ihr?

Vicky hatte tausend Fragen, aber der, der sie beantworten konnte, war tot.

„Hey Vic, was ist denn los?“ Luke stand plötzlich neben ihr und nahm sie in den Arm.

Sie war so mit ihren Gedanken beschäftigt gewesen, dass sie gar nicht bemerkt hatte, wie er aus dem Krankenhaus gekommen war.

„Luke“, das war das Einzige, das sie rausbekam. Sie umarmte ihn erleichtert.

„Vic, verdammt, was ist mit deiner Jacke passiert, fragte er besorgt. Dann bemerkte er die Wunde. „Du blutest ja! What the … Komm, ich bring dich rein, das muss sich ein Arzt anschauen.“

Luke führte Vicky diskret ins Krankenhaus.

Er hatte schon öfter Freunde, Bekannte oder Leute von Drago unauffällig eingeschleust und von Kollegen untersuchen lassen, Gips und andere Verbände eingeschlossen.

Er setzte sie in ein freies Behandlungszimmer etwas abseits der Notaufnahme und rief einen Kollegen über eines dieser schnurlosen Krankenhaustelefone an, die das Personal ständig mit sich herumschleppte.

„Ulf, eine Freundin braucht Hilfe, ich bin mit ihr gerade in der 11-4, kannst du kurz vorbeikommen?“

Luke zeigte mit einem Finger auf Vicky und dann auf die Untersuchungsliege, während er nickte und der Stimme am Telefon lauschte. Vicky gehorchte und setze sich.

Luke legte das Telefon zur Seite und setzte sich vor Vicky auf einen kleinen Drehstuhl.

„Er kommt gleich, und schaut sich das dann an. Ulf ist ein Guter. Ein Zuverlässiger. Keine Angst, wegen der Bullen oder so. Er macht das öfter für mich“, versuchte er Vicky zu beruhigen.

„Zieh deine Jacke vorsichtig aus, und am besten gleich auch den Pulli. Warte, ich helfe dir.“

Vicky stöhnte auf, als sie erst die Jacke und dann den Pullover über den Kopf zogen.

„Das ist was Ernsthaftes, muss genäht werden. Verdammt, Vic, was ist passiert?“

Vicky saß erschöpft auf der Liege, versuchte mit viel zu trockenem Mund zu antworten, als die Tür aufging.

Ein blonder, braungebrannter Sunnyboy betrat den Raum. Er hatte, anders als Luke, kein grünes OP-Set an, sondern trug einen weißen Arztkittel, darunter ein helles Polo-Shirt, eine weiße Hose und weiße Sneakers. Sehr attraktiv, selbstbewusst und überraschend jung.

Und er war die Ruhe selbst. Er berührte Luke kurz an der Schulter, um auf sich aufmerksam zu machen und blickte dann Vicky mit seinen warmen Augen neugierig an.

„Hi, ich bin Ulf.“, stellte er sich vor. Ohne auf eine Antwort zu warten, drehte er sich leicht zu Luke und fuhr routiniert fort: „Mach mal Platz und halte schon mal 20 ml Mepivacain bereit.“ Luke stand auf und bediente sich an dem Schrank hinter Vicky. „Muss genäht werden, oder?“

„Ja, einige Stiche werden es schon“, antwortete Ulf, setzte sich vor Vicky und begutachtete die Wunde.

Vicky wurde wieder schlecht, sie fühlte sich elend, sie zitterte und spürte den kalten Schweißfilm auf der Haut.

„Bist du auf Droge? Irgendwas genommen, was ich wissen müsste?“, fragte Ulf. „Ich muss die Wunde reinigen und dann lokal betäuben, sodass ich die Wunde nähen kann. Wenn du *drauf* bist, dann muss ich das wissen, bevor ich dir ein Anästhetikum gebe. Sonst fliegst du mir hier davon“, fügte er ernst hinzu.

Vicky schüttelte den Kopf und blickte müde auf den beigen Laminatboden des Raums.

Eine gute Stunde später saß Vicky in der Cafeteria des Krankenhauses mit einem Kaffeebecher in der Hand. Luke betrachtete sie besorgt.

Momentan hatte sie keine Schmerzen im Arm. Ulf hatte die Wunde gereinigt, genäht, verbunden und war dann mit einem Lächeln wieder verschwunden. Luke hatte assistiert und ihr danach einen grauen Nike-Pulli aus der Lost & Found-Kiste organisiert.

„Schieß los, Vic, was ist passiert."

„Weißt du noch, wie ich dir von der Begegnung mit der gelben Ratte bei dem Autobruch erzählt habe?", begann Vicky. Dann brach es aus ihr heraus: Das Video mit dem bemalten Bauch des Selbstmörders, was natürlich Luke nicht aufgefallen war, die Ratte im Garten ihres Einbruchsopfers und dann der Anschlag am Feuersee.

Als sie fertig war, blickte sie ihn erschöpft an und nippte an ihrem Kaffee.

„Unglaublich, Vic. Einfach unglaublich", brachte Luke nur hervor. „Dann war das mit der Ratte also keine Einbildung, die hast du wirklich gesehen?"

Vicky verdrehte die Augen: „Schnellchecker, Luke, du bist so ein Schnellchecker."

„Krass", sagte er, mehr zu sich selbst als zu Vicky.

Schlagartig sah er Vicky mit aufgerissen Augen an.

„Wir müssen zu Drago."

„Mit dem habe ich schon über die Ratte geredet", winkte Vicky ab. „Er weiß nichts über meine gelben Freunde. Sagt er jedenfalls."

„Aber vielleicht kennt er diesen Nyström oder den Verrückten mit der Armbrust", sagte Luke.

„Hm", murmelte Vicky ausweichend.

Auf Drago hatte sie jetzt überhaupt keine Lust.

Lukes schnurloses Krankenhaus-Telefon klingelte. Er sah auf das Display und sagte, ohne aufzublicken: „Vic, das ist meine Alarmnummer. Ich muss zurück. Irgendein Notfall. „Du kannst hierbleiben, ich besorg dir ein Bett", fuhr er fort.

„Nein, ich muss in meine Wohnung."

Luke blickte sie irritiert an.

"Ich muss dringend etwas anziehen, das keine Blutflecken hat."

Sie deutete auf Jacke und Hose und versuchte dabei zu grinsen. Luke nickte und presste ebenfalls ein Lächeln hervor.

„Außerdem muss ich noch dringend was erledigen“, fuhr sie fort und dachte mit schlechtem Gewissen an ihre Fische. Sie stellte sich vor, wie sie gierig an der Wasseroberfläche des Aquariums umherschwammen, die Mäuler weit aufgerissen und verzweifelt nach Futter schnappend.

Lukes Telefon piepte erneut. Er stand auf. „Höchste Eisenbahn. Vic, ich muss rüber, pass auf dich auf und melde dich bitte, sobald du daheim bist.“ Er gab Vicky eilig einen Kuss auf den Mund, lächelte sie besorgt, aber aufmunternd an und begab sich zügig Richtung Notaufnahme.

Vicky blickte ihm nach. Er flitzte so schnell aus der Cafeteria, dass sein grüner OP-Kittel wie ein Superhelden-Cape hinter ihm her flatterte.

„Danke, Luke“ sagte sie leise, wissend, dass er schon viel zu weit entfernt war, um sie zu hören.

Sie trank ihren Kaffee in großen Schlucken aus und stand ebenfalls auf.

Als die Aufzugstür im 6. Stock aufging und sie in den Flur trat, rechnete sie fast damit, Tom in die Arme zu laufen. Der Gang war jedoch wie ausgestorben.

Sie schlich an seiner Wohnungstür vorbei, hielt kurz inne und lauschte – kein Laut zu hören. Sie lief weiter zu ihrem Apartment, schloss leise die Tür auf und schlüpfte hinein.

Sie zog die Schuhe aus, ließ die kaputte, blutbefleckte Jacke und den Rucksack am Eingang fallen und ging durch die dunkle Wohnung geradewegs auf das hell erleuchtete Aquarium zu.

Als sie die Fische sah, blieb sie verwundert stehen.

Ihre Lieblinge schwammen nicht wie erwartet an der Oberfläche hungrig hin und her, sondern bewegten sich ruhig und zufrieden durch das Aquarium.

Sie blickte stirnrunzelnd neben das Aquarium und bemerkte die Fischfutterdose, die offen auf dem Sideboard stand.

Der Deckel lag direkt daneben.

Sofort stellten sich ihre Härchen am Nacken und an den Armen auf. Irgendwer hatte die Fische gefüttert. Irgendwer war in ihrer Wohnung gewesen.

„Tom?“, fragte sie halblaut in die Dunkelheit hinein.

Plötzlich raschelte es hinter ihr.

Sie wollte sich instinktiv umdrehen, da spürte sie schon zwei Hände, die mit unglaublicher Kraft ihre Arme festhielten und ihren Oberkörper fixierten.

Sie schrie vor Schreck auf und versuchte, sich zu befreien.

Neben ihr tauchte eine zweite Person aus dem Dunkeln auf, deren Umrisse sie im blassen Licht des Aquariums nur erahnte.

Sie hielt etwas in der Hand, das auf sie gerichtet war. Eine schnelle Bewegung, dann spürte sie einen stechenden Schmerz.

Sie wollte schreien, öffnete den Mund, doch ihre Stimme versagte. Stattdessen übermannte sie plötzlich eine Benommenheit, die sich wie eine schwarze, kalte Decke über ihr ausbreitete.

Bevor sie die Augen schloss, sah sie noch den Umriss des zweiten Mannes, der ihr den Rücken zudrehte und den Deckel ganz langsam wieder auf die Fischfutterdose schraubte.

Zuerst hörte sie die Stimmen.

Mühsam öffnete Vicky die Augen und starrte eine graue Wand an, die sich direkt vor ihrem Gesicht befand. Sie verstand, dass sie auf der Seite lag, doch zu mehr war ihr Gehirn scheinbar noch nicht in der Lage. Ihr Mund fühlte sich trocken an und ihre Zunge lag schwer und pelzig in ihrem Mund.

Was, verflucht noch mal, ist passiert?

In ihrer Erinnerung flammten Bilder auf: Die Fischfutterdose, Personen in ihrer Wohnung, der Stich in ihren Hals.

Instinktiv griff sie sich hinter das linke Ohr. Vorsichtig ertastete sie an der Kopfhaut eine pochende, frische Einstichstelle. Als sie die kleine Wunde berührte, durchfuhr sie ein brennender Schmerz und ihr wurde übel.

Kein Zweifel, sie war gekidnappt worden, stellte sie mit Verwunderung fest.

Aber von wem? Und warum?

Das führte sie zur nächsten Frage:

Wo zum Teufel war sie?

In ihrer Wohnung befand sie sich jedenfalls nicht mehr, das sagte ihr die roh verputzte Wand, die sie noch nie zuvor gesehen hatte. Sie blieb still liegen und konzentrierte sich auf die Stimmen, die sie geweckt hatten.

„Fredo, mach lauter, ich will das hören."

„Sie schläft noch, ich will sie nicht wecken."

„Fredo?"

Bei dem Namen klingelte etwas, aber sie wusste nicht weshalb.

Die Stimme fuhr fort: „Egal. Ich will das jetzt hören, gib mir die Fernbedienung oder mach lauter, sonst gibt's Backenfutter, aber nicht zu knapp!"

Vicky hörte eine lauter werdende Nachrichtenstimme:

„… wurde im Herzen der Landeshauptstadt Stuttgart an einem kleinen Stadtsee die Leiche eines Mannes mittleren Alters entdeckt."

Vicky verkrampfte sich.

„Nyström", dachte sie. Sofort dachte sie an den blutenden Kopf und den grauenhaften Pfeil, der tief in der Augenhöhle steckte.

Bevor sie panisch werden konnte, entschloss Vicky sich, auf die ungewohnte Umgebung zu konzentrieren. Sie lag in einem Bett, war mit einer dünnen Decke zugedeckt und bis auf ihren Slip und ihr Shirt ausgezogen. Langsam drehte sie sich in Richtung der Stimmen. Sie achtete bei ihren Bewegungen darauf, sich so geräuschlos wie möglich zu verhalten und schaffte es sich umzudrehen, ohne dass die beiden Entführer etwas bemerkten.

„... die Ermittlungen noch laufen, gehen die Behörden von Mord oder Totschlag aus ...“

Nun hatte sie freie Sicht in das Zimmer hinein. Einige Meter entfernt saßen zwei Männer auf einer Couch vor einem laufenden Fernseher.

Die Entführer waren ziemlich fett, trugen jeweils farbenprächtige Trainingsklamotten, Jogginghosen und viel zu enge Adidas-Jacken. Und sie wirkten trotz ihres Outfits so unsportlich, dass Vicky es fast als Beleidigung empfand, von solchen Karikaturen entführt worden zu sein.

Die beiden Möpse auf der Couch hatten eine fast groteske Ähnlichkeit, beide unrasiert, fettige, kurze braune Haare, kleine Schweinsnasen und kleine Schweinsohren. Der eine wirkte etwas schlanker als der andere, doch seine aggressive Stimme dem Größeren gegenüber zeigten Vicky, wer das Sagen hatte. Beide lümmelten sich ziemlich entspannt auf der Couch, tranken Bier aus grünen Flaschen und hatten die Beine auf den Couchtisch gelegt.

Vicky schloss die Augen, um gegen die stärker werdende Übelkeit anzukämpfen. Fredo, erinnerte sie sich plötzlich, war das nicht der User, der das Video hochgeladen hatte?

„Das wird ihnen nicht gefallen, ganz und gar nicht. Neee, ganz und gar nicht“, sagte der Kleinere nervös.

„Meinst du, mit so was haben sie nicht gerechnet?“, fragte der Größere.

„Wie denn, du Lauch? Wer weiß schon, mit was die rechnen, aber dass noch einer von ihnen abkratzt, das wird sie nur wütender und brutaler machen."

Vicky öffnete erneut die Augen und hob vorsichtig den Kopf an. Die beiden Männer achteten nicht auf sie. Sie lag hinter ihrem Rücken auf dem Bett und konnte sich in aller Ruhe umschauen.

Sie befand sich in einem kleinen, spartanisch eingerichteten Wohnzimmer. Im Zimmer selbst gab es nur das Ecksofa, einen kleinen Couchtisch, einen Flachbildfernseher und das Bett, in dem sie lag. Helle Flecken am Boden und an der Wand erzählten von Gegenständen, die früher in dieser Wohnung gestanden haben mussten.

In der Ecke, neben der Tür zum Flur, konnte sie einen Esstisch mit vier Stühlen erkennen. Auf dem Tisch befanden sich geöffnete Pizzapackungen, leere Flaschen und zerknüllte Dosen. Daneben erkannte sie einen Rucksack, Schuhe, Pulli, Hose und eine Jacke. Ihre Sachen.

Als Vicky den Kopf noch weiter anhob, spürte sie, wie der Schwindel sie wieder erfasste. Die Mistkerle hatten ihr anscheinend ein starkes Beruhigungsmittel gespritzt.

Ihre Aufmerksamkeit konzentrierte sich auf den Fernseher.

Auf dem Bildschirm waren Bilder des Feuersees zu sehen. Der Schnitt wechselte auf einen Mann im Anzug, der an einem Konferenztisch saß. Unter dem Bild wurde ein Text eingeblendet: „Hektor Cordes, Hauptkommissar und Leiter der Sonderkommission Feuersee, LKA Stuttgart."

Er hatte ein fahles, faltiges Gesicht, große Augenringe, trug einen ungepflegten Dreitagebart, der genauso rötlich schimmerte wie die nach hinten gegelten, dünner werdenden Haare.

Der LKA-Beamte auf der Mattscheibe räusperte sich und begann, in das vor ihm stehende Mikro zu sprechen:

„Wir haben die Ermittlungen aufgenommen und arbeiten mit Hochdruck daran, die Tat aufzuklären. Aufgrund der Brutalität

und besonderen Umstände des Todes sind wir zuversichtlich, in Kürze rasche Fortschritte vermelden zu können.

So konnten wir neben der Leiche verschiedene DNA-Spuren sicherstellen, die aktuell untersucht werden."

Bei dem Gedanken daran, dass sie es war, die sich am Tatort übergeben hatte, zog sich Vickys Magen erneut zusammen.

„Zum aktuellen Zeitpunkt kann ich ihnen aus ermittlungstaktischen Gründen nicht mehr mitteilen, bitte haben Sie Verständnis und lassen Sie uns erst einmal unsere Arbeit machen."

Er stand auf und verließ unter dem Blitzlichtgewitter und erregten Zwischenrufen der Presse das Podium.

Vickys Blick schweifte ab, von dem Fernseher zu den zwei großen dahinterliegenden Fenstern. Erst jetzt fiel ihr auf, dass es taghell war. Sie merkte, dass sie jedes Zeitgefühl verloren hatte.

Wie lange war ich bewusstlos, fragte sie sich mit einem leisen Anflug von Unruhe. Es musste längst Montag sein.

Seit sie wach war, hatte sie die wichtigsten Fragen verdrängt. Langsam begann ihr Verstand, wieder normal zu arbeiten. Wo war sie, wer waren diese Männer und was wollten sie von ihr? Sie fühlte sich zwar müde und erschöpft, doch sie fühlte noch etwas ganz anderes: Wut und Ärger über die beiden Typen, die sie gefangen hielten.

In der Vergangenheit hatte sich Vickys Wut schon sehr oft als nützlicher Begleiter herausgestellt. Sie war *die* Quelle für Kraft und Energie, aus der Vicky schon oft geschöpft hatte, wenn sie sich aus einer brenzligen Lage befreien musste.

Sie erinnerte sich an eine Situation, die schon einige Jahre zurücklag. Damals lebte sie schon seit einigen Monaten auf der Straße und war mit einer ganz besonderen Clique unterwegs. Diese Bande gab sich täglich mit Drogenjunkies, Kriminellen und anderen verlorenen Seelen ab. Für Vicky begann der Einstieg mit Kleinstdelikten wie den üblichen Diebstählen oder Betrügereien. Dann folgte das

Abzocken bis hin zu Raubüberfällen auf Menschen oder Tankstellen.

Ein Heroinabhängiger in ihrer Clique, den sie Schießer nannten, versuchte, sich eines Nachts in einer dunklen Ecke an ihr zu vergreifen. Er hielt sie fest und wollte sie küssen. Wenn sie daran zurückdachte, kam sofort der Ekel über seinen fauligen Mundgeruch zurück. Er griff ihr unter den Pulli, durch die Hose zwischen die Beine und fing an, ihr die Klamotten herunterzureißen.

Sie versuchte, sich zu befreien, doch er war stark, verdammt stark.

Sie erinnerte sich noch gut, wie sie es das erste Mal spürte. Dieses Gefühl der Wut. Diese Energie, die wuchs, bevor sie zu etwas Gewaltigem, etwas Lebendigem wurde. Die explodierende Kraft, die die Angst zurückdrängte, um dem Gefühl von Ärger und Hass Platz zu machen.

Sie drückte Schießer von sich weg. Befreite sich für den Bruchteil einer Sekunde.

Sofort kam er ihr wieder näher. Doch diese Sekunde reichte ihr. Sie griff ihm mit der rechten Hand an den Hals. Drückte mit den Fingern und dem Daumen zu. Spürte den Adamsapfel in ihrer Hand, die trockene Haut und die Bartstoppeln. Ihre Nägel gruben sich durch seine Haut, tief in das Fleisch. Ihre Finger krallten sich daran fest und sie riss mit ihrem ganzen Hass und der unglaublichen Wut an der Kehle, zog ihn nach hinten, nach unten. Mit einem Mal war sie klatschnass vom warmen Blut und ließ los.

Schießer röchelte, trat einen Schritt zurück. Seine Augen waren weit aufgerissen. Er griff sich an die Kehle und schnappte nach Luft. Vicky betrachtete ihn mit kaltem Entsetzen. Aus seinem Hals spritzte das Blut, wie aus einem aufgeschnittenen Schweinebauch. Als er zu Boden ging und sich krümmte, war das Gefühl der Wut verschwunden. Sie lächelte ihm noch kurz zu, drehte sich um und ging in aller Seelenruhe davon.

Sie hatte nie wieder von ihm gehört oder ihn gesehen. Ob er tot war oder überlebt hatte, sie wusste es nicht. Es war ihr auch egal. Was zählte, war das Gefühl, nicht länger klein, schutzlos und ängstlich zu sein. Sie hatte aufgehört, ein Opfer zu sein.

Mit dem Gedanken an Schießer und die Kräfte, die sie tief in ihrem Innern besaß, konzentrierte sie sich wieder auf die Gegenwart und die beiden Helden im Zimmer nebenan.

Sie erhob sich langsam und setzte ihre nackten Füße lautlos auf den Boden.

Noch immer waren die beiden Aufpasser mit der Sondersendung beschäftigt und unterhielten sich dabei angeregt:

„Und außerdem, denkst du nicht, die haben genug Bullen geschmiert? Die wissen genau, was zu tun ist, um unerkannt und unbemerkt zu bleiben."

„Die wissen genau, woher der Hase weht, nicht Ari?", kicherte der Größere.

„Woher der Wind weht, du Pfosten! Oder wie der Hase läuft, oh Mann Fredo, du bist so dumm wie trockenes Obst!"

Knarz ... Als Vicky auf eine morsche Bodendiele trat, riss Ari den Kopf sofort in Vickys Richtung. Seine kleinen Knopfaugen blickten sie alarmiert an.

Vicky fällte eine Entscheidung: „Jetzt oder nie", sagte sie laut zu sich selbst, sprang hoch und stürmte auf die beiden Trottel zu.

Ari und der größere Fredo, der Vicky mittlerweile auch bemerkt hatte, blickten sie überrascht an. Mit fünf schnellen Schritten war Vicky bei Fredo, der noch immer auf der Couch saß und sie mit großen Augen anstarrte. Ohne die Beschleunigung zu drosseln, flog sie ihm entgegen und hob dabei das linke Knie an. Sie traf Fredo voll im Gesicht und spürte, wie seine kleine Schweinsnase brach.

Schluchzend fiel Fredo nach hinten auf den Couchtisch, hielt sich die Hände vors Gesicht und schrie panisch auf:

„Ari, mach was! Sie hat mir weh getan. Ari, ich blute!"

Vicky blieb mit dem Oberkörper halb auf dem Sofa hängen. Da spürte sie schon den Schweißgeruch des kleineren Aufpassers neben sich.

Mit brachialer Gewalt griff er sie am Hals und nahm sie in den Würgegriff.

„Na, Kleine, wer wird denn hier so einen Aufstand machen? Schön ruhig bleiben!“

Noch immer halb auf dem Sofa hängend, schlug Vicky um sich, versuchte ihn zu treffen, doch Ari war aufmerksam genug, um außer Reichweite zu bleiben. Er drückte ihr langsam die Luft ab. Ihr wurde wieder schwindelig, Übelkeit stieg in ihr auf und um sie herum begann langsam alles zu verschwimmen.

Ihre Arme sanken langsam und immer kraftloser auf das Sofa, da ertastete sie etwas Hartes, Kaltes mit der rechten Hand. Sie griff danach, bekam es zu fassen und schlug mit letzter Kraft so heftig hinter sich, dass der Gegenstand zerbrach.

Augenblicklich erschlaffte der Würgegriff, ließ von ihr ab. Vicky bekam wieder Luft. Sie drehte sich schwer atmend um und sah Ari bewusstlos auf dem Boden zusammensacken. An seiner Stirn war eine tiefe Schnittwunde zu sehen.

Sie schaute erstaunt auf ihre Hand und begriff erst jetzt, dass sie die Bierflasche von dem Größeren erwischt hatte, deren abgebrochenen Flaschenhals sie noch immer fest umklammerte.

Fredo hockte immer noch zusammengekrümmt zwischen dem Couchtisch und dem Fernseher auf dem Boden und blickte sie ungläubig an.

Er nahm die Hände von seiner blutenden Nase, stand langsam auf und ballte die Fäuste.

„Ari! … Ari!“, schrie er. Aber Ari rührte sich nicht.

„Du hast meinem Ari weh getan, das mag ich nicht, Blondie, das mag ich ganz und gar nicht. Egal, was die sagen, jetzt tu ich dir weh, ich mach dich kaputt“, brüllte er.

Erst jetzt, als er so direkt vor ihr stand, nur den Couchtisch und das Sofa vor ihr, bemerkte Vicky wie riesig dieser Kerl in Wirklichkeit war. Er war mindestens zwei Köpfe größer als sie und hatte so breite, massige Schultern und kräftige Oberarme, dass Vicky plötzlich an Frankensteins Monster denken musste.

Instinktiv hielt sie den abgebrochenen Flaschenhals mit den scharfen Spitzen schützend vor sich und bewegte sich langsam seitwärts Richtung Tür.

„Bleib wo du bist, du Missgeburt."

Obwohl Fredo vor der Waffe, die in Vickys Händen lag, erkennbar Respekt hatte, kam er langsam immer näher, die kleinen Schweinsaugen abwechselnd auf sie und den abgebrochenen Flaschenhals gerichtet.

Plötzlich hörte sie eine schneidende Stimme hinter sich:

„Aber Viktoria! Wer wird denn gleich so ausrasten?"

Vicky drehte sich halb herum, sodass sie Fredo und den Neuankömmling gleichzeitig im Blick hatte.

Der Mann, der gerade durch die Tür gekommen war, sah Nyström ziemlich ähnlich. Auch er hatte keine Haare im Gesicht oder auf dem Kopf, trug ebenfalls einen grauen Mantel, eine schwarze Hose und schwarze Stiefel.

Seinem Gesicht war nicht anzumerken, was in ihm vorging.

Vicky blickte zu Fredo. Dieser war stehen geblieben. Seine Körperspannung und Aggression waren gewichen. Stattdessen schaute er nervös, ja fast ängstlich auf den Nyström-Doppelgänger.

Vicky bemerkte, dass er zitterte.

Sie wandte sich wieder dem Neuankömmling zu.

„Ich werde jetzt gehen. Es ist mir völlig egal, was ihr von mir wollt oder über mich wisst. Ich hau jetzt ab, und wer mich daran hindern will, dem schlitze ich die Kehle auf."

„Frederick, sieh nach deinem Bruder."

„Aber…", fuhr der traurige Riese auf.

Der Haarlose unterbrach ihn barsch: „Wir sprechen später über die Konsequenzen eurer Stümperei."

Dann wandte er sich an Vicky.

„Du wirst nun die Flasche fallen lassen, dich anziehen und mit mir mitkommen. Die beiden Dummköpfe hier werden dir nichts mehr tun. Ich werde all deine Fragen beantworten und dann kannst du gehen. Wenn du das dann noch willst."

Platsch.

Vicky spuckte in seine Richtung auf den Boden und hielt seinem Blick stand.

Er machte ein so überraschtes Gesicht, dass Vicky, wenn sie nicht so wütend gewesen wäre, fast laut aufgelacht hätte.

„Es ist mir bisher noch nicht aufgefallen", sagte er mit bewundernder Stimme, nachdem er seine Fassung wiedergewonnen hatte.

„Wovon reden Sie?"

„Wie sehr du deiner Mutter ähnlich siehst."

Es dauerte einige Augenblicke, bis Vicky die Bedeutung dieser Worte verstand.

Ihre Mutter?

Die Worte hallten in Vickys Kopf wie ein Echo durch eine tiefe, dunkle, verlassene Höhle.

Ihr Mund wurde trocken.

Noch nie hatte jemand über ihre Mutter geredet.

Sie versuchte zu schlucken.

Vicky ließ die abgebrochene Flasche fallen.

„Woher wollen sie das wissen? Meine Mutter ist schon lange tot", sagte sie mit kaum unterdrückter Wut.

Der Mann blickte sie teilnahmslos an.

„Tot? Kann nicht sein, denn ich habe vor einigen Tagen noch mit ihr geredet. Glaube mir, sie ist alles andere als tot", sagte er ruhig. „Wenn du willst, kannst du sie kennenlernen."

„Bald jedenfalls", fügte er zögernd hinzu.

„Aber jetzt haben wir keine Zeit zu verschwenden. Pack deine Sachen, dann gehen wir."

Verstört schaute Vicky auf den Tisch zu ihrem Rucksack und ihren Klamotten.

Sie atmete langsam aus und sammelte dann schweigend ihre Sachen ein, zog sich die Hose, die Schuhe an und den Pulli über, nahm die Jacke und den Rucksack.

„Dann los“, sagte sie, ohne aufzuschauen.

Der haarlose Mann trat zur Seite und ließ sie durch die Tür gehen.

Sie verließen beide die Wohnung.

„Mein Name ist Asger“, begann der haarlose Mann, als er gegenüber von Vicky Platz genommen und sie sich einige Minuten wortlos angeschaut hatten.

Nachdem sie die Wohnung verlassen hatten, wartete schon ein Fahrer in einem schwarzen Mercedes auf sie. Während der Fahrt bemerkte Vicky, dass sie sich in einem Vorort von Stuttgart aufgehalten hatten. Nach einer kurzen, ereignislosen Fahrt in die Innenstadt waren sie in der Stadtmitte ausgestiegen. Er hatte mit dem Kopf in Richtung eines Cafés in der Calwer Straße genickt, das „Café Cruz“, in dem sie sich nun befanden.

Obwohl sich Asger und Nyström auf den ersten Blick sehr ähnlich waren, konnte Vicky jetzt doch Unterschiede ausmachen.

Asger war größer und dünner. Seine Bewegungen hatten etwas Raubtierhaftes an sich. Er wirkte deutlich jünger als Nyström und eindeutig souveräner. Lässig schlug er die Beine übereinander und fragte: „Hast du Hunger?“

Ohne die Antwort abzuwarten, fuhr er fort: „Ich wette, du hast. Nach der ersten Impfung hat jeder Hunger. Ich bestelle was.“

Er winkte die Bedienung heran, ohne Vicky aus den Augen zu lassen. Eine junge, zierliche Frau in Vickys Alter trat zögernd an den Tisch. Sie blickte auf die Tischplatte, vermied den direkten Blickkontakt mit Asger und wartete auf die Order. Asger sprach in einer für Vicky nicht verständlichen Sprache mit ihr. Es hört sich wie isländisch oder norwegisch an, dachte Vicky, während ihr nicht entging, wie Asger die junge Frau unentwegt anstarrte. Die Kellnerin blieb eingeschüchtert stehen, antwortete mit kurzen, knappen Wörtern, nickte mit dem Kopf und zog sich dann rasch zurück.

„Was sollte das?", fragte Vicky leicht genervt, „und was meinten Sie mit der ersten Impfung?"

„Sagen wir so, man kennt mich hier und weiß um meine Bedeutung", grinste er sie selbstgefällig an, ohne auf ihre Frage wirklich einzugehen.

Was für ein Idiot, dachte Vicky.

„Sind wir nur hier, um Ihre Wichtigkeit zu bewundern, oder erzählen Sie mir endlich, was das alles soll?"

Die junge Bedienung brachte derweil ein üppiges Frühstück: jeweils einen Teller mit Rührei und Speck, einem Korb mit Croissants und Brötchen und kleine Schälchen mit Butter, Marmelade und Honig. Dazu stellte sie beiden eine dampfende Tasse Kaffee auf den Tisch. Vicky bemerkte, dass die Frau sichtlich erleichtert war, als sie sich wieder entfernen konnte.

Wo bin ich hier, dachte Vicky, und was geht hier vor?

„Jetzt frühstücken wir, und dann werde ich dir alles erklären", sagte Asger, als ob er ihre Gedanken lesen konnte.

Er machte eine einladende Geste und begann zu essen.

Vicky spürte ihren Magen knurren und langte zu. Das Frühstück schmeckte köstlich. Asger hatte recht. Sie bemerkte erst beim Essen, wie hungrig sie war. Als sie den heißen Kaffee trank, hatte sie das Gefühl, dass mit jedem Schluck ihre Energie zurückkam. Die Schwindelgefühle der Injektion, die man ihr verabreicht hatte, waren verflogen.

Fehlen nur noch ein paar Aspirin, sagte sie leise zu sich selbst. Sie dachte an Luke und Nesra. Was die beiden wohl gerade machten? Sie hatte sich bei Luke seit dem Abschied im Krankenhaus nicht mehr gemeldet. Machte er sich Sorgen? Hatte er versucht, sie zu erreichen? Nesra hatte sie noch länger nicht mehr gesehen. Und dann war da noch Tom! Oh Gott, hoffentlich … Vicky suchte in dem Rucksack vergeblich nach ihrem iPhone. Komisch, dachte sie, wo ist es denn?

Ohne ein Wort legte Asger ihr Smartphone auf den Tisch und schob es zu ihr herüber. Vicky nahm es in die Hand und registrierte, dass der Akku leer war.

„Deinen Freunden ist nichts passiert, wenn du dich das fragst."

Vicky sah ihn irritiert an. Dann schloss sie das iPhone an ihre PowerBank an, um es zu laden und ließ es dann im Rucksack verschwinden. Es gab jetzt trotzdem wichtigere Fragen als die nach ihren Freunden. Vor allem eine. Die eine Frage, um die sie sich seit der Erwähnung von Asger drückte.

„Es ist Zeit", sagte Asger, als ob er Gedanken lesen könnte, „dir ein paar Antworten zu geben." Er stand auf. „Folge mir!"

Ohne abzuwarten, durchquerte Asger das Café, stieg eine kleine Wendeltreppe hinab. Das Schild über der Treppe wies auf die Toiletten hin.

Vicky eilte ihm hinterher, völlig verblüfft über den Weg, den sie einschlugen. Als er die Tür zur Männertoilette öffnete, wurde Vicky nervös. „Ähm, was soll das jetzt?"

„Vertrau mir einfach, Viktoria", sagte Asger über die Schulter hinweg und betrat den kleinen Vorraum der Toilette.

Asger ging an den stinkenden Pissoirs vorbei und betrat die einzige Toilettenkabine. „Er wird doch nicht ...", sie verwarf den Gedanken aber gleich wieder. Das ergab keinen Sinn.

Vicky folgte ihm in die Kabine, zwängte sich an ihm vorbei und stand ihm gegenüber. Zwischen ihnen nur die Kloschüssel. Es roch nach Fäkalien und, fast noch schlimmer, nach dem Geruch von Zitronenduftsteinen.

Fragend blickte sie Asger an.

Asger erwiderte den Blick, lächelte kurz und griff dann über dem Spülkasten an die geflieste Mosaikwand. Mit wachsender Neugier bemerkte Vicky eine Fliese, auf der ein dunkelrotes Kreuz mit einer kleinen, stilisierten gelben Ratte abgebildet war. Er berührte nacheinander mit dem Zeige- und Mittelfinger bestimmte Punkte des Mosaiks an der Wand. Die Fliesen klackten leise und gaben wie eine Tastatur sichtbar nach. Plötzlich begann die Wand zu vibrieren. Mechanische Geräusche, gefolgt von einem abschließenden, kurzen Piepton, waren zu hören.

Die Rückwand bewegte sich wie von Geisterhand und sprang samt Spülkasten und Kloschüssel zur Seite auf.

Vicky konnte ihre Verblüffung nicht verbergen. Mit weit geöffnetem Mund blickte sie in einen verborgenen, hell erleuchteten Geheimgang.

Asger grinste und verschwand in das dahinterliegende Innere. Vicky hätte fast vergessen, warum sie hier war, so perplex war sie. Erst als die Tür wieder mechanische Geräusche von sich gab, löste sie sich aus ihrer Erstarrung und folgte Asger gerade noch rechtzeitig in den Gang, bevor die Tür sich wieder hinter ihr schloss.

Sie befand sich in einem hellen, engen Flur.

Ein leises surrendes Geräusch war zu hören.

Vicky fielen an der Decke die Lüftungslamellen einer Klimaanlage auf.

Asger erwartete sie schon. Sie gingen, leicht gebückt, durch den Flur, vorbei an abwechselnd links und rechts befindlichen grauen Stahltüren, die mit einem Tastenfeld gesichert waren. Über jeder Tür waren Worte in einer fremden Sprache an den Türrahmen geschrieben. Sie entdeckte in regelmäßigen Abständen rot blinkende Überwachungskameras, die jeden ihrer Schritte aufzuzeichnen schienen.

Am Ende des Ganges machte Asger Halt. Er gab eine Zahlenkombination ein, und kurz darauf öffnete sich mit einem kurzen Summton eine graue Tür aus Stahl.

Dahinter lag ein kleiner quadratischer Raum mit einem rechteckigen Metalltisch und zwei unbequem aussehenden Aluminiumstühlen. Das Zimmer war ansonsten vollkommen leer. Die grauen Betonwände erinnerten Vicky an einen Verhörraum aus einem zweitklassigen Kriminalfilm. Von der Decke strahlte fahles Licht aus einer Neonröhre herab.

Sie setzten sich.

Vicky fühlte sich unwohl. Die Stühle waren unbequem. Ungeduldig rutschte sie auf der Stuhlkante hin und her.

„Jetzt sind wir ungestört", sagte Asger, lehnte sich zurück, schlug die Beine übereinander, verschränkte seine Arme hinter dem Kopf und begann zu erzählen:

„Wir befinden uns hier im Hauptquartier der ECH. Wir sind eine Bruderschaft, die aus den Rosenkreuzern entstanden ist."

Asger blickte sie durchdringend an: „Weißt du, wer die Rosenkreuzer sind?"

Vicky schüttelte den Kopf.

„Das Rosenkreuzertum ist eine protestantische Reformbewegung, die es schon seit vielen Jahrhunderten gibt."

Vicky erinnerte sich an den Religionsunterricht in den Schulen, die sie besuchen musste. Vor allem daran, dass sie während des Unterrichts die Jungs im Austausch für Zigaretten ihre Brüste anfassen ließ.

Asger fuhr fort: „Wir, die ECH, bilden die geheime Loge der Rosenkreuzer, die besonders viel Wert auf Tradition und die wahre Auslegung der Manifeste legen. Die anderen haben keine Ahnung von Mystik, Alchemie oder spirituellen Riten."

Bei der Erwähnung der anderen, wen auch immer er meinte, bemerkte sie, wie er die Hände auf dem Tisch zu Fäusten ballte, sodass seine Fingerknöchel weiß wurden.

„Was bedeutet ECH?", fragte sie.

„Erwecker der Chymischen Hochzeit – und wir befinden uns nun mitten in der Erweckung."

„Seit wann gibt es euch? Wer ist euer Boss? Was bedeutet Erweckungsphase?"

Ohne auf Vickys Fragen genauer einzugehen, fuhr er fort:

„Wir glauben an die neue Weltordnung. Wir sind auserwählt, um sie herzustellen, mit unseren Maßnahmen, den traditionellen Mitteln, die dafür vorgesehen sind. Die Erweckungsphase ist der erste Schritt. Auf sie folgt die Transformation."

Eher belustigt registrierte Vicky die Leidenschaft in Asgers Worten. Ein bisschen übertrieben, zugleich aber auch irgendwie faszinierend.

„Ich bin, wie auch Nyström vor seinem grauenhaften Tod, ein Barriter. Ein Wächter und Ausbilder, der sein ihm verantwortetes Brorkind stets im Auge behält und, wenn die Zeit der Erweckung gekommen ist, auf die besondere Rolle, die ihm zugeteilt wurde, vorbereitet."

Er machte eine kurze Pause und fuhr dann fort.

„Du, Viktoria, bist eines dieser Brorkinder." Dabei sah er sie mit ernster Miene an.

Fast hätte sie schallend losgelacht, über den Unsinn, den ihr dieser Mann erzählte, aber irgendetwas hielt sie zurück. Stattdessen fragte sie: „Was sind die …?"

„Die Brorkinder?", fiel ihr Asger voller Eifer ins Wort. „Die Brorkinder erhalten die rituellen Erweckungszeichen, die gelb leuchtende Ratte und das schwarze Kreuz auf roten Rosen, um sich durch die Barriter auf die Erweckung vorzubereiten."

Vicky dachte daran, dass sie nicht einmal wusste, ob sie einer bestimmten Konfession angehörte. Sie wusste nicht einmal, ob sie getauft war.

Plötzlich meldete sich Asgers Telefon in seiner Manteltasche. Er machte ein verärgertes Gesicht, zog sein Handy aus dem Mantel, blickte auf das Display, zuckte leicht erschrocken zusammen und nahm dann den Anruf entgegen.

„Verehrte Frau Oberdirektorin … ja, ja … nein", begann er unsicher zu stammeln. Vicky bemerkte sofort, dass etwas nicht stimmte. Asgers Stirn begann vor Schweiß zu glänzen.

Vicky vermutete, dass er gerade einen amtlichen Anschiss bekam. Sie konnte eine laute, ernste Frauenstimme reden hören, verstand aber nicht, was sie sagte.

„Natürlich nicht … Danke, verehrte Frau Oberdirektorin, wann …" Asger blickte konsterniert auf das Display. Anscheinend hatte sein Gesprächspartner auf der anderen Seite das Gespräch beendet.

„Ärger?“, fragte Vicky nicht ohne Schadenfreude.

Der bislang so souveräne Asger wurde hektisch. Der Schweiß lief ihm in kleinen dünnen Rinnsalen über die Stirn in das Gesicht.

„Viktoria, ich muss hier jetzt abbrechen. Sie hat … sie war … es ist noch … ich hätte nicht“, begann er zu stottern.

„Aber Sie haben die wichtigste Frage noch nicht beantwortet“, fiel ihm Vicky ins Wort.

Asger rieb sich immer und immer wieder mit den Händen die Augen, die dadurch immer roter wurden.

Die Tür des Raumes wurde abrupt aufgerissen. Es erschien ein weiterer haarloser Mann, der, wie konnte es auch anders sein, Asger ziemlich ähnelte, dabei allerdings deutlich massiger und muskulöser wirkte. Er sagte kein Wort, sondern blickte Asger nur ernst an. Vicky schien er nicht zu beachten.

Asger ergriff das Wort: „Viktoria, wir müssen nun gehen, ich habe einen Fehler gemacht. Ich muss dich jetzt hinausbegleiten.“

„Ich geh hier nicht weg, bevor Sie …“

„Viktoria!“ Asger lehnte sich über den Tisch zu Vicky: „Es ist wichtig, dass du jetzt gehst. Vertrau mir. Da dein Barriter tot ist, gibt es für dich einen alternativen Plan. Wir haben alles unter Kontrolle.“

Er stand auf, blickte unsicher zu dem Mann an der Tür, der sich weder bewegte noch etwas sagte. Asger packte Vicky am Arm.

„Komm!“

Vicky stand widerwillig auf, schlug dabei mit den Fäusten trotzig auf den Tisch. Warum bin ich hier, dachte sie grimmig. Sie überlegte einen Moment, sich wieder hinzusetzen, doch sie wusste, dass sie jetzt keine Antwort erhalten würde.

Asger zerrte Viktoria vorsichtig an dem Mann an der Tür vorbei, auf dem Weg hinaus aus dem Gang, auf dem sie gekommen waren. Als Vicky über ihre Schulter nach hinten blickte, sah sie, wie der

Mann die Tür des Raumes zuschloss und ihnen still und langsam folgte.

Eilig schob Asger Vicky zu dem geheimen Raum, der in das Café führte. Über der Tür war ein rechteckiges Schild angebracht, auf dem ein Kreis mit zwei nach oben zeigenden Pfeilen zu sehen war. Asger öffnete den Durchgang erneut, und landete mit Vicky wieder in der Toilette des Cafés.

Er verabschiedete sich von Vicky und flüsterte ihr leise zu: „Ich werde so schnell wie möglich Kontakt mit dir aufnehmen. Dein Initiationsritus hätte schon längst beginnen sollen. Da Nyström tot ist, werde ich mich jetzt um dich kümmern."

Mit diesen Worten betätigte er neben sich ein Tastenfeld. Das mechanische Geräusch erklang und der Durchgang hinter ihnen öffnete sich erneut. Asger nickte ihr kurz zu, bevor er hinter der Wand verschwand und Vicky völlig überrumpelt in der Toilette zurückließ.

Erwecker der Chymischen Hochzeit! Vicky dachte über die Worte Asgers nach.

Als sie die fragenden Blicke der anderen Gäste in dem Café bemerkte, fiel ihr auf, dass sie laut mit sich selbst geredet hatte.

Nachdem Vicky von Asger aus den unterirdischen Katakomben mehr oder weniger rausgeschmissen wurde, hatte sie sich völlig ratlos einen Stock höher wieder an den Tisch gesetzt, an dem sie vorhin mit Asger gefrühstückt hatte.

Dort trank sie noch den Rest des kalten Kaffees aus und wusste nicht weiter.

Die Kellnerin, die sie zuvor bedient hatte, war wie vom Erdboden verschwunden, die Rechnung auf wundersame Weise bezahlt, und so verließ Vicky das Café, setzte sich an die große Fensterglasscheibe unter den Dachvorsprung und steckte sich eine Lucky an.

Es hatte angefangen zu regnen, und sie klappte den Jackenkragen nach oben, um sich vor dem nasskalten Wind zu schützen.

ECH. Rosenkreuzertum. Chymische Hochzeit. Barriter, die auf Brorkinder aufpassen. Und sie sollte ein Brorkind sein? Und was sollte die Bemerkung über ihre Mutter, die angeblich noch lebte?

In Vickys Kopf verdichteten sich Eindrücke, Emotionen und Fragen zu einem wirren Gesamtbild, von dem sie Kopfschmerzen bekam.

Was gäbe sie jetzt für eine Line Koks.

Oder etwas Acid.

Oder etwas Shit.

Aber was war schon ein bisschen Kopfschmerz gegen ein paar konkrete Antworten?

Vicky zog sich die Kapuze ihres Hoodies über den Kopf, strich die Haarsträhnen hinter die Ohren und fällte eine Entscheidung.

Sie schnalzte die Kippe lässig in den Regen und betrat erneut das Café, ging zügig zu den Treppen herunter in die Männertoilette und schloss hinter sich die Tür.

Sie untersuchte die Mosaiksteine über dem Spülkasten und versuchte sich an die Reihenfolge zu erinnern, in der Asger die Fliesen berührt hatte.

Sie zögerte kurz, dachte an irgendwelche Indiana-Jones-Filme, in denen bei Falscheingabe ein Giftpfeil aus der Wand schnellte. Sie musste über ihre lebhafte Fantasie lachen: „Was soll schon passieren", schoss es ihr durch den Kopf.

An die ersten beiden Druckpunkte konnte sie sich noch erinnern und sie versuchte ihr Glück.

Nichts passierte.

Eine andere Reihenfolge.

Immer noch nichts.

Sie wurde ungeduldig.

Erneut.

Nichts.

„Diese verdammten Zitronenduftsteine stinken schlimmer als ausgekotzte Scheiße“, fluchte sie laut.

Beim vierten Versuch klappte es.

Wie auch schon bei Asger klackten die Fliesen, gefolgt von den mechanischen Geräuschen und dem abschließenden Piepton. Die Rückwand sprang komplett zur Seite und schon stand Vicky direkt im Geheimgang.

„Na also, geht doch.“ Vicky konnte sich ein zufriedenes Lächeln nicht verkneifen.

Sie huschte in den Gang, kurz bevor sich der Durchgang hinter ihr wieder schloss, zog die Kapuze noch tiefer ins Gesicht und versuchte, nicht an die Überwachungskameras zu denken, die sie bei ihrem ersten Besuch bemerkt hatte.

Erste Regel für einen erfolgreichen Bruch, dachte sie bei sich: Bleib so unauffällig wie möglich und bewege dich völlig normal. So schlenderte sie durch den Gang, als ob sie hier zu Hause war.

Niemand war zu sehen und niemand zu hören, nur die Belüftung an der Decke surrte leise vor sich hin.

Nach unzähligen geschlossenen Türen, an denen sie vorbeigegangen war, teilte sich der Gang in zwei weitere Korridore nach links und nach rechts auf. Sie entschied sich für die linke Seite.

Vor der nächsten Tür entdeckte sie auf dem Boden einen dunklen Fleck, dessen rote Farbe nur noch zu erahnen war. Blut, fragte sie sich, und obwohl ihr mulmig wurde, zwang sie sich, nicht stehen zu bleiben.

Nach wenigen Metern endete der Gang in eine Art offenen Aufenthaltsraum.

Vorsichtig betrat sie den Raum, der mit einer Küchenzeile ausgestattet war. In der Mitte befanden sich ein großer Tisch und einige Stühle. Sie schritt neugierig hindurch und stöberte in den Küchenschränken herum. Als sie den Kühlschrank öffnete, hörte sie plötzlich hinter sich Stimmen.

„… hat behauptet, dass sie ihn vorher angerufen hat und nun auf dem Weg hierher ist“, hörte sie eine Frauenstimme, die schnell näherkam.

Eine andere Frauenstimme antwortete: „Oberdirektorin Schwerdt ist schon jetzt auf dem Weg hierher?“

„Ja, sie kommt extra früher, um nach dem Rechten zu sehen. Asger muss echt Mist gebaut haben, wenn sie ihre Tarnung jetzt schon aufgibt. Das muss alles mit ihrer Tochter Viktoria, dem Brorkind, zu tun haben.“

Vicky erstarrte.

„Weißt du, was passiert ist?“, fragte die andere.

Vicky stand noch immer vor dem geöffneten Kühlschrank.

Sie hörte das Geräusch von Stühlen, die auf dem Boden umhergerückt wurden.

Verdammt.

Die beiden Frauen setzten sich an den Tisch und schenkten Vicky keinerlei Beachtung.

„Die Tochter ist eine der Auserwählten, sie hätte längst erweckt werden sollen, dann tauchte ein Lanzenjäger auf und hat versucht, sie umzubringen. Ihr Barriter ist bei dem Versuch, sie zu schützen, ums Leben gekommen.“

„Aber sie hat überlebt?“

„Ja, sie konnte fliehen. Asger hat sie noch erwischt und sie in einem unserer Verstecke gefangen gehalten, bis der Assasine eliminiert wurde. Stell dir das mal vor: Er hielt sie unerweckt gefangen. Sie, die Tochter der Oberdirektorin Schwerdt. Unglaublich, oder? Kein Wunder, dass er nun Ärger hat.“

„Diese Lanzenjäger sind eine verdammte Plage! Es heißt, sie haben schon acht Brorkinder erwischt!“

„Beruhig dich, Elisa, du weißt doch, die Unreinen werden die Transformation nicht überleben. Nur wer rein ist, schafft es in die neue Ordnung."

Plötzlich meldete sich eine dritte, eine männliche Stimme:

„Was haben Judas und die Lanzen der Centurioni gemeinsam?" Kurze Stille. „Beide befinden sich in der Gesellschaft Jesu."

Lautes Gelächter erfüllte den Raum.

Vicky versuchte, sich auf die Worte des Mannes zu konzentrieren, aber in ihrem Kopf fuhren die Gedanken Achterbahn. Ihre Mutter! Sie lebte tatsächlich. Bisher war sie davon überzeugt gewesen, dass Asger sie einfach nur ködern wollte, um mitzukommen. Jetzt hatte sie etwas erfahren, von dem sie nicht wusste, ob sie sich freuen oder fürchten sollte.

„Hey?"

Vicky wurde aus ihren Gedanken gerissen.

„Was ist mit dir?"

Vicky schloss die Kühlschranktür und drehte sich langsam um, die Kapuze noch immer in das Gesicht gezogen.

Am Tisch saßen zwei jüngere Frauen und ein Mann. Sie trugen dunkelgrüne, samtene Kutten, der Barriter hatte ein violettfarbenes Barett auf dem Kopf.

Alle drei schauten sie erwartungsvoll an.

„Was soll mit mir sein?", gab Vicky unsicher zurück.

„Na ja, der Witz, warum lachst du nicht? Oder fandest du ihn so schlecht?"

Vicky hatte den Witz nicht verstanden, ließ sich allerdings schnell was einfallen: „Ach, der Witz. Der ist so alt, den haben sich die Barriter schon erzählt, als die Oberdirektorin noch Unterdirektorin war."

Die drei schauten sie einen Moment lang verdutzt an, ohne ein Wort zu sagen.

Dann prustete der Mann los. Die beiden Frauen fielen zögerlich mit ein.

„Puuh, Glück gehabt", dachte sie, versuchte zu lächeln, hob die Hand und schickte sich an zu gehen.

„Halt, warte", sagte der Mann, während er sich die Tränen aus den Augen wischte: „Wer bist du eigentlich? Ich hab dich hier noch nie gesehen. Und warum hast du um die Uhrzeit noch keine Chorkleidung an?"

Chorkleidung?, dachte Vicky, bevor sie laut konterte.

„Ganz schön neugierig für dein Alter", antwortete sie, drehte sich dabei um und verließ eilig den Aufenthaltsraum.

„Hey, warte doch", hörte sie ihn rufen, doch Vicky war schon auf dem Gang, um nicht noch mehr Fragen gestellt zu bekommen, die sie nicht beantworten konnte.

Wo bin ich hier eigentlich gelandet, dachte sie sich, während sie an geschlossenen Türen vorbeihastete und an der nächsten Ecke rechts abbog.

Vicky wollte nun nur noch raus. Und zwar schnell.

Mit wachsender Unruhe suchte sie erfolglos die Schilder über den Türen nach dem Zeichen mit dem Kreis und den zwei nach oben zeigenden Pfeilen ab.

Auf einmal öffnete sich einige Meter von ihr entfernt eine Tür, zwei Männer betraten den Gang, drehten ihr den Rücken zu und bewegten sich in ein anregendes Gespräch vertieft von ihr fort.

Sie hatten Vicky nicht bemerkt.

Vicky nutzte die Gelegenheit.

Sie rannte auf die offene Türe zu und huschte im allerletzten Moment durch den sich wieder schließenden Durchgang.

Sie fand sich auf einmal in der belebten, feuchten und von Gewürzen erfüllten Küche eines asiatischen Restaurants wieder.

3

Vicky machte mit der linken Hand eine Faust, klemmte den Joint zwischen Mittel- und Ringfinger und setzte ihre Lippen an die kleine Öffnung zwischen Zeigefinger und Daumen.

Tief und fest zog sie daran und atmete dabei den stark brennenden Shit ein. Sie bewahrte das Zeug für besondere Zeiten in ihrem Küchenschrank in einer nostalgisch anmutenden Kelloggs-Frosties-Dose auf.

Schöner Mist, dies sind tatsächlich besondere Zeiten, dachte sie spöttisch.

Sie saß im Schneidersitz auf dem Rand der Dachisolierung des Studentenwohnheims, blickte über die Skyline des Stuttgarter Westens und versuchte einmal mehr, aus dem, was Asger ihr verraten hatte, schlau zu werden. Sie lehnte sich mit dem Rücken an die Mauer, die das Gebäude hinter ihr nach oben verjüngte.

Die Drogen wirkten sofort. Ein warmes, beruhigendes Gefühl setzte ein, und sie hörte augenblicklich auf zu zittern.

Sie dachte an die Ereignisse der vergangenen Stunden zurück. Anscheinend befand sie sich mitten in einer Auseinandersetzung zweier christlicher Religionsgruppen, den ECH, die irgendwelche Brorkinder erwecken wollten und irgendwelchen Lanzenjägern, die es sich zum Ziel gesetzt haben, genau das zu verhindern. Der Angriff mit der Armbrust galt also tatsächlich ihr.

Was für eine Freakshow!

Nach der Flucht aus den unterirdischen Geheimgängen war sie aus der asiatischen Küche durch ein Restaurant gerannt und auf dem schnellsten Wege in ihre Wohnung zurückgekehrt. Erst hier, auf dem Dach über dem Stuttgarter Westen, gelang es ihr, ihre Gedanken zu ordnen. Allein. Nur mit einem Joint zur Beruhigung.

Sie zog die Tüte bis auf den Filter herunter und drückte den Stummel zu den zahllosen anderen in die Fugen der vernieteten Isolierplatten.

Als sie ihr iPhone aus dem Rucksack hervorkramte, sah sie, dass es vollständig aufgeladen war.

Komisch, hatte mein Smartphone nicht einen Sprung im Display, dachte Vicky irritiert, wurde aber zugleich von den zahllosen Anrufen in Abwesenheit und WhatsApp-Nachrichten von Luke und Tom abgelenkt. Sogar Nesra hatte sich gemeldet, was ziemlich selten vorkam.

Sie blickte auf die Uhr des iPhones. Gleich 15 Uhr. Tom war noch an der Uni. Luke war sicherlich schon auf dem Weg zur Arbeit, hatte er diese Woche Spätschicht? Wo Nesra sich um diese Zeit rumtrieb, wusste sie nicht genau. Das wusste eigentlich niemand so genau.

Sie hatte nicht vor, den anderen von der Begegnung mit ECH oder den Lanzenjägern zu erzählen. Die Geschichte klang einfach zu unwahrscheinlich, als dass ihr jemand glauben würde. Außerdem war ihr auch klar, dass es Konsequenzen haben würde, wenn nur die Hälfte von dem stimmte, was Asger ihr erzählt hatte.

Mit dem iPhone in der Hand hatte Vicky plötzlich eine Idee: „Wollen wir doch mal sehen, was Google über die Rosenkreuzer weiß." Sie tippte die Buchstaben in die Suchmaske und traute ihren Augen nicht. „Wahnsinn", es gab mehr als zweihunderttausend Suchergebnisse. Das war also kein Fake! Sie wählte den ersten Treffer aus, eine, wie sie fand, ziemlich offiziell aussehende Webseite der Rosenkreuzer. „Erkenne dich selbst! Mystik als Weg! Freiheit des Geistes!" So ging es in einer Tour weiter. Sie konnte es fast nicht glauben, dass sie noch nie etwas von diesen Spinnern gehört hatte. Selbst in Stuttgart gab es öffentliche Zentren. Verrückt!

Sie surfte einige Zeit durch die offiziellen Seiten, dann klickte sie den Wikipedia Eintrag aus der Google Suche an: „… Spirituelle Ordensgemeinschaft … 17. Jahrhundert … Mythen und Legenden …“ Weiter unten auf der Seite entdeckte sie eine Auflistung von verschiedensten Gemeinschaften und Gruppen, die existierten. Eine Bruderschaft, die sich „Erwecker der Chymischen Hochzeit“ nannte, war leider nicht aufgelistet.

Dann vielleicht anders: Sie googelte den Namen der Bruderschaft direkt. Wieder Fehlanzeige. Es gab zwar die verschiedensten Einträge über eine Chymische Hochzeit, die eine Art Sage oder Märchen der Rosenkreuzer zu sein schien, kein Wort allerdings über Asger und seine Freunde.

Es war unter anderem auch von Geheimbünden die Rede. Waren die Erwecker der Chymischen Hochzeit also eine Gruppe von verrückt gewordenen Rosenkreuzer-Anhängern, die heimlich im Untergrund operierten? Und was genau wollten sie von ihr?

Vicky atmete tief durch und schaute von ihrem iPhone auf: „Schade, wäre auch zu einfach gewesen …“

Sie ließ ihren Blick über die Stadt schweifen und fühlte sich allein. So allein, wie sie sich vielleicht noch nie in ihrem Leben gefühlt hatte.

Obwohl ihre Mutter lebte. Hatte dieser schräge Typ namens Asger behauptet. Aber wenn sie tatsächlich ihre Mutter war, warum hatte sie Vicky all die Jahre allein gelassen? Jeden Kontakt vermieden, den eigenen Tod vorgetäuscht? Warum konnte sie ihre Mutter nicht einfach treffen, selbst jetzt nicht?

Das verbitterte Vicky noch mehr wie die falsche Gewissheit, dass sie tot gewesen war. Sie hatte immer, gerade als sie auf der Straße gelebt hatte, so sehr gehofft, dass ihre Mutter noch da wäre. Und jetzt, da sie erfahren hatte, dass dem so war, wünschte sie sich, ihre Mutter wäre damals wirklich gestorben. Erstmals seit langer Zeit fühlte sich Vicky von der Situation völlig überfordert, was sie noch wütender machte.

Sie zog sich gerade eine Lucky Strike aus der Schachtel, als sie hinter sich den Kies knirschen hörte.

Sie drehte sich um und sah, dass Tom näherkam.

Sein eindringlicher, fragender Blick ließ in Vicky alle Widerstände brechen. Sie legte die Kippe und das Feuerzeug beiseite, stand auf und ging ihm entgegen. Je näher sie ihm kam, desto schneller wurde sie. Die letzten Meter rannte sie.

Sie wollte ihn so schnell wie möglich umarmen, so schnell wie möglich seinen Geruch einatmen, etwas Vertrautes, Bekanntes spüren.

Die Tränen rannen ihr die Wangen herunter, als sie in seine Arme lief und ihn fest an sich drückte.

„Was ist passiert? Geht es dir gut", fragte er, von ihrem emotionalen Empfang überrumpelt.

Sie konnte ein Schluchzen gerade noch so unterdrücken.

„Ja, gut, es geht mir gut", log sie, während sie ihr Gesicht in seiner Jacke vergrub und die salzigen Tränen schmeckte, mit denen sie Toms Jacke durchnässte.

Dienstag 06:30

Piep, piep, piep. Der Wecker riss Vicky aus dem Schlaf. Sie rieb sich über ihre Augen und brauchte einige Sekunden, um sich zu orientieren. Neben ihr lag Tom, der sich umdrehte und das nervige Piepen mit einem Schlag auf den Buzzer stöhnend beendete.

„Guten Morgen", sagte er und drehte sich gähnend zu ihr herüber. „Alles in Ordnung?"

„Mmh", bestätigte Vicky nickend, wohlwissend, dass er sie im Halbdunkel nur erahnen konnte.

Vicky dachte an gestern zurück.

Sie hatte den restlichen Tag und Abend bei Tom verbracht, er hatte sie getröstet, ohne zu wissen, was los war. Er hatte keine Fragen gestellt, nicht, wo sie sich rumgetrieben hatte, nicht, woher die Verletzung an der Schulter kam, auch wollte er nicht wissen, warum sie ihm heulend in die Arme gefallen und den restlichen Abend so abwesend, noch abwesender als sonst, gewesen war.

Sie wollte nicht über ihre Probleme und ihre Gefühle reden. Sie wusste, dass Tom sie nie zu sehr bedrängen oder Bedingungen und Ansprüche stellen würde. Genau das war es, was sie immer wieder ausnutzte. Er war da, wenn sie ihn brauchte, aber zugleich hatte sie ein schlechtes Gewissen, da sie nicht wusste, ob sie jemals solche Gefühle für ihn empfinden konnte, wie er das für sie tat.

Der gestrige Abend war wunderschön gewesen, ohne viel zu reden, allerdings mit viel Sex, was Vicky half, sich etwas von den Erlebnissen abzulenken. Er hatte für sie gekocht, eine Flasche Wein geöffnet und sich um sie gekümmert. Schlussendlich waren sie in seinem Bett eingeschlafen.

„Halb sieben. Ich muss aufstehen. Ich habe heute vor der Uni noch einen Termin wegen einem Projekt in der Firma", erzählte er. Tom arbeitete neben seinem Chemie-Studium noch als Werkstudent. Soweit Vicky wusste, stellte die Firma irgendwelche Farben und Lacke für die Industrie her.

„Musst du nicht auch so was ähnliches wie arbeiten", fragte er vorsichtig neckend und machte dabei das Licht im Schlafzimmer an.

„Verflucht, ja, muss ich", entfuhr es Vicky.

Erst jetzt fiel ihr ein, dass sie gestern gar nicht zur Arbeit gegangen war.

„Du bist echt der Knaller, Vicky. Ehrlich", sagte Tom mit schiefem Grinsen, stand auf und ging kopfschüttelnd ins Bad.

Vicky ließ sich ins Bett zurückfallen. Sie blickte nach rechts auf den Nachtschrank und entdeckte ihre Zigaretten, steckte sich eine an und atmete den Rauch tief ein.

Sie dachte an das, was sie beschäftigte, ohne wirkliche Antworten zu haben. Der tote Nyström, der Kampf mit dem Unbekannten, die Entführung, die zwei Schwachmaten, die auf sie aufpassen sollten. Das Treffen mit Asger. Die Erkenntnisse über ECH und ihre Mutter.

Wie ein Seil legten sich die Gedanken an das Erlebte um ihren Hals und drückten ihr die Luft ab.

Sie versuchte, die Bilder wieder aus ihrem Bewusstsein zu verdrängen.

Auuu! Heiße Asche fiel von der heruntergebrannten Zigarette auf ihre nackte Brust. Sie stand auf, schlug die Decke zur Seite, klopfte die Asche herunter und drückte den Zigarettenstummel im Aschenbecher auf dem Nachtschrank aus. Dabei fiel ihr Blick aus dem Fenster in die Morgendämmerung hinaus.

Tom kam frisch geduscht aus dem Bad.

Nur mit einem Handtuch um die Hüfte geschlungen, blieb er überrascht stehen: „Du bist ja noch da. Dir muss es ja echt schlecht gehen."

„Du hast ja keine Ahnung, was für eine Achterbahn mein Leben gerade fährt", sagte Vicky leise, mehr zu sich selbst als zu Tom.

Dabei blickte sie aus dem Fenster in den neuen, grauen, nebelverhangenen Himmel hinein, der zwar von Minute zu Minute heller, dabei allerdings nicht weniger trist wurde.

„Dann lass mich teilhaben, Vicky. Was ist los?", fragte Tom eindringlich.

„Lieber nicht. Du würdest mich sowieso für verrückt halten."

„Haha, sehr witzig. Das tue ich doch schon längst."

Tom hatte sich mittlerweile angezogen und rubbelte sich seine braunen, lockigen Haare mit dem Handtuch trocken, während er nach nebenan ging.

Vicky blickte wieder aus dem Fenster.

„Frühstückst du hier?", fragte Tom aus dem Wohnzimmer.

„Nein, ich muss rüber, die Fische füttern und dann los zur Arbeit", rief sie in das andere Zimmer hinüber.

Sie zog ihren Slip und ihren Sport-BH an und klaubte die kreuz und quer in der Wohnung herumliegenden Sachen auf. Als sie endlich im Wohnzimmer ihre Socken fand und in den Knäuel von Klamotten stopfte, den sie mit einer Hand vor ihrer Brust zusammenhielt, trafen sich ihre Blicke. Er schaute sie über die Kücheninsel hinweg an. In seinen Augen lag Sorge und Mitleid. Vicky glaubte auch, Vorwürfe und Wut zu erkennen, schüttelte den Gedanken aber wieder ab und versuchte damit auch, das aufkommende schlechte Gewissen loszuwerden. Sie hatte ihn nicht gezwungen, ihr zu helfen. Er machte das freiwillig und gern, redete sie sich ein. Sie ging langsam mit den Klamotten vor ihrem Körper in Richtung Wohnungstür und ließ ihn dabei nicht aus den Augen.

Sie griff nach ihren Schuhen, der Jacke und dem Rucksack, drehte sich um und öffnete die Tür.

Sie zögerte kurz.

Sie spürte noch immer seinen Blick, genau jetzt, in ihrem Rücken.

Tom sagte kein Wort.

„Danke", sagte sie leise, ohne sich umzudrehen und wartete auf eine Reaktion.

Es kam keine.

Sie wartete noch einen Augenblick, der sich unendlich lang anfühlte, ging dann durch die Tür und zog sie leise hinter sich zu. Sie hielt die Luft an.

Sie stolperte mit ihren Sachen in den Armen zu ihrer Wohnungstür gegenüber, kramte den Schlüssel aus der Hose, die sie an ihre Brust gepresst hatte, verlor dabei einen Socken, den sie hastig mit zwei Fingerspitzen vom Boden auflas.

Sie zögerte einen Moment, dann steckte sie den Schlüssel ins Schloss, drehte in um, drückte den Türgriff herunter und trat ein.

Erst als sie die Tür hinter sich geschlossen hatte, wagte sie es, auszuatmen, und sie ließ sich mit dem Rücken zur Tür langsam auf den Boden rutschen.

War das Erleichterung, die sie gerade empfand? Oder Enttäuschung?

Warum war Tom nur so gut zu ihr?

Sie saß fast nackt hinter ihrer Tür auf dem kalten Boden. Die Wohnung war ausgekühlt und dunkel. Sie ließ ihre Klamotten auf den grauen Teppichboden fallen und schaute sich um, fühlte die Leere und Trostlosigkeit, die sie so oft an diesem Ort empfand.

Ein eisiger Luftzug drang unter der Wohnungstür hindurch und ließ ihre nackte Haut vor Kälte zittern.

Sie zog die Beine an, schlang ihre Arme darum und vergrub ihr Gesicht auf den Knien.

Vicky fing an zu weinen.

Dienstag 09:07

„09:07 Uhr“ stand auf dem hell leuchtenden Display der Stempeluhr.

Soll ich überhaupt einstempeln, ging es Vicky durch den Kopf. Die Tatsache, dass sie gestern nicht erschienen war und heute schon wieder eineinhalb Stunden zu spät am Personaleingang ihres Arbeitgebers einlief, würde höchstwahrscheinlich dazu führen, dass sie rausgeschmissen wurde.

Zur Sicherheit zog sie die Mitarbeiterkarte durch den Schlitz der Stempeluhr und meldete sich im System an.

Wenn sie Glück hatte, war es ihrer Chefin gar nicht aufgefallen, dass sie gestern gefehlt hatte. Und es wäre nicht das erste Mal, dass sie den Computer-Freak aus der IT-Abteilung mit ein paar netten Worten um den Finger wickeln könnte. Er würde den gestrigen Tag im System dann einfach nachbuchen und hoffen, dass Vicky ihr Versprechen auf ein Date irgendwann wahrmachen würde.

Wenn sie kein Glück hatte … ja, dann war’s das hier vermutlich. Sie durfte dann nicht vergessen, aus ihrem Spind noch den Beutel Gras und ihren dunkelroten Hoodie mitzunehmen.

Sie dachte an heute Morgen zurück, als sie in ihrer Wohnung auf dem kalten Fußboden gesessen hatte und das traurige Gefühl stumpfer Taubheit gewichen war. Irgendwann endlich hatte sie ihren Lieblingen Aufmerksamkeit geschenkt.

Diesmal waren sie wirklich am Verhungern gewesen. Danach hatte Vicky heiß geduscht, ihre genähte Schulter mit einem frischen Pflaster versorgt und sogar noch einige Cornflakes und etwas Milch in ihrer Küche gefunden.

Während des kurzen Frühstücks hatte sie Luke und Nesra geschrieben, dass alles o. k. sei und sie sich am Wochenende im Ocsid treffen würden.

Sie hatte sich für frische Kleidung entschieden und trug nun eine blaue, zerrissene Jeans und darunter eine schwarze Strumpfhose. Dazu wählte sie weiße Chucks, einen schwarzen Levi's Hoodie und ihre schwarze Lederjacke. Zum Schluss kam der geliebte dunkelgraue Herschel-Rucksack, in dem ihre überlebensnotwendigen Dinge steckten, wie zum Beispiel ihr Einbruchswerkzeug, die Ladebar für das iPhone und ähnliche Dinge.

So ausgestattet ging sie nun an der Stempeluhr vorbei, den Mitarbeitergang entlang in Richtung Personalraum. Dabei musste sie das Büro ihrer Chefin, Frau Hotz, passieren.

Als sie sich der Tür näherte, sah sie, dass das Büro offenstand. Vorsichtig spähte sie hinein. Frau Hotz war nicht an ihrem Schreibtisch. Stattdessen saß auf dem Besucherstuhl ein unbekannter Mann in ihrem Alter, vielleicht etwas jünger, der sich zu ihr umdrehte und sie neugierig musterte.

Gott sei Dank, sie ist nicht da, dachte Vicky.

Sie mochte ihre Chefin nicht, im Gegenteil. „Die Hotz, die dreckige F…" ging es ihr durch den Kopf. Erleichtert schlenderte sie an dem Büro vorbei.

Als sie die Tür zum Personalraum öffnete, stand ihre Chefin vor ihr.

„Scheiße", entfuhr es ihr, so laut, dass Frau Hotz die Augenbrauen ärgerlich hochzog.

Frau Hotz taxierte Vicky mit einem Blick, den sie nicht deuten konnte.

„Ja, jetzt sagen Sie es schon, ich packe gleich zusammen, gebe die Karte ab und bin dann raus hier, der Drecksladen hat mir eh nicht gefallen", sagte Vicky ungeduldig. Sie spürte, wie ihre Unterlippe vor Wut zitterte.

Frau Hotz blickte Vicky weiter wortlos an. Kurz tauchten Zornesfalten auf ihrer Stirn auf, dann nahm sie sich sichtlich zusammen und antwortete nur: „Sie bleiben. Ihr gestriges Fehlen wurde entschuldigt. Jetzt ziehen Sie sich um und kommen danach in mein Büro."

Vickys Kinnlade klappte herunter. Mit offenem Mund starrte sie Frau Hotz an.

„Brauchen Sie eine extra Einladung oder fangen Sie nun endlich an", bellte sie Vicky an und rauschte an ihr vorbei. „Wenn Sie umgezogen sind, erwarte ich Sie in meinem Büro", befahl sie und verschwand durch die Tür des Personalraums.

Vicky blickte ihr verblüfft nach. Was war das denn?

Sie schüttelte den Kopf, ging an ihren Spind und zog ihre Arbeitskleidung und die Sicherheitsschuhe an.

Als sie vor dem Büro stand und nach drinnen linste, saß der junge Mann noch immer auf dem Stuhl vor dem Schreibtisch. Erst jetzt sah Vicky, dass er Asiate war.

Frau Hotz winkte sie herein: „Ah, da ist sie ja endlich."

Vicky trat ein.

„Das ist Chanyeol Bangpae, er wird uns in den nächsten Wochen unterstützen. Er ist der Sohn eines …", suchte Frau Hotz nach den richtigen Worten, „… eines Bekannten und Sie werden ihn anlernen, ihm alles zeigen. Und das …", wandte sie sich mit einer entschuldigenden Geste an den jungen Mann vor ihrem Schreibtisch, „… ist Viktoria Schwerdt." Sie schien darauf zu warten, dass die beiden sich miteinander bekannt machten.

Der junge Mann war tatsächlich deutlich jünger, Vicky schätzte ihn auf Anfang zwanzig. Trotz des asiatischen Aussehens hatte er einen dunklen Hauttyp, schwarze Haare, die er kurz geschnitten trug, zu einem modischen Seitenscheitel gestylt und an den Seiten ausrasiert. In seinem Gesicht war kein Bartwuchs zu erkennen.

Der junge Mann stand auf, ging auf sie zu, streckte die Hand zur Begrüßung aus und sagte mit einer viel zu hohen Stimme:

„Hi, nenn mich Chan, alle nennen mich Chan."

Na, toll, dachte sie, das muss jetzt nicht auch noch sein. Ich habe gerade genug Probleme und keine Lust, den Babysitter für Bruce Lees Enkel zu spielen.

Trotzdem fand sie ihn nicht unsympathisch. Ihr gefielen seine dunkelbraunen, leicht mandelförmigen Augen, aus denen eine ihr unbekannte und jetzt schon herausfordernde Offenheit und Neugier zu strahlen schien.

Noch immer hielt er die Hand ausgestreckt vor sich und wartete. Frau Hotz schien nervös zu werden, ihre Augen wanderten unruhig zwischen Vicky und Chanyeol hin und her.

Vicky fragte sich, ob Frau Hotz eine neue perfide Art der Bestrafung entdeckt hätte und ob ein Rausschmiss nicht angenehmer gewesen wäre. Es kostete sie sehr viel Überwindung, dann gab sie sich einen Ruck.

„Vicky", sagte sie knapp, presste ein Lächeln hervor und schüttelte seine Hand.

Der Blick von Frau Hotz zeigte ihr, wie erleichtert sie war. Sie atmete tief durch und setzte ein zufriedenes Lächeln auf.

„Dann an die Arbeit. Frau Schwerdt zeigt ihnen als Erstes die Warenannahme, danach die Kommissionierung und Verteilung der Waren", sagte sie zu Chanyeol und begab sich wieder hinter ihren Schreibtisch. Sie fing sofort an, auf ihrer Tastatur herumzuhämmern, woraus Vicky schloss, dass die Audienz beendet war.

Chanyeol blickte Vicky erwartungsfroh an. Er schien es kaum abwarten zu können, hier zu arbeiten.

Vicky seufzte: "Dann komm mal mit, Chanyeol."

„Chan, alle nennen mich Chan."

„Hab ich schon beim ersten Mal verstanden, Chanyeol."

Sie verdrehte die Augen, verließ das Büro und marschierte schnurstracks durch den Gang am Personalraum und Pausenraum vorbei in die Lagerräume, hinter denen das Tor zum Wareneingang lag.

Chanyeol folgte ihr auf Schritt und Tritt.

Na, super, dachte sie. Daran werde ich mich wohl gewöhnen müssen.

Den restlichen Vormittag verbrachte sie damit, Chanyeol alle Arbeitsbereiche, in denen sie tätig war, zu zeigen und sich beim Arbeiten zuschauen zu lassen. Ihr neuer Kollege hörte ihr wissbegierig zu und blickte sie unentwegt begeistert an. Er stellte allerdings keine einzige Frage, sondern nickte nur und grinste in sich hinein.

Halb eins. Vicky war am Verhungern.

„So, den Rest der Palette verteilen wir nach dem Mittag", sagte sie mehr zu sich als zu Chanyeol.

„Gut, wo essen wir", fragte er.

„Wir?", fragte Vicky.

Chanyeol beantwortete ihrem fragenden Blick mit einem dümmlichen Grinsen.

„O. k., wir", gab sich Vicky geschlagen und fuhr fort: „Wir gehen ins Han-Mi und essen asiatische Nudeln. Du magst doch asiatisch, oder?"

Vicky zwinkerte ihm verschwörerisch zu.

Chanyeol verzog keine Miene.

„Ich bin in Mannheim aufgewachsen, nicht auf einem vietnamesischen Reisfeld" sagte er trocken und zuckte betont resigniert mit den Schultern, fügte dann aber hinzu:

„Aber ja, klar mag ich asiatisches Essen, so wie jeder in Mannheim", fuhr er fort und zwinkerte zurück.

Vicky war ehrlich überrascht. Vielleicht war Chan doch nicht so ein Lauch, der alles mit sich machen lässt, wie es zuerst den Anschein hatte?

Während sie die berühmten Süßkartoffelnudeln im Han-Mi aßen, blickten sie sich beide wortlos in die Augen. Vicky war froh, dass

Chanyeol still war und Chanyeol war anscheinend einfach immer froh.

Sie ließ den Vormittag Revue passieren und fragte sich inzwischen, was sie von Chanyeol halten sollte. Ob er sie einfach bewunderte? Bei jedem Handgriff ließ er sie wissen, wie toll er es fand, von ihr zu lernen. Manchmal ließ er sogar ein staunendes „Oh“ oder „Ah“ vom Stapel, wenn sie ihm erklärte, wie man ein Regal einräumte oder ähnliche Hilfsarbeitertätigkeiten überstand. Verbarg sich hinter ihrem Job ein Geheimnis, von dem sie bisher nichts mitbekommen hatte?

Voll der Freak, ging es Vicky durch den Kopf und sie aß ihre Nudeln auf.

Nachdem sie beide mit dem Essen fertig waren, saßen sie mit dem Rücken an das Schaufenster gelehnt da. Vicky zog eine Lucky aus der Schachtel.

„Auch eine?“, fragte sie.

„Ne, hab aufgehört, als ich mit dem Initiationsritus begonnen habe. Die Impfungen haben sich mit dem Rauchen nicht vertragen“, antwortete er.

Vicky verschluckte sich an der Zigarette.

Sie hustete.

„W… Was sagst du da?“

„Du weißt schon ECH, der Ritus, die Impfung und der ganze Mist“, sagte Chanyeol, blickte dabei auf den Boden und fummelte mit den Fingern an den Stahlkappen der Sicherheitsschuhe herum.

Vicky sprang auf, griff ihn an der Schulter und zog ihn zu sich heran.

„Ich weiß gar nichts … Du gehörst zu denen?“

„Wie zu denen? Du meinst zu uns?“

„Ich meine zur Bruderschaft.“

„Klar, so wie du auch. Deswegen bin ich doch hier. Ich soll dir die restlichen Dinge zeigen, die du noch nicht weißt, da dein Barriter tot ist, oder?“

„Ich habe keine Ahnung, bis gerade eben wusste ich nicht, dass du etwas mit ECH zu tun hast."

„Oh, dann hab ich das durcheinandergebracht, vielleicht auch eine Nebenwirkung der Impfungen. Nun gut, jetzt weißt du es ja."

Wieder das blöde Grinsen.

„Fick dich! … Und sag ihnen am besten, sie sollen sich alle ficken, vor allem Asger. Wie kommt ihr eigentlich darauf, dass ich bei eurem Verein mitmachen will? Noch mal zum Mitschreiben: Ohne mich, ich steig aus, ihr könnt mich mal", sagte sie so laut, dass vorbeilaufende Passanten verständnislos den Kopf schüttelten.

Chanyeol sah sie erschrocken an.

Vicky drehte sich um und ging davon, zurück in den Rewe.

Als sie im Umkleideraum ihren Spind öffnete, um ihre Sachen zu packen und abzuhauen, stand er plötzlich neben ihr.

„Jetzt entspann dich Vicky! Ich bin hier, um dir alles zu erklären. Nyström ist tot, also muss jemand anderes seinen Job übernehmen."

Vicky reagierte nicht, sondern fummelte weiter wütend an dem Vorhängeschloss rum.

„Vicky, du kannst nicht einfach gehen", fuhr er beschwörend fort.

Endlich bekam sie den Spind auf.

„Du hast keine Wahl, Vicky. Entweder du hörst mir zu, oder sie werden dich holen. Du kannst ihnen nicht entkommen. Du bist Teil von ECH, ob du willst oder nicht. Allein schon, weil du die Tochter deiner Mutter bist." Chanyeol blickte sich bei den Worten besorgt in dem Personalraum um, schaute dabei immer wieder nach oben und suchte die Decke ab.

Bei der Erwähnung ihrer Mutter hielt Vicky inne.

Vicky sah Chanyeol mit großen Augen an. Sie kämpfte mit sich und dem, was er gesagt hatte.

Dann schlug sie wütend die Spindtür zu. Chanyeols Unterlippe zuckte vor Aufregung vor und zurück.

„Du wirst mir alles erzählen. Alles das, was Asger mir verschwiegen hat. Wirst du das tun?“

Chanyeol nickte eifrig: „Aber nicht hier.“ Er blickte wieder ängstlich um sich.

Vicky griff ihn am Kragen seiner Arbeitsjacke, presste ihren Oberkörper dicht an seinen und drückte ihn an den Spindschrank.

Ihre Nasen berührten sich fast.

„Alles. Alles wirst du mir erzählen! Sonst hast du ein Problem, nicht ich“, sagte sie langsam und deutlich, und blickte ihm dabei lange in die Augen.

Chanyeol keuchte.

„Alles was ich weiß, sage ich dir“, antwortete er zitternd.

„Ich verspreche es.“

Dienstag 18:00

„O. k., Chan, schieß los“, sagte Vicky, als sie eine der frisch geklauten Bierflaschen mit ihrem Feuerzeug öffnete.

Sie hatten gegen 17:30 Uhr im Rewe ausgestempelt, für den Abend einige Getränke und etwas zu essen aus dem Lager „geholt“ und waren dann in Vickys Wohnung gegangen. Chanyeol hatte nicht gerade glücklich ausgesehen.

Nun saß er ihr unsicher gegenüber. Sein Bier stand noch unberührt vor ihm auf dem Sofatisch.

Und im Gegensatz zu Vicky hatte Chan noch immer seine graue Jacke an.

Vicky hatte die Heizung hochgedreht, die Jeans und den Pulli ausgezogen und saß nun in schwarzer Strumpfhose und Shirt im Schneidersitz auf ihrem Sofa.

Sie bemerkte, wie sein Blick verstohlen zwischen ihre Beine fiel. Doch sie störte das nicht. Dann wanderte sein Blick auf den Verband an Vickys Schulter und sein Gesichtsausdruck wurde ernst.

„Waren sie das?“, fragte er.

„Wer sie?“

„Die Lanzenjäger.“

Vicky erinnerte sich an die Unterhaltung der zwei Frauen in den unterirdischen Katakomben. Die Lanze des Centurioni. Das waren anscheinend die Killer, die die ECH-Bruderschaft jagten. Sie dachte an den bärtigen Mann und die Nacht am Feuersee. An die Armbrust und den schrecklichen Anblick von Nyströms Leichnam. Sie musste schlucken.

„Vicky?“

Chan blickte sie besorgt an.

„Schieß endlich los“, sagte Vicky, als sie sich wieder gefasst hatte.

Chan gehorchte.

„Ich bin als Waise aufgewachsen. So wie du. Alle Brorkinder wachsen so auf. So wurde es arrangiert. So will es die Prophezeiung.

Vor ein paar Monaten hat es dann begonnen. Ich wusste bis dahin nichts von meinem Schicksal. Von meiner Bestimmung.“

Jetzt hatte Chan Vickys ganze Aufmerksamkeit. Ihr Mund wurde trocken und sie nahm einen kräftigen Schluck von dem kalten Bier.

„Ich ahnte aber schon immer, dass ich etwas Besonderes bin. Und als ich die gelbe Ratte das erste Mal sah, dachte ich sofort: Das muss es sein! Das Zeichen, auf das ich schon immer gewartet hatte.“

„Da war ich wohl etwas schwer von Begriff“, fiel Vicky ihm spöttisch ins Wort.

Chan blickte sie etwas ratlos an. Dann sagte er fast ehrfurchtsvoll: „Bei dir ist eh alles anders. Du bist ein besonderes Brorkind, deine Mutter ist Oberdirektorin Maria Isabel Schwerdt.“

Bei den Worten begannen seine Augen zu leuchten.

Es war das erste Mal, dass sie den vollständigen Namen ihrer Mutter hörte.

„Dann heiße ich also tatsächlich Schwerdt mit Nachnamen?“

Chanyeol nickte. „Jeder von uns trägt einen Namen, der für ihn bestimmt ist, um die Transformation zu begleiten. Mein Nachname lautet Bangpae, das ist koreanisch und bedeutet ‚Schild'."

Immerhin haben sie Sinn für Ironie, dachte Vicky, du und ein Schild, da lach ich ja jetzt schon. Schildlaus hätte besser gepasst.

„Deine Mutter gehört zu den ranghöchsten Vertretern der ECH. Ich kenne nicht die ganze Geschichte, aber die ECH und deine Mutter waren in den letzten Jahren gezwungen, im Verborgenen zu agieren. Das ist wohl auch der Grund, warum sie mit dir nicht in Kontakt treten konnte. Jetzt, so heißt es, haben sich die politischen Verhältnisse geändert. Und deine Mutter kommt nach Stuttgart." Chan blickte dabei nervös auf die Bierflasche, die Vicky in den Händen hielt.

„Auf jeden Fall", fuhr er schnell fort, „ist deine Mutter eine Berühmtheit, und durch ihre Kontakte gewinnt ECH immer mehr an Einfluss und Macht. Sie hat viele neue Mitglieder für die Bruderschaft gewonnen, und durch sie ist das feingliedrige Zirkelsystem, aus dem ECH mittlerweile besteht, auf ganz Süddeutschland ausgeweitet worden. Du glaubst gar nicht, welch eine Ehre es für mich ist, dass ich dir bei deinem Initiationsritus helfen darf."

„Nicht so schnell, Chan. Was genau ist der Initiationsritus und woher weißt du das alles", fragte Vicky.

„Der Initiationsritus ist Bestandteil der dritten Phase, der Citrinitas, der Gelbung."

Vicky blickte ihn verständnislos an. Chanyeol fuhr hastig fort:

„Also ganz von vorn: Wir Brorkinder durchlaufen in unserem Leben verschiedene Phasen auf dem Weg zur Transformation. Die erste Phase ist die Nigredo, die Schwärzung. Das ist der Zustand, der auch Materia Prima genannt wird. Die Schwärzung reinigt unseren Körper und brennt unsere Unreinheiten aus. Das kann oft mehrere Jahre dauern, beginnt meistens in der frühen Kindheit und dauert bis zur Jugend an."

Vicky verstand kein Wort, und langsam machte ihr Chanyeols Eifer ein bisschen Angst.

„Die zweite Phase nennen wir Albedo, die Weißung. Wir werden erleuchtet, erhellt, sodass wir den erneuerten Geist empfangen können und bereit für die dritte Stufe sind."

„Die Citri …", fiel Vicky ihm ins Wort.

„Genau die Citrinitas, die Gelbung. Dabei wird der verflüchtigte Geist wiedererweckt und mit dem Körper verbunden."

Vicky musste an die gelb angemalten Ratten denken und fragte sich, ob sie sich vielleicht im falschen Film befand. Aber Chan war noch nicht am Ende.

„Mein Geist wurde vor einigen Wochen von Vidar, meinem Barriter erweckt. Er bringt mir alles für die Transformation bei, in der wir eine entscheidende Rolle spielen werden. Die Transformation wird auch Rubedo genannt, die Rötung. Die letzte und vierte Stufe. In den Lehrbüchern wird von der Vereinigung des Begrenzten mit dem Unbegrenzten gesprochen. Bis gestern habe ich jeden Tag in den Schriften gelesen und für die Transformation trainiert. Das gehört alles zu dem Initiationsritus. Genauso wie die Impfungen, die wir alle achtundvierzig Stunden erhalten. Er griff sich dabei mit schmerzverzerrtem Gesicht hinter das linke Ohr."

„Welche Impf …?", fragte Vicky irritiert.

Plötzlich klopfte es an der Tür.

Sie fuhren erschrocken zusammen.

Vicky sprang auf, stellte das Bier auf den Tisch und hastete in den Flur.

Es klopfte wieder, nun lauter.

Sie öffnete hastig den Schuhschrank im Flur und griff mit fliegenden Fingern in die obere Schublade, in der sie ein Butterfly-Messer aufbewahrte.

Gerade als ihre Finger das Messer zu fassen bekamen, hörte das Klopfen auf.

„Vicky, komm schon. Ich bin's, Tom."

Tom. Vicky atmete erleichtert aus.

Sie blickte zu Chan, der auf dem Sessel kauerte und ein Zittern nicht unterdrücken konnte.

„Vicky?", rief Tom erneut.

„Ja, Tom, gleich."

Sie legte das Messer wieder zurück in die Schublade, strich ihre blonden Haarsträhnen hinter die Ohren und atmete einmal tief ein und aus. Dann öffnete sie das Vorhängeschloss und zog die Tür eine Handbreit auf.

Tom stand in Shirt und Trainingshose vor ihr.

„Ich muss dringend mit dir reden", sagte er, drückte ihr einen Kuss auf den Mund und brauste an ihr vorbei, noch während sie die Worte: „Klar, komm rein", über die Lippen brachte.

Er schien wirklich aufgeregt zu sein.

„Vic, hör zu! Es ist was passiert. Ich bin mir nicht sicher, was es bedeutet, aber du bist in großer …"

Tom verstummte schlagartig, als er Chan bemerkte.

„Tom, das ist Chan, mein neuer Arbeitskollege", sagte Vicky.

„Hallo Tom."

Eine freundliche Begrüßung klingt anders, dachte Vicky und sah Chan verwundert an.

Tom blieb wie vom Blitz getroffen stehen und rührte sich nicht von der Stelle.

„Tom?", fragte Vicky verwirrt. „Alles o. k.? Was wolltest du mir sagen?"

Tom verzog keine Miene. Ohne Chan eines Blickes zu würdigen, wandte er sich an Vicky.

„Ach, nichts. Das hat Zeit. Lass uns ein anderes Mal darüber reden", erwiderte er und drehte sich schon wieder Richtung Ausgang.

„Ich muss los. Bis bald, Vicky, o. k.?"

Noch bevor sie sich über sein Verhalten wundern konnte, hatte er ihr einen Kuss auf den Mund gedrückt und war wieder aus der Wohnung verschwunden.

Was war das denn für ein Auftritt?, fragte sie sich, als sie langsam die Tür schloss und wieder zurück ins Wohnzimmer ging.

„Netter Kerl", sagte Chan, tippte etwas in sein Smartphone und verstaute es danach wieder in seiner Hosentasche. „Ein Nachbar?"

„Was?“ Vicky war noch immer total verblüfft.

„Kennt ihr euch?“

„Noch nie gesehen“, antwortete Chan und lächelte kalt. Vicky wusste, dass Chan ihr etwas verschwieg, aber sie verstand nicht, warum.

Sie schüttelte stirnrunzelnd den Kopf.

„Ich brauch jetzt was zur Beruhigung“, sagte sie und verschwand in der Küche.

Sie zog die Kelloggs-Frosties-Dose aus dem Schrank, setzte sich zurück zu Chan und begann, sich einen Spliff zu bauen.

Chan blickte sie mit großen Augen an.

„Auch was?“, fragte sie, als sie den Joint anzündete.

Chan schüttelte den Kopf.

„Lass mich raten. Verträgt sich nicht mit den Impfungen, oder?“

„Vermutlich“, sagte er kleinlaut und zuckte mit den Schultern.

„Seit den Impfungen wird mir dauernd schlecht.“

„Was für Impfungen sind das?“, fragte sie und dachte dabei an die Worte von Asger. Und die Spritze, die ihr die beiden Hohlroller bei der Entführung verpasst hatten. Ein Betäubungsmittel, oder?

„Sie sind Bestandteil der dritten Phase, der Gelbung. Sie werden in den Schriften auch *lacta philosophica* genannt. Sie bereiten uns auf die Transformation vor. Genaueres weiß ich auch nicht.“

„Und du lässt dir einfach so irgendwas spritzen, ohne dass du weißt, was es ist?“

„Ja, natürlich. Ich vertraue ihnen. Ich vertraue Vidar, er ist doch mein Barriter. Bei dir hätten die Impfungen übrigens auch schon längst beginnen müssen.“

„Das wüsste ich aber“, entgegnete Vicky vorsichtig und drehte den Joint am inneren Rande des Aschenbechers, sodass die Asche abfiel.

„Wir bekommen alle zwei Tage eine Impfung hinter das linke Ohr injiziert. Es tut eigentlich gar nicht weh, allerdings vertrage ich die Impfungen nicht so gut. Meistens muss ich am Morgen danach direkt kotzen.“

Vicky lachte. Der Joint zeigte schon seine Wirkung.

Plötzlich hielt sie inne.

Wohin hatte sie gestern die Spritze bekommen? Instinktiv fasste sie sich an das linke Ohr und erstarrte.

„Fuck!"

Sie spürte die leichte Beule an der Kopfhaut und die kleine Einstichstelle.

Ihr wurde gleichzeitig heiß und kalt. Ihre Arme begannen zu kribbeln. Voller Schrecken erhob sie sich, rannte ins Bad vor den Spiegel und versuchte, die Einstichstelle zu betrachten.

„Verfluchte Scheiße!", schrie sie. „Die haben mir irgendwas gespritzt!"

Sie hörte Chanyeol vom Sessel aus: „Ah, o. k., dann hast du die erste Injektion schon erhalten, dann kann dir ja nichts passieren."

Sie lief zurück ins Wohnzimmer, baute sich vor Chanyeol auf und schrie ihn an: „Was spritzen die uns?" Noch immer fummelte sie mit der einen Hand an der Einstichstelle rum.

„Spielt das eine Rolle?", entgegnete er nur.

„Was soll das heißen, ob es eine Rolle spielt? Was für eine dumme Frage!" Ihre rechte Hand zuckte. Sie holte aus und schlug Chanyeol mit der flachen Hand ins Gesicht.

Die Ohrfeige hatte gesessen. Das klatschende Geräusch war so laut, dass Vicky glaubte, ein Echo in der Wohnung zu hören.

Chanyeol wimmerte. Er hatte die Schelle nicht kommen sehen und hielt sich nun die Hände schützend vor das Gesicht.

Sie holte erneut aus, diesmal die Hand zur Faust geballt.

Doch die Tränen, die ihm an den Wangen herunterliefen und das leise Schluchzen ließen ihre Wut augenblicklich verpuffen.

Vicky atmete tief durch, dann sagte sie: „Erzähl weiter, sonst setzt es noch eine Ohrfeige."

„Ich weiß es nicht. Es ist ein Impfstoff, eine Art Gegenmittel für das, was kommt. Ich weiß nicht mal, wer es uns spritzt."

„Was meinst du damit?"

„Ich meine, ja klar, weiß ich es. Vidar, mein Barriter, hat mir gesagt, dass ich die Impfung alle achtundvierzig Stunden benötige, um vorbereitet zu sein. Allerdings weiß ich nicht, wann und wer es mir spritzt. Ich wache morgens auf, spüre die Einstichstelle hinter dem Ohr und dann ist mir meistens ziemlich übel, da mir die Impfung auf den Magen schlägt. So ist das bei mir schon seit der ersten Impfung, seit Beginn des Ritus“, erklärte er sich. Seine linke Gesichtshälfte war inzwischen leicht angeschwollen und rot wie eine Tomate.

„Du meinst, ich wache morgens auf und bin dann frisch geimpft?“

Vicky setzte sich wieder.

Chanyeol nickte vorsichtig und nahm nun langsam die Hände wieder runter.

„Mehr weiß ich auch nicht. Noch nicht. Wir werden es erfahren, wenn die Zeit dafür gekommen ist“, schob er beschwichtigend hinterher.

Da war sich Vicky nicht so sicher.

Mittwoch 09:00

Vicky wurde durch ein Geräusch geweckt. Sie blinzelte in das helle Tageslicht, das durch das Fenster in das Schlafzimmer flutete. Der Tag schien ausnahmsweise mal etwas sonniger zu werden.

Da war es wieder. Das Geräusch. Es klang, als ob sich jemand die Seele aus dem Leib kotzte. Nein, es klang nicht nur so, da übergab sich jemand in ihrem Bad. Und zwar heftig.

„Chanyeol“, ging es ihr durch den Kopf. Nun erinnerte sie sich wieder. An ihn und an gestern, an den Tag, der so seltsam war. Und an den Abend, der nicht besser war. Leicht benommen richtete sie sich auf.

Chanyeol kam aus dem Bad, nur bekleidet mit Boxershorts. Ihr fiel sein dünner, ausgemergelter Oberkörper auf. Er schien von Sport nicht viel zu halten. Und von Essen auch nicht.

„Sorry. Aber ich sagte ja, mir ist morgens nach der Impfung immer so schlecht", brachte er schwach hervor.

„Die Impfung."

Vicky griff sich instinktiv hinter das Ohr. Die Stelle schmerzte und fühlte sich frisch an.

Verwirrt blickte sie ihn an.

„Ich war das nicht, Vicky, ehrlich, ich habe dir nichts gespritzt. Es ist, wie ich gesagt habe. Wir wachen morgens auf und alle achtundvierzig Stunden wird uns in der Nacht etwas injiziert."

Chanyeol hob beschwichtigend die Arme.

Sie sah ihm an, dass er wirklich Angst vor ihr empfand, als sie aus dem Bett stieg. Sie hatte noch immer das Shirt und die Strumpfhose an. Scheinbar hatte sie sich damit schlafen gelegt.

Nachdem Chanyeol gestern von den Impfungen erzählt hatte, hatte sie die Wohnungstür von innen abgeschlossen und das Vorhängeschloss zweimal kontrolliert. Dann hatte sie versucht, so lange wie möglich wach zu bleiben. Anscheinend war sie dann doch irgendwann eingeschlafen. Sie erinnerte sich nur noch daran, wie sie auf dem Sofa saß, das letzte Bier trank und Chanyeol beim Schlafen beobachtete.

Nun war sie in ihrem Bett aufgewacht.

Chanyeol drehte sich um und verschwand wieder im Bad, aus dem einige Augenblicke später wieder Kotzgeräusche zu hören waren.

Sie verließ das Schlafzimmer und kontrollierte die Wohnungstür.

Sie war verschlossen. Hier konnte niemand reingekommen sein, ohne Spuren hinterlassen zu haben.

„Wie zum Teufel kann das sein?", fragte sich Vicky und betastete erneut die Einstichstelle.

Sie konzentrierte sich auf sich selbst, horchte in sich hinein, blendete die Geräusche aus dem Bad aus. Sie fühlte sich nicht anders als sonst, hatte nicht das Gefühl, dass ihr Gift oder Drogen verabreicht worden waren. Im Gegenteil. Sie fühlte sich wach und voller Energie. Wenn das die Wirkung der Spritze ist, dachte sie, dann bitte mehr davon.

Gedankenverloren ging sie in die Küche und schaltete die Kaffeemaschine an.

„Oder hat er doch …" Ihr Blick fixierte Chanyeol, der gerade aus dem Bad kam.

Als sie ihn so dürr und schwach vor sich stehen sah, verwarf sie den Gedanken wieder. Er hatte einfach nicht den Mumm, ihr eine Impfung zu verpassen. Das traute sie ihm nicht zu. Aber wer war es dann? Wer war hier drin gewesen, nachts, trotz der verschlossenen Tür?

„Das verstehe ich nicht", sagte er.

Vicky wurde aus ihren Gedanken herausgerissen und blickte ihn fragend an.

„Warum geht's mir morgens nach der Injektion so schlecht und du merkst davon gar nichts?"

Berechtigte Frage, kleiner Chan, dachte Vicky. Wahrscheinlich war sie durch ihren jahrelangen Drogen- und Medikamentenkonsum einfach Härteres gewöhnt. In Gedanken schickte sie einen Dankesgruß an Luke und lächelte still.

Zu Chanyeol sagte sie: „Vielleicht gehört das zu deiner Bestimmung. Chan, du sollst leiden, das ist Teil der Prophezeiung. Vielleicht bist du also doch nicht so auserwählt und besonders."

Chan blickte sie erschrocken an. Er glaubte wirklich an diesen Transformationsweltverbesserer-Quatsch.

Vicky nickte zufrieden und lächelte dabei honigsüß.

Sie goss sich eine Tasse Kaffee ein, zündete sich eine Lucky Strike an, setzte sich aufs Sofa und versuchte, sich darüber klarzuwerden, was sie jetzt tun sollte.

Sie blickte aus dem Fenster und beobachtete die Sonnenstrahlen, die von der tief stehenden Novembersonne in ihre Wohnung fielen und das Wohnzimmer bis zur Küche in helles Licht tauchten. Dann drückte sie die halbgerauchte Zigarette aus, weil sie irgendwie komisch schmeckte.

Im Glanz der einzelnen Sonnenstrahlen waren etliche Staubpartikel zu sehen, die unentwegt umherwirbelten.

Chan hatte sich mittlerweile angezogen und zu ihr gesetzt.

„Wann müssen wir los?", fragte er.

„Los wohin?"

„Na, arbeiten", antwortete er.

„Wir hätten um halb acht da sein sollen."

Chan schaute sie mit großen Augen an.

„Was soll schon passieren? Rausschmeißen will die Hotz mich nicht. Dann hätte sie das gestern schon getan. Entweder die ECH hat sie gekauft, oder sie gehört dazu oder was auch immer. Auf jeden Fall ist es egal, ob wir hingehen oder nicht."

„Wir sollten hingehen. Ich habe die Aufgabe, dich bei deiner Arbeit zu begleiten und dir dabei die wichtigsten Dinge über ECH und die Transformation beizubringen."

Vicky überlegte einen Augenblick, seufzte schicksalsergeben und stand auf.

„O. k., aber davor muss ich noch duschen", sagte sie zu Chan und fing an, sich auf dem Weg ins Bad auszuziehen.

Sie spürte seine Blicke in ihrem Rücken. Als sie an der Schwelle zum Badezimmer ankam und nackt war, drehte sie sich kokett um und lächelte Chan ins dunkelrote Gesicht.

„Trink noch einen Kaffee, ich brauche zehn Minuten", sagte sie in seine Richtung und verschwand mit einer Kusshand in der Dusche.

Als sie sich später im Schlafzimmer anzog, stellte sie fest, dass sie kaum noch Schmerzen in ihrer Schulter hatte. Obwohl die Wunde erst ein paar Tage alt war, war die Naht kaum noch zu sehen. Sie spürte nur noch ein leichtes Ziehen.

Sie wählte eine graue, enge Jeans mit eingerissenen Knien und einen schwarzen Hoodie mit einem großen, weißen Pferdetotenkopf auf der Brustseite.

Chanyeol war schon vollständig angezogen und erwartete sie bereits an der Tür.

„10:42 Uhr Kommen" zeigte das Display der digitalen Stempeluhr an.

Vicky und Chan begaben sich auf direktem Weg in den Personalraum. In dem schmalen, mit hellen Neonröhren ausgeleuchtetem Flur, der nur dem Personal zugänglich war, kam ihnen Frau Hotz entgegen. Sie hatte ein Klemmbrett und einige Unterlagen in der Hand und sah die beiden schon von Weitem.

Kurz, bevor sie sich gegenüberstanden, bog die Marktleiterin ab und verschwand wortlos in ihrem Büro.

Mit einem lauten Rumms flog die Tür hinter ihr zu.

Vicky blickte Chan vielsagend an, der nur mit den Schultern zuckte.

Als sie sich umgezogen hatten und in das Lager schlenderten, fragte Vicky: „Wie machen wir das jetzt, ich zeige dir weiterhin hier die Aufgaben und du erzählst mir Dinge über ECH und die Erweckung?"

„So ähnlich", antwortete Chan. „Lass uns bis zum Mittag arbeiten, dann erzähle ich dir von ECH."

„Warum nicht andersrum?" Vicky registrierte verwundert, dass sie tatsächlich mehr über die Bruderschaft wissen wollte.

„Zu gefährlich. Erst der Job, dann das Vergnügen. Im Ernst: Die Lanzenjäger suchen dich, und je unauffälliger wir uns verhalten, desto besser." Chanyeol sah sie flehentlich an.

Vicky schluckte den sarkastischen Kommentar, der ihr auf der Zunge lag, herunter und fing an zu arbeiten.

Als sie die Mittagspause machten, wählte Chan den Ort für das opulente Mittagessen aus. Sie saßen nun in der Bäckerei, in der Vicky vor einigen Tagen Nyström, ihren Barriter, kennengelernt hatte.

Mit vollem Mund, Vicky aß ein belegtes Laugenbrötchen, sagte sie zu Chan: „Jetzt erzähl mir was über ECH. Oder noch besser, erzähle mir etwas über den Selbstmord am Hauptbahnhof. Was hat es damit auf sich? Warum diese Aktion?“

„Ich gebe zu, das war ein ziemlich eindrückliches Erweckungszeichen. Ein paar ECH-Brüder wurden ungeduldig und nervös. Sie nahmen die Erweckung der Brorkinder auf ziemlich drastische Art und Weise in eigene Hände. Diese Aktion war, so sagt man, auf keinen Fall autorisiert. Man erzählt sich, dass die Oberdirektorin vor Wut getobt hat.“

„Dann war das Zeichen wirklich für mich gedacht.“

„Für dich und die restlichen Brorkinder, die letzten verbliebenen sechs“, gab Chan zu.

„Wie viele gibt es denn?“

„Insgesamt sind es zweiundvierzig, auf ganz Baden-Württemberg verteilt. Allein im Stuttgarter Raum zwölf, aufgrund der Nähe zu Tübingen, der Stadt, in der vor knapp 400 Jahren die Rosenkreuzer gegründet wurden. Ich und zwei andere wurden in Mannheim erweckt, du nun mit der letzten Gruppe hier in Stuttgart.“

Chan zögerte, fuhr dann aber fort: „Wobei du nicht den traditionellen Regeln nach erweckt wurdest, da Nyström zuvor ermordet wurde. Eigentlich hätte er das Erweckungsritual beenden und den Initiationsritus auf traditionelle Weise abhalten sollen.“

Langsam verstand Vicky ein paar Zusammenhänge, konnte Puzzleteile zusammenlegen.

„Und die bärtigen Lanzenfreaks versuchen mit aller Gewalt, die Erweckung zu verhindern und haben dafür Nyström umgebracht“, mutmaßte sie.

„*Die Lanze des Centurioni* oder auch *Lanceae Societas Jesu* genannt“, korrigierte Chan.

„Und sie versuchen eigentlich nicht, die Barriter umzubringen, sondern uns, die Brorkinder. Die *Lanze* ist eine zahlenmäßig kleinere, allerdings sehr gefährliche Gruppe von streng durchorganisierten Männern, die eine fanatisch denkende Sekte innerhalb der Bruderschaft bilden. Diese Splittergruppe hat ihr Vorbild im Militär und ihren Ursprung im Jesuitenorden. An der Spitze steht der Ordensgeneral, der aufgrund der rigiden Machtstruktur auch der ‚Schwarze Papst' genannt wird", erklärte Chan.

Vicky blickte ihn aufgrund des Vortrags verblüfft an.

„Musste ich so oft lesen, dass ich es fast auswendig runterbeten kann", sagte er fast entschuldigend.

„Wir sind also die Guten, wir die ECH, die Erwecker der Chymischen Hochzeit. Was genau hat es mit dieser Hochzeit auf sich?", fragte Vicky neugierig.

„Die Chymische Hochzeit …", begann Chan in einem seltsam fremden Sing-Sang-Rhythmus zu erzählen, „ist ein alchemistischer Roman, ein Gleichnis, welches das dritte und größte Rosenkreuzer-Manifest beschreibt. Es geht um Christian Rosenkreuz, unseren Gründer, der in der Geschichte zu einer königlichen Hochzeit eingeladen ist. Auf dem Weg wird er, wie alle anderen Hochzeitsgäste auch, auf einem Berggipfel durch eine Waage auf Tugendhaftigkeit und innere Reinheit geprüft. Er besteht die Prüfung und erhält ebenso wie einige andere Gäste ein goldenes Vlies. Er und die Gäste entkleiden sich und werden nackt, nur das goldene Vlies tragend, der königlichen Familie vorgestellt.

Dann beginnt die königliche Hochzeit.

Während der Feierlichkeiten wird die gesamte königliche Familie allerdings geköpft, ihre Körper zerhackt und in sieben Schiffen auf eine abgelegene Insel in einen siebenstöckigen Turm gebracht.

Rosenkreuz und die übrigen Hochzeitsgäste folgen den königlichen Körperteilen in den Turm, in dem sie Stockwerk für Stockwerk an alchemistischen Operationen und Riten teilnehmen, um aus den königlichen Überresten eine dickflüssige Suppe zu kochen.

Die Suppe wird zu einem zähflüssigen, goldenen Ei, aus dem eine goldgelbe Ratte schlüpft.

Die Ratte wird gemästet, bis sie so fett und groß ist wie ein kleines Pferd. Daraufhin müssen die Gäste sie köpfen, zerstückeln und aus den blutigen Überresten zwei Statuen formen."

„Das ist ja ekelhaft", unterbrach Vicky Chans Ausführungen, der sie daraufhin streng ansah.

„Die weiblichen Gäste stillen die beiden Statuen an ihren Brüsten mit goldener Muttermilch, bis sie die Größe von erwachsenen Menschen erreicht haben. Dann bemerken die Gäste auf einmal, dass diese Erwachsenen der König und die Königin selbst sind.

Nachdem der König und die Königin also wieder auferstanden sind, erheben sie Rosenkreuz und die Gäste zum Dank in den Orden des Goldenen Steins und kehren erfüllt von Glückseligkeit und ewigem Leben zum Schloss zurück.

Damit retteten Rosenkreuz und die anderen Gäste das Königspaar vor der Verdammnis, der Sünde und Lasterhaftigkeit." Chans Stimme wurde nun lauter, fast feierlich. Er stand auf und reckte die Hände in die Höhe. Vicky spendete ironisch Beifall, was Chan allerdings nicht zu stören schien, im Gegenteil.

„Ohne ihn wären wir nicht die, die wir heute sind. Nun ist es wieder an der Zeit, die Tugendhaftigkeit der Menschen erneut auf die Probe zu stellen. WIR, die Erwecker der Chymischen Hochzeit, machen wieder den Anfang, bringen den Stein ins Rollen. WIR sorgen für die Transformation und Reformation, und nur diejenigen, die tugendhaft und rein sind, werden die Transformation erleben und überleben."

Chan verstummte abrupt, blinzelte und blickte sich verwundert um. Als er bemerkte, dass er stand, setzte er sich wieder hin.

Vicky blickte ihn mit großen Augen an.

„Holy Shit. Was war das denn für ein Vortrag?"

Chan blickte leicht benommen in Vickys Augen. Er schien noch immer nicht ganz da zu sein, er wirkte wie aus einer anderen Welt. Und er sah verunsichert aus.

Vicky griff Chan mit beiden Händen an den Schultern und drückte fest zu. Chan zitterte, er war schweißgebadet.

„Chan, mein Gott, du bist am Arsch, fertig, die haben dir im Kopf irgendeine Gehirnwindung abgeknipst oder eine Schraube gelockert oder so. Und dabei nimmst du noch nicht einmal Drogen. Respekt, mein Lieber. Aber doch der größte Unsinn, den ich seit langer Zeit gehört habe."

Chan wirkte immer noch wie betäubt.

Vicky blickte sich um. Chans Ausführungen hatten interessierte Zuhörer gefunden, denn alle Kunden der Bäckerei blickten die beiden irritiert an.

Vicky sagte nur: „Sorry, für die kleine Show gerade. Mein kleiner Bruder ist Epileptiker. Manchmal hat er leider solche Aussetzer."

Sie stand auf und zog den sichtlich benommenen Chanyeol auf die Beine.

„Komm Chan, wir gehen jetzt besser." An die Adresse der Gaffer fügte sie hinzu: „Epileppi, aber happy." Dann lächelte sie einfältig und stolperte, Chan im Schlepptau, aus der Bäckerei.

Die frische Luft schien Chan wieder munter zu machen.

„Vicky, gehen wir schon?"

„Ja, wir gehen schon, alter Falter. Chan, du bist so ein Freak, ich weiß nicht, wie oft oder in was sie dich gebadet haben, aber das Schauspiel da drin war nicht cool, ich wiederhole: nicht cool!"

Chan zuckte mit den Achseln.

„Ich weiß nicht, was du meinst, habe dir doch nur von der Geschichte von ECH erzählt, oder?"

„Äh, genau. Das hast du", antwortete Vicky.

Bei dem Gedanken an die bevorstehende Erweckung und daran, dass sie dabei eine elementare Rolle spielen sollte, begann Vicky, vielleicht das erste Mal in ihrem Leben, sich ernsthaft richtig Sorgen zu machen. Was hatte ECH vor und vor allem, was machte die Bruderschaft so sicher, dass sie bei diesem Unsinn freiwillig mitwirken würde?

Schweigend gingen sie zurück in das Rewe-Lager.

Vicky hatte nach der Szene aus der Bäckerei erst einmal keine Lust mehr auf Arbeit. Sie holte aus dem Lager vier Dosen Jackie-Cola und setzte sich mit Chan auf den Rand der Hebebühne des Wareneingangs.

Nachdem sie die Dosen leergetrunken hatten, zeigte sie Chan die Pressmaschine, mit der die Kartonagen und Verpackungen der angelieferten Waren zu kleinen, handlichen Würfeln gepresst werden konnten. Ihre leeren Dosen ließen sie mithilfe der Pressmaschine in einem dieser Abfallwürfel verschwinden.

„Schon verrückt irgendwie. Früher habe ich ab und zu mal eine Ratte, die dumm genug war, in die Maschine zu klettern, auf dieselbe Art und Weise verschwinden lassen", sagte Vicky zu Chanyeol, der allerdings weiterhin beharrlich schwieg. Wahrscheinlich, dachte Vicky achselzuckend, war ich doch ein bisschen zu aufrichtig mit meiner Meinung zur Bruderschaft.

Auch der Abend verlief vergleichsweise ruhig.

Nach dem Feierabend waren sie zu Vicky gegangen, hatten sich aus frisch geklauter Rewe-Ware etwas zu Essen zubereitet und sind früh schlafen gegangen.

Den ganzen Abend erwähnte keiner der beiden die Bruderschaft mit einem Wort.

Am nächsten Tag dann das übliche Ritual: Aufstehen, zur Arbeit gehen, Chan einige Arbeitsschritte zeigen, die Zeit totschlagen, Mittagspause und abends wieder in Vickys Wohnung.

An diesem Abend wurde Chan wieder gesprächiger und erzählte Vicky Geschichten von bedeutenden Persönlichkeiten, die innerhalb der Rosenkreuzerbewegung und der ECH-Bruderschaft historische Dinge geleistet hatten. Vicky hörte allerdings nur halbherzig zu. Zu sehr war sie in Gedanken beschäftigt, wie sie Chan klarmachen konnte, dass sie mit der Bruderschaft nichts zu tun haben wollte.

Sie saßen sich nach dem Abendessen am Sofatisch gegenüber.

Vicky entspannte im Schneidersitz auf dem Sofa neben dem Aquarium und betrachtete ihre fünf Lieblinge, die sich mit fischigem Gleichmut durch das Wasser bewegten.

In Gedanken versunken, grübelte Vicky darüber nach, ob sie Chan von ihrem Ausflug in die unterirdischen ECH-Katakomben erzählen sollte.

Sie kratzte dabei mit ihren kurzen, schwarz lackierten Fingernägeln das Etikett der Bierflasche ab, die sie auf ihrem Oberschenkel abgestellt hatte.

Chans Bier stand, wie die letzten Tage auch, unberührt auf dem Sofatisch vor ihm.

„Chan?"

„Ja?"

„Was machst du eigentlich in Stuttgart, wenn du doch aus Mannheim bist?"

„Mir wurde aufgetragen, dir bei der Erweckung zu helfen."

„Nein, das meine ich nicht. Warum haben sie nicht eines der Brorkinder aus Stuttgart damit beauftragt."

„Na, weil jetzt alle hier sind."

„Wie alle?"

„Alle Brorkinder sind nun hier in Stuttgart."

„Aha. Und Warum?"

„Keine Ahnung, aber ich habe schon einige kennengelernt. Wirst du auch bald machen. Hier in Stuttgart. Für die Transformation müssen sich alle hier in Stuttgart zusammenfinden."

„Da bin ich ja mal gespannt auf meine neuen Freunde", sagte sie, blickte Chanyeol mit einem Augenzwinkern an und trank ihr Bier aus. Anschließend griff sie über den Tisch und schnappte sich Chans Flasche.

Chanyeol beobachtete, wie ihre Finger auch das Etikett ihrer neuen Eroberung bearbeiteten.

Sie hatte noch ein paar Fragen an Chan, vor allem Fragen über die Oberdirektorin.

Ihre Mutter, wusste Vicky, war auch der einzige Grund, warum sie Chan noch nicht rausgeschmissen hatte. Sie wollte sie unbedingt treffen. Aber würde sie ihre Mutter überhaupt erkennen? Würde ihre Mutter *sie* erkennen?

Insgeheim, so gestand sich Vicky ein, fürchtete sie sich vor den Antworten. Zeit für etwas Beruhigendes. Sie stand auf und ging in die Küche zu ihrer Kelloggs-Frosties-Dose.

Freitag 09:00

Vicky ging die steinige, enge Wendeltreppe hinauf, die in einigen Metern über ihr im dunklen Nichts verschwand. Am Ende der Treppe stand sie vor einer braunen, massiv aussehenden Holztür. Sie lehnte sich dagegen und drückte sie langsam und mit aller Gewalt auf.

Sie fand sich plötzlich in einem großen, mit hunderten Kerzen und Fackeln erleuchteten Raum wieder. Es war bitterkalt. Durch die offene Tür wehte ein frischer Wind herein, der die Flammen der Kerzen und Fackeln flackern ließ und so bedrohlich aussehende Schattenspiele an die Steinwände warf.

Mit einem Krachen fiel die Tür hinter ihr zu und Vicky war nicht mehr allein. Vor ihr tauchten, im Halbkreis stehend, Frauen und Männer auf, die nur ein goldenes Tuch um die Hüften trugen. In der Mitte des Halbkreises lagen Luke und Nesra, nackt, aber gefesselt, auf einem großen, runden Tisch und blickten Vicky ruhig und voller Vertrauen an.

Sie schaute an sich herab und bemerkte, dass auch sie nur ein goldenes Tuch trug.

Als sie wieder zu Luke und Nesra sah, hatten die Männer und Frauen im Raum blutbeschmierte Messer und Äxte in den Händen.

Luke und Nesra starrten Vicky vom Tisch aus an, ihre Münder zu einem stummen Schrei aufgerissen.

Vicky schlug die Augen auf. Ihr Herz pochte ganz schnell, und auch ihr Atem war unruhig.

Sie setzte sich auf und erkannte durch die Morgensonne, die durch das Fenster das Zimmer ihr Sonnenlicht schickte, dass sie sich in ihrem Bett befand. Sie stand auf, streckte sich und versuchte, diesen Traum abzuschütteln, der noch immer wie ein Schatten auf ihrer Seele lastete.

„Wahnsinn", sagte sie zu sich selbst.

Sie hörte urplötzlich das Zuschlagen ihrer Badezimmertür, und dann das Geräusch, wie sich jemand in die Toilette in ihrem Bad übergab.

„Chan", seufzte Vicky.

Sie zog sich einen Pulli über ihren nackten Oberkörper, fand einen Slip neben ihrem Bett, den sie anzog und begab sich in die Küche.

Sie machte Kaffee, setzte sich mit dem frisch gebrühten, Heißgetränk in den Sessel, nahm sich eine Lucky aus der Schachtel auf dem Küchentisch und zog an der Zigarette. Ekelhaft. Verwundert drückte sie die Kippe aus.

Chanyeol kam schleppend aus dem Bad.

„Diese verdammten Impfungen", murmelte er sichtlich angegriffen.

Sie griff sich hinter das Ohr und zuckte schmerzhaft zusammen. Die Einstichstelle tat deutlich mehr weh und fühlte sich dicker und entzündeter an als die von vorgestern.

Und die Wunde war frisch.

„Unglaublich, sie haben es schon wieder getan!"

Chanyeol zuckte ängstlich zusammen.

Vicky war verärgert.

Verärgert über die Impfung, darüber, dass wie auch immer, erneut jemand in ihre Wohnung eingedrungen war und ihnen eine weitere Injektion verpasst hatte, während sie schliefen.

Vicky fragte sich einmal mehr, wie das möglich sein konnte. Die Tür war über Nacht abgeschlossen gewesen. Ganz zu schweigen davon, dass sie, wenn sie nicht übermäßig viel Drogen zu sich nahm, und das tat sie allein in der Regel nicht, einen verdammt unruhigen Schlaf hatte.

„Wie, zum Teufel, stellen die das an?", fragte sie laut.

Sie fasste einen Entschluss. Noch mal würde ihr das nicht passieren. Sie würde Vorkehrungen treffen.

Sie fragte sich, ob sie in ihrer Wohnung abgehört oder sogar beobachtet wurden.

In den nächsten Minuten schritt sie im Wohnzimmer jeden Meter ab, schaute sich scheinbar beiläufig jeden Gegenstand in ihrer Wohnung genau an, scannte das Wohnzimmerregal, das Aquarium, das Sideboard, die Lampen … sie konnte nichts finden.

„Was machst du da", fragte Chanyeol, der sie neugierig beobachtete.

„Nichts", antwortete Vicky kurz und bündig und sagte: „Komm, wir machen uns fertig."

Sie schloss ihr iPhone per Bluetooth an die Lautsprecher im Wohnzimmer an und startete die Musik-App.

Prodigy.

Poison.

Sie schaute zu Chanyeol, der noch immer in seinem Bettenlager auf dem Sofa saß und sie irritiert ansah.

Sie lächelte und drehte dabei die Lautstärke hoch.

„I got the poison, I got the remedy …", sang sie voller Inbrunst, und bemerkte erst beim Mitsingen, welche Ironie der Text transportierte.

Noch lauter.

Sie begann sich umzuziehen und für die Arbeit fertigzumachen.

Chanyeol erwachte aus seiner Starre und suchte hastig seine Klamotten zusammen.

Der Song war zweimal durchgelaufen, als Vicky und Chanyeol fertig waren. Vicky trennte das iPhone von den Lautsprechern, warf ihren fünf Lieblingen einen letzten Blick zu und verließ dann gemeinsam mit Chan die Wohnung.

Beim Passieren von Toms Wohnungstür meldete sich in Vicky kurz das schlechte Gewissen. Aber sie war sich sicher, dass er nicht zu Hause, sondern schon längst in der Uni oder in seiner Chemiefirma war.

Als sie aus dem Gebäude traten und die frische, kalte Morgenluft einatmeten, waren die schlechten Gefühle wie weggeblasen.

Vicky hatte gute Laune. Die Tatsache, dass sie diesen Umstand bemerkte, zeigte, wie ungewöhnlich dieser Gemütszustand für ihre Verhältnisse war.

„Egal, was soll's", dachte sie, „auch nicht schlecht, so eine gute Laune, kann man sich, wenn es sein muss, dran gewöhnen."

„I got the poison, I got the remedy …", summte sie leise vor sich hin, während sie gemeinsam mit ihrem stillen, asiatischen Schatten aus Mannheim den Berliner Platz passierten und in der Rewe-Filiale eintrafen.

Gegen Mittag taute Chanyeol langsam wieder auf. Vermutlich musste er sich von seiner Morgenübelkeit erst noch erholen. Vielleicht machten ihm die Impfungen auch noch auf andere Weise zu schaffen und der morgendliche Besuch in der Kloschüssel war nicht die einzige Nebenwirkung, mit der er zu kämpfen hatte.

„Heute werde ich dich in die traditionelle Symbolik, Heraldik und die Kunst und Kultur des Rosenkreuzertums einführen", verkündete er tapfer.

„Ich kann es kaum erwarten", erwiderte Vicky mit einem Seufzen. „Aber ich denke, ich habe eine bessere Idee", fügte sie hinzu. „Wir lassen heute mal den ganzen Scheiß hinter uns und ich zeige dir, was ich normalerweise an einem Freitag so mache."

Das Grinsen auf ihrem Gesicht verunsicherte Chanyeol sichtlich. Er versuchte vergeblich, zurückzulächeln, brachte aber nur eine dümmliche Grimasse zustande.

„Aber der Initiationsritus …", begann er zu widersprechen.

„… ist morgen auch noch heilig", beendete sie den Satz. Dann fuhr sie fort: „Außerdem wird es Zeit, dass *ich* dir einige Leute vorstelle."

Kurz vor dem Feierabend hatte Vicky die Arbeitskleidung durch ihre eigenen Klamotten getauscht. Ihre letzte Amtshandlung war, wie so oft, ein Gang in die Getränkeabteilung, um sich mit Alkohol für den Freitagabend einzudecken.

Sie wählte eine Flasche Blue Curacao, Orangensaft und eine Flasche Jägermeister und ließ alles in ihrem Rucksack verschwinden. Sie lächelte beim Einpacken der Flaschen in die Weitwinkelkamera, die über den Getränkeregalen an der Decke angebracht war und stellte sich vor, wie Sascha, verantwortlich für die Sicherheit im Rewe, Chips futternd in seinem kleinen, dunklen Observierraum saß, zurücklächelte und dann die Aufnahme wie immer löschen würde.

Als sie sich mit dem Rucksack auf den Weg in den Personalraum machte, fiel ihr Blick über ein Regal hinweg auf einen Mann in Gang 14, der bei den Putzmitteln stand und sehr auffällig auf einen Waschmittelkarton starrte.

Er trug einen grauen Regenmantel und hatte eine Kapuze über den Kopf tief ins Gesicht gezogen. Kein typischer Kunde für diese Gegend.

Vicky wurde neugierig.

Sie blieb kurz stehen und beobachtete den Mann.

Der stellte das Waschmittel zurück in das Regal, blickte sie unvermittelt an und zog sich dann ruckartig mit beiden Händen die Kapuze vom Kopf.

Vicky erschrak.

Er trug einen dichten, schwarzen Vollbart, hatte eine schnabelartige Hakennase und ein spinnenartiges Tattoo auf dem kahlrasierten Schädel. Seine Augen fixierten Vicky mit einem Blick, der nichts Gutes verhieß.

Ihr Herz schlug schneller. Sofort musste sie an den Abend am Feuersee, an Nyström und den grausigen Anblick des Pfeils in seinem Kopf denken. Und an das, was Chan heute Morgen gesagt hatte. Ein Lanzenjäger!

Der Mann setzte sich in Bewegung und kam zügig Gang 14 entlang, und als er auf gleicher Höhe war, trafen sich ihre Blicke erneut. Zwischen ihnen befand sich nur ein etwa ein Meter fünfzig hohes Regal. Er lief an ihr vorbei, in Richtung des Personalraums. Kurz vor der Tür mündete Gang 14 in Gang 16. Der Gang, in dem Vicky stand.

Vicky erkannte sofort, dass er ihr den Weg abschneiden wollte. Sie begann in dieselbe Richtung zu gehen. Erst langsam, dann schneller. Dann rannte sie. Der Mann legte gleichermaßen an Tempo zu.

Als sie nur noch einige Meter vom Personalraum entfernt war, sie hatte keine Ahnung, wie dicht ihr der hakennasige Verfolger im Gang nebendran auf den Fersen war, öffnete sich die Tür.

Sascha, der Ladendetektiv, betrat mit seiner Pfefferspraypistole in der Hand den Verkaufsraum. Anscheinend hatte er durch die Kameras im Laden bemerkt, dass etwas nicht stimmte. Er bewegte sich zielstrebig in Richtung Gang 14 und versperrte der Hakennase den Weg.

„Entschuldigen Sie bitte. Ich würde gerne ihre Jackentaschen sehen, bitte bleiben Sie stehen“, hörte Vicky Saschas Stimme laut und deutlich.

Daraufhin hörte sie Schlag- und Klatschgeräusche, gefolgt von Stöhnen und Schmerzensschreien.

Sie wagte es nicht, sich umzudrehen, sondern rannte durch die offene Tür in die Personalräume. Hinter sich registrierte sie das Geräusch der Pepper Gun, wie Sascha sie gerne nannte, die mit einem

Zischen abgefeuert wurde, gefolgt von einem lauten Schmerzensschrei. Dann schlug sie die Personaltür zu und hastete ins Lager.

Sie fand Chanyeol bei den Spinden.

„Wir müssen weg hier, sofort", sie griff seine Hand und zerrte ihn grob hinter sich her.

Chan war überraschend schnell bei der Sache.

Sie schwang ihren schweren Rucksack auf den Rücken und beide rannten aus dem Wareneingangstor heraus.

Immer wieder drehte sie sich auf der Flucht durch die Stadt hektisch um, konnte aber den Mann mit der Glatze nicht entdecken.

4

Freitag, Feierabend

„Was machen wir jetzt“, fragte Chan, während er kurz nach Luft schnappte und seine Hände in die Seiten presste.

„Lass mich kurz überlegen“, antwortete Vicky, genauso außer Atem und in der Hocke sitzend.

Sie waren bis in den Uni-Park der Hochschule für Technik gerannt und hatten sich im Schatten einiger Kastanienbäume versteckt.

Die Sonne war fast untergegangen und bis auf die Straßenlaternen am Wegesrand, die üblichen Stadtlichter und einige noch hell erleuchtete Fenster der Uni-Gebäude, lag der Park zum größten Teil im Dunkeln.

„Ich glaube, wir haben die Verfolger abgeschüttelt “, stellte Vicky fest. „Besser: den Verfolger.“

„Du bist sicher, dass das ein Jäger der Lanzen war?“, fragte Chan.

„Sah zumindest genauso aus.“

„Das verstehe ich nicht, die Bruderschaft passt doch auf uns auf. Der dürfte niemals so nahe an uns rankommen.“

Vicky verzog die Lippen: „Chan, dein Optimismus in allen Ehren, aber … das war jetzt schon das zweite Mal, dass die Lanzenjäger uns attackiert haben. In eurem Zentrum mögt ihr sicher sein, aber außerhalb …“ Vicky seufzte kurz, dann sagte sie versöhnlich: „Verlass dich lieber nicht so sehr auf andere, sonst wirst du verlassen. So war das immer und so bleibt es auch immer.“ Diese Lebensweisheit klang zwar etwas altklug, doch sie fand, dass sie den Nagel auf den Kopf traf, und sie hatte schon genug Mist in ihrem Leben erlebt, bei dem sie diese bittere Wahrheit auf die harte Tour hatte lernen müssen.

Automatisch dachte sie an Luke, dem sie noch am ehesten vertrauen konnte.

Sie zog ihre Hände aus der Jacke und rief ihn an.

Es klingelte.

„Hey, Vic“, tönte seine Stimme. Im Hintergrund Geräusche von johlenden Leuten.

„Hallo, Luke, wo bist du?“

„Wir glühen heute vor, bei Raffa, ’ne Menge Menschen hier, wird langsam richtig lustig, kommst du auch?“

„Raffa?“

Sie kannte keinen Raffa.

Während des Telefonats blickte Vicky sich immer wieder nervös um, auch Chans Beunruhigung schien nicht abzunehmen. Er hatte die Augen weit aufgerissen und blickte immer wieder in alle Richtungen.

„Im Westen, oben beim Hölderlinplatz, der Typ mit der WG, wo der Hund letztes Jahr Feuer gefangen hat und dann vom Balkon gesprungen ist.“

„Ah, ja o. k., jetzt weiß ich wieder. Bis gleich.“

Vicky legte auf, ohne eine Antwort von Luke abzuwarten.

Chan blickte sie fragend an.

„Was machen wir jetzt?.“

„Wir tauchen unter“, sagte Vicky zu Chan und dann mehr zu sich selbst: „Und außerdem brauch ich Ablenkung.“

Und als sie Chans irritierten Blick bemerkte, fügte sie hinzu: „Ich glaube, du auch.“

Dann machten sie sich auf den Weg.

Auf der WG-Party angekommen, stand Luke wie immer im Mittelpunkt. Er tanzte auf dem Sofatisch, und obwohl laute Hip-Hop-Musik durch die Boxen dröhnte und die Wohnung voll mit Menschen war, gehörte ihm die volle Aufmerksamkeit. Er schrie irgendwas in den überfüllten Raum, und die Gäste prosteten mit hoch erhobenen Bechern zurück.

Als er seine Hüften ziemlich unzweideutig vor und zurück bewegte, und mit einem imaginären Degen in der Hand einen unsichtbaren Gegner in Schach hielt, grölte die Menge vor Begeisterung.

„Wer ist das denn", fragte Chan entsetzt.

„Das ist Luke", antwortete Vicky lächelnd, ohne ihren Blick von der Szene abzuwenden.

Luke sah sie vom Tisch aus, stieg herunter und kam zu ihr rüber.

„Hey Vic", begrüßte er sie überschwänglich, „ich hoffe, dir geht's gut? Was macht die Schulter?"

Vicky nickte zum Zeichen, dass alles in Ordnung war.

Sie küssten sich auf den Mund.

Vicky wandte sich zu Chan um, der sie verblüfft anschaute.

„Das ist Chanyeol, mein neuer … Arbeitskollege."

Luke zog erstaunt die Augenbrauen hoch: „Oha, Vic bringt Arbeitskollegen mit, das ist neu."

„Nenn mich Chan, alle nennen mich Chan", sagte er und hielt Luke die Hand hin.

Luke ergriff die Hand: „Geil, Jacky Chan heute mit uns auf Tour. Freut mich, Chan, ich bin Luke."

Chan blickte ängstlich und leicht verstört zu Vicky.

„Ja, er ist heute mit uns unterwegs. Er wohnt gerade bei mir."

Lukes Stirn legte sich in Falten, er ließ sich aber nichts anmerken: „Lass uns jetzt erst mal was zischen."

„Das habe ich nach dem Tag dringend nötig", antwortete Vicky. Sie legte den klirrenden Rucksack ab, zog die Flaschen heraus und stellte den geklauten Alkohol auf den Esstisch zu den schon vorhandenen Flaschen.

Beim Anblick des Jägermeisters formte Luke die Lippen zu einem O und schien lautlos zu pfeifen.

„Da fällt mir was ein, ich mixe euch erst mal was", sagte er, ging an ihnen vorbei und verschwand in der Küche der WG.

Vicky schaute sich um. Einige Gäste tanzten, einige standen herum und quatschten. Sie konnte durch die gläserne Balkontür auf dem Balkon ein paar Leute sehen, die eine Bong rauchten. Dichter, weißer Rauch stieg auf und verflüchtigte sich in der kalten, dunklen Abendluft.

Ihr Blick wanderte von der Balkontür zurück in die Wohnung in eine Sitzecke. Sie bemerkte Glue, der in dem Moment, in dem sich ihre Blicke trafen, kaum sichtbar mit dem Kopf zuckte und dem linken Auge blinzelte.

Vicky nickte ihm verhalten zu, wartete nicht erst auf eine Reaktion und ließ ihren Blick weiterwandern, bis ihr Blick auf Chan fiel.

Er stand neben ihr und war von der Menge der Menschen und der lauten Musik sichtlich eingeschüchtert. Auf seiner Stirn hatten sich Schweißperlen gebildet. Unsicher blickte er sie an.

Luke kam mit drei vollen Pappbechern zurück. Zwei trug er in der Hand und einen zwischen den Zähnen. Er überreichte Chan und Vicky ihren Drink, nahm seinen aus dem Mund und hielt ihn zum Anstoßen hoch.

„Auf den Alkohol und die Drogen …“, schrie er laut.

„… die Ursache und Lösung aller Probleme“, vervollständigte Vicky den Satz.

Vicky stieß mit ihrem Becher an und wartete auf Chan.

Chan blickte abwechselnd von Vicky zu Luke und dann wieder in sein Getränk, das sich als lila sprudelnde Flüssigkeit entpuppte.

„Aber auf ex, Chacky!“, sagte Luke.

Chanyeol prostete ihm zaghaft zu.

Die drei tranken ihren Becher in einem Zug aus.

„Bähh, Purple Drank“, sagte Vicky, als sie ihr Glas auf den Tisch stellte.

Sie hasste den süßen, klebrigen Geschmack dieses speziellen Cocktails. Es bestand aus Sprite, zerkrümelten Nimm2-Bonbons und Hustensaft, der eine hohe Dosis Codein enthielt. Den aphrodisierenden Effekt, den Purple Drank auf Vicky normalerweise hatte, liebte sie zwar, der Geschmack war allerdings wirklich widerlich.

Luke rülpste inbrünstig, einem Krieger gleich, der in die Schlacht zieht.

Chan setzte den Becher ab und machte ein überraschtes Gesicht: „Das schmeckt gut", sagte er. „Was ist das?"

„Das, mein lieber Chacky Chan, das ist ein guter Anfang, würde ich sagen", antwortete Luke lächelnd, legte seinen Arm um Chanyeols Schulter und ging mit ihm in Richtung Küche.

Vicky grinste und schenkte sich einen Jägermeister ein, um den ekelhaften Geschmack des Hustensaftes aus dem Mund zu bekommen.

Freitag, Mitternacht

Nach einigen Stunden verließen Vicky, Chanyeol und Luke gemeinsam mit ein paar anderen Gästen die WG-Party. Als Vicky durch die dunklen Straßen von Stuttgart lief, fühlte sie wieder eine merkwürdige Unruhe. Die vielen Leute auf der Party hatten ihr ein Gefühl der Sicherheit gegeben.

So war sie ziemlich erleichtert, als sie von Weitem die hell erleuchtete Bahnunterführung und damit den Eingang ins Ocsid sah. Auch eine Art Heimat, dachte sie dankbar.

Noch besser fühlte sie sich, als Maurice an der Tür sie begrüßte.

Ihre Anspannung verschwand allerdings erst vollständig, als sie den Nox Room betrat. Alles war so, wie es sein sollte. Die Bar, der VIP-Bereich und Katla, die ihr zur Begrüßung zunickte.

Die rothaarige Leibwächterin stand vor der offenen Metalltür, deren Eingang in Dragos heiliges Büro und andere Gemächer führte. Ihr konzentrierter Blick ließ darauf schließen, dass sie alles im Griff hatte.

Vicky wusste aus einigen krassen Erfahrungen, die sie im Nox Room gemacht hatte, dass Katlas ruhige Art täuschte. Wenn es Ärger gab oder Dragos Mitarbeiter, Geschäftspartner oder Bekannte blöd angemacht wurden, griff sie blitzartig und unbarmherzig ein.

Wie ein Chamäleon seine Beute in kaum sichtbarer Geschwindigkeit mit der Zunge erlegt, so schlug auch Katla zu. Schnell und effizient.

Luke drückte sich an Vickys Po vorbei, nicht ohne ihn zärtlich zu streicheln und nahm dann Kurs auf die rechte Bar.

Ihren Stammplatz. Bevor Vicky ihm folgte, hielt Chanyeol, der ihr den ganzen Abend nicht von der Seite gewichen war, sie zurück.

Sein Blick schimmerte seltsam. Vicky hatte das Gefühl, dass er plötzlich leicht schielen würde. Er hatte im Gegensatz zu ihr einiges getrunken, mehr als sie ihm zugetraut hatte, als sie ihn anblickte und ungeduldig darauf wartete, dass er endlich zu reden begann.

„Vicky, … was ist das hier für ein Laden, wo sind wir hier …?"

In diesem Moment erklang ein ohrenbetäubender, schriller Schrei, der die House Musik im Club deutlich übertönte. Sie drehten sich erschrocken um und sahen eine nackte Gestalt aus einem der privaten Rückzugsräume stolpern.

Ein junger Mann, nichts als weiße Handschuhe tragend, blieb kurz stehen, blickte sich mit weit aufgerissenen Augen panisch um und suchte nach dem Ausgang des Nox Room. Er hatte rote Striemen auf seinem Oberkörper und Klammern auf seinen Brustwarzen.

Unter den Augen der jetzt sehr neugierigen VIP-Gäste rannte der Mann los. Sein Penis baumelte beim Rennen hin und her, als er sich einen Weg über die kleine Tanzfläche bahnte. Er rannte an Vicky und Chan vorbei und verschwand aus dem VIP-Bereich.

Manche Gäste sahen sich verwundert an, einige Gäste lachten und einige wenige, vor allem Stammgäste, feierten einfach weiter, als ob nichts geschehen war.

Vicky bemerkte, wie Chan nervös nach Luft schnappte. Dann registrierte sie, wie er ungläubig die Augen aufriss. Belustigt folgte sie seinem Blick. Aus dem Private Room, aus dem der nackte Mann geflüchtet war, trat der Grund für seine überstürzte Flucht hinter dem schweren Vorhang hervor.

Sie war in einen schwarzen Lederbody gekleidet, schritt mit schweren, hochhackigen, nietenbeschlagenen Stiefeln an die Bar und grüßte Luke und einige andere Gäste. Der Body hatte an den Brüsten und zwischen den Beinen Aussparungen, sodass ihre üppigen, freiliegenden Brüste genauso wie ihr langer, erigierter Penis im gleichmäßigen Takt zur House Musik zu wippen schienen.

Es handelte sich um Amanda, eine transsexuelle Professionelle, die im Nox hin und wieder ihre Dienste als „Herrin der Lust für den Mann mit dem exklusiven Geschmack“ anbot.

Sie blickte sich um, schien das nackte Opfer zu suchen und ließ ein paar deftige Flüche los, sodass die Gäste um sie herum zu lachen begannen.

Vicky konnte sich bei dem Anblick ebenfalls das Lachen nicht verkneifen. Armer Chan, dachte sie.

Der trat vor sie und fragte, nun ernster und schon fast panisch: „Wo hast du mich reingeschleppt? Was, um Himmels willen, ist das hier, Vicky?“

„Das“, antwortete Vicky, „ist *mein* Zuhause. Willkommen in *meiner* Welt.“

Bei den Worten packte sie ihn am Arm und zog ihn hinter sich her zur Bar, an der Luke schon wartete und sie zu sich winkte.

Er hatte drei Gin Tonic vor sich stehen. Als die beiden neben ihm auf den Barhockern Platz genommen hatten, verteilte er die Drinks.

„Cheers“, sagte er, und nahm einen ordentlichen Schluck.

Vicky betrachtete ihren Drink und wandte sich an Luke:

„Ich brauch jetzt nicht nur was zum Trinken …“

„Oh Vicky, auf diesen Satz habe ich gewartet.“ Lukes Gesicht wurde zu einer grinsenden Grimasse, als er Miyu zu sich rief.

„Miyu, zwei Nasenkaffee auf meinen Deckel“, bestellte er, korrigierte sich aber gleich wieder: „Nein, mach drei draus. Wir haben heute einen Gast.“ Verschwörerisch blinzelte er Chan zu.

Miyu schmunzelte und bereitete drei Linien Koks auf einem der kleinen Edelstahlbrettchen vor.

Während Miyu das Brettchen vorsichtig auf den Bartisch schob, flüsterte Vicky Luke zu: „Bei mir ist grade so viel los, Luke, dass sogar Alkohol nicht richtig funktioniert. Schmeckt mir heute irgendwie nicht. Ich glaube, ich brauch irgendwas Besonderes."

Luke schnalzte mit den Fingern und zeigte auf Vicky: „Ich habe heute zwei Candyflip-Kombis bekommen, eine davon kannst du haben." Er zog ein Tütchen aus seiner Hose und drückte ihr eine grüne kleine Pille in die Hand.

Obwohl sie die Wirkung von LSD kombiniert mit Ecstasy normalerweise nicht schätzte, fackelte sie nicht lange und warf die Pille ein.

„Ich glaube, ich brauche für die nächsten Stunden einen Tripsitter", sagte sie und spülte die Pille mit dem Gin Tonic nach.

Luke nickte ihr zu und versuchte dabei, souverän und nüchtern zu wirken. Das gelang ihm natürlich nicht.

Vicky lächelte, drehte sich dann zu Chan, der still und eingeschüchtert neben ihr saß und Miyu beobachtete.

„Das, Chan, ist meine Welt am Wochenende. Heute lassen wir den ganzen Scheiß hinter uns. Diese Nacht, Chan, die wirst du nie vergessen, das verspreche ich dir." Dabei blinzelte sie ihm zu und spürte so langsam die Wirkung des Candyflips.

Im Hintergrund von Chan schienen bunte Linien im Rhythmus der House Musik zu vibrieren.

Luke hatte mittlerweile seine Line Koks gezogen und trommelte sich gerade mit lauten Affengeräuschen auf die Brust. Vicky nahm das Brettchen und schob es zu Chan hinüber.

„Jetzt du", forderte sie ihn auf.

Er zögerte einen Moment, nahm dann aber das Röhrchen aus Vickys Hand und zog seine Line weg.

Mit großen Augen hob er den Kopf und blickte Vicky an.

Nachdem sie selbst die letzte Line gezogen hatte, schien Chanyeol noch mehr zu schielen.

Hinter ihm explodierte ein regenbogenfarbiges Feuerwerk.

Sie blickte an ihm vorbei und entdeckte einen tellergroßen Schmetterling mit goldenen Flügeln, der an Chanyeols Gesicht vorbeiflog. Im Hintergrund stampfte ein großer, gestreifter Tierkörper vorbei und blieb unter einem der bunt leuchtenden Scheinwerfer stehen. Das Tier, das entfernte Ähnlichkeit mit einer Giraffe hatte, schien sich nicht für die tanzenden Gäste zu interessieren. Auch die Gäste kümmerte das seltsame Geschöpf nicht. Lange, dünne Beine trugen einen wuchtigen, unförmigen Körper. Der Hals des Tieres war im Gegensatz zum Rumpf des Tieres völlig haarlos und schimmerte bunt. Vicky nahm den Kopf in den Nacken, um das Ende des Halses zu suchen. Das Tier hatte allerdings keinen Kopf. Stattdessen wuchsen in rasender Geschwindigkeit große, rote Rosen in die Höhe hinauf. Die Blüten wurden immer größer, schwollen zur Größe von Melonen an, wurden welk und fielen schließlich ab. Auf dem Weg zum Boden verwandelten sich die herunterschwebenden Blütenblätter in goldene Schmetterlinge, die in alle Richtungen davonschwirrten.

Vicky schüttelte grinsend den Kopf. Ihr Blick fiel zurück auf den Tresen der Bar.

Miyu stellte gerade drei Tequila Shots vor Vicky ab und ein sombrerotragendes Chamäleon mit Gehstock und einer Zigarre in der Klaue spazierte an den Shot Gläsern vorbei. Als es Vicky bemerkte, blieb es kurz stehen, hob zur Begrüßung den Sombrero und tanzte weiter.

Vicky grüßte zurück und griff nach dem Tequila. Dann verabschiedete sie sich endgültig in eine Welt, in der gelbe Ratten keinen Zutritt hatten.

Samstag 13:00

Ein Kitzeln am Fuß.

Da, noch ein Kitzeln.

Dann wurde sie wach.

Noch bevor Vicky die Augen öffnen konnte, spürte sie die

Schmerzen. Sie bahnten sich einen Weg durch ihren Hinterkopf und marschierten ohne Umweg direkt zu ihren Schläfen.

Als Vicky sich traute, die Augen zu öffnen, blickte sie an eine Wohnungsdecke, die ihr sehr bekannt vorkam. Die Decke begann, sich langsam zu drehen.

Da war es wieder, das Kitzeln am Fuß.

Sie hob vorsichtig den Kopf und entdeckte eine unbekannte Frau, die falsch herum und nackt im Bett lag und mit ihren strubbeligen, roten Haaren ihre Fußsohle kitzelte.

Sie zog den Fuß etwas an und richtete sich im Bett auf.

Fast gleichzeitig war von allen Seiten ein Stöhnen zu hören.

Neben der unbekannten Frau lag Nesra, die ihre Arme um ihren Oberkörper gelegt hatte.

Erst jetzt bemerkte Vicky, dass sich neben ihr noch jemand unter der großen, schweren Decke befand. Sie hob die Bettdecke etwas an und entdeckte Chanyeol. Er war nackt wie sie und schien tief und fest zu schlafen.

Vicky richtete sich langsam auf und hangelte sich über den schlafenden Chan aus dem Bett heraus.

Vollkommen benommen versuchte sie, sich zu orientieren. Die Kopfschmerzen wurden stärker. Vicky sah sich um. Die Wohnung war ein Chaos, übersät mit Kleidungsstücken, Gläsern, Flaschen und anderen Partyresten.

Ein Blick aus den großen Fenstern sagte ihr, dass es mindestens Mittag sein musste. Leise und mit zugekniffenen Augen schlich sie durch die Wohnung und suchte nach ihrer Unterwäsche. Vergeblich. Im Wohnzimmer fand sie zwar einen hellblauen Tanga, hielt ihn abschätzend hoch, wusste allerdings nicht, was sie gestern getragen hatte. Sie ertappte sich kurz bei dem Gedanken, an dem Slip zu schnüffeln, als sie Gott sei Dank hinter sich Lukes Stimme hörte.

„Morgen, Vic. Suchst du was Bestimmtes?"

Vicky fuhr erschrocken zusammen, drehte sich um und sah Luke am Tisch der offenen Küche sitzen. Natürlich in Boxershorts. Er hatte das iPhone in der Hand und grinste sie belustigt an.

„Ich such meine Unterwäsche, du Klappspaten."

„Du hast doch frische Wäsche bei uns in der Kommode oder etwa nicht?", kam eine für Luke typische Klugscheißer-Bemerkung zurück.

Natürlich hatte sie das, aber nicht daran gedacht. Diese verdammten Kopfschmerzen!

„Halt bitte die Schnauze, Luke und schenk mir lieber Kaffee ein", blaffte sie ihn an, während sie ins Ankleidezimmer verschwand und sich was zum Anziehen raussuchte. Lukes typisches Kichern begleitete sie.

Als sie sich mit einem frischen Slip und einem frischen Shirt später an den Küchentisch setzte, warteten ein schwarzer, heißer Kaffee und eine Packung Aspirin auf sie. Sie lächelte kurz dankbar in Lukes Richtung, drückte einige Muntermacher aus der Blisterpackung, schluckte sie und genoss heiße Schlucke des schwarzen Wachmachers.

Ihren Kopfschmerzen und dem kolossalen Filmriss nach zu urteilen, war die Nacht wieder ganz besonders schlimm gewesen.

Sie blickte durch das Wohnzimmer auf die große Spielwiese. Nesra lag noch immer eng umschlungen mit der rothaarigen Unbekannten im Bett und schnarchte. Chanyeol blieb unter den Decken begraben.

Oh Gott. Ich habe doch nicht mit Chan …, schoss es ihr siedend heiß durch den Kopf.

Sie blickte zu Luke.

„Wie war die Nacht, Luke?"

Luke blickte vom Handy auf. Sein Grinsen wurde breiter und breiter.

„So schlimm?", fragte sie.

„Besser", antwortete er.

In diesem Moment wachte die Unbekannte auf und versuchte, sich leise stöhnend aus der Umarmung von Nesra zu befreien.

„Wer ist sie?", fragte Vicky.

„Du meinst Lina?", fragte Luke, ohne von seinem Handy aufzuschauen.

„Ja, du Idiot, natürlich sie, wer sonst."

„Sie arbeitet seit einigen Wochen für Nesra."

„Arbeitet für Nesra?" Vicky fiel wieder ein, dass sie immer noch nicht genau wusste, was Nesra eigentlich beruflich machte.

„Ja, sie hat uns vom Ocsid abgeholt und hergebracht. Du erinnerst dich nicht, oder?"

Vicky schüttelte den Kopf.

Rumms. Ein lautes Poltern, gefolgt von einem Stöhnen.

Lina hatte es geschafft, sich aus den Fängen Nesras zu befreien und beim Aufstehen über den schlafenden Chanyeol zu fallen. Nun lagen beide neben dem Bett auf dem Boden und hatten das Gewirr an Bettdecken mit sich gerissen.

„Psssssst", zischte Luke herüber. „Ihr weckt sie noch auf", dabei zeigte er mit der Hand auf Nesra.

Die lag unbeeindruckt und vor allem unbekleidet im Bett und schnarchte weiter.

Lina und Chanyeol schauten zuerst zu Luke, dann zu Nesra und dann sich gegenseitig an. Chanyeol wurde rot. Beide brachten kein Wort heraus.

Vicky hielt sich die Hand vor den Mund, um nicht laut loszuprusten. Den beiden war anzumerken, dass die Situation sie merklich überforderte. Diese Unsicherheit, was alles passiert oder nicht passiert war, was sie zu sich genommen, gesagt oder getan hatte … Vicky hatte sich inzwischen daran gewöhnt.

Etwa eine Stunde später saßen Luke, Vicky und Chan noch immer am Küchentisch, hatten ausgiebig gefrühstückt, Cornflakes mit Milch, Toast mit Nutella und Honig zu sich genommen und dösten so in den Tag hinein.

Lina war, kaum aufgestanden, auch schon wieder abrupt verschwunden. Vicky hatte den Verdacht, dass sie nicht mit ihrer Chefin frühstücken wollte, nachdem sie schon eine gemeinsame Nacht mit ihr verbracht hatte.

Chan hatte bisher kein Wort gesagt und mied direkten Augenkontakt. Vermutlich schämte er sich. Ihr war es egal, was sie mit wem letzte Nacht gemacht hatte. Sie konnte sich sowieso an so gut wie nichts erinnern.

Nur vereinzelte Szenen kamen ihr ins Gedächtnis. Bilder aus dem Ocsid, wie sie an der Bar tanzten und feierten, Bilder wie Nesra aus Dragos Büro zu ihnen herüberkam, dann ein Bild, wie sie alle gemeinsam im Loft feierten und Nesra auf dem Bett Chanyeol und Lina verführte. Vicky erinnerte sich daran, dass sie neben Luke auf dem Sofa gesessen, Wasserpfeife geraucht und dabei zugesehen hatte. Sie hatte das Gefühl, tausend Lippen geküsst zu haben, doch das war sicherlich nur in ihrem Kopf passiert.

Luke riss Vicky aus ihren Gedanken: „Vic, zeig mal deine Schulter. Es ist knapp eine Woche her, dass der Verrückte auf dich geschossen hat. Wir sollten mal schauen, ob sich die Wunde entzündet hat."

Chan wurde hellhörig und blickte verwundert zu ihnen herüber. Sie musste später unbedingt mit ihm reden und ihm erklären, was Luke wusste und was nicht.

„Hast du den Verband regelmäßig gewechselt?", fragte Luke.

Hatte Vicky nicht.

„Klar hab ich das", flunkerte sie, „ist schon viel besser geworden. Ich merk eigentlich gar nichts mehr."

Luke ließ sich nicht beirren und bestand darauf, dass sie ihm die Wunde zeigte.

Als er ihr das Shirt über den Kopf zog, saß sie mit nackten Brüsten an dem Küchentisch. Ihr war kalt. Luke entfernte vorsichtig den Verband von der Schulter und hielt inne.

Wortlos blieb er neben ihr stehen und betrachtete fasziniert ihre Verletzung, die ihr eine Woche zuvor der Lanzenjäger zugefügt hatte.

„Sag schon. Entzündet?"

Luke antwortete nicht.

„Luke!“ Vicky wurde nervöser.

Chan hob neugierig den Kopf von der Küchentischplatte.

„Also, Vic“, sagte Luke mit offensichtlicher Verblüffung, „die Wunde ist praktisch verheilt. Die Narbe ist kaum noch zu sehen. Selbst die Fäden sind von allein abgefallen und hängen im Verband.“

„Schwätz kein Unsinn!“, sagte Vicky ungläubig.

„Doch, schau selbst in den Spiegel.“

Vicky sprang vom Stuhl auf und verschwand im Bad.

Luke war tatsächlich perplex: „Das verstehe ich nicht. Es ist erst eine Woche her. Wie kann das sein? Die Wunde sieht aus, als wäre sie mindestens drei Monate alt.“

Derweil betrachtete Vicky ihre Schulter im Spiegel.

Luke hatte recht. Eine helle Stelle war noch zu sehen, mehr allerdings nicht.

„Seltsam“, sagte sie leise. Als sie darüber nachdachte, fiel ihr auf, dass sie in den letzten Tagen auch keine Schmerzen mehr gespürt hatte.

Sie ging zurück zu Chan und Luke.

Chan und Vickys Blicke trafen sich. Als sie sich hinsetzte, bemerkte sie, wie er ihr verschämt auf die Brüste starrte und dann schnell wegschaute.

„Guck ruhig hin, Chan. Letzte Nacht haben sie dich auch nicht gestört“, ranzte sie ihn schlecht gelaunt an.

Chan blickte verschämt in seine Cornflakesschale auf dem Tisch.

Vicky nahm sich nervös eine Lucky aus der Packung, entzündete sie und zog so tief und fest an der Kippe, dass sie augenblicklich husten musste. Verwundert blickte sie auf die angerauchte Zigarette, zögerte kurz und drückte sie in den Aschenbecher.

„Den Verband brauchst du jedenfalls nicht mehr“, sagte Luke und schmiss ihn in den Küchenmüll. „Nimmst du irgendwelche Substanzen, die die Wundheilung beeinflussen oder so? Irgendwelche Wundermittel, von denen sonst noch nie jemand gehört hat?", fügte er scherzhaft hinzu.

Vickys Blick ging wieder zu Chan, der sie nun still anschaute.

„Nicht, dass ich wüsste", sagte sie zu Luke, ohne den Blick von Chan abzuwenden.

„Ich verstehe das einfach nicht. Vic, wir sollten trotzdem noch mal zu mir ins Krankenhaus, Ulf sollte sich das mal anschauen."

„Lass gut sein, Luke. Du weißt doch, wie sehr ich Krankenhäuser hasse, außerdem …"

Plötzlich erwachte Nesra mit einem lauten Stöhnen. „Oooooh-hhh, was für eine Nacht! Guten Morgen, ihr Zuckerstückchen", erhob sie sich und kam zu ihnen herüber, die Bettdecke um ihren Körper geschlungen.

Sie küsste erst Luke auf den Mund, dann Vicky und ging dann zu Chan hinüber, den sie herzlich in die Wange kniff.

„Na, Süßer, immer noch so schüchtern?", sagte sie lachend und zwinkerte ihm dabei vielsagend zu.

„Guten Morgen", sagte er verschämt und sein Gesicht färbte sich erneut dunkelrot.

Sie schnippte mit zwei Fingern in Richtung Luke: „Kaffee?"

Luke sprang auf, schenkte die köstlich duftende Java-Mischung in eine Tasse ein und reichte sie Nesra über den Tisch.

„Danke, mein Schatz", sagte Nesra, nahm einen großen Schluck und fügte hinzu: „Ich springe kurz unter die Dusche." Sie stellte die Tasse ab, und verschwand im Bad.

Luke folgte ihr, während er Vicky angrinste und ihr lüstern zublinzelte.

Kurze Zeit später hörten Vicky und Chan ein leises Stöhnen aus dem Bad, das vom Plätschern der Duschbrause begleitet wurde.

„Chan, wir müssen reden. Dringend! Der Impfstoff? Die Wunde?"

„Nicht hier. Wer weiß schon, was die beiden …"

„Die beiden sind in Ordnung. Wir können ihnen vertrauen!", unterbrach ihn Vicky.

„Was hast du ihnen erzählt?"

„Nichts. Nicht viel. Sie wissen nur von dem Angriff und der Ratte. Mehr nicht. Nicht, was dahintersteckt. Luke glaubt, dass es eine Art Streich ist, ein Spiel oder eine verrückte Kunstaktion, die aus dem Ruder gelaufen ist."

Chan schien zu überlegen. Dann sagte er:

„Es wird Zeit, dass wir gehen, dass du die anderen von uns kennenlernst."

Vicky nickte zustimmend: „Dann los!"

Hastig suchten beide ihre in der Wohnung verteilten Klamotten vom Boden zusammen und zogen sich an.

Als Vicky leise die Wohnungstür hinter sich zuzog, war nur noch das leise rhythmische Stöhnen aus dem Bad zu hören.

Ein frostiger Wind blies ihnen entgegen. Vicky zog sich den Schal enger um den Hals und die Kapuze tiefer ins Gesicht. Ihre Haarsträhnen hingen links und rechts aus der Kapuze heraus. Sie hatte ihren Rucksack geschultert und die Hände zum Schutz vor der Kälte in ihre Jackentaschen geschoben.

Chanyeol schien die Kälte nicht viel auszumachen, denn er trug die Jacke weiterhin offen.

„Wir treffen uns jetzt am besten mit den anderen Brorkindern", sagte Chan nach einer Weile.

„Ja, und dann klären wir einige Dinge."

Chan schaute missmutig drein

„Also, wohin?", drängte Vicky.

„Wie kommen wir von hier am schnellsten ins Milaneo?", fragte Chan.

„Hier lang", antwortete sie und überlegte verwundert, was Chan jetzt in einem Einkaufscenter wollte.

Samstag 16:30

Dort angekommen, fuhren sie mit einem der Aufzüge in den obersten Stock. Das Milaneo war die größte Shopping Mall Stuttgarts. Zwei Aufzüge hatten sie passieren lassen müssen, weil sie brechend voll waren. Die Jagd nach Weihnachtsgeschenken war schon voll im Gange. Irgendwann waren sie oben und durch den Gang bis zu dieser Tür gelangt. Auf dem Weg hierher hatten sie zwei haarlose, schick gekleidete Männer passiert, die im Gang auf zwei Metallklappstühlen saßen und sie wortlos musterten.

„Barriter", vermutete Vicky, als sie die beiden glatzköpfigen Typen passierten.

Chanyeol klopfte einen bestimmten Rhythmus an die graue Metalltür, vor der sie nun beide standen.

Die Tür öffnete sich und ein weiterer glatzköpfiger Mann erschien.

„Ex Deo nascimur, in Jesu morimur, per spiritum reviviscimus", begrüßte ihn Chanyeol unbeeindruckt.

Vicky blickte Chanyeol überrascht an. Sie hatte keine Ahnung gehabt, dass Chanyeol fließend lateinisch parlieren konnte.

Der Mann öffnete die Tür ganz und antwortete: „Jesus mihi omnia", nickte dabei anerkennend, und fügte hinzu: „Willkommen zu Hause, Bangpae."

Die beiden umarmten sich herzlich.

„Ist *sie* das" fragte er Chanyeol und deutete mit dem Kopf zu Vicky.

„Ja."

„Es freut mich sehr, dich kennenzulernen, Viktoria Schwerdt. Ich bin Aitor. Nyström war einer meiner Brüder. Schade, dass ihr euch nicht besser kennenlernen konntet, ihr hättet euch sicher gut verstanden."

Vicky gab dem Mann zur Begrüßung die Hand. Sie wusste nicht, was sie auf die Bemerkung über Nyström erwidern sollte. Also nickte sie nur wortlos.

Der Mann ließ sie durch die Tür auf das Dach des Milaneo-Hauptgebäudes treten. Sie fanden sich in einer Art künstlichem Park wieder, der inmitten von einigen Bungalows lag. Jeder Bungalow hatte einen eigenen Eingang mit Vorgarten. Und überall standen Barriter in dunklen, langen Mänteln, die die Umgebung beobachteten. Sie standen fast regungslos da, hatten die Hände vor dem Körper oder hinter dem Rücken verschränkt und nickten Chanyeol zu, der zielsicher den größten Bungalow am östlichen Ende des Parks ansteuerte. Vicky folgte ihm gespannt.

Chanyeol trat ohne anzuklopfen durch die geöffnete Tür des Bungalows ein und führte Vicky entschlossen durch eine Diele in ein weitläufiges Wohnzimmer. Im Raum befanden sich mehrere junge Männer und Frauen.

Das Wohnzimmer wurde mit indirektem Licht aus geschickt verborgenen Deckenflutern beleuchtet. Von irgendwo her vernahm Vicky dezente Lounge-Musik. Die Glasfassade, die die Außenwand des Bungalows bildete, offenbarte einen grandiosen Blick über das Stadtzentrum Stuttgarts.

Vor der Fensterfront standen zwei große Billardtische, an denen einige der Anwesenden spielten.

Vicky blickte sich neugierig um, als sie Gläser klirren hörte, mit denen angestoßen wurde. Sie sah eine kreisrunde Bar, an der einige junge Leute saßen, die sich unterhielten, lachten und etwas tranken. Links von ihr lümmelten sich drei Jungs auf einem Sofa und spielten Playstation auf einem riesigen Flachbildschirm.

Als die Anwesenden Chanyeol und Vicky bemerkten, wurde es schlagartig still im Raum. Die Musik erstarb, das Klacken der getroffenen Billardkugeln hörte auf. Sogar die Jungs an der Playstation drehten sich zu ihnen um.

Alle, aber wirklich alle Personen im Raum blickten sie an.

Sie wurde nervös. Waren das alles Brorkinder? Das mussten knapp zwanzig Personen sein. Sie schaute Chanyeol fragend an.

Chan nickte ihr zu: „Ja, sie sind wie wir Brorkinder. Sie sind auserwählt und haben alle die Erweckungszeichen erhalten."

Eine etwas stämmigere, junge Frau kam auf Vicky zu und flüsterte: „Hallo." Sie streckte Vicky die Hand entgegen: „Ich bin Eva. Eva Casque", sagte sie mit einem französisch klingenden Akzent.

Vicky schüttelte Evas Hand: „Ich bin Vicky."

„Ich weiß. Das wissen wir alle. Wir haben dich schon erwartet. Endlich bist du bei uns."

Vicky musterte Eva. Ihre lockigen, schwarzen Haare waren kurz geschnitten und hingen ihr frech und wild ins Gesicht. Ihre hellblauen Augen bildeten einen spannenden Kontrast zu ihrem dunklen Teint. Obwohl Vicky normalerweise nicht auf den molligen Typ Frau stand, fand sie Eva durchaus anziehend.

Eine andere junge Frau kam auf Vicky zu und fasste sie sanft am Oberarm an: „Willkommen!"

Nach und nach näherten sich auch die anderen und umringten sie. Alle wollten sie berühren, ihr die Hand schütteln und mit ihr sprechen. Einige trauten sich sogar, Vicky zu umarmen. Die Aufregung der Brorkinder war mit den Händen zu greifen. Vicky spürte, dass sie immer euphorischer wurden. Als ob sie die ganze Zeit auf etwas gehofft hatten, es aber nicht geglaubt haben, dass es Wirklichkeit wird. Vielleicht war auch so etwas wie Erleichterung zu spüren, Erleichterung darüber, dass die Verantwortung jetzt bei jemand anderem lag. Nämlich bei ihr.

Obwohl Vicky es eigentlich nicht mochte, im Mittelpunkt zu stehen, fühlte sie sich seltsamerweise sofort wohl in dieser Gruppe, obwohl sie bis auf Chanyeol niemanden kannte.

Nachdem sich alle wieder beruhigt hatten und die Vorstellungsrunde beendet war, saß Vicky mit Chan, Eva und zwei Jungs an der Bar. Einer der Jungs stand auf und servierte Vicky einen frisch gepressten Orangensaft. Chan trank eine Cola.

„… und ihr habt tatsächlich dieselbe Scheiße hinter euch wie ich?“, fragte Vicky neugierig.

Eva nickte.

„Brorkinder durchleben in ihrer Kindheit und in der Jugend ähnliche Ereignisse. Wir sind alle mehr oder weniger in Pflegefamilien, in Heimen oder auf der Straße aufgewachsen.“

„Und ihr habt in den letzten Wochen auch jede Menge gelbe Ratten gesehen und anderen Blödsinn durchgemacht?“

Chan wurde zunehmend nervöser.

„Ich verstehe deine Frage nicht. Was meinst du mit Blödsinn?“, fragte Eva.

„Na ja, ihr wisst schon, die Erweckung, die Impfung, der ganze Blödsinn eben.“

Eva schien verwirrt: „Das verstehe ich immer noch nicht. Du hältst das für …?“

Chan unterbrach sie und erklärte Eva und den anderen: „Vergesst nicht, Vicky hatte keinen der Vorschrift entsprechenden Initiationsritus. Ihr Barriter, der sie mit allem vertraut machen sollte, wurde rücksichtslos von den Lanzen der Centurioni ermordet.“

Für einen kurzen Moment wurde es wieder still.

Vicky blickte in betroffene Gesichter.

„Wie verträgst du die Impfungen“, fragte ein Junge mit Hornbrille und dunklen, lockigen Haaren.

„Impfungen? Ach, die Impfungen. Ich vertrage sie gut, schätze ich. Abgesehen davon, dass ich keine Lust auf Alkohol habe und meine Zigaretten nicht mehr schmecken. Zumindest muss ich morgens nicht kotzen, wie jemand anderer hier.“ Dabei nickte sie mit dem Kopf kurz in Richtung Chan und verdrehte dabei die Augen. Chans Gesicht nahm wieder seine dunkelrote Farbe an.

Die anderen lachten.

„Wisst ihr, was sie uns spritzen? Und vor allem, wisst ihr, wie sie das machen?“, fragte Vicky in die Runde.

„Das weiß keiner so genau. Wir wissen nur, dass es insgesamt fünf Impfungen sein müssen“, sagte ein großer, massig wirkender

Bulli in einem viel zu engen, dunkelroten Kapuzenpulli, während er aus dem Kühlschrank hinter der Bar eine Flasche Bier holte und sie mit den Zähnen geräuschvoll öffnete.

„Hast du deine Mutter schon kennengelernt", fragte er beiläufig und blickte sie von der Seite an.

Vicky versteifte sich. „Meine Mutter …"

Er fiel ihr ins Wort: „Man erzählt sich, sie hat beim großen Aufstand der erblühenden Seele in einer Nacht hundert Jesuiten so lange gefoltert, bis sie ihren Schwur widerrufen haben. Außerdem hat sie mehr Lanzenjäger in das Feuer der Bruderschaft geschickt als Clymer, Lewis und Heller zusammen."

„Meine Mutter …", begann Vicky ein weiteres Mal verwirrt, brach dann ab und sagte etwas leiser: „Ich weiß nichts über meine Mutter. Hab sie nie gesehen, nie kennengelernt, habe …"

„Sie wird die Oberdirektorin schon noch kennenlernen, wenn die Zeit dafür gekommen ist, stell also nicht so dumme Fragen und hör auf mit den Geschichten", blaffte Eva ihr Gegenüber an.

Der muskulöse Bulli konterte: „Wenn sie wirklich das Brorkind von Oberdirektorin Schwerdt ist, dann muss sie alles erfahren, wie soll sie sonst die Transformation anführen?"

„Ich soll was?", fragte Vicky überrascht.

Chans Augen wanderten unruhig zwischen Eva, Vicky und den anderen hin und her.

„Komm mal mit", sagte Eva und zog Vicky von der Bar und der Gruppe weg in eine abgelegene Sitzecke, die direkt am Fenster des großen Wohnsaales stand.

Sie setzten sich in die beiden Sessel, die um einen kleinen, runden altertümlichen Tisch angeordnet waren. Vicky blickte aus der Fensterfront hinaus über Stuttgart. Die Dämmerung hatte inzwischen eingesetzt. Die Stadt lag bereits friedlich im Dunkel des Kessels, illuminiert durch die Lichter des frühen Samstagabends.

„Meine Mutter hat wirklich Menschen gefoltert?", fragte Vicky.

Eva nickte mit dem Kopf.

„Weißt du, deine Mutter ist eine große Führerin unserer Bruderschaft, die mächtige Feinde hat. Um die Bruderschaft gegen Angriffe von außen zu schützen, musste sie natürlich auch hart durchgreifen, um auf das große Ziel hinzuarbeiten. Du wirst es ihr gleichtun. Wir alle glauben an dich. Du bist unser Angriff, unser Schwert!"

Evas grüne Augen leuchteten voller Stolz und Überzeugung.

„Ich soll also die Transformation anführen, dabei weiß ich noch nicht mal, was diese Transformation überhaupt ist", sagte Vicky verzweifelt.

Eva blickte sich kurz um und beugte sich dann ganz nah zu Vicky hinüber.

„Ich zeig's dir, die meisten Vorbereitungen wurden schon getroffen", flüsterte sie. „Ich gehe vor, du folgst mir in zwei Minuten."

Eva stand auf, ging links an der Bar vorbei und verschwand hinter einer Schwingtür.

Vicky war verwirrt, ja geradezu verunsichert. Vor ein paar Stunden noch hatte sie Chan und die Bruderschaft für verrückt erklärt, und jetzt saß sie hier und spürte, wie sich etwas in ihr veränderte. Dass sie Gedanken zuließ, die ihr bisher völlig fremd waren.

Sie blickte sich um. Momentan schien sie niemand zu beachten. Chan saß an der Bar und unterhielt sich mit dem Idioten im roten Kapuzenpullover. Vicky sah kurz raus, über die Dächer Stuttgarts und betrachtete dann nervös ihre Hände. Die zwei Minuten müssten bald um sein.

Ich halte es nicht mehr aus, dachte sie, während sie aufstand, ihren Rucksack schulterte und zügig hinter der gleichen Tür verschwand, durch die Eva verschwunden war. Sie betrat eine große

Küche, an deren Ende ihr die junge Frau schon ungeduldig zuwinkte. „Hierher!"

Die beiden kletterten aus dem Fenster der Küche heraus in den Garten des Bungalows. Lautlos bewegten sie sich im Schutze der Dunkelheit an zwei Barritern vorbei, bis sie an der Rückseite eines größeren, zweistöckigen Hauses angekommen waren. Sie stiegen über das Geländer der Terrasse auf den darüberliegenden Balkon. Eva näherte sich der Balkontür, zog einen Gegenstand aus der Tasche und fing an, sich am Schloss der Tür zu schaffen zu machen.

Vickys Atem ging schneller. Sie spürte das Adrenalin in ihren Adern.

Sie hatte Eva gerade erst kennengelernt und brach ein paar Minuten später mit ihr zusammen in ein fremdes Haus ein.

Aber was hatte Eva eigentlich vor?

Und warum zum Teufel braucht sie so lange für dieses billige Schloss?

Vicky drückte sich an Eva vorbei, öffnete ihren Rucksack, holte ihr Einbruchswerkzeug aus einem kleinen Lederetui hervor und kümmerte sich selbst darum.

„Klack." Wenige Sekunden später sprang die Tür leise auf. Vickys Lippen formten ein kurzes Lächeln in Richtung Eva, die kaum Notiz davon nahm, sondern die Tür vorsichtig aufdrückte und durch den Türrahmen verschwand.

Vicky folgte ihr.

Sie robbten auf allen Vieren durch ein Zimmer an einem Bett vorbei. Als sie im Flur angelangt und damit aus dem Blickfeld möglicher Einbruchszeugen waren, stand Eva auf. Vicky tat es ihr gleich.

Vor ihnen lag eine geschlossene Tür.

„Jetzt zeig ich dir, was es mit der Transformation auf sich hat", sagte Eva, öffnete die Zimmertür, ging voraus und knipste das Licht im Raum an.

Vicky folgte ihr.

Sie befanden sich in einem vielleicht vier mal fünf Meter großen Abstellraum.

Eine einzelne Glühbirne hing mittig von der Decke herab und tauchte den Raum in ein schwaches, diffuses Licht.

An der Kopfseite des Raumes stand ein metallenes Wandregal, in dem neben hölzernen Weinkisten auch Rucksäcke, Werkzeug und allerlei andere Ausrüstungsgegenstände zu erkennen waren.

Ansonsten befand sich in dem gesamten Raum nur eine hüfthohe Palette, die mit einer Plane zugedeckt war.

Fenster gab es nicht.

Vicky betrachtete die Plane und blickte fragend zu Eva.

Eva nickte und forderte sie auf: „Nur zu, wir sind allein."

Vorsichtig hob Vicky die Plane an.

Eine seltsam aussehende Apparatur kam darunter zum Vorschein. Es sah aus wie ein kleiner Motorblock, etwa so groß wie ein Schuhkarton. Auf der silbernen, glänzenden Oberfläche war eine Rose eingraviert. An allen vier Seiten waren fingerdicke, metallische Röhren angebracht, die unterschiedlich lang aus dem Gerät herausragten. Vicky runzelte die Stirn. Neben der Apparatur lagen weitere Endstücke und Winkel, die scheinbar noch nicht montiert waren.

Dann entdeckte sie das kleine, durchsichtige Päckchen, das eine braune, knetartige Masse enthielt und völlig unscheinbar neben der Apparatur lag. Drähte in unterschiedlichen Farben ragten daraus hervor.

Auf dem Päckchen war in großer, roter Schrift zu lesen:

„Explosive Plastic SEMTEX-H."

Vicky machte vorsichtig einen Schritt zurück. Ihre Knie wurden weich.

„Soll das ein Witz sein", sagte sie zu Eva, und ihre Stimme war fast heiser vor Verblüffung. Und zu laut.

„Psssst", antwortete Eva.

„Das ist notwendig. Für die Transformation", versuchte sie zu erklären.

„Was? … Eva … Das ist hochexplosiver Sprengstoff“, sagte Vicky. „Was wollt ihr damit?“

„Damit wird der Erreger in die Luft gesprengt und freigesetzt.“

„Erreger?“

„Der Erreger, der für die Transformation gebraucht wird.“

„Ihr plant einen Anschlag?“

„Vicky, jetzt beruhige dich.“

„Mich beruhigen? Sag mal, habt ihr sie noch alle? Ihr wollt irgendwas mit dem Ding da in die Luft jagen und damit einen Erreger freisetzen?“ Vicky war fassungslos. Sie ballte die Hände zu Fäusten und versuchte, sich so unter Kontrolle zu halten.

„Du, Vicky! Du! Das wirst *du* tun.“ Eva legte Vicky beruhigend die Hand auf den Arm und fügte hinzu: „Aber keine Angst, wir werden dir dabei helfen. Wir sind an deiner Seite.“

Vicky hatte genug.

Sie musste hier raus.

Weg von der Bruderschaft. Weg von diesem Ort.

Sie riss sich von Eva los, stieß sie unsanft zur Seite und stürmte aus dem Zimmer. Durch den Flur, durch das Schlafzimmer.

„Vicky, warte“, hörte sie Eva rufen und spürte dann eine Hand an ihrer Kapuze. Sie schlug mit dem Ellbogen nach hinten und traf Eva. Es folgte ein lautes Stöhnen und ein dumpfer Schlag.

„Selbst schuld, du durchgeknallte Terroristin“, sagte Vicky zu sich selbst, während Eva hinter ihr langsam zu Boden sank.

Sie verließ das Haus auf demselben Weg, auf dem sie hineingekommen war, schlich durch weitere Vorgärten, als sie plötzlich eine Bewegung in der Mitte des künstlichen Parks wahrnahm. Mehrere Männer in Anzügen formierten sich eilig zu einer Art Spalier. Als die Barriter ihre Formation angenommen hatten, bewegte sich eine große, schlanke Frau in einem langen, cremefarbenen Mantel zielstrebig vom Aufzug des Eingangs auf die Mitte des Platzes zu. Ihre blonden Haare flatterten im Wind, während sie sich dem Bungalow näherte, den Vicky gerade überstürzt verlassen hatte. Ihre dunklen, kniehohen Lederstiefel machten bei jedem Schritt auf dem mit Kies aufgeschütteten Platz ein lautes Geräusch.

Einige Schritte hinter der blonden Schönheit folgten zwei Personen, die eine große, metallene Kiste schleppten und sichtbar Mühe hatten, der Frau zu folgen.

Als die beiden Männer unter dem Lichtkegel einer Laterne durchliefen, biss sich Vicky auf ihr Lippenpiercing, um nicht laut aufzuschreien.

Einer der beiden Männer war Tom. Erst glaubte sie, das schwache Licht würde ihr einen Streich spielen. Als allerdings die blonde Frau anhielt, um einem herbeigeeilten Barriter in einem barschen Ton Befehle zu erteilen, verharrten die beiden Männer direkt hinter ihr im Lichtkegel einer Laterne. Sie stellten die Kiste langsam auf dem Boden ab und warteten.

Kein Zweifel.

Es war Tom.

Tiefe Verwirrung gefolgt von Zorn, Verwunderung und Enttäuschung schwappten wie widerstreitende Wellen in Vickys Innerem hin und her.

Sie war kurz davor, aufzustehen, um auf den Platz zu laufen, um ihn zur Rede zu stellen, da wurde sie plötzlich von hinten festgehalten.

„Jetzt bloß keinen Fehler machen, Fräulein Schwerdt", flüsterte ihr eine Männerstimme mit scharfer Stimme ins Ohr.

Vicky drehte sich langsam um und blickte in ein zerfurchtes, aschgraues Gesicht.

„Mein Name ist Hektor Cordes, ich bin Hauptkommissar beim LKA und ich denke, wir beide müssen uns dringend unterhalten. Zuerst sollten wir allerdings von hier verschwinden."

Vicky erinnerte sich an das Gesicht. Sie hatte den Mann in Verbindung mit der Berichterstattung über den Tod an Nyström im Fernsehen gesehen.

„Du solltest deiner Mutter jetzt besser nicht begegnen", fuhr er mit einem etwas versöhnlicherem Ton fort.

„Meiner Mutter?", fragte Vicky.

Der Kommissar zeigte mit dem Finger auf die blonde Frau, die mittlerweile völlig außer sich war und jemandem vor sich eine Ohrfeige gab. Der Mann blieb demütig vor ihr stehen und schien es nicht zu wagen, ihr direkt in die Augen zusehen.

„Meine Mutter", flüsterte Vicky, als wäre sie in Trance.

Sie spürte den Griff des Polizisten an ihrer Schulter, der sie mit Macht zurückhielt. Plötzlich hörten sie auf dem Platz mehrere Männerstimmen, die in einem eigenartig rhythmischen Sing-Sang immer wieder unverständliche Worte von sich gaben.

Vicky hielt inne. Sie und der Polizist blickten gebannt auf die Szenerie.

Die Barriter wurden lauter, steigerten sich in einen infernalischen Chor.

„Legis Jugum … Legis Jugum … Legis Jugum …"

Aus dem Hauptgebäude strömten nun die Brorkinder, die Vicky vor ein paar Minuten kennengelernt hatte, auf den Platz. Vicky entdeckte Chan, der in zweiter Reihe stand, als die Brorkinder skandierten:

„Legis Jugum … Legis Jugum … Legis Jugum …"

Vickys Mutter hatte inzwischen von ihrem Opfer abgelassen. Stattdessen animierte sie die Leute um sie herum mit beschwörenden Gesten, noch lauter zu werden. Anschließend streckte sie die offene Hand aus und wartete.

Der Mann fing an zu flehen und jammern, hielt die Hände geschlossen vor den Körper und schien zu beten. Vickys Mutter rührte sich nicht, ihre Hand noch immer ausgestreckt.

Der Kopf des Mannes sank leicht nach unten, seine Körperspannung gab kurz nach, bevor er unvermittelt einen Dolch aus seinem

Mantel zog, dessen Schneide im Laternenlicht aufblitzte. Er blickte nach oben in den Himmel, hob die Klinge an sein Gesicht und griff sich mit der anderen Hand an den Kopf.

Die rhythmischen Rufe der Gruppe wurden schneller und lauter: „Legis Jugum … Legis Jugum … Legis Jugum …“

Mit einem kräftigen Ruck schnitt er sich das linke Ohr ab und legte es mit einem flehenden Gesichtsausdruck in die noch immer ausgestreckte Hand von Vickys Mutter.

Die Rufe stoppten abrupt. Auf dem Platz war es jetzt totenstill.

„Heilige Scheiße“, entfuhr es Vicky, die sich nervös ihre Haarsträhnen hinter ihre Ohren schob.

„Legis Jugum“, sagte Hektor Cordes leise und fügte mit einem bitteren Unterton hinzu: „Die Strenge des Gesetzes.“

Der Mann hatte während der Bestrafung kein einziges Wort von sich gegeben.

Mit schwankenden Knien stand er da und blickte Vickys Mutter blutüberströmt an.

Sie nickte zufrieden, blickte in ihre Hand und ging mit dem abgeschnittenen Ohr in Richtung der Brorkinder. Tom und der andere Mann hoben die schwer aussehende Kiste an und folgten ihr schweigend.

„Es reicht“, sagte Hektor Cordes. „Wir müssen weg, bevor die merken, dass Sie nicht bei den anderen Brorkindern sind.“

Vicky konnte das, was da vor ihren Augen passiert war, immer noch nicht glauben. Sie war so konsterniert, dass sie sich keinen Zentimeter von der Stelle rührte.

Erst als der Kommissar Vicky mit beiden Händen an den Schultern nach hinten zog, löste sich Vicky aus ihrer Apathie und folgte ihm.

Sie schlichen im Schutze der Dunkelheit durch einige Vorgärten auf einen Seiteneingang des Treppenhauses zu.

Eilig liefen sie auf zwei Wachen zu, die den Kommissar grimmig anblickten.

Der erste Barriter machte einen Schritt vor und wollte sie zur Rede stellen. Als er den Mund öffnete, ergriff der Kommissar den Arm der Wache, zog ihn blitzschnell an sich heran und verpasste dem Barriter einen Schlag gegen den Hals. Der Mann brach sofort zusammen. Er röchelte, als er am Boden lag und versuchte, nach Luft zu schnappen. Vickys Blick ging zu der zweiten Wache. Dieser griff sich an das verkabelte Ohr, um Alarm zu schlagen, doch ein knallendes Geräusch kam ihm zuvor. Sie hatte gerade noch die beiden Nadeln an dünnen, fast durchsichtigen Fäden auf den Körper der Wache zufliegen sehen, da fing der Körper schon an zu zucken und zappeln. Der Barriter sank zitternd neben seinem Kollegen zu Boden. Der Wind verbreitete den Geruch von verbranntem Fleisch. Sie blickte sprachlos zu Hektor Cordes, der den Elektro-Taser wortlos in seinem Mantel verschwinden ließ und sie fest am Arm packte: „Aber jetzt schnell weg hier!"

Der Kommissar und Vicky hasteten die zehn Stockwerke herunter und eilten aus dem Gebäude, bevor sie in einer Seitenstraße in einen dunkelblauen Mini Cooper stiegen.

Der Kommissar startete den Motor und trat in die Eisen. Mit quietschenden Reifen fädelte sich der Mini in den Stuttgarter Verkehr ein.

Der Innenraum des Autos sah ziemlich heruntergekommen und dreckig aus. Auf dem Boden zwischen ihren Füßen lagen Fastfood-Verpackungen, Zigarettenschachteln und leere Flaschen.

Vicky spürte irgendwas, auf dem sie saß, griff zwischen sich und den Sitz, fummelte einige zusammengeknüllte Zettel, Verpackungen und gebrauchte Einweg-Sushistäbchen hervor. Angewidert ließ sie den Müll zu dem Rest in den Fußraum fallen. Auch das noch, dachte sie und blickte kurz zu Hektor Cordes hinüber.

Auf der Ablage des Armaturenbretts sammelten sich Parkscheine, Einkaufsquittungen und Strafzettel. Der Aschenbecher, nein, eigentlich die ganze Mittelkonsole war überfüllt mit Zigarettenstummeln, Asche und grünen Bonbonpapieren, die sich auch sonst überall im Auto verteilten.

Wundersamerweise roch die fahrende Müllhalde trotz der Unordnung und den vielen Zigaretten angenehm nach Eukalyptus.

Als sie einige Minuten Entfernung zwischen sich und den ECH-Stützpunkt gebracht hatten, zog Hektor Cordes sein Smartphone aus der Tasche und drückte eine Kurzwahl. Sekunden später wurde der Anruf angenommen.

„Soko – Eisen. Cairo. Habicht", sagte er langsam und deutlich und wartete anschließend ruhig auf eine Antwort.

„Bestätige", fuhr er fort.

"Ich habe sie. Sie ist bei mir."

Vicky hörte gebannt zu.

„Ja, hat sie."

Pause.

„Sind auf dem Weg."

Pause.

„Nein, werden wir nicht", sagte Cordes knapp und war dabei immer wieder abwechselnd schnelle, kurze Blicke in die Rück- und Seitenspiegel.

Was ist das für ein merkwürdiger Bulle, ging es Vicky durch den Kopf, während sie zusah, wie er mit einer Hand telefonierte und mit der anderen Hand den Mini Cooper durch den Stuttgarter Verkehr manövrierte. Er trug einen dunkelgrauen, offenen Trenchcoat, unter dem ein schwarzes Schulterholster zu erkennen war.

Seine schwarze, enge Jeans, die auf den Oberschenkeln von Flecken übersät war, betonten eine ausgeprägte Beinmuskulatur.

Vicky dachte an Cordes' zupackende Art und seine schnellen Entscheidungen. Offensichtlich hatte er nichts dagegen, wenn man ihn unterschätzte. Im Gegenteil. Er kultivierte diesen Eindruck nach Kräften. Er wirkte auf den ersten Blick ungepflegt, unordentlich, ja vielleicht sogar schwächlich. Auf den zweiten Blick allerdings bemerkte sie seine wachen, aufmerksam umherblickenden Augen, einen austrainierten Körper und militärisch präzise Bewegungen.

„Bestätige", sagte er abschließend und beendete das Gespräch.

Sie hielt es nicht länger aus: „Was wollen Sie von mir?"

„Ich glaube, ich sollte mich erst noch einmal vorstellen", antwortete er.

„Mein Name ist Cordes, ich bin Kommissar beim LKA Stuttgart. Wir ermitteln derzeit in einem Tötungsdelikt, das im Zusammenhang mit einer Art Geheimbund steht. Dieser Geheimbund nennt sich die ‚Erwecker der Chymischen Hochzeit' oder auch einfach nur die ‚ECH-Bruderschaft'. In diesem Zusammenhang sind wir auch auf eine andere Gruppierung gestoßen, die Jesuitenvereinigung ‚Lanzen der Centurioni', die ganz aktiv und äußerst brutal gegen die ECH-Bruderschaft vorgeht. Beide Gruppierungen werden von uns inzwischen überwacht."

Vicky rutschte ungeduldig auf ihrem Autositz hin und her.

„Wir haben in diesem Zusammenhang Hinweise auf zahlreiche Straftaten gesammelt, die erst jetzt so was wie ein Muster ergeben. Es geht nicht mehr nur um Mord, sondern um den Verdacht der Bildung einer terroristischen Vereinigung. Und wir haben Grund zur Annahme, dass die Bruderschaft etwas plant, das man getrost als Terroranschlag bezeichnen kann."

Vicky blickte ihn mit großen Augen an, während sie versuchte, dass eben gehörte wirklich zu verstehen.

Als er sie aus den Augenwinkeln beobachtete, fragte sie: „Und was habe ich damit zu tun?"

Cordes seufzte und fuhr dann fort: „Es gibt zwischen den beiden religiösen Gruppen einen Konflikt, der sich zuzuspitzen scheint. Wir wissen nicht wieso, aber die Fanatiker der ECH haben anscheinend vor, unsere gesellschaftlichen Grundstrukturen ernsthaft zu erschüttern oder vielleicht sogar zu zerstören."

„Ich habe Sprengstoff gesehen“, sagte Vicky plötzlich mit leiser Stimme. „Und eine seltsame Apparatur, eine Art Motor.“

Hektor Cordes schien nicht überrascht, sondern nickte nur.

„Ich habe davon gehört. Das war einer der Gründe, warum ich überhaupt im Milaneo war, um zu überprüfen, ob die Info korrekt ist. Die Frage ist allerdings, was die Bruderschaft damit vorhat.“

„Wie sind Sie denn überhaupt ins Milaneo reingekommen? Wie ein Barriter sehen Sie eigentlich nicht aus.“

„Wie gesagt, wir haben inzwischen jemand vor Ort, der mir behilflich war. Niemand, den Sie kennen.“

Cordes grinste, als er in Vickys verblüfftes Gesicht sah und fuhr dann fort:

„Viel spannender ist für mich die Frage, was Sie von dem Anschlag wissen. Immerhin ist das Impfprogramm bei Ihnen noch nicht komplett.“

„Was wissen Sie über die Impfungen?“

„Hm.“ Der Kommissar blickte sie nachdenklich an und fuhr nach einer kurzen Pause fort: „Noch nichts Genaues. Unser Labor sitzt noch an der Analyse. Aber es gibt natürlich eine Vermutung.“

„Geht's auch ein bisschen genauer?“

„Soviel wir wissen, besteht der Wirkstoff aus zwei Substanzen. Von der einen wissen wir nicht sehr viel …“

„Und die andere Substanz?“

„Die andere Substanz hat eine ähnliche chemische Zusammensetzung wie ein Stoff namens MKULTRA. Er kommt aus dem militärischen Bereich und soll das menschliche Verhalten steuern und kontrollieren.“

Vicky wurde wütend: „Wollen Sie damit sagen, die Bruderschaft will mir das Gehirn waschen?“

„Ja, das möchte ich damit sagen. Allerdings scheint es bei Ihnen nicht ganz so gut zu klappen wie bei den anderen. Oder sie haben zu spät mit den Impfungen begonnen. Keine Ahnung. Momentan geht bei den ECH ziemlich vieles drunter und drüber. Die stehen total unter Druck.

Darum ist die Oberdirektorin, Ihre Mutter, überhaupt hierhergekommen. Das ist sehr ungewöhnlich. Normalerweise hält sie sich versteckt."

Bei der Erwähnung ihrer Mutter musste sie an die Szene mit dem abgeschnittenen Ohr denken. An das viele Blut, das dem Mann am Kopf herunterlief.

Und an Tom, der dahinterstand und alles geschehen ließ, als ob es das Normalste auf dieser Welt war.

Und konnte die Bruderschaft sie mit dieser Impfung wirklich kontrollieren? Ihre Gedanken steuern und sie womöglich Dinge tun lassen, die sie eigentlich nicht tun wollte? Hatte sie vielleicht schon damit begonnen?

Vicky war völlig verwirrt. Jede Antwort auf ihre Fragen hatte zusätzliche Fragen zur Folge. Das Gefühl von Machtlosigkeit überkam sie und ließ sie keinen klaren Gedanken mehr fassen.

Ihr Herz fing an zu rasen und pochte wie wild. Sie bekam keine Luft und hatte das Gefühl zu ersticken.

Ihr Magen verkrampfte sich. Vor ihren Augen fing die Welt an zu verschwimmen und ihr wurde schwindelig.

Den einzigen Gedanken, den sie noch hatte, war: „Raus! Ich muss hier raus!"

Das Auto hielt an einer roten Ampel. Sie öffnete die Beifahrertür, sprang nach draußen und machte sich davon. Hinter sich hörte sie Cordes fluchen. Selbst schuld.

Dann rannte sie los, quer über die Straße.

Etwas neben ihr kam quietschend zum Stehen.

Sie vernahm Hupen und laute Beschimpfungen, sprintete in die Einkaufspassage und verschwand inmitten der shoppenden Menschenmassen.

Samstag 18:30

Vicky saß völlig außer Atem im oberen Schlossgarten, in einer einsamen Ecke an der Rückwand des Kunstgebäudes. Vor ihr lagen der Eckensee, die Oper und der Landtag. Die Umgebung wurde nur durch Straßenlaternen beleuchtet. Es war längst dunkel, und ab und zu spazierten einzelne Personen, Pärchen oder jugendliche Gruppen durch den Park.

Sie war so lange gerannt, bis das Gefühl der Beklemmung verschwunden war. Nun schmeckte sie durch die Anstrengung noch etwas Blut im Mund. Ihr Herz schlug noch immer heftig, allerdings nicht mehr vor Panik, sondern vor Anstrengung und Erschöpfung.

Sie zog die ziemlich zerdrückte Lucky-Strike-Schachtel aus ihrer Jackentasche, pulte mit zitternden Fingern eine Zigarette hervor und überlegte kurz. Dann ließ sie die Zigarette wieder in der Packung verschwinden. „Für bessere Zeiten", dachte sie sarkastisch.

Still und schwer atmend blickte sie für eine Weile ins Leere.

Die Panik war verschwunden, die offenen Fragen waren allerdings geblieben.

Sie kreisten um den Sprengstoff, die Impfungen, ihre Mutter und Hektor Cordes.

Und um Tom. Kein Zweifel, sie hatte ihn bei der Bruderschaft gesehen. Er gehörte dazu, auch wenn sie es nicht glauben konnte. Wollte?

Eines hatte sie aus den Ausführungen des Kommissars schließen können: Die sogenannte Transformation der Gesellschaft war nichts anderes als ein Terroranschlag. Und, das hatte Eva ihr verraten, sie sollte die Hauptrolle spielen. Den Anschlag ausführen, gemeinsam mit anderen Brorkindern. Alle schön gehirngewaschen. Inklusive

Tom. Und ihre Mutter war die Anführerin bei diesem Wahnsinn. Warum die Bruderschaft gerade jetzt losschlagen wollte, hatte Cordes nicht verraten. Aber vielleicht hatte es ja mit den Lanzenjägern zu tun, sinnierte Vicky. Zwei Gruppen fanatischer Gläubiger, die um die Macht kämpften. Vielleicht …, dachte Vicky. Vielleicht sind ja die Lanzenjäger die Guten. Oder planen die den Weltuntergang auf ihre Weise?

Sind das jetzt meine Gedanken oder schon die, die mir verabreicht wurden? Stehe ich vielleicht unter Drogen? Sie dachte dabei an Chanyeol, sein Gerede über die ECH, und vor allem an die Überzeugung, die er dabei versprüht hatte.

Vicky atmete tief durch. Sie dachte an die nächtlichen Impfungen und an die Frau, die behauptete, ihre Mutter zu sein. Sie spürte den tiefen Wunsch, sie endlich kennenzulernen. Und gleichzeitig fühlte sie etwas, das sie schon lange nicht mehr gefühlt hatte: Angst.

Schließlich ging sie durch den dunklen Schlossgarten, quer durch die Königsstraße in die Stuttgarter Stadtmitte. Die Kapuze hatte sie über den Kopf und tief in das Gesicht gezogen. Sie strich ihre Haarsträhnen hinter die Ohren und suchte in ihrem iPhone die Playlist „Schwarmkontakt" aus.

Die Hände vor der Kälte schützend in die Jackentaschen gesteckt, schlenderte sie ziellos durch die belebte Einkaufsstraße und blickte dabei in die Gesichter der Menschen, die ihr entgegenkamen.

Durch die Kopfhörer dröhnte die Stimme von Alice Merton in ihren Ohren: „I've got no roots, but my home was never on the ground …"

In diesem Moment fühlte sich Vicky wie ein einsamer Forscher in einer Unterwasserwelt, als Besucher in einem Zoo, der nur mit einer Taucherglocke erreicht werden konnte. Sie fühlte eine beruhigende und zugleich befreiende Einsamkeit, die sie durch die laute Musik von den anderen Menschen abgrenzte.

Keiner der Passanten schien Notiz von ihr zu nehmen.

Ab und zu wurde sie angerempelt, erhielt böse oder entschuldigende Blicke oder Kommentare, die sie durch die laute Musik nicht verstand.

Sie liebte es, sich so anonym durch die Menschenmassen zu bewegen. Ein Fremdkörper zu sein, der gegen den Strom schwamm und trotzdem nicht bemerkt wurde. In diesen Momenten fühlte sie sich frei und unabhängig.

Vickys Laune besserte sich mit jedem Schritt, mit dem sie sich durch den Schwarm bewegte.

Sie wurde gerade von einem etwas dicklichen Familienvater angerempelt, der sich vollgepackt mit Einkaufstüten, seine Kinder und seine fette Frau im Schlepptau, durch die vollgestopfte Fußgängerzone zwängte.

Als er sich an ihr vorbeiquetschte, spuckte er ihr einige Wörter ins Gesicht. Sein Atem roch nach saurer Milch und sie spürte, wie einige Tropfen seiner feuchten Aussprache auf ihrer Wange und ihrer Unterlippe landeten.

Mit einer geschickten Handbewegung griff sie ihm in die äußere Jackentasche, zog mit schnellen Fingern das Smartphone heraus und ließ es unbemerkt in der eigenen Jackentasche verschwinden.

Mach's gut und noch ein schönes Leben, dachte sie, lächelte ihn wortlos an und marschierte weiter.

Dabei drehte sie die Lautstärke an ihren Kopfhörer weiter auf.

„I've got no roots, but my home was never on the ground …"

Samstag 19:30

In der dunklen Ecke ihres Verstecks hatte Vicky den hell erleuchteten Eingang des Studentenwohnheims gut im Blick.

Nachdem sie einige Zeit durch die Stadt gestreift war, stand sie nun auf der gegenüberliegenden Straßenseite vor ihrer Wohnung hinter einem Müllcontainer und checkte die Lage.

Alles war ruhig, unauffällig.

Was würde sie in ihrer Wohnung erwarten? Vor allem, wer? Vicky musste an Chan denken. Und an Tom. Die beiden kannten sich aus der Bruderschaft, so viel war sicher. Aber beide hatten versucht, genau diese Tatsache vor ihr zu verbergen. Je länger sie über das Zusammentreffen in ihrer Wohnung nachdachte, desto weniger verstand sie.

In Toms Apartment war es dunkel. Er schien nicht da zu sein.

Sie gab sich einen Ruck und bewegte sich zügig und leise zum Eingang, schloss die gläserne Eingangstür auf und schritt durch das helle Treppenhaus.

Niemand zu sehen.

Sie nahm den Aufzug und wartete, bis der Knopf für das sechste Stockwerk gelb blinkte und die Aufzugstür, begleitet von einem Piepton, aufging. Zögerlich schlich sie an Toms Wohnungstür vorbei, hielt kurz inne und lauschte. Nichts. Stille. Dann ging sie ein paar Schritte weiter, öffnete ihre eigene Wohnungstür und trat mit einem Herzklopfen ein.

Nur das blaue Licht des Aquariums illuminierte den Raum. Es war still, nur das leise Blubbern der Filterluftpumpe im Aquarium war zu hören. Angestrengt horchte Vicky, ob sie wirklich allein war.

Vorsichtig nahm sie aus der Schublade im Flur ihr Butterfly-Messer und schlich leise von Zimmer zu Zimmer.

Die Wohnung war leer.

Als sie das Messer auf dem Flurschrank ablegte und die Wohnungstür schließen wollte, hörte sie Geräusche an Toms Tür nebenan. Schnell schlug sie ihre Tür zu, legte die Türkette an und schloss mit ihrem Schlüssel von innen ab. Einmal. Zweimal. Dann blickte sie durch den Türspion.

Tom erschien plötzlich vor dem Türspion.

Sie erschrak und zog scharf die Luft ein.

Tom zuckte mit dem Kopf kurz zur Seite und kniff die Augen zusammen. Blickte genau in den Türspion hinein.

„Vicky", sagte er.

„Vicky, bist du da?"

Vicky hielt den Atem an.

„Komm schon, ich hab dich gehört. Du bist da. Mach auf, ich muss mit dir reden."

Vicky war hin- und hergerissen. Sie dachte erneut an die Szene auf dem Dach des Milaneos. Wie demütig Tom hinter ihrer Mutter gestanden hatte. Vicky wurde wütend. Wollte schon etwas rufen, biss sich auf ihr Lippenpiercing, um ja keinen Laut von sich zu geben. Er sollte verschwinden. Sie beobachtete Tom durch den Türspion. Er schien nervös zu sein. Blickte immer wieder auf die Uhr. Er schwitzte heftig, wischte sich den glänzenden Schweiß von der Stirn und versuchte dann, durch den Türspion in die Wohnung zu schauen.

Er verharrte noch einen Augenblick, der sich für Vicky wie Stunden anfühlte, drehte ihr dann den Rücken zu und verschwand im Aufzug.

Vicky rannte im Dunkeln durch ihre Wohnung ans Fenster, blickte runter auf die Straße zum Eingang des Gebäudes und wartete, bis Tom erschien. Er verließ das Gebäude und verschwand langsam aus Vickys Blickfeld. Richtung Innenstadt.

Sie atmete erleichtert aus. Dann fühlte sie die Beklemmung.

Er war weg.

Sie ließ sich vor dem Aquarium auf das Sofa fallen und betrachtete ihre Lieblinge, die hungrig an der Wasseroberfläche schwammen.

Nachdem sie die Fische gefüttert hatte, bekam sie selbst Appetit. Während sie ihren Fischen beim Fressen zusah, aß sie eine chinesische Fertignudelsuppe, die sie sich in der Mikrowelle heiß gemacht hatte, und trank dazu ein Bier.

Sie blickte auf ihr iPhone. 20:05 Uhr.

Sie schrieb Luke eine WhatsApp und fragte, wo er stecke und griff sich dann aus ihrer Kelloggs-Frosties-Dose genug Stoff, um sich einen dicken, fetten Spliff zu drehen.

Als Vicky ein halb ausgetrunkenes Bier und einen Joint später wieder aufwachte, war sie noch so zugedröhnt, dass sie im ersten Augenblick nicht wusste, wo sie sich befand.

21:42 Uhr.

Luke hatte immer noch nicht geantwortet.

Sie stand auf, ging ins Bad und wusch sich mit kaltem Wasser. Als sie ihr nasses Gesicht im Spiegel betrachtete, biss sie sich auf die Lippen und spielte dabei mit der Zunge an ihrem Piercing herum. Während sie ihre Haarsträhnen hinter die Ohren strich, spürte sie hinter ihrem linken Ohr die getrocknete Einstichstelle der Impfung. Ihr Herz schlug schneller. Sie verspürte noch keinen Schmerz. Noch keine erneute Einstichstelle. Aber heute war es wieder so weit. Es war Samstagnacht.

„Alle zwei Tage", hatte Chan gesagt. Die letzte Injektion hatte sie in der Nacht von Donnerstag auf Freitag erhalten.

„Diesmal nicht", rief sie laut in den Spiegel hinein, „Diesmal nicht, ihr Missgeburten!!", schrie sie noch lauter. Dabei traten ihr Tränen in die Augen.

Entschlossen und voller Energie lief sie zur Wohnungstür zurück und räumte mit dem Arm den Krempel, den sie irgendwo mal hatte mitgehen lassen, vom Flurschrank ab. Anschließend schob sie die brusthohe Kommode in Richtung Tür. Als der Schrank endlich die

Wohnungstür versperrte, verstärkte sie ihre improvisierte Barrikade mit zwei Stühlen. Anschließend sammelte sie die leeren Bierflaschen ein, die überall in der Wohnung verstreut herumstanden, und stellte sie sorgfältig wie Pins auf der Bowlingbahn eine nach der anderen in ihrem Flur auf, immer mit einer Handbreit Abstand. "Niemand kommt hier heute Nacht rein und spritzt mir irgendwelchen Mist, ohne dass ich es mitbekomme", versicherte sie laut in Richtung ihrer Fische und kontrollierte zum Schluss sämtliche Fenster der Wohnung.

Zufrieden mit dem Ergebnis, ließ sie sich auf das Sofa fallen.

Sie zündete sich eine Lucky an und zwang sich zu ein paar hastigen Zügen. Dann holte sie sich ein schmutziges Glas aus der Spüle, spülte es aus, füllte es mit Leitungswasser und trank es in einem Zug aus.

Einige Stunden später lag sie in ihrem Bett und schlief mit dem Butterfly-Messer auf dem Nachttisch, einem sicheren Gefühl und einem Lächeln auf den Lippen ein.

Sonntag 08:02

Vicky saß auf einem löchrigen Sofa. Die roten und blauen Karos des alten, verstaubten Stoffs waren so sehr ausgeblichen, dass die Farben kaum zu erkennen waren. Seltsam, dachte sie. Sie hatte das Sofa anders in Erinnerung, mit Farben, die viel kräftiger leuchteten. Ihre Aufmerksamkeit konzentrierte sich von dem Sofa auf den Raum, in dem sie sich befand. An der Wand hatte jemand mit schwarzem Edding dick und breit „Gas-Karzer!" geschrieben. Vicky hasste diesen Namen. Diesen Ort.

Das schwache Licht, das durch die Kellerfenster des im Untergeschoss befindlichen Aufenthaltsraums nach innen schien und der modrige, penetrante Geruch, ließen in ihr lang verdrängte Gefühle aufkommen. Niedergeschlagenheit und Verzweiflung.

Sie war allein.

Das Ende des langen Raumes, dort wo sich die Tür befand, war durch die Dunkelheit nicht zu erkennen. Trotzdem wusste sie, wo sie hinmusste. Sie stand auf und ging langsam in Richtung Tür. Vorbei an alten Sofas, kaputten Stühlen und schimmeligen Sesseln.

Sie blickte nach oben und bemerkte die an Kabeln hängenden Glühbirnen an der Decke. Sie schienen auf ihre Bewegung zu reagieren. Bei jedem Schritt, mit dem sie sich der Tür näherte, leuchteten die Glühbirnen stärker auf.

Kurz vor der Tür blieb sie stehen.

An dem kleinen Tisch neben ihr saß plötzlich eine Person und zeichnete etwas auf ein Blatt Papier. Als Vicky sich an den Tisch auf den freien Stuhl setzte, hob die Gestalt den Kopf und starrte sie an.

Es war Tom.

„T…Tom?"

Tom hatte etwas auf das Blatt Papier geschrieben und hielt es ihr nun entgegen. Auf dem Blatt stand in krakliger Schrift: „Sei vorsichtig!"

Darunter war ein kleines Strichmännchen mit einem mittigen Auge und angedeuteten Hörnern gezeichnet.

Vicky erschrak, sprang vom Stuhl auf und versuchte, den Raum zu verlassen. Sie rüttelte an der Tür. Abgeschlossen. Panik stieg in ihr auf. Immer wilder riss sie an dem Türgriff, aber die Tür öffnete sich nicht. Als sie sich zu Tom umdrehte, saß dieser noch immer still auf dem Stuhl. Er hielt erneut ein Blatt Papier hoch: „In dir steckt das Samenkorn."

Plötzlich klopfte es leise von der anderen Seite der Tür. Sie drehte sich wieder um und das Klopfen wurde lauter. Immer lauter.

Das Klopfen riss Vicky schlagartig aus dem sonderbaren Traum.

Erschrocken und in Schweiß gebadet, fand sie sich in ihrem Bett wieder, das Butterfly-Messer krampfhaft in der rechten Hand.

Das Klopfen hatte aufgehört.

„Gott sei Dank", dachte sie erleichtert, „nur ein Traum."

Durch die kleinen Schlitze des Rollladens am Schlafzimmerfenster konnte sie das Tageslicht erahnen. Sie stand auf, schlich barfuß ins Wohnzimmer, das scharfe Messer immer noch in der Hand.

Die Sonne war schon aufgegangen. Die Digitaluhr an der Mikrowelle zeigte 8:02 Uhr.

Sie griff sich mit einer Hand ins Gesicht, rieb sich die Müdigkeit aus den Augen und überprüfte die Wohnungstür, die noch immer genauso verbarrikadiert war wie gestern Nacht. Dann fiel ihr das Klopfen aus dem Traum wieder ein.

Sie hielt kurz inne und lauschte. Es war ruhig. Kein Geräusch vor ihrer Wohnung. Nichts war zu hören.

Vicky schüttelte den Kopf. Hatte sie sich das Geräusch nur eingebildet? Der eigenartige Traum kam ihr wieder in den Sinn.

„Oh, Mann, was für Mist", stöhnte sie und strich sich die Haarsträhnen hinter das Ohr. „Autsch." Sie spürte die Einstichstelle hinter dem linken Ohr, die frisch schmerzte.

„Oh, nein", entfuhr es ihr. „Das kann doch nicht wahr sein."

Panisch stürmte Vicky ins Bad und untersuchte die Einstichstelle im Spiegel. Die Wunde war frisch, dick und rot. Kein Zweifel! Sie war tatsächlich erneut geimpft worden.

Wie war das möglich?

Sie sah sich um, war verwirrt und wütend zugleich. Sie ging ins Wohnzimmer zurück und kontrollierte danach noch einmal die verbarrikadierte Tür. Es sah alles genau so aus, wie sie es gestern hinterlassen hatte. Der Schrank. Die Stühle. Die Bierflaschen. Hier konnte niemand reingekommen sein. Unmöglich! Ungläubig und ratlos ließ sie sich mit dem Rücken zur Wand auf den Boden gleiten. Auf der Stelle. Nur mit einem Slip bekleidet saß sie nun im kalten Flur vor den Stühlen, dem Flurschrank und der verschlossenen Tür. Vicky zog die Beine an den Körper, legte den Kopf auf die Knie und umarmte ihre Beine.

Ratlos. Verwirrt. Noch immer wütend.

Ein kalter Windhauch zog unter der Wohnungstür hindurch und sorgte für Gänsehaut auf Vickys Beinen. Sie schauderte. Dann sah sie etwas unter dem Flurschrank liegen, der noch immer die Wohnungstür versperrte.

Auf nackten Knien kroch sie vor, streckte ihre Arme an den Stuhlbeinen vorbei unter die Kommode und ertastete etwas, das nach einem Briefumschlag aussah. Als sie es mit den Fingerspitzen greifen konnte, zog sie es zu sich heran.

Der Umschlag war verschlossen. Etwas Fingerdickes befand sich darin. Sie drehte ihn in den Händen. Nichts Auffälliges. Es gab keinen Absender, Empfänger oder Namen auf dem Umschlag. Vicky riss die merkwürdige Post auf. Ein kleiner silberner USB-Stick kam zum Vorschein. Er war wie ein Schlüssel geformt. Sie drehte den Stick in ihren Fingern. So viele Fragen. Wer hatte ihn unter ihrer Tür durchgeschoben? Und warum?

Sie stand vom Boden auf, suchte im Schlafzimmer, zwischen den auf dem Boden liegenden Klamotten nach ihrem MacBook Air, das sie ausnahmsweise nicht für Drogen verhökert, sondern nach einem Raubzug für sich behalten hatte. Ungeduldig startete sie den Rechner und wartete darauf, dass er hochfuhr. Im Schneidersitz auf dem Sofa schloss sie den Stick an, kratzte sich an der schmerzhaft juckenden Einstichstelle hinter ihrem Ohr.

Dann konzentrierte sie sich auf den Inhalt des USB-Sticks.

Er war leer. Fast leer. Er enthielt nur ein Video, das den Namen trug:

Projekt_Artischocke_4_Inj_Viktoria_Schwerdt.avi

Schlagartig begann Vickys Puls zu rasen. Sie zögerte einen Augenblick. Dann atmete sie durch und startete die Datei.

Zuerst war auf dem Display alles schwarz und nichts zu erkennen. Vicky kam der Gedanke, dass der Stick nur ein Scherz sei. Dann setzte leise Klaviermusik ein, deren Melodie Vicky seltsam vertraut vorkam. Dann löste sich auch der schwarze Bildschirm auf und ein dunkler Raum, gefilmt aus der Vogelperspektive, wurde sichtbar. Ein Bett und eine schlafende Person waren zu erkennen. Alles leuchtete seltsam grün. Komisch dachte, Vicky, das ist doch ein Nachtsichtgerät. Sieht aus wie in einem Spionagefilm.

Es dauerte einen Moment, bis es in ihrem Kopf „Klick" machte. Was sie da sah, war ihr eigenes Schlafzimmer. Von oben. Und die schlafende Person im Bett war sie selbst.

Vicky fing an zu schwitzen.

Neben dem Nachtschrank sah sie ihr iPhone liegen, das im Rhythmus der Melodie hell leuchtete. Die eigenartige Klaviermusik kam von ihrem iPhone.

Vicky hielt den Atem an.

Die Person in dem Video, sie selbst, stand plötzlich auf.

Gebannt zoomte sie das Bild auf ihrem Monitor auf maximale Größe.

„Was zum Teufel …?"

Die Vicky im Video bewegte sich zielsicher im Dunkel des Schlafzimmers zur Kommode und öffnete die oberste Schublade, in der sich ihre Unterwäsche befand.

Versteinert saß sie vor dem Monitor. Ihre Arme verkrampften sich. Sie zog eine Zigarette aus der Packung und zerquetschte den Filter zwischen ihren Fingern.

Sie sah, wie ihre Hände tief hinter die Unterwäsche griffen und ein kleines, schwarzes Täschchen hervorzogen. Sekunden später war es geöffnet.

„Mein Gott", flüsterte Vicky.

Sie holte aus dem Täschchen eine Spritze hervor.

„Nein!"

Sie beobachtete, wie die Vicky in dem Video den Deckel der Spritze abnahm, die Versiegelung aufbrach, hinter ihrem linken Ohr mit der einen Hand die Einstichstelle abtastete und die Spritze ansetzte.

„Unglaublich!" Vicky griff sich entsetzt hinter das Ohr und spürte die schmerzende Einstichstelle.

Versteinert schaute sie zu, wie sie sich höchst professionell und mit größter Selbstverständlichkeit eine Injektion mit dem Impfstoff verabreichte.

Vicky schüttelte fassungslos den Kopf.

Wie betäubt schaute sie zu, wie sie das Impfbesteck in aller Seelenruhe wieder zurück in der Schublade verstaute, ins Bett ging und fast augenblicklich einschlief. Anschließend verstummte ihr iPhone, das Video wurde wieder schwarz und endete.

Sie konnte nicht glauben, was sie gerade gesehen hatte. Sie nahm das MacBook und schleuderte es vor Wut auf das Sofa.

Sie begann zu zittern, und Tränen schossen ihr in die Augen.

Sie legte ihr Gesicht in beide Hände und schüttelte den Kopf. Was hatte Cordes gesagt: Sie spritzen ein Mittel, das willenlos macht. Nur, dass nicht sie es spritzen, sondern Vicky selbst. War das Video vielleicht ein Fake? Nein, es musste so passiert sein, dachte sie. Dies würde immerhin erklären, warum niemand nachts in die Wohnung eindringen musste. „Wozu auch, wenn ich mir den Schuss selbst verabreiche", haderte sie. Aufgewühlt fuhr sie sich mit zittrigen Händen durch die Haare.

Und wenn es doch ein Fake war?

Es gab nur eine Möglichkeit, es herauszufinden. Sie sprang auf, rannte ins Schlafzimmer und kam vor der Kommode zum Stehen.

Sie zögerte. „Wenn darin …", sagte sie zu sich selbst, sie wagte nicht, den Satz zu Ende zu sagen. Zu Ende zu denken.

Vicky zögerte.

Angst vor der Wahrheit? Angst vor sich selbst?

Es kostete sie viel Überwindung, die Arme zu heben und ihre Hände an die Griffe der Kommode zu legen. Ihre Arme fühlten sich unendlich schwer an. Sie blickte auf die geschlossene Schublade, als könnte sie damit ungeschehen machen, was sie auf dem Video gesehen hatte.

Nervös biss sie sich auf das Piercing ihrer Unterlippe. Sie stampfte mit den nackten Füßen auf dem Boden auf und schmeckte dann das Blut ihrer Unterlippe.

„Ach, reiß dich zusammen, Vic", presste sie zwischen den Zähnen hervor, riss die Kommode auf.

Das schwarze Lederetui lag ganz oben.

Auch wenn sie es fast erwartet hatte, traf es Vicky wie ein Schock. Im Etui befanden sich, ganz akkurat nebeneinander aufgereiht, mehrere Spritzen, fünf insgesamt. Vier davon waren bereits leer und verbraucht. In der fünften befand sich eine gelblich schimmernde Flüssigkeit.

Die Welt um sie herum begann, sich zu drehen. Vicky schmeckte die salzigen Tränen, die an ihren Wangen herunterliefen und sich in ihren Mundwinkeln sammelten.

Verraten. Von der einzigen Person, auf die sie sich bisher immer verlassen konnte, sich selbst. Sie fing an zu zittern und weinte schließlich hemmungslos.

Minuten später saß sie immer noch vor der Kommode auf dem Boden und starrte auf das Lederetui mit den Spritzen in ihren Händen.

Ihre Tränen waren längst getrocknet. Sie spürte eine dumpfe, schmerzende Leere in sich, die sie noch weniger ertragen konnte als die Hilflosigkeit und das Entsetzen, dass sie seit der Entdeckung in der Kommode empfand.

Sie bemerkte die Gänsehaut auf ihren Oberarmen. Ihre kleinen, blonden Härchen, standen kerzengerade ab. Sie zitterte vor Kälte. Als sie sich umdrehte, um die Decke vom Bett hinter ihr zu sich auf den Boden zu ziehen, fiel ihr Blick an die Decke ihres Schlafzimmers.

Die Kamera. Irgendjemand hatte sie eingebaut und sie gefilmt. Irgendjemand, der sie wahrscheinlich immer noch beobachtete.

Zorn stieg in ihr auf. Zorn, der sich, wie so oft in ihrem Leben, fast sofort in Wut verwandelte.

Sie sprang auf, blickte an die Decke, und versuchte, sich den Winkel der Kamera ins Gedächtnis zu rufen, aus der sie gefilmt wurde.

Der Rauchmelder! Es musste der Rauchmelder sein, den der Vermieter letztes Jahr an der Decke ihres Schlafzimmers hatte anbringen lassen.

Sie zog den Stuhl, der neben der Kommode stand, unter den Rauchmelder, stieg hinauf und öffnete den Verschluss der weißen Buchse.

Da war sie. Die Kamera. Eine kleine Handylinse, die mit einem Funkmodul die aufgenommenen Daten irgendwohin übertrug, wie Vicky vermutete.

Sie überlegte, wann die Kamera eingebaut worden sein könnte. Sie versuchte, sich an das Gesicht des Mannes zu erinnern, der sich im Auftrag des Vermieters vorgestellt hatte und den Rauchmelder mit zwei, drei Handgriffen installiert hatte. Es war aussichtslos. Sie hatte keine Ahnung mehr, wie der Mann ausgesehen hatte. Scheiße, wer merkt sich auch, wie ein Handwerker aussieht?

Außerdem ahnte Vicky natürlich, dass die Kamera später eingebaut worden war. Kein Problem, wenn sie die Wohnung verlassen hatte. Also jederzeit. Große Scheiße! Viel spannender war natürlich die Frage, wer sie überwacht hatte. Vicky brauchte nicht viel Fantasie, um auf die Bruderschaft zu tippen. Sie wurde überwacht, um zu sehen, wie weit ihre Verwandlung schon war. „Na schön", fluchte sie laut vor sich hin, „da ich mir bereits selbst die Injektionen verpasse, bin ich ja schon auf der Zielgeraden." Trotzdem gab es einen Punkt, den sie nicht verstand: Wer hatte ihr den Stick zugespielt? Und vor allem: Warum?

Lauter Fragen, auf die sie keine Antworten hatte.

Sie hielt den Rauchmelder in ihren Händen und starrte bewegungs- und fassungslos in die kleine Linse der Kamera, die sie, verschraubt in dem weißen Gehäuse, immer noch zu beobachten schien. Sie stellte sich vor, wie gerade irgendjemand irgendwo in einem der dunklen Geheimgänge der ECH am Rechner saß und sie durch die Kamera grinsend ansah.

Sie hörte, wie ihre eigenen Zähne im Mund knirschten.

Ohne weiter darüber nachzudenken, ging sie zum Schlafzimmerfenster, öffnete es und hielt den Rauchmelder mit einer Hand raus. Ein Schwall frischer feuchter Morgenluft drang in die Wohnung ein und ließ sie noch mehr frösteln.

Sie blickte noch einmal humorlos in die Kameralinse, sprach einen kurzen sarkastischen Abschiedsgruß und ließ das kleine Plastikteil anschließend fallen.

Die sechs Stockwerke bis auf die Straße würden garantiert dafür sorgen, dass zumindest dieses Problem gleich erledigt sein würde. Sie schloss das Fenster und zog sich an.

Einige Minuten später verließ sie das Studentenwohnheim, bekleidet mit einer engen, grauen Jeans und ihrer schwarzen Lederjacke. Ihren Rucksack mit dem Einbruchswerkzeug trug sie auf den Rücken geschultert und das Butterfly-Messer war tief in ihrem rechten Doc-Martens-Stiefel verstaut.

Sie blieb vor dem Wohnheim kurz stehen, blickte auf die Überreste des Rauchmelders, die in einige Meter neben ihr weit verstreut auf dem Weg lagen und schaute dann in den Himmel hoch. Dicke, dunkle Wolken zogen zügig am Horizont vorbei. Eine frische Herbstbrise wehte durch die Straße.

Sie atmete tief ein und wieder aus, zog die schwarze Kapuze ihres Hoodies über den Kopf weit in das Gesicht hinein, vergrub die Hände in den Jackentaschen und marschierte los.

Durch ihre Kopfhörer peitschte laut „Burn it down" von Linkin Park in ihre Ohren.

Als sie zielstrebig den Weg in Richtung Stadtmitte einschlug, sah sie wieder die Bilder des Videos vor sich, in dem sie sich selbst die Spritze gab. Begleitet von grimmiger Wut, auf alles und jeden. Auf die übergeschnappten ECH-Anhänger, Brorkinder, Barriter, die noch verrückteren, mordenden Lanzenjäger, auf Tom, auf Chan, Asger … auf ihre Mutter … einfach auf alle!

Sie presste die Hände in den Jackentaschen zu Fäusten zusammen.

Immerhin wusste sie jetzt genau, wo sie hinwollte.

Sonntag 10:00 Uhr

Sie bog in die Calwerstraße ein und lief auf das Café Cruz zu. Ihre Wut war inzwischen verflogen und hatte einem Gefühl der Unsicherheit Platz gemacht. In nur wenigen Tagen, es fühlte sich an wie Jahre, war so viel passiert: Sie hatte hier mit Asger bei einem seltsamen Frühstück zusammengesessen und war anschließend mit ihm das erste Mal in die unterirdischen Gänge der ECH-Bruderschaft gestiegen. Erinnerungen an den beißenden Fäkaliengeruch, kombiniert mit Zitronenklosteinen, fluteten bei dem Gedanken an den versteckten Eingang in der Toilette ihr Gedächtnis.

Auf dem Weg durch die Fußgängerzone begann es wieder, stärker zu regnen. Vicky zog die Jacke zu und den Schal fester, um sich vor den kalten Regentropfen zu schützen. Der heftiger werdende Wind trieb ihr die feuchte Kälte ins Gesicht.

Sie war nur noch einige Schritte von ihrem Ziel entfernt, da sah sie schon einen großen Baucontainer und einen weißen Kleintransporter, die vor dem Café abgestellt waren.

Neugierig trat sie näher.

Sie traute ihren Augen nicht. Mit offenem Mund schaute sie durch das Schaufenster auf das, was vor Kurzem noch ein Café gewesen war. Es existierte nicht mehr. Sämtliche Möbel, die große Theke mit der Glasauslage, die Regale hinter der Theke, die Küche, einfach alles, waren komplett herausgerissen und entfernt worden. Durch die offene Tür konnte Vicky beobachten, wie zwei Bauarbeiter sich am Parkettboden zu schaffen machten. Ein breitstämmiger Südländer im Blaumann mit einem dicken Schnauzer im Gesicht schleppte schwitzend einen großen Korb mit Bauschutt aus dem Gebäude.

„Platz da. Ich arbeiten", bellte er Vicky in schlechtem Deutsch und mit türkischem Idiom an. Dabei stieß er sie grob zur Seite.

„Was ist hier los", fragte sie, ohne sich um seine Ruppigkeit zu kümmern.

„Café weg", antwortete der Bauarbeiter und leerte einen Korb mit dem Bauschutt in den Container.

„Das sehe ich. Warum ist es weg?"

„Nichts wissen. Wir Auftrag. Alles reißen raus. In vier Wochen hier Burger King."

Erneut drückte er Vicky unsanft zur Seite und wollte wieder im Innern der Bauruine verschwinden.

„Halt. Was ist mit dem Keller? Was ist mit den Toiletten", fragte Vicky, in der Hoffnung, dass dort noch alles unberührt war.

„Alles raus. Alles in Container, diese da", antwortete der Bauarbeiter und deutete mit dem Zeigefinger seiner behandschuhten Hand auf den Bauschutt-Container.

Vicky verzog das Gesicht.

„Scheiße"!

Der Bauarbeiter zuckte mit den Achseln, drehte sich um und verschwand im Gebäude. Vicky ließ er einfach stehen.

Sie setzte sich gegenüber der Baustelle auf die überdachten Eingangstreppen des Telekom-Shops und überlegte, was sie als Nächstes tun könnte. Ihre Hoffnung, von hier aus irgendwie in die Katakomben zu gelangen, hatte sich buchstäblich in Staub aufgelöst.

Sie blickte vom nassen Boden auf und betrachtete den Kleintransporter, auf dessen Seitentür in großen Buchstaben der Name der Firma angebracht war: „Blaszczyk – Abbruch und Entkernung vom Profi aus Stuttgart."

Eine Gruppe von etwa sieben oder vielleicht acht asiatisch aussehenden Touristen lief an Vicky vorbei, eine Chinesin oder Japanerin mittleren Alters blieb stehen, beäugte sie neugierig und knipste mit ihrem Smartphone rasch ein Foto von ihr.

„Schey, Schey", murmelte sie kichernd und rannte der Touristengruppe hinterher.

Bei dem Anblick der Selfie-Gruppe erinnerte Vicky sich an ihre knappe, aber erfolgreiche Flucht aus dem Asia-Restaurant.

„Mensch, bin ich blöd", sprang Vicky auf.

„Wo es einen Ausgang gibt, gibt es sicherlich auch einen Eingang."

Zwanzig Minuten später stand sie völlig außer Atem vor dem Asia-Restaurant, aus dem sie vor ein paar Tagen bei ihrem zweiten Besuch aus den Katakomben geflohen war.

Besser gesagt, sie stand vor den Resten des Asia-Restaurants.

Das Gebäude, in dem sich das Restaurant befunden hatte, war komplett ausgebrannt. Die Außenfassade schwarz vom Ruß, die Fensterscheiben geborsten, sodass vor dem Gebäude Glasscherben und Reste aus dem Gebäudeinneren lagen.

Die Tür war nicht mehr vorhanden und vor dem Eingang flatterte ein rotweißes Polizeiabsperrband im Wind.

Sie versuchte, durch die offenen Fensteröffnungen im Inneren irgendeinen Anhaltspunkt für die Geheimtüre zu erkennen.

„Wieder nichts. Hier komm ich auch nicht mehr rein", sagte Vicky resigniert.

„Eine Gasexplosion. Sie verwischen ihre Spuren kurz vor dem Höhepunkt", hörte sie plötzlich eine bekannte Stimme hinter sich sagen.

Vicky drehte sich um und stand Hektor Cordes gegenüber.

„Grüß Gott, Frau Schwerdt", begrüßte sie der Kommissar, zog ein letztes Mal an seiner schon bis auf den Filter heruntergerauchten Zigarette, schnippte sie achtlos beiseite und zog mit einem Grinsen aus seiner Hosentasche einige grün verpackte Eukalyptusbonbons hervor.

„Auch eins?", fragte er und hielt ihr dabei die offene Hand mit den Bonbons hin.

In seiner Handfläche lagen Bonbons in grünen Papierchen, Bonbons ohne grüne Papierchen, leere grüne Papierchen, ein Knopf und zwei kleinere Münzen.

Vicky schüttelte den Kopf.

Während er sich ein Bonbon in den Mund schob und den ganzen Rest auf seiner Hand wieder in der Hosentasche parkte, musterte sie Cordes mit einem fragenden Blick. Ein komischer Bulle, dachte sie, taucht immer dann auf, wenn man nicht mit ihm rechnet. Dann fiel ihr Blick auf sein Outfit. Sie hätte schwören können, dass Cordes seit ihrem letzten Zusammentreffen nicht mehr zu Hause gewesen war.

Dieselbe enge, schwarze Jeans, die ausgetretenen Chelsea-Boots, der zu kleine Strickpullover und der dunkelgraue Trenchcoat. Allerdings sah alles noch fleckiger und zerknitterter aus als bei ihrem letzten Gespräch.

Scheint noch kaputter zu sein als ich, dachte sie, verwarf diesen Gedanken dann bei der Erinnerung an das Video aus ihrem Schlafzimmer allerdings wieder.

Plötzlich fuhr ein dunkelblauer BMW, der bis gerade eben einige Meter von ihnen geparkt hatte, mit quietschenden Reifen davon. Der Kommissar blickte dem Auto aufmerksam hinterher und zerbiss dabei das Bonbon in seinem Mund.

„Wir sollten unser so abrupt zu Ende gegangenes Gespräch von gestern fortsetzen. Vorschlag: Wir holen uns was beim Bäcker und frühstücken bei mir im Büro“, schlug Cordes vor.

Vicky überlegte kurz, was sie machen wollte. Sie dachte daran, Chan zu suchen. Vermutlich war er auf dem Dach des Milaneos, bei den anderen Brorkindern.

Aber dazu war auch noch später Zeit, sagte sich Vicky.

Zunächst wollte sie dem LKA-Beamten noch einige Fragen stellen. Ihr war immer noch nicht klar, welche Rolle er in diesem Theaterstück wirklich spielte. Und was er wirklich von ihr wollte.

Ihr knurrender Magen nahm ihr die Entscheidung ab. Es war höchste Zeit zum Frühstücken.

Sonntag, 11:00 Uhr

Sie hatten sich bei einem Bäcker in der Nähe mit frischen Backwaren eingedeckt. Hektor Cordes hatte eingeladen und bezahlt: Brezeln, Franzbrötchen und zwei Café Crema zum Mitnehmen.

Während sie auf die heißen Getränke warteten, hatte er Vicky zugeflüstert, wie grausam der Kaffee im LKA schmecke.

Als Vicky einige Minuten später hinter Hektor Cordes durch die große Glastür das Gebäude der Polizeibehörde betrat, erinnerte sie sich daran, dass sie schon mal hier gewesen war. Irgendeine Vorladung in einem Ermittlungsverfahren, das Drago dann später großzügig für sie erledigt hatte.

Der Kommissar grüßte einige wenige Mitarbeiter, die ihnen im Flur entgegenkamen. Am Sonntag war das Gebäude fast menschenleer. Die übliche Notbesetzung am Wochenende. Sie bogen links ab und kamen an einigen verlassenen Büros vorbei. An einer Tür blieb der Kommissar schließlich stehen, öffnete sie mit dem Ellenbogen und bat Vicky mit einer improvisierten Geste herein.

Vicky trat neugierig ein. Als Erstes fiel ihr der intensive Geruch von Eukalyptus auf, der so typisch für Cordes war. Die Fenster waren mit zugezogenen Lamellen abgedunkelt, sodass nur sehr wenig Licht in den Raum fiel. Hektor Cordes ging an ihr vorbei zum Fenster, stellte die Lamellen waagerecht, ohne den Sichtschutz hochzuziehen und drehte sich zu Vicky: „Setzen Sie sich bitte."

Das, was Cordes sein Büro nannte, entsprach ziemlich genau dem Chaos, das auch in seinem Auto herrschte.

Es sah nämlich aus, als ob zuvor ein Hurrikan hindurchgefegt war.

Der große Schreibtisch in der Mitte und die beiden Sideboards an der Wand waren fast nur zu erahnen. Zu viele Kartons, Aktenordner, Papiere, Zettel und andere Gegenstände lagen über die Möbel hinweg verstreut. Selbst an den Wänden setzte sich das Durcheinander fort, überall waren scheinbar wahllos und ohne erkennbares System mehrere Lagen von Fotos, Zeitungsartikeln, Schriftstücke oder kleine Zettel an die Tapete gepinnt.

Hektor Cordes suchte auf seinem Schreibtisch vergeblich einen freien Platz, um die Frühstückstüte und seinen Kaffeebecher abzustellen. Schließlich fand er eine Stelle auf einem der unzähligen Schriftstücke, die in mehreren Schichten den Tisch zudeckten.

Anschließend verließ er das Büro mit einem kurzen Lächeln: „Ich bin gleich wieder da."

Vicky schaute sich nach einer Sitzgelegenheit um. Auf dem Stuhl hinter dem Schreibtisch waren einige Kartons übereinandergestapelt. Vor dem Tisch stand ein Bürostuhl für Besucher, der allerdings komplett zugemüllt war.

„Was für ein Durcheinander", seufzte sie und versuchte, ihren heißen Kaffeebecher auf dem Tisch abzustellen. Sie fand tatsächlich noch einen freien Platz auf einer rosafarbenen Frisbeescheibe, die in eine durchsichtige Folie verpackt war. Auf der Folie ein Aufkleber mit einer Aufschrift:

„Beweissicherungsnummer: BeSi-2805/15b"

Vicky schüttelte den Kopf, während sie den Gästestuhl freiräumte. Sie selbst war zwar sehr unordentlich und chaotisch, aber dieser Polizist setzte dem Ganzen die Krone auf. Einfach unglaublich.

Sie ließ sich auf den Stuhl sinken und griff nach ihrem Kaffee. Als sie genüsslich einen ersten Schluck probierte, bemerkte sie auf dem Sideboard eine völlig vertrocknete Büropflanze. Die braunen Blätter hingen leblos über den weißen Rand des Blumentopfes. Kleine Mücken schwirrten um die tote Pflanze wie Aasgeier um einen verwesenden Kadaver.

Neben dem Pflanzentopf stand in Großbuchstaben auf einem Aktenkarton geschrieben: „Fallakte Prot.Heil.Att.1A – ECH – Lanzen der Centurioni."

Vicky verschluckte sich fast an ihrem Café Crema. Sie wollte gerade aufstehen und sich den Karton näher ansehen, da hörte sie, wie die Tür hinter ihr wieder aufging. Hektor Cordes betrat das Zimmer, lächelte sie an und kämpfte sich durch das Chaos des Büros bis zu seinem Arbeitsplatz. Er schob die Unterlagen, die auf seinem Stuhl lagen, achtlos auf einen anderen Stapel auf dem Boden und setzte sich.

„So, Entschuldigung, ich musste noch kurz was erledigen."

Er öffnete die Frühstückstüte, nahm sich ein Franzbrötchen und biss herzhaft hinein. Vicky tat es ihm gleich. Während sie schweigend kauten, bemühte sich Vicky, nicht krampfhaft den Karton auf dem Sideboard anzustarren.

„Ich heiße übrigens Hektor", nahm er das Gespräch wieder auf und hielt Vicky den Kaffeebecher hin, um mit ihr anzustoßen. Dabei lächelte er sie, für Vickys Empfinden, auf eine Art an, die mit schmierig noch untertrieben beschrieben war.

Sie prostete ihm trotzdem mit dem Kaffeebecher zu, hielt sich allerdings sonst zurück. Sie fühlte sich zwar nicht unwohl in Anwesenheit des Kommissars, ihr Vertrauen müsste er sich allerdings erst verdienen.

Ihre Gedanken kreisten wieder um den Aktenkarton.

„Bloß nicht hinschauen. Nicht, dass er noch meinen Blick bemerkt", ging es ihr durch den Kopf.

Sie beschloss, sich abzulenken und dem Kommissar stattdessen lieber einige Fragen zu stellen.

„Warum waren Sie im Stützpunkt der Brorkinder?"

Mit vollem Mund antwortete er: „Es gab Anzeichen, dass die Aktivitäten der Bruderschaft in eine heiße Phase treten würden. Also habe ich nach Hinweisen gesucht, wollte mir selbst ein Bild machen. Der Sprengstoff, der dort gelagert wird, wäre so ein Beweis."

„Die Kiste, die von To … den Mitarbeitern von meiner Mutter transportiert wurden?"

„Ja, vermutlich. Das BBK sitzt unserer Soko im Nacken."

„BBK?"

„Das Bundesamt für Bevölkerungsschutz und Katastrophenhilfe. Das Amt ist zuständig für die Notfallvorsorge und richtiges Handeln in Notsituationen der Bevölkerung. Wir haben inzwischen auch den anderen Wirkstoff der Spritze geknackt, und es sieht tatsächlich so aus, als sei er Teil einer umfassenden Immunisierung. Wir vermuten, dass die Bruderschaft einen Anschlag plant. Möglicherweise ein Virus, den sie freisetzen wollen. Wir müssen also auf alles vorbereitet sein, wenn wir den Anschlag nicht verhindern können."

Cordes schob sich das letzte Stück des Franzbrötchens in den Mund. Kauend fuhr er fort: "Eigentlich haben wir bisher nur vage Anhaltspunkte. Die Bruderschaft agiert unter unserem Radar, sprich es gibt einen engeren Kreis, der entscheidet, aber niemand bekommt es mit. Wir haben Telefone abgehört, Barriter beschattet und das übliche Besteck eingesetzt, aber bisher vergebens. Es kann aber kein Zufall sein, dass die Bruderschaft gerade jetzt zusammenkommt. Dein Hinweis auf den Sprengstoff und die seltsame Apparatur ist der erste richtig konkrete Anhaltspunkt. Allerdings lässt die geringe Menge Sprengstoff, die du beschrieben hast, darauf schließen, dass es nicht um ein großes Gebäude oder eine Brücke geht."

„Sondern?"

„Das, was du da gesehen hast, sieht mehr nach einem Zylinder aus, der mit einer Chemikalie gefüllt werden kann. Wir vermuten also, dass der Anschlag in einem Gebäude stattfinden soll."

Plötzlich begann er zu husten. Einige zerkaute Reste des Franzbrötchens flogen über den vollgestopften Tisch und verteilten sich auf den Unterlagen. Hastig trank Cordes einige große Schlucke Kaffee und nahm sich dann die letzte Brezel aus der Bäckertüte.

„Du weißt nicht zufällig, wann die Transformation stattfinden soll und vor allem wo?"

Vicky schüttelte gedankenverloren den Kopf, blickte ins Leere und kaute auf dem letzten Bissen ihres Brötchens herum. Und dachte darüber nach, warum Cordes inzwischen beim „du" angekommen war. Umsonst ist nur der Tod …

„Viktoria, hör mir jetzt mal genau zu…", begann er, wurde allerdings durch ein Klingeln unterbrochen.

Von irgendwoher auf dem Tisch war aus dem Schlachtfeld der Unterlagen und Zettel eine Vicky bekannte Melodie zu hören. „I shot the sheriff, but I did not shoot the deputy …" Hektor blickte überrascht auf den Müllberg vor sich und fing an, mit beiden Händen die Unterlagen, Zettel und Papiere beiseite zu schieben. Eric Clapton wurde lauter. Vicky konnte gerade noch ihren Kaffee retten. An den Seiten des Tisches fielen vereinzelt Dinge zu Boden, ein Ordner kippte um und traf einen Stapel Akten, der dominoartig Seite für Seite vom Tisch rutschte.

Fluchend fand Hektor das klingelnde Mobiltelefon. "I shot the sheriff …"

„LKA Stuttgart – Sie sprechen mit Hektor Cordes, Guten Tag. Ach, hallo Jürgen, du bist es … Ja, sehr gut. Ich komme gleich runter." Hektor beendete das Gespräch.

„Es gibt Neuigkeiten zur Leiche deines Barriters am Feuersee. Ich muss kurz ins Labor und bin in zehn Minuten wieder da. Ist es o. k. für dich, hier so lange zu warten?"

Bei dem Gedanken daran, für eine kurze Zeit allein in dem Büro zu sein, konnte sie sich einen verstohlenen Blick auf den Aktenkarton an der Wand nicht verkneifen.

Sie versuchte, so lässig wie möglich zu klingen: „O. k., aber nicht länger, hab ja nicht den ganzen Tag Zeit."

Hektor Cordes schien mit der Antwort zufrieden und verließ das Büro.

Vickys Herz klopfte laut. Sie stand auf, schlich zur Tür, vergewisserte sich, dass sie geschlossen war, lauschte und wartete noch einen Augenblick.

Dann war sie mit schnellen Schritten bei dem Aktenkarton, auf den sie es schon die ganze Zeit abgesehen hatte. Ihre Finger zitterten vor Anspannung, als sie den Deckel abnahm und den Inhalt betrachtete.

Die Unterlagen waren hochkant in dem Karton verstaut und in zwei Register unterteilt:

- Ermittlungen ECH
- Ermittlungen Lanzen der Centurioni

Hastig begann sie, die ersten Papiere durchzuschauen.

Es handelte sich im Wesentlichen um Verhörprotokolle und Ermittlungsakten bezüglich der ECH-Bruderschaft. Die Schriftstücke waren nach Straftatbeständen sortiert: *Erpresserische Entführung, gefährliche Drohung, schwere Körperverletzung, Totschlag, Mord, Aufforderung zu terroristischen Straftaten und Unterstützung terroristischer Straftaten, die Vorbereitungen einer schweren staatsgefährdenden Gewalttat.* Vicky blätterte einige weitere Seiten durch, ohne etwas Interessantes zu entdecken.

Im zweiten Register, den Straftatbeständen der Lanzenjäger, sah es nicht anders aus. An vielen Schriftstücken waren Fotos von Tatorten, Leichen, Beweisstücken und anderen Dingen zusammengetackert.

Ein Sammelsurium des Schreckens, allerdings eines, das ihr nicht weiterhalf. Nichts, auf dem der Name ihrer Mutter stand.

Mist, dachte sie, während sie die Unterlagen wieder im Karton verstaute. Dabei fiel ihr Blick auf die Schubladen des Rollis, der unter dem Tisch stand.

Verschlossen.

Sofort war ihr Interesse geweckt.

Mit dem Werkzeug aus ihrem Rucksack war das Schloss in wenigen Sekunden geknackt.

Mit einem zufriedenen Lächeln zog sie die erste Schublade auf. Ein Stapel Papier, und obenauf ein Dokument, das sie sofort neugierig machte.

Sie hielt eine ausgedruckte E-Mail in den Händen, die von einem Hauptkommissar Tziolis aus Ulm an Hektor Cordes geschrieben wurde. Es ging um MKULTRA. Sie faltete das Papier und steckte es in ihren Rucksack.

Sie blickte auf die Uhr auf ihrem iPhone: 11:50 Uhr. Waren zehn Minuten schon um? Wann genau hatte Hektor Cordes den Raum verlassen?

Mit einem Ruck zog sie die zweite Schublade auf.

Ihr kamen Unmengen von Bonbonpapierchen entgegen, die fast die gesamte Schublade füllten. Der Eukalyptus-Geruch war unglaublich penetrant.

Sie wollte die Schublade schon wieder schließen, da entdeckte Vicky etwas Glitzerndes, Metallenes unter dem Papierhaufen. Sie fegte die Bonbonpapierchen beiseite und ein kleiner, silberner USB-Stick kam zum Vorschein.

Ein USB-Stick in Schlüsselform.

Der gleiche Stick wie der, den sie unter ihrer Tür gefunden hatte.

Vicky überlegte kurz, was der Fund bedeuten könnte, dann schüttelte sie den Kopf. Später!

Sie verstaute den USB-Stick in ihrem Rucksack und tastete sich, nur um sicherzugehen, noch durch die mit Bonbonpapierchen gefüllte Schublade. Außer einem Löffel und einigen kleinen Steinen, die wie sehr alte vertrocknete Kirschkerne aussahen, fand sie jedoch nichts.

„Aller guten Dinge sind drei", murmelte sie halblaut vor sich hin und riss die letzte Schublade auf. Es kam zwei dicke Ordner zum Vorschein:

„Historisches Hintergrundwissen ECH" und

„Historisches Hintergrundwissen Lanzen der Centurioni."

Die Ordner waren zu groß. Die würde sie hier niemals rauskriegen, sie passten auf keinen Fall in den Rucksack. Außerdem musste Cordes jeden Moment wieder zurück sein.

Sie schloss die Schublade wieder und setzte sich auf den Gästestuhl. Ihren Rucksack mit den erbeuteten Informationen legte sie zwischen ihre Beine auf den Boden. Als sie den Kaffeebecher von der Frisbee-Scheibe nahm und einen letzten Schluck ihres mittlerweile lauwarmen Kaffees trank, ging hinter ihr die Tür auf.

Hektor Cordes betrat mit hochrotem Kopf und zornigem Gesichtsausdruck den Raum. Er nahm keine Notiz von Vicky, sondern ließ sich scheinbar kochend vor Wut auf seinem Bürostuhl nieder: „Diese Laborratten! Für jede wichtige Untersuchung brauchen die extralang. Wir haben aber nicht bis in alle Ewigkeit Zeit!"

Vicky verstand nicht, von was Cordes redete.

Er kramte umständlich eine zerdrückte Zigarettenschachtel aus seiner Hosentasche hervor, zog eine Kippe heraus und fing an, nach seinem Feuerzeug zu suchen.

Nachdem er vergeblich seine Hosentaschen und seinen Trenchcoat abgetastet hatte, hielt ihm Vicky ihr billiges BIC hin.

Erst jetzt trafen sich ihre Blicke. Er nahm das Feuerzeug dankbar entgegen und schenkte Vicky ein weiteres schmieriges Lächeln, als er erleichtert an dem Glimmstängel zog und lehnte sich in seinem Schreibtischstuhl zurück.

„Vicky, ich möchte, dass du etwas für mich tust."

„Und um was geht es?", fragte sie unschuldig.

„Wir müssen wissen, was die Bruderschaft genau plant. Datum, Ort, Uhrzeit."

„Aha."

Sie blickten sich einen Moment wortlos an.

„Du könntest zur ECH zurückgehen und so tun, als ob du ihren Plan folgen würdest. Herausfinden, was sie im Detail vorhaben, damit wir das Attentat verhindern können", platzte Cordes heraus und drückte dabei die Zigarette in einem kleinen Teller mit Essenresten aus.

„Ich soll also mein Leben riskieren, indem ich meine Mutter verrate und für Sie und ihren Verein spioniere, obwohl ich diejenige bin, die von der Bruderschaft am intensivsten beobachtet wird", stellte Vicky fest.

„Ja, das sollst du", antwortete er lächelnd und hielt ihr freudestrahlend eines seiner Eukalyptusbonbons hin.

5

Sonntag, 13:30 Uhr

Als sie vor etwa einer Stunde das Polizeigebäude verlassen hatte, war sie ohne Umweg mit der Bahn zu ihrer Wohnung gefahren. Sie wollte dort den Inhalt des geklauten Sticks durchforsten und endlich Licht ins Dunkel bringen.

Wer weiß, vielleicht waren genau die Informationen auf dem Stick, die sie suchte. Die Herkunft ihrer Mutter, die Identität ihres Vaters, Informationen über sich selbst oder über die ECH-Bruderschaft.

Sie bog gerade um die Ecke und lief auf das Studentenwohnheim zu, als sie Tom vor dem Gebäude stehen sah. Er lehnte mit dem Rücken an der Hauswand, hatte das Handy am Ohr und schien mit irgendjemand zu reden. Vicky blieb abrupt stehen. In ihrem Kopf arbeitete es. Noch hatte er sie nicht gesehen.

Die Angst, mit Tom nun reden zu müssen war größer als die Neugier, den Inhalt auf dem Stick zu erkunden.

Was tun?

Vicky entschied sich zum Rückzug.

Sie drehte um und verschwand wieder um die Ecke.

Puh. Wohin jetzt? Zu Luke und Nesra konnte sie nicht, wer weiß, ob die überhaupt schon da waren, und wenn ja, dann, dann waren sie um diese Zeit garantiert noch nicht allein. Kein Ort, um in Ruhe den Stick zu durchsuchen. Von den Fragen, die sie dann beantworten musste, ganz zu schweigen.

Also blieb nur noch Chan übrig.

Und sie wollte es sich zwar nicht eingestehen, aber aus irgendeinem Grund wollte sie ihn auch wiedersehen, wollte wissen, wie es ihm ging und ob er Ärger bekommen hatte, weil er sie aus den Augen verloren hatte. Vielleicht war er sogar bestraft worden?

Mit Grauen dachte sie an ihre Mutter und die Szene mit dem abgeschnittenen Ohr zurück.

Da sie von Chan keine Handynummer hatte, fällte sie die Entscheidung, den Stützpunkt der Brorkinder direkt aufzusuchen. Wer weiß, vielleicht könnte sie dort etwas mehr über den Erreger für Cordes herausfinden. Und vielleicht auch etwas über sich selbst.

Eine halbe Stunde später stand Vicky im Aufzug des Milaneo-Gebäudes und drückte den Knopf zum obersten Stockwerk. Während der Fahrt hinauf betrachtete sie sich im Spiegel, der neben den Aufzugsknöpfen angebracht war.

Sie hatte erwartet, dass man ihr den Stress der letzten Tage ansehen würde, aber das Gegenteil war der Fall. Ihr Gesicht hatte eine hellrosa Farbe und ihr Teint war so makellos wie noch nie. Normalerweise litt sie unter ihrer schlechten Haut, tröstete sich damit, dass die Drogen und ihr Lebensstil daran schuld waren. Jetzt allerdings war kein einziger Pickel oder irgendeine andere Unreinheit zu sehen.

Wahnsinn! Hatten ihre Augen immer schon so geleuchtet?

Vielleicht lag es an dem Aufzugslicht.

Sie blickte nach oben und entdeckte in der Mitte der Aufzugsdecke ein dunkles, halbrundes Glas, durch das ein rotes Licht und eine auf sie gerichtete Kameralinse zu sehen war.

„Bing." Der Aufzug hielt auf dem Stockwerk des ECH-Stützpunktes und öffnete seine Türen.

Vor ihr lag der Flur, durch den sie gestern Mittag mit Chan gegangen war.

Vicky atmete tief durch, trat hinaus und hastete kopfnickend an den zwei Barritern vorbei, die sie allerdings nicht weiter beachteten.

Sie blieb vor der geschlossenen Tür stehen und klopfte.

Erst als sich die Tür lautlos öffnete und das haarlose Gesicht eines weiteren Barriters erschien, fiel ihr auf, dass sie das gleiche Klopfsignal wie damals Chanyeol benutzt hatte.

Der Barriter blickte sie zuerst einen Augenblick fragend an, dann hellte sich seine Miene auf und er grüßte sie:

„Willkommen zu Hause, ehrenwerte *velatos gladii.*"
Er zog die Tür auf und machte eine einladende Geste.
Vicky zögerte. Sie hatte keine Ahnung, was er gerade zu ihr gesagt hatte und war völlig ahnungslos, was sie nun erwarten würde. Sie nahm all ihren Mut zusammen und trat durch die Tür hinaus auf das weitläufige Dachgeschoss.
Der Kiesboden unter ihren Schuhen knirschte laut, während sie durch den künstlichen Park schritt. Der kalte Wind war hier oben deutlich stärker zu spüren als die vielen Stockwerke unter ihr.
Von den Straßen drang leiser Verkehrslärm nach oben. Ansonsten war es fast gespenstisch still.
Auf dem Weg zum Haupthaus des ECH-Stützpunktes schlängelte sie sich wieder an den Barritern vorbei, die auf dem gesamten Dach verteilt vor den Bungalows standen, die Arme hinter dem Rücken verschränkt und wachsam die Umgebung beobachtend.
Ab und zu nickte ihr einer der Glatzköpfe zu.
Als sie den Vorgarten des Bungalows betrat, öffnete sich die Eingangstür. Chanyeol kam heraus und lief ihr eilig entgegen.

„Wo warst du?", fragte er aufgeregt, als er vor ihr zum Stehen kam.
Vicky zuckte mit den Schultern:
„Ich musste weg. Hatte was zu erledigen." Hektor Cordes erwähnte sie natürlich mit keinem Wort. Ob Chan wusste, dass sie sich mit ihm abgesetzt hatte? Immerhin hatte der Bulle zwei Barriter ausgeschaltet.
„Dein Verschwinden hat hier mächtig für Aufregung gesorgt. Die Oberdirektorin … sie ist ganz schön ausgeflippt!"
„Hat sie dir was getan?", fragte Vicky besorgt.
Chan schüttelte den Kopf: „Nein … mir nicht."
Dabei schaute er traurig auf seine Schuhspitzen.
„Was ist?"
Chan tat sich sichtlich schwer mit einer Antwort.
Sie bemerkte die Schatten hinter den Vorhängen der Fenster im Haupthaus und stellte sich vor, wie die restlichen Brorkinder sie

beobachteten. Auch in den kleineren Bungalows daneben konnte sie Bewegung an den Fenstern erkennen.

„Lass uns reingehen“, schlug Chan vor, ohne auf ihre Frage zu antworten, drehte sich um und betrat das Haupthaus. Vicky nahm sich vor, ihn nachher, wenn sie ungestört wären, ordentlich in die Mangel zu nehmen. Einmal mehr hatte sie das Gefühl, dass er ihr viel zu viel verheimlichte. Sie sah allerdings ein, dass es vielleicht besser war, nicht noch mehr Aufsehen zu erregen.

Als sie hinter Chanyeol die Türschwelle des Haupthauses überschritt, standen bestimmt zwanzig Personen im Halbkreis in der Diele und empfingen sie wortlos.

Eine seltsame Stille hatte sich über die Gruppe gelegt und Vicky konnte die Spannung, die in der Luft lag, körperlich spüren. Chanyeol wurde von Sekunde zu Sekunde unruhiger und fing an zu schwitzen.

Alle Brorkinder waren im ähnlichen Alter. Die meisten kannte sie vom gestrigen Tag, als sie zum ersten Mal den Stützpunkt betreten hatte.

Der lockige Junge mit der Hornbrille war ebenso anwesend wie der aufgeschwemmte, muskelbepackte Angeber, der auch heute einen viel zu engen Pulli trug. Ihr Blick schweifte im Halbkreis umher, da erkannte sie in zweiter Reihe stehend, Eva, die ein weißes Pflaster auf ihrem dick geschwollenen Nasenrücken trug. Vicky bekam ein schlechtes Gewissen und suchte ihren Blick. Eva schaute in eine andere Ecke des Raumes.

Chanyeol versuchte, an den Brorkindern vorbei in den Aufenthaltsraum zu gelangen. Die Gruppe ließ ihn jedoch nicht passieren. Wortlos und grimmig standen sie um Vicky und Chan herum und rührten sich nicht. Vicky zog Chan hinter ihren Rücken, strich entschlossen die blonden Strähnen hinter die Ohren und ging mit einem immer stärker werdenden Trotzgefühl auf das größte der Brorkinder zu, den massigen Angeber, den sie schon gestern kennengelernt hatte. Sie blieb dicht vor ihm stehen. Auch wenn er mindestens einen Kopf größer als sie war, baute sie sich selbstbewusst vor ihm auf und blickte ihm direkt in die Augen. Eine Ladung schweres Parfum kam ihr entgegen, anscheinend von seinem Pullover. Was für ein Affe, dachte sie kurz, dann musterte sie ihn eindringlich. Sekundenlang belauerten sie sich beide wie Boxer im Ring, dann war der Kampf entschieden.

Schließlich trat er mit einem gequälten Grinsen zur Seite.

Vicky lächelte ihn vielsagend an, würdigte ihn dann keines Blickes mehr und ließ ihn, Chanyeol hinter sich herziehend, einfach stehen und betrat das weitläufige Wohnzimmer. Die Gruppe der Brorkinder folgte den beiden mit etwas Abstand. Niemand sprach ein Wort.

Inzwischen hatte Chan wieder die Initiative ergriffen. Er ging voraus, die geschwungene Treppe hinauf in das Obergeschoss, durch den Flur hindurch in ein kleines Büro. Als er die Tür hinter sich schloss und sich mit dem Rücken dagegen lehnte, atmete er laut hörbar aus.

Dabei fuhr er sich mit beiden Händen zitternd durch die verschwitzten Haare:

„Das war knapp. Du bist echt so krass! Weißt du, was Rowin für ein Tier ist? Der zerreißt uns beide in Stücke. Noch vor dem Frühstück."

„Ich habe schon Schlimmeres erlebt", sagte Vicky gereizt. Ihr Körper schüttete noch immer Adrenalin aus und ließ sie nicht zur Ruhe kommen. Unruhig tigerte sie durch den Raum.

Um sich zu beruhigen, versuchte sie, sich auf das zu konzentrieren, warum sie eigentlich hier war. Das Video. Der Erreger. Ihre Mutter.

Sie ließ den Rucksack auf den Boden gleiten, während sie sich an der Wand gegenüber von Chan anlehnte und dabei langsam auf den Boden herunterrutschte. Sie zog die Beine an und blickte einen Moment auf ihre schwarzen Doc-Martens-Stiefel. Der Griff des silbernen Butterflys, das im rechten Stiefel steckte, war kaum zu sehen.

„Chan, ich muss mit dir reden", sagte sie nach einer Weile.

Plötzlich klopfte es an der Tür.

„Bangpae", war von draußen eine Stimme zu hören.

Chan zuckte zusammen und sagte achselzuckend:

„Ich muss kurz runter und Meldung machen. Bescheid geben, dass du da bist. Ich komme gleich wieder."

Ohne auf eine Antwort abzuwarten, öffnete er die Tür und verschwand aus dem Zimmer.

Vicky war irritiert. Und genervt. Genervt von den ständigen Unterbrechungen.

Ihr Blick fiel auf ihren Rucksack.

Die Unterlagen und der Stick.

Sie zog den Rucksack zu sich, öffnete ihn und zog das Dossier über MKULTRA heraus. Es war an Hektor Cordes gerichtet:

Sehr geehrter Herr Kollege Cordes …

Sie überflog die Anredefloskeln und sprang über die Zeilen des Schreibens, bis es um MKULTRA ging:

… wurde in den 70er Jahren im Zuge eines geheimen US-Forschungsprogramms entwickelt. Ziel des Programms war es, das menschliche Verhalten zu steuern und zu kontrollieren. Anfangs wurde MKULTRA noch an Ratten getestet, erzielte dabei aber so gute Ergebnisse, dass man relativ zügig mit Versuchsreihen an Menschen, vornehmlich Soldaten, begann. Auch nach körperlich äußerst anstrengenden Übungseinheiten fühlten sich die Testpersonen nicht müde oder erschöpft, sondern blieben konzentriert und leistungsfähig. Des Weiteren verspürten sie von sich aus weder Hunger noch Durst. Viel interessanter waren allerdings noch die dokumentierten Auswirkungen über massive Persönlichkeitsveränderungen: Die überwiegende Anzahl der Probanden zeigte in Situationen extremer Gefahr weder Angst- noch Stresssymptome, sondern folgte mit großer Präzision den Einsatzbefehlen. Außerdem hat die Auswertung der Messprotokolle gezeigt, dass das natürliche

Schmerzempfinden, wenn nicht ganz ausgeschaltet, so doch stark vermindert war.
Bei den meisten Probanden zeigten sich allerdings innerhalb weniger Wochen nach Absetzung von MKULTRA heftige Nebenwirkungen. Die Symptome reichten von starken Albträumen, Wahnvorstellungen und Realitätsverlusten hin zu Bewusstseinsstörungen, kindlichen Paradiesvisionen und Endzeitneurosen.
Außerdem war eine erhöhte Anzahl von Suiziden zu beobachten, was dazu führte, dass das Forschungsprogramm offiziell beendet wurde.

Vicky dachte nach. Über die Impfung. Und über die Nebenwirkungen.

Heute Nacht hatte sie versucht, die Injektion zu verhindern, vielleicht sollte sie sich besser fragen, was mit ihr passieren würde, wenn sie *kein* MKULTRA mehr nehmen würde.

Plötzlich wurde die Tür aufgerissen. Der muskelbepackte Angeber, Rowin, betrat das Zimmer.

Langsam schloss er die Tür hinter sich.

„So, jetzt gibt‘s Mische“, presste er zwischen den Zähnen hervor. Dann schmiss er sich mit einem breiten, diabolischen Grinsen und seinem ganzen Körpergewicht auf die völlig überraschte Vicky.

Sonntag, 16:00 Uhr

Vicky hatte kein Gefühl dafür, wie viel Zeit vergangen war.

Sie saß reglos da und beobachtete die dicke, dunkelrote Flüssigkeit, die sich Zentimeter für Zentimeter den Teppich entlang arbeitete und ihr immer näherkam. Sie blickte an sich herunter und betrachtete das blutbeschmierte Butterfly-Messer, das sie noch immer mit aller Kraft umschlossen hielt. Erst als sie mit der rechten

Hand die Klinge sacht berührte, öffnete sich langsam die Faust und die Anspannung ließ allmählich nach.

Als sie endlich das Messer freigab, fiel es vor ihr in die Blutlache. Sie beobachtete regungslos, wie das Blut das Messer fast komplett verschwinden ließ.

Irgendwann öffnete sich die Tür.

Chan stand regungslos im Türrahmen und blickte mit geöffnetem Mund auf den leblosen, muskelbepackten Körper, aus dessen Halsschlagader noch immer das Blut in den Teppich sickerte.

„Es ging alles so schnell, frag mich jetzt nicht, wie das passieren konnte. ICH HABE, VERFICKT NOCH MAL, KEINE AHNUNG." Obwohl sie jedes einzelne Wort aufreizend langsam betonte, blieb ihre Stimme merkwürdig ruhig. Chanyeol sah sie entsetzt an, dann blickte er wieder zu Rowin.

Sein Gesicht nahm die Farbe der grünen Tapete neben ihm an. Abrupt drehte er sich von ihr weg, hielt sich mit einer Hand am Türrahmen fest und übergab sich neben den Leichnam.

Während Chanyeol seine letzte Mahlzeit auf dem Teppich verteilte, betrachtete Vicky ihre blutverschmierten Hände. Dann blickte sie auf das Messer, das vor ihr lag und anschließend zu Rowin. Dem toten Rowin, der vor einigen Augenblicken noch mit seinem schweren Körpergewicht auf ihr gelegen, sie geschlagen und gewürgt hatte. Sie hatte sich mit all ihrer Kraft gewehrt, geschrien, gekratzt, gekämpft und um sich getreten, aber er war einfach zu stark gewesen und wusste genau, wie er seine Kraft und sein Körpergewicht einzusetzen hatte. Als er anfing, ihr grob und schmerzhaft zwischen die Beine zu fassen, schaltete Vickys Unterbewusstsein auf Autopilot.

Rowins letzte Worte in seinem Leben hatten sich in ihr Gedächtnis eingebrannt: „Jetzt wollen wir doch mal sehen, wie gut sich unsere Prinzessin, die Erlöserin der Menschheit, vögeln lässt!"

Als sie das Butterfly-Messer aus dem Stiefel gezogen und ihm damit den Hals aufgeschnitten hatte, war nur ein schreckliches Gurgeln zu hören. Die scharfe Klinge war wie durch Butter durch seine Haut und sein Fleisch geglitten, hatte Adern und Muskeln mühelos zertrennt.

Sie wunderte sich für den seltsamen Bruchteil einer Sekunde, wie scharf das Messer war.

Die Blutfontäne aus seinem Hals begleitete im gleichmäßigen Rhythmus die schwächer werdenden Atemversuche. Mit weit geöffneten, rot anlaufenden Augen hatte Rowin von ihr abgelassen, war nach hinten auf den Rücken gekippt und nach einem für Vicky unendlich langen Todeskampf erstickt.

Vicky fühlte sich seltsam taub. Sie hatte gerade einen Menschen umgebracht. Und sie erinnerte sich an nichts.

Durch Stimmengewirr wurde Vicky von ihren seltsamen Gedankengängen wieder in das Hier und Jetzt gebracht.

An der Türschwelle standen nun auch andere Brorkinder, die aufgeregt nach Hilfe schrien, weinten oder sich entsetzt abwandten. Chan stand wie ein Häufchen Elend im Zimmer und starrte regungslos auf den Leichnam.

Auf einmal wurde es still. Das Geschrei der Brorkinder verstummte. Vicky, die noch immer auf dem Boden saß, sah durch den Türrahmen hindurch eine Person die Treppe hochkommen, vor der alle anderen zurückwichen.

Die Person murmelte einige Worte, die Vicky nicht verstand. Die Brorkinder, auch Chan, verließen einer nach dem anderen das Zimmer.

Eine Frau betrat den Raum, der sofort von einer besonderen Energie erfüllt war.

Die Oberdirektorin.

Ihre Mutter.

Sie lächelte.

Sie trug einen weißen Hosenanzug mit dunklen Nadelstreifen. Schwarze, spitze Stiefel schauten aus den weiten Hosenbeinen hervor. Ihr blondes, lockiges Haar, das sie lang und offen trug, bildete einen starken Kontrast zu der braunen Haut, die fast unwirklich aussah. Ihre weißen Zähne blitzten auf, als sie den Mund leicht öffnete und ihre großen, stahlblauen Augen fixierten den Leichnam wie Suchscheinwerfer in einer nebligen, dunklen Nacht. Sie schien nicht entsetzt, sondern wirkte zufrieden. Fast stolz.

Für einen winzigen Moment hatte Vicky Angst, ihrer Mutter in die Augen zu blicken, doch diese kam ihr zuvor: Ihr Blick wanderte von dem Leichnam zu Vicky, die noch immer auf dem Boden kauerte.

Sie schauten sich an.

Zum ersten Mal, seit Vicky denken konnte.

Ihre Mutter lächelte, ihr Blick wurde wehmütig und ihre Augen verloren für einen Moment Härte und Erbarmungslosigkeit.

Vicky hatte das Gefühl, dass dieser Blick, dieses Lächeln nur für sie bestimmt waren.

„Viktoria, mein Kind", hörte sie die Stimme der Oberdirektorin sanft und mit voller Bestimmtheit sagen. Da brachen in Vicky alle Dämme. Sie schluchzte hemmungslos. Tränen kitzelten ihre Wangen, verstopften ihre Nase.

Die Oberdirektorin setzte sich neben sie auf den Boden, nahm sie in den Arm und drückte sie ganz fest an sich: „Mein Kind, meine Prinzessin! Was hat er dir angetan?"

Vicky zitterte, sie konnte keinen klaren Gedanken mehr fassen und umarmte ihre Mutter, drückte sie ganz fest an sich. Sog den angenehmen Duft ein, der von ihr ausging.

Sie spürte die starken Arme der Frau, die den Druck, der von Vicky ausging, sanft erwiderte. Ihre Hände streichelten Vickys Kopf und sie hörte die beruhigenden Worte ihrer besänftigenden Stimme. Liebevoll und gütig.

Last und Schuld, die wie ein nasses, schwarzes Handtuch auf ihrer Seele gelegen hatten, wurde immer kleiner und Vicky verspürte Erleichterung. Grenzenlose Erleichterung. Und ein Gefühl, für das sie keinen Namen hatte. Glück?

Wenn sie gekonnt hätte, hätte sie in diesem Moment die Uhr angehalten.

Sonntag, 19:00 Uhr

Nachdem ihre Mutter sie einige Zeit im Arm gehalten hatte, waren sie gemeinsam aufgestanden und in einen der anderen Bungalows gegangen.

Vicky befand sich nun in einem geschmackvoll eingerichteten, weitläufigen Wohnzimmer, mit einer angrenzenden, offenen Küche. Einrichtung und Dekoration waren durchgehend in warmen, hellen Farben gehalten. Gelbe Schnittblumen standen vor ihr auf dem Sofatisch in einer beigen Keramikvase, die mit modern aussehenden Quadraten verziert war.

Sie saß im Schneidersitz in einem breiten, roten Sessel ließ ihren Blick durch den Raum schweifen. Sie blickte über die offenstehende Tür des Badezimmers, in der ihre Mutter ihr vor einigen Minuten Rowins Blut von den Händen und dem Körper gewaschen hatte, hin zu dem großen Fernseher, der an der Wand angebracht war. Ein Video von einem Feuer in einem Backsteinkamin wurde in einer Endlosschleife abgespielt. Hin und wieder war Knacken und Knistern der verbrennenden Holzscheite aus den Lautsprechern zu hören, sodass Vicky das Gefühl hatte, tatsächlich vor einem echten Kamin zu sitzen.

Auf dem Sideboard rechts neben der geschlossenen Tür waren Bilderrahmen aufgestellt, sie war allerdings zu weit weg, um die Personen auf den Bildern zu erkennen.

Neugierig stand Vicky auf und näherte sich der Fotogalerie. Sie nahm das erste, schwarz gerahmte Bild in die Hand und erstarrte. Ein dunkelhaariger, kräftiger Junge, etwa elf Jahre alt und ein etwas jüngeres Mädchen mit blonden, glatten, schulterlangen Haaren saßen in einem Planschbecken und schauten Vicky an.

Sie erkannte den Jungen, Karl, und das Mädchen, sich selbst, sofort wieder.

Sofort krabbelten tausende unsichtbare Ameisen über ihre Haut. Der längst vergessene Moment des Fotos rief eine grauenvolle Zeit in ihr Gedächtnis zurück.

Karl, ihr Stiefbruder, grinste diabolisch. Der Blick der kleinen Vicky sah traurig und verängstigt aus.

Sie hatte Karl gehasst. Das Foto war in einer Zeit entstanden, an der kein Tag vergangen war, an der er sie nicht geschlagen, getreten oder auf eine andere Art und Weise gequält hatte. Das Foto hatte ihr Pflegevater an einem heißen Sommertag gemacht. Sie erinnerte sich an den Moment, als ob es gestern gewesen wäre. Zu Beginn des Tages hatten die zwei Kinder noch friedlich miteinander gespielt. Doch Vicky war damals ständig auf der Hut. Sie wusste genau, wie schnell die Stimmung ihres Stiefbruders umschlagen konnte. Irgendwann, beim Spielen im Planschbecken, wurde ihm langweilig und er begann, sie zu kneifen und zu boxen. Als ihm auch das nicht mehr genug Freude und Abwechslung brachte, hatte er sie am Nacken gepackt und mit dem Kopf unter das Wasser gedrückt. Er lockerte seinen Griff immer nur so viel, dass sie gerade noch so viel Kraft hatte, sich an die Wasseroberfläche zu kämpfen und nicht zu ertrinken.

Während Vicky das Bild betrachtete, kam für einen Augenblick das Gefühl der viel zu starken Hände Karls zurück. Sie erinnerte sich wieder an ihre Todesangst. Das erste Mal in ihrem Leben.

Sie versuchte, die schrecklichen Szenen aus ihrem Gedächtnis zu verbannen und schluckte. Auf den Holzrahmen des Bildes war in goldener Schrift ein Text graviert: „Nigredo."

„Die Schwärzung." Die erste Phase. Mit zitternden Händen stellte sie das Bild wieder auf das Sideboard.

Was hat dieses schreckliche Kindheitsereignis mit der Bruderschaft zu tun?

Ihr Blick fiel auf das nächste Foto, das ebenfalls schwarz eingerahmt war und die gleiche Prägung trug.

Erst auf den zweiten Blick erkannte Vicky sich selbst. Ein Schnappschuss allein vor einem Schornstein, der einer ihrer Lieblingsplätze gewesen ist. Damals. Sie musste auf dem Foto etwa 15 Jahre alt gewesen sein. Sie war spindeldürr und trug kurze, ausrasierte Haare. Es war das Dach des Nebengebäudes auf dem Gelände der Gas-Karzers. In der Jugendanstalt für schwer erziehbare Jugendliche war sie etwa zwei Jahre untergebracht, dann hatte sie endlich all ihren Mut zusammengenommen und war nach Stuttgart abgehauen. Das Dach auf dem Bild war einer ihrer heimlichen Rückzugsorte, wenn sie dem freudlosen Alltag des Heimes entfliehen wollte. Die Haare trug sie nicht absichtlich kurz, das war eine der vielen Strafmaßnahmen der Aufseher, die sie erniedrigen sollten. Ungläubig blickte sie auf ihre dünnen Ärmchen auf dem Foto. Sie hatte damals selten Appetit gehabt und sich fast nur von Zigaretten und Alkohol ernährt.

Vicky fühlte sich plötzlich sehr elend. Woher hatte ihre Mutter diese Bilder? Und warum?

Sie war völlig durcheinander. Die unsichtbaren Ameisen auf ihrer Haut kribbelten weiter. Ängstlich konzentrierte sie sich wieder auf die Galerie. Die nächsten drei Fotos waren in weiße Rahmen eingelassen und trugen alle die Aufschrift „Albedo“, die Phase der Weißung, wie Chan erklärt hatte.

Auch all diese Schnappschüsse zeigten Vicky in unterschiedlichen Situationen, mit einem Unterschied: Es waren allesamt Fotos aus den letzten Jahren.

Das erste zeigte sie beim Feiern im Ocsid. Sie zog gerade eine Line Koks an der Bar. Neben ihr standen Luke und ein unbekannter, junger Mann, die sie anzufeuern schienen.

Das zweite zeigte einen Schnappschuss, der sie beim Sex mit Luke und Nesra in deren Wasserbett zeigte. Der Perspektive nach zu urteilen musste der Fotograf in Nesras Wohnung auf dem Sofa gesessen haben.

Auf dem letzten, weiß umrandeten Bild befand sich Vicky in der Unibibliothek. Sie stand an einem der Arbeitsplätze für Studenten und steckte ein fremdes Notebook in ihren Rucksack. Unbemerkt, beim Klauen fotografiert, unglaublich.

Die nächsten beiden Bilder hatten gelbe Rahmen. Vicky hatte es sich schon denken können. Die Phase der Gelbung, „Citrinitas" war in den Rahmen eingraviert.

Langsam fing sie an zu begreifen, was hier vor sich ging. Ihre Mutter hatte sich hier Szenen aus ihrem Leben ausgestellt und die Momente den Phasen der Brorkinder gewidmet. Wie Trophäen, dachte Vicky bitter.

Eines der gelb umrandeten Bilder zeigte ein Auto, das in der Dunkelheit parkte. Eine dunkle Gestalt saß auf dem Beifahrersitz. Durch die Dunkelheit und den starken Regen war die Ratte vor dem Auto nur als gelber Fleck zu erkennen und von Vicky waren nur die blonden Haarsträhnen zu sehen, die aus ihrer dunklen Kapuze heraushingen. Doch Vicky erkannte den Moment natürlich. Dort hatte der ganze Wahnsinn angefangen! Ihre erste Begegnung mit der gelben Ratte.

Das zweite gelb umrandete Bild zeigte eine Szene, die sie selbst schon auf dem USB-Stick gesehen hatte, der ihr unter der Tür durchgeschoben worden war.

Vicky von oben in ihrem Schlafzimmer, wie sie sich selbst eine Injektion der Impfungen verabreichte.

Sie erinnerte sich wieder an die Worte Chanyeols: "Der verflüchtigte Geist wird wiedererweckt und mit dem Körper verbunden werden."

Mit trockenem Mund stellte sie das Bild zu den anderen zurück.

Ein letztes Bild war nun noch übrig. Ein leerer, roter Bilderrahmen, der noch kein Foto zeigte. Er war mit dem Wort „Rubedo" beschriftet. Rubedo – Die Rötung. Vicky musste dabei an die Transformation denken. An die Vereinigung des Begrenzten mit dem Unbegrenzten.

Würde es ein letztes Bild geben, fragte sie sich. Und was würde das Bild zeigen?

Sonntag, 19:15 Uhr

„Ich habe uns einen Tee gemacht“, hörte sie ihre Mutter sagen, die plötzlich direkt hinter ihr erschien und ihr lächelnd eine heiße, dampfende Tasse überreichte.

Vicky lächelte fast automatisch zurück.

Als sie den Tee entgegennahm, fühlte Vicky ihre warme Hand auf der Schulter.

„Komm, setzen wir uns“, schlug ihre Mutter vor und führte Vicky zu dem Sofa zurück. Vicky warf einen letzten zögernden Blick über die Schulter zu den Bildern aus ihrer Vergangenheit. Sie hatte unendlich viele Fragen an ihre Mutter, doch sie wusste nicht, wie sie anfangen sollte.

Stattdessen setzte sie sich schweigend auf das Sofa.

Das würzige Aroma des Tees zog Vicky in die Nase und sie kostete vorsichtig davon. Normalerweise mochte sie keinen Tee, doch dieser hier schmeckte köstlich.

Die Oberdirektorin setzte sich ihr gegenüber und nickte zufrieden, als sie sah, wie sich Vicky entspannte.

„Ich bin so froh, dich endlich bei mir zu haben“, sagte sie, während sie selbst ihre Tasse auf dem Sofatisch abstellte.

Vicky lächelte verlegen und blickte gedankenverloren in ihre Teetasse, als könnte sie darin die Antworten auf ihre Fragen ablesen. Sie wusste nicht genau, was sie denken oder fühlen sollte. Sie hatte keine Erinnerungen an ihre Mutter, und alle Fragen, die sie als Kind hatte, haben musste, blieben unbeantwortet. Stattdessen war sie in ihrer Kindheit von einer schlimmen Pflegefamilie zur nächsten weitergereicht worden. Schlussendlich landete sie im Heim und danach auf der Straße.

Wie oft hatte sie voller Hass an ihre Mutter gedacht? Wie oft hatte sie sich nach ihr gesehnt?

Ihre Gefühle waren so intensiv gewesen, dass sie irgendwann beschlossen hatte, alles wegzuschließen. Alle Hoffnung zu begraben. Sie wollte keine Sehnsucht mehr spüren, weil sie genau wusste, dass sie enttäuscht werden würde. Es war niemand da, der dieser Sehnsucht einen Sinn gegeben hätte. Über all die lange Zeit hatte sie so viele Fragen an ihre Mutter gehabt. Sie hätte alles gegeben, Antworten auf die Fragen zu erhalten.

Jetzt wo sie ihr leibhaftig gegenüber saß, war die Gelegenheit gekommen, das Schloss wieder zu öffnen. Jetzt könnte sie ihre Sehnsucht wieder hervorholen.

Sie holte Luft und … und blieb stumm.

Brachte keinen Ton heraus.

Sie bemerkte, wie die Tasse in ihren Händen zu zittern begann.

Ihre Mutter sah es ebenfalls.

Sie stand auf, kam um den Sofatisch herum zu ihr, setzte sich neben sie, nahm ihr die Tasse aus der Hand und hielt Vicky sanft an den Schultern fest.

„Viktoria. Ich weiß, du bist verwirrt und aufgewühlt. In deinem Inneren herrscht ein Gefühlschaos, das dich wahnsinnig werden lässt. Das kann ich leider auch nicht so einfach ändern. Ich kann dir nur sagen, ich war all die Jahre in deiner Nähe, habe dich beobachtet und mitgelitten. Ich kenne deine Narben, die du auf dem Rücken hast. Ich habe genauso laut geweint wie du, als du das erste Mal mit dem Stock von deiner Stiefmutter geschlagen wurdest. Ich habe jede einzelne Sekunde voller Schmerz und Pein miterlebt, wie dein Stiefvater sich nachts heimlich in dein Zimmer geschlichen hat.

Ich weiß, was du alles durchgemacht hast, von deiner Zeit auf der Straße, habe dich Drogen nehmen und in der Gosse liegen sehen, ich weiß von deiner Zeit im Jugendgefängnis und auch von deiner Abtreibung."

Vicky blieb stumm. Sie zitterte immer stärker, hörte die Worte, verstand sie aber nicht. Tränen schossen ihr in die Augen, als sie von dieser fremden Person, die ihre Mutter hätte sein sollen, die sie nie war, mit traumatischen Erfahrungen aus ihrer Vergangenheit konfrontiert wurde.

Sie hatte die meisten schlimmen Erlebnisse tief im Inneren vergraben. Nun wurde die Kiste aufgerissen und Dinge kamen zurück an die Oberfläche, zurück ans Licht. Mit aller Anstrengung versuchte sie, diese Gedanken buchstäblich herunterzuschlucken, aber ihr Mund war so trocken, dass es ihr nicht gelang.

Eine Frage drängte sich mit Macht aus dem pulsierenden Knäuel ihrer Gedanken, die ihr durch den Kopf wirbelten, nach oben.

„Warum …“, Vicky holte tief Luft und wiederholte: „Warum …?“

„Ich …“, unterbrach sie die Oberdirektorin zögernd und fuhr dann fort: „Ich konnte nicht eingreifen. Ich … ich durfte nicht eingreifen.“

Die Stimme ihrer Mutter war fast ein Flüstern. Vicky entging nicht der kurze Blick zu den Bildern auf dem Sideboard.

Die Oberdirektorin schluckte hörbar, strich sich ihre Haare hinter die Ohren, eine Geste, die Vicky seltsam bekannt vorkam. Dann fuhr sie fort: „Du musstest das allein durchstehen. Es gab so viele Nächte, in denen ich wach war, mit dir gelitten habe, aber es ging einfach nicht anders. Du musstest da allein durch. Es hat alles einen tieferen Sinn, es war notwendig, für das große Ganze.“

Vickys innerer Widerstand bröckelte, sie war zwischen Wut und Erleichterung hin und her gerissen. Sie spürte, wie lange unterdrückte Gefühle sie zu übermannen drohten. Hilflos blickte sie ihre Mutter an, die nun schwieg und sie sanft in den Arm nahm. Sie drückte sie erst unsicher, dann immer fester an sich. Vicky konnte nicht mehr anders, sie begann hemmungslos zu weinen, ließ die Umarmung zu und erwiderte die Umarmung.

Sie ließ sich einfach fallen.

Ihre Mutter hielt sie im Arm, streichelte ihr über den Kopf und küsste sie sanft auf die Stirn. Sie flüsterte Worte, die Vicky nicht verstand, die nicht bis zu ihr durchdrangen, weil ihre Emotionen Achterbahn fuhren. Dennoch beruhigte sie die Stimme.

Es dauerte einige Minuten, bis Vicky sich wieder gefasst hatte.

Dann dachte sie wieder an das, was im Nebenzimmer passiert war:

„Das mit Rowin … ich meine, es war nicht meine Absicht. Aber er wollte mir … wollte mich …“ Vickys Stimme versagte.

„Rowin hat sich entschieden, das zu tun, was für ihn vorherbestimmt war. Dich trifft keine Schuld. Er wollte dir wehtun und du hast dich verteidigt“, antwortete die Oberdirektorin kühl.

Sie löste die Umarmung und blickte ihr ernst in die Augen.

„Viktoria, du darfst dich nicht schlecht fühlen, für das, was du getan hast. Deine Bestimmung ist es, Entscheidungen zu treffen und danach zu handeln.

Davon hängt vieles ab. Davon hängt ALLES ab.

Es gibt kein Richtig oder Falsch. Jede Entscheidung, die du triffst, ist eine Entscheidung, die unsere Wirklichkeit erschafft.“

Vicky spürte den festen Griff ihrer Mutter an ihren Oberarmen, schaute ihr tief in die Augen und verstand kein Wort.

„Wir erleben eine Zeit großer Umbrüche.“

Vicky schaute ihre Mutter ratlos an.

„Die alten Meister haben einst prophezeit, dass unsere Zeit noch kommen wird. Die Zeit, in der alle, die die Zeichen nicht lesen können, die Ungläubigen, verschwinden werden. Verschwinden müssen, damit wir zu den wahren Ursprüngen zurückkehren können. Wir benötigen ein neues Bewusstsein. Wir können das Potenzial freilegen, das es uns ermöglicht, die alten Grenzen im Empfinden, Denken, Verstehen und Handeln zu überwinden.“

Die Oberdirektorin küsste sie auf die Stirn und nahm sie an die Hand.

„Komm mit, es ist viel besser, wenn ich es dir zeige, anstatt davon zu reden“, sagte sie mit aufgeregter Stimme und zog Vicky hinter sich her.

Sie führte Vicky durch das Wohnzimmer eine Treppe höher ins Obergeschoss des Gebäudes. Als sie den Flur entlanggingen, kam Vicky der Ort seltsam bekannt vor. Die Tür am Ende des Raumes … Kein Zweifel, sie befand sich in dem Haus, in das sie mit Eva eingebrochen war. Hier hatte ihr Eva den Sprengstoff und die seltsame Apparatur gezeigt. Vickys Herz schlug schneller, als die Oberdirektorin zielstrebig auf die Tür zuging, Vicky an der Hand haltend und hinter sich herziehend. Sie öffnete die Tür, trat ein und knipste das Licht an.

Vicky folgte ihr.

Tatsächlich, es war derselbe fensterlose Raum. Allerdings diesmal komplett leer. Keine Paletten, kein Sprengstoff, keine Apparatur.

Auch der Wandschrank an der Kopfseite des Raumes war ausgeräumt. Vicky blickte sich verblüfft um.

Die Oberdirektorin ging auf das Wandregal zu, blieb stehen, ging in die Hocke und griff in einer fließenden Bewegung mit der rechten Hand an eines der Bodenelemente.

Ein Klacken war zu hören, gefolgt von einem leisen Vibrieren.

Sie ging einen Schritt zurück und lächelte Vicky an, die noch immer am Eingang des Raumes stand.

Das Vibrieren wurde leiser.

Plötzlich sprang das Wandregal an der Seite ein Stück hervor und entblößte einen unsichtbaren, hell erleuchteten, geheimen Gang.

Mit einer einladenden Geste bedeutete die Oberdirektorin, ihr zu folgen.

Sie fanden sich in einem Aufzug wieder. Allerdings kein Aufzug, wie ihn Vicky je gesehen hatte.

Die Wände waren rundherum mit Spiegeln versehen.

Seitlich neben der Aufzugstür war ein Board mit unzähligen Knöpfen angebracht.

Auf den Knöpfen waren allerdings keine Zahlen zu lesen, sondern merkwürdige Buchstaben und Symbole.

Die Oberdirektorin drückte auf einen Knopf rechts unten in der Mitte. Auf ihm befand sich ein auf dem Kopf stehendes Dreieck mit einem kleinen, ovalen Kreis darüber. Der Knopf leuchtete auf, die Tür des Aufzugs schloss sich mit einem leisen, mechanischen Geräusch und der Aufzug setzte sich in Bewegung.

„Keine Angst. Der Aufzug fährt nicht nur hoch und runter, sondern auch geradeaus und zurück. Wir bewegen uns unterirdisch durch die Stadt."

Als Vicky noch darüber nachdachte, was die Oberdirektorin damit meinen könnte, kam der Aufzug für einen kurzen Moment ruckartig zum Stehen, um sich dann auf einmal horizontal nach vorne zu bewegen. Durch die überraschende Richtungsänderung wurde Vicky mit ihrem Rücken gegen die Aufzugswand hinter sich gedrückt. Die Oberdirektorin blickte sie mit leichtem Spott an und grinste.

Vicky schaute sie überrascht an.

Wie kann das sein, dachte sie irritiert, fahren wir gerade wirklich mit dem Aufzug geradeaus? Wo sind wir jetzt?

Die Oberdirektorin schien ihre Gedanken lesen zu können.

„Wir sind nun einige Meter unter der Erde und bewegen uns in dem Katakombengeflecht, das du auch schon zu Fuß erkundet hast, wenn ich mich recht erinnere." Dabei zwinkerte sie ihrer Tochter zu.

Vicky schluckte.

„Durch die vielen Stuttgart-21-Baustellen im Untergrund hatten wir die Möglichkeit, unsere Infrastruktur unter der Erde weiter auszubauen. Wir kennen einige Bauherren und Politiker der Stadt, die unserer Bruderschaft nahestehen", sagte sie nicht ohne Stolz.

Der Aufzug fuhr weiter und änderte regelmäßig seine Richtung. Mal ging es nach unten, mal nach oben, mal zur Seite, vorwärts oder rückwärts.

Während der Fahrt bekam Vicky mehr und mehr das Gefühl, dass ihr Abbild in den Spiegeln verzerrt aussah.

Sie betrachtete sich genauer im Spiegel und ging näher heran.

Irgendetwas war komisch.

Irgendetwas passte nicht so ganz.

Sie konnte aber nicht genau sagen, was es war.

Unter ihrem linken Auge war ein kleiner Pickel zu erkennen, der irgendwie nicht da hingehörte. Sie betrachtete den Pickel genauer. Hob den Zeigefinger der linken Hand und wollte ihn berühren.

Plötzlich wurde der Pickel größer und breitete sich über ihr Gesicht aus, erst die linke Gesichtshälfte, ihre Nase, ihren Mund und dann über die rechte Gesichtshälfte, hoch zu ihren Augen…

Vicky zuckte erschrocken zurück.

„Vicky?“

Vicky blinzelte. Die Oberdirektorin hatte ihre Hand auf die Schulter gelegt und blickte sie besorgt durch den Spiegel an.

„Alles in Ordnung?“

Vickys Blick wechselte hastig in ihr Gesicht zurück.

Kein Pickel mehr zu sehen.

Glänzender Schweiß stand ihr auf der Stirn und ihr war flau im Magen.

Sie riss sich zusammen und versuchte zu verstehen, was gerade passiert war. Es erinnerte Vicky an eine halluzinogene Erfahrung, nur echter.

„Ja, alles in Ordnung, ich dachte nur kurz, ich hätte was gesehen. Aber ich habe mich wohl getäuscht“, log sie.

Die Oberdirektorin blickte sie misstrauisch an, beließ es aber dabei.

Der Aufzug blieb stehen.

„Wir sind da“, sagte sie und ihr Gesicht verriet eine Mischung aus Vorfreude und Erregung.

Sonntag 20:30 Uhr

Als die Türen sich öffneten, schlug Vicky ein leicht modriger Geruch entgegen. Sie verließen den Aufzug und fanden sich in einem engen, hell erleuchteten Flur wieder.

Vickys Blick wanderte an die Decke, von der ein leises, surrendes Geräusch der Klimaanlage zu hören war. Das Geräusch erinnerte sie an ihre beiden letzten Besuche in den Geheimgängen.

Das erste Mal mit Asger.

Das zweite Mal allein.

Und nun, das dritte Mal – mit ihrer Mutter.

Unglaublich, dachte Vicky. Wo wird das alles enden?

Sie liefen einige Minuten durch die Gänge.

Immer wieder kamen ihnen Mitglieder der Bruderschaft entgegen, die, sobald sie die Oberdirektorin erkannten, respektvoll den Kopf senkten und etwas in einer für Vicky unverständlichen Sprache murmelten.

Wenn sie an der Oberdirektorin vorbeigingen, blickten sie Vicky mal heimlich, mal neugierig und manchmal aufmunternd an.

So ging das über mehrere Minuten, und Vicky hatte schon längst die Orientierung verloren, als die Korridore, durch die sie liefen, mit einem Mal breiter wurden und ihnen immer mehr Menschen entgegenkamen.

Eine kleine Gruppe von singenden Jungs und Mädchen, Vicky schätzte sie auf etwa sechs bis acht Jahre alt, lief im Gleichschritt an ihnen vorbei. Sie trugen fremdartige Jacken, die wie Uniformen aussahen, in unterschiedlich hellen Grüntönen und rote Tücher um den Hals.

Vicky blieb stehen und blickte den Kindern hinterher, die nach einigen Sekunden abbogen und in einem anderen Gang verschwanden.

„Vicky? Kommst du?“ Die Oberdirektorin war schon einige Meter vorausgegangen und stand vor einer Doppelflügeltür, die gerade von einem Mann im Anzug geöffnet wurde.

Vicky schloss zu ihr auf und trat gemeinsam mit ihr hindurch.

Als sie den Raum betrat, war sie völlig überwältigt von dem, was sie sah.

„Wow!“, entfuhr es ihr.

Sie befanden sich in einem großen, halbkreisförmigen Saal, in dessen Mitte ein altertümlicher Altar und davor ein hölzernes Rednerpult aufgebaut war. Vicky fiel sofort der riesige Wandteppich auf, der in einigen Metern Höhe über dem Altar von der Decke hing. Er war mit goldenen Symbolen und Formen bestickt: einem Kreis und einem sich darin befindlichen Dreieck, eine mannshohe, violette Rose, gekreuzt mit einem langen, schlanken Schwert.

Sie schaute nach oben, um die Decke des Saales betrachten zu können. Sie sah aus wie eine weitläufige Kuppel und schien mindestens zwei Stockwerke der Katakombe einzunehmen. Durch die mächtigen Hängelampen, die an den Seiten der Kuppel herunterhingen, war der Raum mit hellem Kunstlicht illuminiert.

Ihr Blick wanderte nun zum Altar. Um ihn herum waren zahllose alte Holzstühle in Reih und Glied aufgestellt. Die Stühle waren mit einem dicken, samtartigen Stoff überzogen, der aus einer anderen Zeit stammen musste, denn die aufgestickten Rosenmuster waren verblasst und kaum noch zu erkennen.

Vicky fiel auf, dass die Anordnung der Stühle einer bestimmten Form folgte, aber es gelang ihr nicht, das Muster zu erkennen.

An einem der großen, rechteckigen Lautsprecher, die an den Wänden befestigt waren, prüften zwei Männern in Handwerkskleidung die Verkabelungen. Bis auf die beiden Techniker befanden sich nur Vicky und die Oberdirektorin in dem Saal.

„Das ist der *Praetorium illustrationis,* einer unserer heiligsten Orte“, hörte Vicky ihre Mutter sagen.

„Es ist immer wieder beeindruckend zu beobachten, wie die Menschen reagieren, wenn sie den Praetorium das erste Mal betreten“, fügte sie mit sichtbarem Stolz hinzu.

„Er dient uns als Konferenzzentrum und Tagungsstätte. Außerdem finden hier regelmäßig unsere Tempeldienste und Messen statt, und in etwa dreißig Minuten wird uns der Großmeister in einer Séance spirituelle Energie schenken.“

Vicky beschlich ein ungutes Gefühl. Spirituelle Energie …

„Komm, wir haben noch ein wenig Zeit, wir gehen vorher noch eine Kleinigkeit essen“, schlug die Oberdirektorin vor.

Einen Gang weiter gab es eine Küche, ähnlich der, in der sich Vicky schon einmal für kurze Zeit heimlich aufgehalten hatte. Dort aßen sie frisch gemachte Sandwiches und tranken Tee. Als Vicky sich danach eine Lucky anstecken wollte, wurden sie von einem Barriter gestört:

„Oberdirektorin Schwerdt, es ist jetzt alles vorbereitet.“

Vickys Mutter nickte zufrieden.

„Dann lasst die Glocke der Versammlung ertönen.“

Der Barriter nuschelte daraufhin etwas in sein Headset. Wenige Augenblicke später war durch die Lautsprecher ein dumpfer Glockenton zu hören, der pulsierend lauter und leiser wurde. Die Oberdirektorin stand auf und griff nach Vickys Hand: „Es ist Zeit.“

Vickys Kopf war voller Fragen, aber ihre Mutter signalisierte mit einem strengen Blick, dass sie keinen Widerspruch duldete. Mit schnellen Schritten folgte Vicky ihr zurück in den großen Saal.

Sie waren diesmal nicht allein, einige Teilnehmer waren schon eingetroffen und hatten Platz genommen. Von allen Seiten strömten Mitglieder der Bruderschaft in den Kuppelsaal.

Die Oberdirektorin wählte für sie zwei freie Stühle mittig vor dem Altar.

Das Licht der Hängelampen war deutlich nach unten gedimmt, sodass Vicky eine eigenartig festliche Stimmung verspürte.

Zum Schluss betraten etliche, Vicky schätzte zwanzig, Kinder den Saal. Sie trugen weiße, weite Gewänder, die bis zu ihren nackten Füßen herunterreichten. Auf dem Kopf trugen sie rote, aggressiv aussehende Vogelmasken, die die Gesichter verdeckten. Vor ihrem Oberkörper hielten sie armdicke, weiße Kerzen auf silbernen Schalen, die sie in dem Raum verteilten.

Das Kerzenlicht und das befremdliche Schauspiel der verkleideten Kinder machten Vicky noch neugieriger. Im Saal herrschte nun eine knisternde Spannung. Vicky kannte eine vergleichbare Atmosphäre nur aus dem Gerichtssaal, wenn alle Anwesenden im

Raum auf das Urteil des Richters warten. In solchen Momenten konnte man eine Stecknadel fallen hören.

Die Kerzen verströmten ein bitteres Aroma, das dem Geruch von Essig und Holzrauch ähnelte und in Vicky unwillkürlich Erinnerungen an ein schon länger zurückliegendes Ereignis im Ocsid aufkommen ließ.

Opium, kam es ihr in den Sinn. Der Gedanke, dass die ECH-Bruderschaft Rauschmittel während ihrer Messen verströmen würde, kam ihr so absurd und abwegig vor, dass sie nicht weiter über den Geruch nachdachte, sondern sich wieder auf die Kinder konzentrierte. Die gruppierten sich nun links und rechts um den Altar und das Rednerpult.

Nach und nach traten weitere ECH-Mitglieder ein, suchten sich einen Platz und unterhielten sich leise. Einige von ihnen trugen Samtroben in den unterschiedlichsten Farben: violett, grün oder auch gelb. Unter den Menschen, die in den Raum strömten, waren auch vereinzelte Barriter, die sich durch die dunklen Anzüge und ihren Glatzen deutlich von den anderen Teilnehmern unterschieden.

Vickys Aufmerksamkeit wurde wieder auf eine kleine Gruppe von Frauen und Männern gelenkt, die gerade den Saal betraten. Als auch die anderen Anwesenden die Gruppe bemerkten, kam Unruhe auf.

Viele warfen der Gruppe verstohlene Blicke zu, bekreuzigten sich oder flüsterten leise miteinander. Die fünf älter aussehenden Gestalten waren in weiß glänzende Roben gekleidet und trugen als Kopfbedeckung imposante, schildartige Stoffmützen. Vicky fühlte sich an Bischofsmützen auf mittelalterlichen, bunten Kirchengemälden erinnert.

„Das sind die Amtsträger der Großloge“, flüsterte die Oberdirektorin.

Angeführt von einem Mann, der als Einziger der fünf Amtsträger ein großes, goldenes Kreuz an einer Kette um den Hals trug, gingen sie auf den Altar zu, blieben vor Vicky und der Oberdirektorin stehen und neigten ihren Kopf leicht zur Begrüßung. Eher beiläufig registrierte Vicky die aufwändigen Stickereien auf den Mützen. Die Oberdirektorin nickte zurück, blickte zu Vicky und lächelte dabei über beide Ohren.

Der Anführer der Gruppe, der mit dem goldenen Kreuz, kam einen Schritt näher. Durch die runden Gläser seiner kleinen Drahtbrille musterten seine tiefliegenden Augen Vicky für einen Augenblick. Er zögerte kurz, hob dann aber seine rechte Hand und strich mit dem Zeigefinger an Vickys linker Wange entlang. Vicky war die Situation unangenehm, weil sie spürte, dass alle Blicke auf ihr lagen.

Nervosität breitete sich in ihrem Magen aus und sie versuchte, dem Blick des Priesters zu entgehen. Dabei fiel ihr die Verzierung auf der Bischofsmütze auf. Eine goldene Ratte, umringt von roten Rosen, war mit dickem Faden auf die Vorderseite der Mütze gestickt.

Nach scheinbar endlosen Augenblicken senkte der Mann mit dem goldenen Kreuz langsam den Arm, löste seinen Blick von ihr und bewegte sich langsam in Richtung des Altars. Die übrigen Amtsträger, die während der Szenerie ruhig und abwartend hinter ihm gestanden hatten, folgten ihm und nahmen in der ersten Reihe Platz.

„Frater Angel Suarez", flüsterte die Oberdirektorin.

Vickys Anspannung stieg. Aus der Nervosität war inzwischen Übelkeit geworden, die sich in ihrem Magen zu einem dicken Kloß geformt hatte, sodass sie Magenschmerzen bekam. Um sich abzulenken, ließ sie ihren Blick durch die Reihen schweifen.

Der Kuppelsaal war inzwischen bis auf den letzten Platz gefüllt.

In ihrem Nacken spürte sie Schweißtropfen, die ihr unter dem Stoff ihres Hoodies den Rücken herunterliefen.

Zumindest der Geruch der Kerzen war nun nicht mehr so unangenehm und bitter. Wahrscheinlich hatte sie sich einfach daran gewöhnt.

Frater Angel Suarez stand vor dem Altar und drehte dem Publikum den Rücken zu. Er hob langsam die Arme und streckte sie weit vom Körper weg, sodass seine weiten Ärmel flügelgleich herabhingen.

Dann geschah erst mal nichts. Der Priester hatte die Augen geschlossen und stand einfach nur da.

Schöne Show, dachte Vicky und ließ ihren Blick wieder über das Publikum wandern.

In der hintersten Reihe saßen einige Brorkinder, doch sie vermisste das Gesicht Chanyeols.

Zwei Barriter schlossen gerade die Tür, da erschien eine schlanke, hochgewachsene Frauengestalt in einem dunklen Hosenanzug, die den Saal mit aufmerksamen Augen abzusuchen schien. Vicky erkannte sofort die glatten, roten Haare, die streng nach hinten zu einem Zopf zusammengebunden waren.

Katla.

Dragos Leibwächterin schien in einen Funksender an ihrem linken Handgelenk zu sprechen und beobachtete dabei aufmerksam den Saal.

Vicky sah, wie sie nach und nach einzelnen Barritern zunickte, mit denen sie abwechselnd Blickkontakt hielt.

Vicky überlegte fieberhaft, was die Anwesenheit von Katla bedeuten konnte. Sie hatte keine Erklärung dafür, außer dass sie auch Teil der Bruderschaft sein musste.

Mit einem Ruck standen alle Anwesenden plötzlich auf. Vicky machte es ihnen hastig nach und konzentrierte sich wieder auf das Geschehen vor ihr.

Der Priester hatte sich nun den Anwesenden zugewandt, hielt mit beiden Händen eine kleine goldene Schale vor seinen üppigen Bauch und ließ seinen Blick zufrieden durch den Saal wandern. Dann hörte Vicky zum ersten Mal die tiefe Bassstimme des Mannes:

„Meine ehrenwerten Brüder und Schwestern, wir sind heute hier zusammengekommen, um tief in uns, in unseren ausgedörrten Seelen, Raum zu schaffen für die Entfaltung des Göttlichen."

Er nahm aus der Schale einen Gegenstand heraus, der wie eine kleine, vertrocknete Wurst aussah und hielt ihn hoch, damit ihn alle im Saal sehen konnten:

„Oh, heiliger Adam, weise der lobwürdigen Bruderschaft den Weg, auf dass ihr Seelenbewusstsein leuchtet und der Tag kommen wird, an dem …"

Vicky schaute dem Priester gespannt zu. Die Oberdirektorin beugte sich zu ihr herüber und flüsterte: „Er bittet um die Gnade Adam Haslmayrs. Er war der erste Verkünder der Manifeste."

„Was hat er da in der Hand", flüsterte Vicky zurück.

„Das ist der rechte Zeigefinger Adams, eine unserer wichtigsten Reliquien."

„Machst du Witze?", gab Vicky verblüfft zurück und blickte die Oberdirektorin mit einer Mischung aus Belustigung, Spott und Ekel an.

Als Antwort erhielt sie nur ein knappes Kopfschütteln. Vicky schloss daraus, dass sie sich wieder auf die Messe konzentrieren sollte.

Der Priester hatte gerade aufgehört zu reden, hielt kurz in der Bewegung inne und nahm dann die kleine, verschrumpelte Wurst, den vermeintlichen Finger Adam Haslmayrs langsam in den Mund.

Vicky musste würgen.

Angewidert blickte sie sich im Saal um. Niemand schien sich an dem merkwürdigen Schauspiel zu stören. Kopfschüttelnd blickte sie wieder nach vorne.

Mit geduldigem Ernst, fast schon genussvoll, lutschte der Frater für Vicky gefühlte endlose Minuten an der Reliquie herum, zog sie wieder aus dem Mund und legte sie zurück in die goldene Schale.

„Hört mich an, meine Brüder und Schwestern …"

Die Stimme des Mannes hatte sich nun verändert, sie schien noch tiefer und dunkler zu klingen. Jetzt hörte Vicky dem Mann gebannt zu.

„Wie ihr wisst, haben viele ehrenwerte Orden der Rosenkreuzer jahrhundertelang versucht, durch Belehrung die Wahrheit zu erkennen und die Menschheit zu retten. "

Der Priester holte kurz Luft, um dann mit dramatischer Stimme fortzufahren: „Diese Versuche sind allesamt klaglos gescheitert!!!"

Jetzt wird es interessant, dachte Vicky.

„Doch mit uns, meine Brüder und Schwestern, mit uns, den Erweckern der Chymischen Hochzeit, endet das Scheitern! Wir werden erfolgreich sein. Die Transformation wird die Menschheit ins richtige Licht führen. Unsere Bestimmung, die Gesellschaft mit einem Knall zu wecken und damit den Stein der Weisen ins Rollen zu bringen, wird uns in das neue Zeitalter führen."

Vicky fühlte, dass die Atmosphäre im Saal sich verändert hatte. Es war so still, dass sie fürchtete, ihr Atem würde ihren Zweifel für alle hörbar machen.

„Tiefgreifende Wandlungen sind im Gange, die die Menschen überall auf der Welt beunruhigen, sie zur Suche drängen: nach Antworten. Antworten, die bereits mit unseren Herzen verbunden sind. Nur in unseren Antworten liegt die Möglichkeit zu einer ganz neuen Geburt verborgen. Einer vollständigen Wiedergeburt. Damit wir stärker und widerstandsfähiger denn je zurückkommen."

So bizarr und gespenstig Vicky auch die Szenerie fand, so spürte sie intuitiv, dass Frater Angel Suarez eine für sie ungewohnte Autorität und Wahrhaftigkeit verströmte. Und gleichzeitig dachte sie an die Leere, die sie manchmal in sich spürte.

„Vor einer Wiedergeburt, meine Brüder und Schwestern, steht allerdings der Tod aller Ungläubigen. Ein unvermeidlicher Preis für all diejenigen, die unsere Warnungen bisher überhört haben und uns belächelt oder bekämpft haben. Die ein Leben in Unwissenheit, Schuld und Verantwortungslosigkeit den Prinzipien unserer

Gemeinschaft vorziehen. Ihr Ende wird unbarmherzig sein, aber es ist das, was sie verdient haben."

Er schien das auszusprechen, was viele im Saal dachten. Sie hörte bestätigende Zwischenrufe und registrierte zustimmendes Nicken der Anwesenden.

„Ein unbarmherziges Ende", wiederholte sie die Worte des Priesters in Gedanken. Dabei blickte sie auf ihr Leben zurück. Dachte an ihre Ängste und Sehnsüchte. An die Drogen, den Alkohol, den Sex. Und warum sie all das nicht vermisste. Nicht mehr vermisste.

Sie sah sich plötzlich allein auf dem Boden in ihrer Wohnung sitzen, in das blauweiße Licht des Aquariums starren, die einzige Lichtquelle des dunklen Raumes Nur sie und die Fische. Vollkommen allein. Außer dem regelmäßigen Blubbern der Aquariumpumpe war nichts zu hören. Als es urplötzlich an ihrer Wohnungstür klopfte, kroch sie in den dunklen Schatten, in der Ecke, hinter dem Sofa. Alles, was sie wollte, war aufzuhören zu existieren. Diese vollkommene Leere in ihrem Leben sollte endlich verschwinden.

„Eine befreiende Wiedergeburt", wiederholte sie die Worte des Priesters erneut. Diesmal laut und nicht in Gedanken. Dabei dachte sie an ihre Mutter, wagte einen kurzen Blick zu ihr und sah, dass sie ebenfalls an den Lippen des Priesters hing und seinen Worten atemlos folgte.

War es das, was ihre Mutter antrieb? War das der Stoff, mit dem ihre Mutter ihr Leben füllte? Die Leere füllte? Vicky fragte sich in dem Moment, ob es ihrer Mutter vor langer Zeit auch einmal so gegangen war wie ihr. Hatte sie jemals auch so eine Einsamkeit in sich gespürt? Hatte sie durch die ECH-Bruderschaft diese Leere füllen können und die wahre Bestimmung in ihrem Leben gefunden?

Vielleicht war die Gemeinschaft des ECH genau das, was die Menschen brauchten? Was vor allem sie brauchte?

Sie konzentrierte sich wieder auf die Predigt:

„Daher bitte ich um äußere und innere Stille und Besinnung. Lasst eure sterbliche Persönlichkeit ruhen und gebt dem unsterblichen, göttlichen Kern in Euch den Raum und die Freiheit zu atmen, sich zu entwickeln, heranzureifen und zu wachsen!“

Vicky verlor sich immer mehr in den Worten der Predigt. Sie spürte, wie in ihrem Inneren etwas einen Platz fand. Etwas Neues. Etwas, das sie bisher nicht gesucht hatte.

„Und so lasst uns erheben und gemeinsam beten.“

Als hunderte Stimmen im Raum gleichzeitig das Gebet anstimmten, spürte Vicky die Vibration der Stimmen in ihrem Brustkorb:

„Oh, du, der du überall bist, und der du das Gute in Allem, ja in allen Dingen, die ich mache, bist …“

Plötzlich spürte sie einen leisen Rhythmus in sich, den sie bisher noch nie wahrgenommen hatte, ein Pochen, das immer kräftiger wurde, wie ein Metronom, der nun anstelle ihres Herzens den Takt vorgab.

Die Farben im Raum wurden kräftiger. Sie hatte das Gefühl, als würde sich eine völlig neue Welt vor ihr offenbaren.

Erst formte sie nur lautlos die Lippen, dann begann sie völlig überwältigt mitzusprechen:

„… gedenke, ich flehe Dich an, dass ich nichts weiter bin als Staub …“

Sie hatte keine Ahnung, woher sie die Worte kannte. Wie ein längst vergessenes Kinderlied, aus einer längst vergangenen Zeit, das einem ohne besonderen Grund wieder einfällt, so flogen ihr plötzlich die Worte des Gebetes zu.

Sie fühlte sich befreit und erlöst. Freudentränen stiegen ihr in die Augen, ihre Stimme wurde brüchig.

Jedes Wort ließ sie sicherer und lauter werden, ihre Stimme fester:

„… nichts weiter als ein Dunst, der aus der Erde aufgestiegen ist, den der kleinste Hauch zerstreuen kann.“

Als Vicky lauthals mitsprach, blickte der Prediger sie für einen kurzen Moment an, lächelte und nickte ihr zu, während er weiter zu den Anwesenden sprach. Dabei hatte er die Arme weit von sich gestreckt, so als wolle er alle im Saal umarmen.

Vicky ballte die Hände zu Fäusten und warf den Kopf in den Nacken, riss die Augen weit auf und blickte hoch zur Kuppel, die nun hell zu leuchten schien. Es sah aus, als ob sie aus purem Gold bestehen würde.

Dabei wurde sie noch lauter, schrie nun fast. Ihre Beine zitterten und sie spürte die Gänsehaut, die sich über ihren ganzen Körper ausbreitete. Zugleich bemerkte sie erstaunt, wie sie von einem Glücksgefühl überwältigt wurde, das jeden zweifelnden Gedanken davontrug und sie voller kindlicher Euphorie zurückließ.

Mit jeder Strophe glaubte sie mehr an die Worte, die sie sprach:

“Nimm mich von mir hinweg und erfülle mich immer mehr mit dir. Dringe in mich ein, dass ich auf rechte Weise gut und weise sein kann. Damit deine ewigen Wahrheiten gewährt und anerkannt werden!“

Plötzlich entstanden schwarze Linien auf der goldglänzenden Oberfläche der Kuppel. Sie bewegten sich hin und her und schlossen sich zu einer großen Form zusammen. Vicky erkannte einen Baum mit einer Vielzahl von Verästelungen. Der Stamm des Baumes sah mit einem Mal aus wie eine Menschengestalt, die die Äste zu umarmen schien.

Fasziniert folgte sie dem Treiben über ihr, den Formen, den Farben, den Bewegungen.

Als sie alle gemeinsam mit einem Schlusswort das Gebet beendeten, fuhr sich Vicky erschöpft mit den Händen durch die schweißnassen Haare.

Mit dem Verstummen der Anwesenden verschwanden auch die Linien und Formen in der Kuppel.

Vicky blickte sich um. Alle Anwesenden wirkten wie in Ehrfurcht erstarrt. Sie standen wie in Trance da und bewegten sich kaum. Vicky strich ihre Haarsträhnen hinter die Ohren.

Der Prediger ergriff wieder das Wort:

„Wenn der Flügelschlag eines Schmetterlings einen Wirbelsturm auslöst, werden wir der Wirbelsturm sein!“ Bei diesen Worten strahlte er übers ganze Gesicht und machte eine weit ausholende Geste mit seinen Armen.

„Und in wenigen Tagen wird es so weit sein, meine Brüder und Schwestern. Die Transformation ist im Gange und die Erweckung der Menschheit steht kurz bevor. Wir stehen an der Schwelle zur neuen Ära."

Vicky spürte die Blicke einiger Mitglieder in ihrem Rücken, sah, wie sich einige Brüder in den vorderen Reihen zu ihr umdrehten und tuschelten. Doch jetzt fühlte sie sich geehrt. Zweifel und Nervosität waren verflogen.

Der Prediger fuhr fort: „Und nun lasst uns gemeinsam das Aufbruchslied anstimmen und die Versammlung beenden."

Die Brüder fielen gleichzeitig ein:

"Oh mein Gott, gieße deine Erleuchtung und deine Offenbarung in meine Seele. Fülle sie mit deiner Gnade …"

Vicky sang mit Inbrunst und schaute ergriffen dem Prediger zu, wie er feierlich vom Altar herunterschritt. Als er an Vickys Reihe vorbeikam, hoffte sie, er würde ihr noch einmal einen Blick zuwerfen, sie noch einmal beachten, denn zu gerne würde sie ihm zeigen, dass sie nun die Transformation verstanden hatte, sie nun alles tun würde, was notwendig war, um den entscheidenden Schritt zu machen.

Doch der Priester ging an ihr vorbei, ohne sie zu beachten, und verließ den Saal durch die Doppeltür.

Die Gemeinschaft, Vicky und die Oberdirektorin schlossen sich Reihe für Reihe den Amtsträgern an und zogen ebenfalls singend aus dem Saal aus.

Montag, am frühen Morgen

Vicky stand vor einem kleinen Gartenhäuschen, dessen Tür weit offenstand und sie förmlich zum Eintritt aufforderte. Neugierig ging sie hinein und fand sich plötzlich in einem kleinen Raum mit einer großen, breiten Couch wieder. Die Couch war voller Kissen, und alles fühlte sich weich und behaglich warm an. Es duftete nach Zimt und Vanille. Vicky legte sich hin und kuschelte sich in die Decke. Der Stoff schmiegte sich zärtlich an ihren nackten Körper.

Plötzlich war jemand neben ihr.

Ihre Mutter.

Sie streichelte Vicky zärtlich über die Wange und ergriff liebevoll ihre Hand.

Alles um sie herum war warm, angenehm und anschmiegsam. Alles war voller Liebe, Vertrauen und Geborgenheit. So willkommen im Leben hatte sich Vicky noch nie gefühlt.

Sie legte sich in den Schoß ihrer Mutter und kuschelte sich fest an sie.

Dabei spürte sie die Berührungen, das sanfte Streicheln ihrer Haare, des Gesichts, der Wangen und der Stirn.

Sie lag in einem warmen, weichen Kokon voller Vertrautheit und Fürsorge.

Montag, 08:00 Uhr

Die Morgensonne, die durch das Fenster hereinstrahlte, flutete den Raum mit Licht und ließ Vicky erwachen. Noch völlig in ihrem Traum gefangen, erhob sie sich langsam und rieb sich die verschlafenen Augen. Das Gartenhäuschen, ihre Mutter, die Berührungen und die Gefühle des Traums waren noch unglaublich präsent. Vicky konnte sich nicht erinnern, jemals so einen intensiven und zugleich schönen und friedlichen Traum geträumt hatte.

Sie schaute sich in dem Zimmer um und rief sich den gestrigen Abend wieder ins Gedächtnis. Die Oberdirektorin und sie waren nach der Séance zusammen mit der Gemeinschaft zu einem Fest geladen, bei dem sie viele Menschen kennengelernt, viele Hände geschüttelt, viele Umarmungen empfangen und viel Zuspruch erhalten hatte. Die Zuversicht und die positive Energie, die sie an dem Abend bei allen Brüdern und Schwestern spürte, waren etwas völlig Neues für sie gewesen, sodass die Zeit wie im Flug vergangen war.

Irgendwann hatte die Erschöpfung sie dann so sehr übermannt, dass die Oberdirektorin sie in ihr Haus mit dem weitläufigen Wohnzimmer zurückgebrachte. Im Obergeschoss war für sie ein Zimmer hergerichtet worden. Ihre Mutter hatte sie noch ins Bett gebracht und sich mit einem Kuss auf die Stirn verabschiedet.

Vicky schlug die Decke auf und bemerkte, dass sie nur ihren Slip und ihr T-Shirt trug. Sie rutschte aus dem Bett und trat an das Fenster, schaute aus dem Zimmer hinaus über die Dächer der Stuttgarter Innenstadt. Die Stadt lag friedlich vor ihr und glänzte in der Morgensonne, die sich durch die dicken, grauen Wolken der letzten Tage gekämpft hatte.

Als sie so gedankenversunken auf die Stadt heruntersah, klopfte es an der Zimmertür.

„Ja?"

Die Oberdirektorin erschien und begrüßte sie strahlend: „Guten Morgen, Prinzessin."

Vicky strahlte zurück, überlegte kurz, ob sie sie mit Mutter oder Mama ansprechen sollte, entschied sich dann aber dafür, dass ihre Mutter für sie erst mal weiterhin die Oberdirektorin blieb und antwortete dann nur: „Guten Morgen."

„Ich hoffe, du hast gut geschlafen?"

Vicky nickte.

„Im Bad findest du deine Sachen, wenn du fertig bist, gibt es unten Frühstück. Meine Rühreier sind legendär."

Sie schloss die Tür, ohne auf eine Antwort Vickys zu warten. Vicky hörte sie die Treppe hinuntergehen.

Sie ging in das angrenzende Bad und fand ihre Klamotten auf einem Stuhl, fein säuberlich zusammengelegt. Als sie nackt vor dem Badspiegel stand, betrachtete sie ihren Körper. Sie fand sich schon immer attraktiv, doch momentan sah sie einfach göttlich aus. Sie war schlank, hatte einen schönen festen Busen, und ihre Muskeln zeichneten sich deutlich sichtbar an ihren Armen, am Bauch und den Beinen ab. Die Wunde am Oberarm war vollkommen verheilt und die Narbe nicht mehr zu sehen.

Sie fühlte sich sehr wohl und unglaublich stark.

Diese permanente Leere, die sie so lange sie denken konnte, verspürt hatte, füllte sich mit etwas, das sie nicht genau beschreiben konnte. Es war auch egal, was es war, Hauptsache es war da. Hauptsache, ihr altes Leben war verschwunden.

Kurze Zeit später ging sie frisch geduscht die Treppen ins Erdgeschoss hinunter. Sie fühlte sich so gut wie noch nie in ihrem Leben. Als sie durch das weitläufige Wohnzimmer in die Küche trat, saß Chanyeol am Küchentisch und sprach mit ihrer Mutter.

„Ich bin mir nicht sicher, aber ich glaube, es war Guillermo Velayéz", sagte er zur Oberdirektorin und stopfte sich etwas Rührei in den Mund. Seine gute Stimmung verbesserte sich noch mehr, als er Vicky bemerkte.

„Guten Morgen, Vicky", platzte er mit glänzenden Augen und vollem Mund heraus, sprang auf und umarmte sie herzlich.

Vicky erwiderte die Umarmung und blickte über seine Schulter zur Oberdirektorin, die am Herd stand und ihr zulächelte.

„Chanyeol", ermahnte ihn die Oberdirektorin, „wir sind noch nicht fertig."

Chanyeol machte ein gequältes Gesicht und sagte zu Vicky: „Ich werde gerade über die Geschichte der Rosenkreuzer-Meister abgefragt."

Sie setzten sich an den Tisch.

„Also noch mal: Wer hat die rituellen Amtsträger eingeführt und war Wegbereiter für den ägyptischen Ritus?“

Chanyeol seufzte hilflos.

Vicky fiel ein Name ein: „Cagliostro“, sagte sie, ohne groß nachzudenken.

Die Oberdirektorin drehte sich erstaunt um.

„Ach, richtig, Cagliostro war es“, antwortete Chanyeol und fuhr fort: „Von ihm stammt der 4. Vers des Schekinqah: Man muss immer voranschreiten, man muss immer säen …“

„… und es den anderen überlassen, die Ernte einzubringen“, vollendete Vicky den Satz.

Chanyeol blickte sie mit offenem Mund an, genauso verblüfft wie sie selbst.

In den Augen der Oberdirektorin glaubte Vicky, Stolz und Anerkennung zu erkennen, und sie goss Vicky eine Tasse von dem Tee ein, der so köstlich duftete.

Nach dem Frühstück wurde die Oberdirektorin von zwei Barritern abgeholt. Sie verabschiedete sich wieder mit einem Kuss auf Vickys Stirn: „Bis zum Nachmittag bin ich wieder hier, meine Prinzessin. Ich hoffe, du bist dann auch noch da, wir haben noch so viel zu bereden.“

Chan brach einige Minuten später auf. Er sprach von einem wichtigen Termin, den er nicht verpassen dürfe.

Nun saß Vicky auf einem Mauervorsprung auf dem Dach des Milaneos, blickte über die Stadt und steckte sich eine Lucky an. Der erste Zug an der Kippe, den sie sonst so intensiv genoss, schmeckte immer noch seltsam. Vicky betrachtete verwundert die Zigarette. Sie zog erneut daran. Der Geschmack in ihrem Mund wurde schlimmer. Der Tabak schmeckte widerlich und ihre Zunge fühlte sich taub und pelzig an.

„Merkwürdig“, dachte sie.

Da sie kein Verlangen nach einem weiteren Zug hatte, schnippte sie die Zigarette vom Dach und dachte nicht weiter darüber nach. Sie hatte Besseres zu tun. Wichtigeres.

Sie horchte tief in sich hinein, um sich über ihre Gefühle klar zu werden. Sie fand Ruhe und Zufriedenheit, ja fast so etwas wie Erfüllung. Völlig ungewohnte Gefühle.

Sie ließ den gestrigen Tag Revue passieren und stellte fest, dass sie nun ein vollkommen anderes Bild von der Bruderschaft hatte als noch ein paar Tage zuvor.

Nicht die Bruderschaft war das Problem, sondern die anderen. Die Welt da draußen. Alles, so hatte Vicky das Gefühl, war aus den Fugen, alle dachten nur an sich. Eigentlich wollte die Bruderschaft nur zur wahren Gemeinschaft zurückkehren, der Menschheit eine Chance für einen Neuanfang geben.

Sie konnte daran nichts Schlechtes, Schlimmes oder Durchgeknalltes mehr erkennen. Für sie klang das nun richtig und nachvollziehbar.

Ja, das war der einzige Weg. Sicher, es würde Opfer geben. Viele Opfer. Vielleicht würde es auch Unschuldige treffen. Aber gab es die nicht immer, wenn ein wichtiges Ziel erreicht werden musste?

Ja, je mehr sie darüber nachdachte, desto sicherer wurde sie sich.

Es war der richtige Weg.

Das Vibrieren ihres iPhones in ihrer Lederjacke riss sie aus ihren Gedanken. Sie nahm das Handy in die Hand.

Die Nummer von Hektor Cordes tauchte auf dem Display auf.

Ohne zu zögern, drückte sie den Anruf weg. Dabei erinnerte sie sich an den USB-Stick in Schlüsselform, den sie ihm aus dem Schreibtisch gestohlen und noch immer nicht untersucht hatte. Sie zog den Stick aus ihrer Tasche und spielte damit in ihren Händen. Sie spürte, dass sie an einem wichtigen Scheideweg in ihrem Leben stand. In dem Moment wusste sie, was zu tun war. Sie holte aus und warf den Stick mit all ihrer Kraft und im großen Bogen vom Dach des Milaneos. Als sie ihn in der Tiefe verschwinden sah, empfand sie große Erleichterung, so als ob ihr ein Rucksack voller Steine von den Schultern genommen würde.

Es war nicht mehr wichtig, was sich auf dem Stick befand. Es war egal.

Gegen Mittag tauchte Chanyeol auf und nahm sie zum Mittagessen mit in das Hauptgebäude.

Als sie den Essensraum betraten, saßen die anderen Brorkinder schon an dem langen Tisch und machten sich über das Mittagessen her. Die Stimmung war ausgelassen. Zwei Plätze waren noch frei. Ein Platz am Kopfende und einer rechts daneben. Durch Vickys Eintreten wurde es augenblicklich still im Raum. Sämtliche Augen waren auf sie gerichtet. Vicky hatte wegen Rowin immer noch ein schlechtes Gewissen. Sie fing an zu schwitzen und biss sich nervös auf die Unterlippe. Auch Chanyeol war nervös, denn seine Blicke wanderten flackernd von Vicky zu den Brorkindern und zurück.

Sie wollte gerade das Wort ergreifen, da stand Eva auf, die Frau, die ihr heimlich den Raum mit dem Sprengstoff und dem seltsamen Gerät gezeigt hatte.

Das Pflaster auf ihrem Nasenrücken war inzwischen verschwunden und die Wunde nicht zu sehen. Eva blickte Vicky mit einem euphorischen Gesichtsausdruck an und begann, in die Hände zu klatschen. Erst langsam und leise, dann immer stärker und schneller. Nach und nach standen die anderen Brorkinder auf und taten es ihr gleich.

Ich gehöre zu ihnen, dachte Vicky, ich gehöre jetzt wirklich hierher.

Sie setzte sich mit Chanyeol an den Tisch und nickte den anderen dankbar zu. Die Brorkinder setzten sich ebenfalls wieder, und sofort war die Stimmung ähnlich heiter wie zuvor.

Vickys Teller wurde gefüllt mit Nudeln und Salat. Während sie zu essen begann, blickte sie in die Runde. Je mehr sie die Brorkinder kennenlernte, so registrierte sie verwundert, desto größer wurde ihre Zuneigung zur Gemeinschaft. Sie fühlte sich das erste Mal im Leben gut aufgehoben.

Diese Brorkinder hatten ähnliche Dinge wie sie durchgemacht, hatten eine ähnliche Vergangenheit, die gleiche Gegenwart und vermutlich dieselbe Zukunft.

Vicky verband mehr mit ihnen, als sie gedacht hatte.

Sie genoss das Gefühl, auf eine spezielle Art und Weise für ihre Zukunft mitverantwortlich zu sein.

War das nun ihre Familie?

Ihr iPhone vibrierte in ihrer Jackentasche, die hinter ihr über der Stuhllehne hing.

Sie zog das iPhone heraus, starrte auf das Display. Es war Luke.

Vicky stand auf, entschuldigte sich kurz und verließ das Wohnzimmer und das Haupthaus.

Am Rand des Daches angekommen, zog ein kalter Wind vorbei, der Vicky frösteln ließ. Als Luke erneut anrief, blickte sie nochmals kurz auf das Display.

Dann holte sie aus und warf es mit all ihrer Kraft vom Dach des Milaneos herunter.

Dienstag, 10:32 Uhr

Als Vicky am darauffolgenden Morgen aufwachte, fühlte sie sich so erholt und ausgeruht wie lange nicht. Obwohl sie den gestrigen Abend bis spät in die Nacht mit Chan, Eva und den anderen Brorkindern verbracht hatte, fühlte sie sich fit – ja, fast wie neugeboren. Sie hatte keine Drogen genommen, aber Kinder von Traurigkeit waren die anderen Brorkinder gerade auch nicht. Überrascht hatte sie festgestellt, dass sie nicht die einzige trinkfeste Auserwählte der Bruderschaft war. Naike, eine junge Frau aus Bruchsal, deren süßes Lächeln unglaublich symmetrische Zähne sichtbar werden ließ und ein etwas introvertierter, blonder Junge, an dessen Namen sie sich nicht mehr erinnerte, hatten locker mitgehalten. Zu dritt hatten sie versucht, die Bar leer zu trinken, als die anderen Brorkinder schon längst im Bett verschwunden waren.

Seltsam war nur, dass sie keinen Kater hatte. Früher hätte sie erst mal einen Hafen Kaffee und eine Handvoll Kopfschmerztabletten gebraucht.

Sie erhob sich und setzte die nackten Füße auf den grauen Teppich vor ihrem Bett. So verharrte sie einen Augenblick, um einen klaren Gedanken zu fassen.

Wieder achtundvierzig Stunden vergangen. Bei dem Gedanken an die letzte, die fünfte Spritze kam ein ungewohntes Gefühl in Vicky auf. Zufriedenheit. Zufriedenheit und Stolz. Sie brauchte die Injektion für die Transformation. Und jetzt wollte sie die Spritze auch. Das war ihr mittlerweile klar.

Wie hatte sie daran nur zweifeln können? Davor. Früher. In einem anderen Leben.

Sie schüttelte den Kopf. Wie dumm und naiv sie doch gewesen war.

Sie griff sich hinter das linke Ohr, um die frische Wunde zu betasten. Suchte nach der frischen Einstichstelle. Aber da war nichts.

Keine frische Einstichstelle. Keine letzte Impfung.

Vickys Herz schien kurz stehen zu bleiben. Wie konnte das sein? Sie tastete nochmals, aber da war nichts. Keine Spritze.

Sie blickte sich in dem Zimmer um.

Rechts neben der Tür stand die Kommode aus ihrer Wohnung, oben drauf das Aquarium. Ihr Aquarium. Darin schwammen ihre fünf Lieblinge ruhig und friedlich hin und her.

„Irgendetwas stimmt hier nicht."

Im Nu war sie an der Kommode, hatte die Schublade aufgerissen und das Etui in der Hand. Sie öffnete es.

Verblüfft und ratlos starrte sie in das offene Etui. Darin befanden sich fünf Spritzen. Alle leer, so wie es sein sollte. Doch warum hatte sie dann keine frische Einstichstelle?

Jetzt verstand sie gar nichts mehr. Ihre Hand ging zurück hinter das linke Ohr. Nein, sie hatte sich nicht getäuscht. Da war nichts.

Verdammter Mist, entfuhr es ihr. Wie ist das möglich?

Sie ließ das Etui in die Schublade fallen und setzte sich auf das Bett. Dann suchte sie ihren Körper nach einer anderen Einstichstelle ab. Vielleicht hatte sie die allerletzte Impfung ja woanders gesetzt. Doch nach einigen Minuten Suche gab sie auf. Sie konnte nichts finden.

Sie versuchte zu begreifen, was das bedeuten konnte. Irgendjemand wollte verhindern, dass die Impfung vollständig sein würde. Aber wer? Und warum?

Ihr Blick fiel auf den Radiowecker. 10:32 Uhr.

Daneben lag ihr iPhone.

Sie wollte automatisch danach greifen, da fiel es ihr wieder ein.

„Moment mal. Habe ich es gestern nicht ...?“

Sie hätte schwören können, dass sie es vom Dach geworfen hatte. Oder hatte sie das nur geträumt?

„Es wird immer verrückter“, sagte sie laut zu sich.

Dann klopfte es an der Tür.

„Ja?“

Die Tür ging auf und Evas Lockenkopf erschien.

„Wie sieht's aus? Kommst du mit ins Training?“, fragte sie mit ihrem süßen, leicht französisch klingenden Akzent.

Vicky dachte kurz daran, Eva von der fehlenden Impfung zu erzählen, entschied sich dann aber erst mal dagegen. Besser, es bleibt vorerst mein Geheimnis, dachte sie.

„Ich habe noch nichts gefrühstückt“, antwortete sie stattdessen und bemühte sich dabei, ruhig und entspannt zu klingen.

„Hast du denn Hunger?“

Vicky horchte in sich hinein und war überrascht:

„Eigentlich nicht.“

„Dann komm, zieh dich an. Deine Klamotten sind alle in dem Schrank da.“

Vicky stand auf und bemerkte Evas Blick, der ihren Körper begutachtete. Sie trug nur einen Slip.

Sie ging zum Schrank, öffnete ihn und registrierte nagelneue, fein säuberlich einsortierte Klamotten, die genau nach ihrem Geschmack zu sein schienen. Bloß nicht wundern, dachte sie, griff nach Unterwäsche, einer grauen Leggings und einem kurzen, ärmellosen Top.

Sie zog sich rasch an. Die Klamotten passten wie angegossen. „Spooky", ging es ihr durch den Kopf.

„Los geht's", sagte sie zu Eva. In Gedanken fügte sie noch hinzu: „Um die fehlende Impfung kümmere ich mich später. Jetzt brauche ich erst mal Ablenkung."

Eva führte sie aus dem Haus in einen der kleineren Bungalows, in der sich ein vollständig ausgestattetes Fitnessstudio mit Boxring und Ringermatten befand. Kurz bevor sie beide eintraten, hielt sie Eva noch einmal zurück und blickte sie mit fragender Miene an.

„Kennst du diesen Tom eigentlich näher", fragte sie beiläufig.

„Tom? Welchen Tom", antwortete Vicky überrascht.

„Deinen Nachbarn aus dem Studentenwohnheim."

„Ach, den." Vicky überlegte fieberhaft, was die Frage bedeuten sollte. Und was sie antworten würde.

„Er ist einfach jemand, der ganz nett ist. Und ja, eine Bettgeschichte ist er auch. Aber mehr nicht. Jedenfalls nicht für mich. Warum fragst du?"

Eva lächelte sie kurz an, bevor sie entgegnete: „Nur so. Er ist ja auch in der Bruderschaft, da dachte ich, ihr kennt euch vielleicht näher."

Als beide das Fitness-Studio betraten, hatte sich Vicky wieder gefangen.

„Schon mal Kampfsport gemacht?", fragte sie mit keckem Blick.

Eva antwortete etwas angeberisch:

„Savate, seit ich sieben bin. Krav Maga, seit ich 16 bin."

Vicky hatte von beidem zwar noch nie gehört, ließ sich aber nichts anmerken, sprang mit einem Satz in den Boxring hinein und griff nach den dort liegenden Boxhandschuhen.

Eva zögerte zunächst, folgte ihr dann aber.

Als sie die Boxhandschuhe anzog und einen der Zahnschutzringe aus dem Eimer fischte, fühlte sich Vicky bärenstark. Tom hatte sie schon wieder vergessen.

Eine gute Stunde später kniete Eva völlig verschwitzt, leicht lädiert und schwer atmend in der Ecke des Boxrings. Es war ein ungleicher Kampf gewesen, und dabei hatte sich Vicky nicht einmal anstrengen müssen. Und obwohl Eva eine geübte Kampfsportlerin zu sein schien, hatte sie keinen einzigen Schlag platzieren können.

„Ich bin platt, Vicky, du bist einfach unglaublich", brachte sie gerade noch so hervor und atmete schwer.

„Sorry, wenn ich dich zu hart rangenommen habe. Ich arbeite noch ein bisschen mit Gewichten, wenn es dir nichts ausmacht."

Eva hob lässig die Hand und verabschiedete sich keuchend in Richtung Dusche.

Vicky zog in den Freihantelbereich und begann dort mit ihrem üblichen Programm, das sie normalerweise mehrmals die Woche absolvierte. Beim Griff nach den Gewichten fragte sie sich, wann sie das letzte Mal trainiert hatte.

Das muss Wochen her gewesen sein, dachte sie. Das Leben von früher war so weit weg, seit sie Teil der Bruderschaft geworden war.

Die Hanteln fühlten sich federleicht an. Viel zu leicht. Sie überlegte kurz und griff nach schwereren Gewichten. 15 Kilo, 17,5 Kilo, 20 Kilo. Doch so hart sie auch trainierte, irgendwie schaffte sie es nicht, ihre Schmerzgrenze zu erreichen. Früher war spätestens bei 17,5 Kilo Schluss gewesen, weil ihre Unterarme dichtmachten. Diesmal nicht. Selbst bei 25 Kilo verspürte sie noch keine Grenze, ganz im Gegenteil.

Jetzt wurde sie euphorisch.

Sie legte die Hanteln ab. Liegestütze: 10. 20. 30. Schnelle und präzise Bewegungen.

Wahnsinn. Es ging einfach so weiter. Verrückt.

Plötzlich stand Eva neben ihr:

„Ich geh jetzt in die Sauna. Kommst du mit?“

Sie war gerade bei der 50. Liegestütze angekommen und hin- und hergerissen. Einerseits passierte gerade irgendetwas mit ihrem Körper, andererseits war ein Saunaaufguss mit Eva durchaus verlockend. Bei dem Gedanken an den Anblick ihrer üppigen Brüste war die Entscheidung schnell gefallen.

6

Die nächsten Tage

Die kommenden Tage vergingen für Vicky wie im Flug.

Aus der heißen Nummer in der Sauna war mittlerweile eine intensive Affäre geworden, was auch dazu beitrug, dass sich Vicky in der Gesellschaft der Brorkinder immer wohler fühlte. Anfangs dachte sie noch an die fehlende fünfte Impfung. Doch irgendwann beschloss sie, niemandem davon zu erzählen und es als ihr kleines Geheimnis für sich zu behalten. Sie fühlte sich nach wie vor körperlich wie neugeboren, und eine Impfung mehr oder weniger wird schon nichts ausmachen, sagte sie sich.

Sie lernte weitere Dinge über die ECH-Bruderschaft, die Wichtigkeit ihrer Mission und Einzelheiten über die kommende Transformation kennen. Wie ein Schwamm sog sie alle Informationen auf, sie schienen ihr nur so zuzufliegen. Oft konnte Vicky die Sätze ihrer Lehrer beenden, ohne genau zu wissen, warum. Sie hatte das Gefühl, schon immer Teil dieser Gemeinschaft gewesen zu sein. Auf eine eigenartig unheimliche Weise wusste sie plötzlich Dinge, ohne sie je gelernt zu haben.

Merkwürdig war nur, dass sie ihre Mutter kaum noch zu Gesicht bekam.

Mittlerweile kannte sie viele Brorkinder und Barriter mit Namen. Und sie hatte gelernt, sich selbstständig in dem komplexen Tunnelsystem durch das unterirdische Stuttgart zu bewegen.

Katla hatte sie seit der Messe im Kuppelbau nicht mehr gesehen. Mittlerweile war sie sich nicht mehr sicher, ob es tatsächlich Dragos rechte Hand gewesen war, die im Kuppelsaal gewesen ist oder ob ihr die Fantasie einen Streich gespielt hatte.

Über Asger hatte sie von den anderen Brorkindern erfahren, dass er bei ECH in Ungnade gefallen und zur unerwünschten Person erklärt wurde. Sie hatte allerdings keine Ahnung, was das bedeutete.

Sie dachte in der ein oder anderen Nacht mit Eva auch an Tom, Luke und Nesra. Luke hatte sich bei ihr nicht mehr gemeldet und von Tom hatte sie ebenfalls nichts mehr gehört. Sie traute sich auch nicht, die ECH-Bruderschaft nach ihm zu fragen, und überhaupt hatte sie kein sonderlich großes Verlangen danach, die Menschen aus ihrem alten Leben zu treffen. Sie hatte verstanden, dass sie bei der Transformation eine der Schlüsselrollen spielen würde und war von den täglichen meditativen und körperlichen Übungen so vereinnahmt, dass sie an ihr früheres Leben keinen Gedanken verschwendete. Sie vermisste nichts, im Gegenteil. Mit Verwunderung fühlte sie eine wachsende Vorfreude auf den einen, großen Tag.

Die Messen der Amtsträger der Großloge, allen voran von Frater Angel Suarez, wurden nun mehrmals die Woche abgehalten.

Vicky war mittlerweile regelmäßiger Gast der gemeinsamen Séancen geworden. Die Inhalte der Gottesdienste unterschieden sich von Abend zu Abend sehr stark, sodass Vicky eine Vielzahl der Riten der ECH-Bruderschaft kennenlernen durfte.

So nahm sie an einem Abend an dem „Mystischen Mahl“ teil.

Bei dieser Zeremonie wurde offiziell der Übergang der Brorkinder von der Phase der Gelbung, der Citrinitas in die Phase der Rötung, der Rubedo, begleitet.

Der Gedanke daran weckte in Vicky lebhafte Erinnerungen:

In der Mitte des Saales wurde ein mit weißen Leinen bedeckter Tisch aufgestellt. Darauf befand sich eine Schale mit aufgetürmten kleinen Fleischstücken und einem großen Kelch Wein.

Alle teilnehmenden Brorkinder, ausgestattet mit einem langen, hölzernen Stab in der Hand, kreisten sieben Mal um den Tisch. Bei jeder Umrundung deuteten sie einen Kniefall und eine Verbeugung in Richtung Osten an. Anschließend verharrten sie an der Stelle, an der der Großmeister stand, am Kopfende. Er nahm die Schale mit dem Fleisch, aß einen Brocken und ließ den Rest von Hand zu Hand gehen.

Das Fleisch schmeckte zäh, ranzig und sehr salzig. Vicky wusste nicht, von welchem Tier es stammte. Sie kaute endlos auf dem Brocken herum. Als jeder Anwesende ein Stück gegessen hatte und ihr der Weinkelch gereicht wurde, hatte Vicky noch immer die gummiartige Masse im Mund. Sie musste all ihren Willen aufbringen, um den Klumpen unzerkaut herunterzuschlucken. Danach trank sie aus dem Kelch, um die Reste hinunterzuspülen, was allerdings nicht einfach war, denn der Wein war lauwarm und fühlte sich eher wie dickflüssiger Sirup an, der ihr die Kehle hinunterkroch. Vicky würgte mehrmals, versuchte aber, sich nichts anmerken zu lassen und beobachtete Eva, die nach ihr an der Reihe war. Sie und die anderen Brorkinder schienen keine Probleme mit dem übel schmeckenden Fleisch und dem süßen Wein zu haben, stellte Vicky irritiert fest.

Als der Kelch die Runde gemacht hatte und leer wieder beim Großmeister ankam, drehte der ihn auf den Kopf und stellte ihn auf den Tisch. Dann zog er eine Papierrolle aus seiner Robe und hielt sie für alle Brüder und Schwestern gut sichtbar aufgerollt vor seine Brust. Auf dem Papier war eine gelbbäuchige Ratte aufgemalt und in großen schwarzen Druckbuchstaben ein Wort geschrieben: „*CITRINITAS.*“ Als der Großmeister jedem Brorkind tief in die Augen geschaut hatte, zerknüllte er das Papier, legte es in den Kelch und entzündete es. Nachdem von dem Papier nur noch ein kleines Häufchen Asche übriggeblieben war, hob er die Arme, klatschte einmal laut in die Hände und sprach den ersten Satz des Abends: „*Et consummatum est.*“ – „Und es ist abgeschlossen“, kam es Vicky automatisch in den Sinn.

Nachdem sie und die anderen Brüder und Schwestern ebenfalls den Satz wiederholt hatten, verließen sie wortlos den Saal.

An einem anderen Tag nahm sie an einer Taufzeremonie eines neugeborenen Babys teil. Die Eltern waren beide langjährige Anhänger der Bruderschaft und standen stolz neben dem Altar. Das Baby lag schlafend in den Armen der Mutter und kümmerte sich nicht um die vielen Anwesenden.

Frater Angel Suarez eröffnete die Zeremonie mit einer Predigt über den Wechsel von Ebbe und Flut, von Tag und Nacht, von Sommer und Winter und vom Leben und dem Tod. Nach der Predigt begann die eigentliche Taufe. Eine katzengroße, dickbäuchige Ratte wurde in einem Käfig hereingebracht.

Der Großmeister öffnete den Käfig, ergriff das grotesk große Tier mit seiner linken Hand am Nacken und zog es grob heraus. Die Ratte wehrte sich, zischte und keifte und strampelte, sodass der Großmeister all seine Kräfte aufbringen musste, um sie so hochzuhalten, dass alle Anwesenden sie gut sehen konnten.

„Wer das Reich Gottes nicht annimmt wie ein Kind, wird nicht hineinkommen."

Daraufhin hielt er die Ratte über eine Schale, die auf dem Altar abgestellt war, nahm mit der anderen Hand ein schmales, langes Messer auf und schnitt dem Tier mit einer fließenden Bewegung den Bauch auf. Als das laute Quieken der sterbenden Ratte leiser wurde und dann ganz verstummte, war noch ein leises, kaum wahrnehmbares Fiepen zu hören, das Vicky zuerst nicht zuordnen konnte. Der Großmeister griff in den aufgeschlitzten Bauch der Ratte und zog einen lebendigen Fötus hervor. Die Augen des kleinen Wesens waren noch verschlossen und an der nackten, rosafarbenen Haut war noch kein Fell zu erkennen. Mit dem blutgetränkten Messer schnitt er auch den winzigen Körper des Rattenfötus auf und ließ das hellrote Blut über die Stirn des Babys tropfen.

Vicky beobachtete fasziniert wie in dem Moment, als der Fötus starb, das Baby erwachte und laut zu schreien begann.

„Du bist nicht gekommen, um Frieden zu bringen, sondern das Feuer." Mit diesem Satz beendete der Großmeister mit einem zufriedenen Lächeln das Ritual und stimmte ein Auszugslied an, in das Vicky und alle anderen lauthals einfielen.

Für Vicky wurden diese Zeremonien zum festen Bestandteil ihres Tagesrhythmus. Zugleich spürte sie, dass sich die Stimmung in der Gemeinschaft von Tag zu Tag veränderte. Die Bruderschaft wurde nervöser und dünnhäutiger. Als fieberten sie einem besonderen Ereignis entgegen.

Dem Tag der Befreiung, der alles verändern würde.

Noch wusste niemand, wann es so weit war.

Selbst bei der Oberdirektorin, wenn sie überhaupt da war, entdeckte Vicky Zeichen von Ungeduld. Das äußerte sich dann meist darin, dass sie ECH-Mitglieder unbeherrscht anschrie, wenn irgendetwas nicht nach ihren Vorstellungen lief.

Als sie an einem Samstagmorgen in den Armen Evas aufwachte, spürte sie instinktiv, dass irgendwas passiert war.

Sie riss die Augen auf und spähte in die Dunkelheit.

Durch die Rollladen fiel schwaches Morgenlicht in das Zimmer.

Sie befreite sich von der warmen Umklammerung Evas und setzte sich im Bett auf. Vicky horchte in sich hinein. Irgendetwas stimmte nicht. Nervös biss sie auf ihrem Lippenpiercing herum.

Einen Herzschlag später ging mit einem ohrenbetäubenden Krach eine Alarmsirene los.

Samstag, 10:00 Uhr

„Es hat ein Angriff auf uns stattgefunden."

Dem Ton der Oberdirektorin war zu entnehmen, dass die Lage ernst war.

Vicky stand, gemeinsam mit den anderen Brorkindern, wie elektrisiert inmitten des künstlich angelegten Parks vor dem Haupthaus des Stützpunktes.

In der halben Stunde davor war alles drunter und drüber gegangen. Ein Barriter war kurze Zeit nach dem Alarm in ihr Zimmer gestürzt. Vicky hatte sich nach dem Alarm sofort angezogen, trug eine schwarze, enge Jeans, ihre Doc-Martens-Stiefel, einen dunkelblauen Hoodie, ihre schwarze Lederjacke und sie griff sich gerade ihren schwarzen, dicken Schal. Eva war ebenfalls schon zum Aufbruch bereit.

In größter Eile wurden sie gemeinsam mit den anderen nach draußen gebracht.

Auf dem Weg dorthin kamen sie an einem der versteckten Aufzüge vorbei, der vom Dach des Milaneos in die unterirdischen Katakomben der ECH führte.

Die Aufzugstür war geöffnet, der Aufzug selbst allerdings nicht zu sehen. Aus dem dunklen Schacht stieg heller Rauch auf. Vicky hielt sich ihren Schal vor den Mund, als sie an der nach verbranntem Gummi stinkenden Stelle vorbeihastete.

Einige Minuten später standen sie alle, umringt und bewacht von den Barritern, auf dem Kiesplatz mitten auf dem Dach des Milaneo und beobachteten mit wachsender Unruhe die Oberdirektorin.

Ihre Mutter schritt in Gedanken versunken einige Meter vor ihnen auf und ab. Wie ein Tiger im Käfig.

Vickys Blick wanderte nach links zu Chanyeol, dann nach rechts zu Eva.

Niemand sagte ein Wort. Jeder wartete auf einen Befehl der Oberdirektorin.

Vicky zog den Schal etwas enger um den Hals. Der Wind hatte stark aufgefrischt. Die dunklen Wolken hingen regenschwer am Morgenhimmel und zogen mit beeindruckender Geschwindigkeit an ihnen vorbei.

Um sie herum standen in einigem Abstand mehrere Barriter, die ihnen den Rücken zugedreht hatten, um einen Ring um die Gruppe der etwa dreißig Brorkinder zu bilden. Vicky bemerkte, wie ihre Aufpasser die Umgebung aufmerksam taxierten und sich gelegentlich verstohlene Blicke zuwarfen. Ab und an bewegte ein Barriter seine Lippen, nuschelte in sein Headset, oder griff fast beiläufig mit einer Hand in den Mantel. Sie konnte die Spannung, die in der Luft lag, fast greifen.

Plötzlich war ein weiterer dumpfer Knall zu hören. Gefolgt von leiseren, etwas kleineren Explosionen. Nicht sehr laut und auch nicht sehr nah, aber Vicky war sich sicher, bei dem Knall für den Bruchteil des Momentes eine Vibration des Bodens gespürt zu haben.

Leichte Panik machte sich breit, alle blickten sich besorgt an.

„Der Feind…", sagte die Oberdirektorin.

Alle blickten gebannt zur Anführerin. Bei dem Wort „Feind" wusste Vicky sofort, wer gemeint war.

„… hat es heute Nacht geschafft, in unsere unterirdischen Gänge einzudringen und große Teile unseres Netzwerks zu zerstören. Viele unserer tapferen Brüder und Schwestern haben für uns heute Nacht ihr Leben gegeben."

Ein erschrockenes und bestürztes Raunen ging durch die Gruppe.

Vicky schaute sich um, ob sie irgendjemand vermisste. Sie hatte in den letzten Tagen viele ECH-Mitglieder kennen und schätzen gelernt.

„Auch jetzt noch kämpfen viele unserer Freunde gegen sie an, um das Wichtigste zu beschützen, was diese Welt hat. Uns. Die Erwecker der Chymischen Hochzeit."

Aus den Augenwinkeln bemerkte Vicky, wie Chanyeol sie ängstlich ansah. Eva tastete unruhig nach Vickys Hand und ergriff sie.

Die Oberdirektorin fuhr mit bebender Stimme fort: „Aber die Feinde werden scheitern. Denn heute ist der Tag gekommen! Der Tag der Transformation!"

Aufgewühlt schauten sich die Brorkinder untereinander an. „Heute ist der Tag der Transformation?", echote Eva ebenso ungläubig wie ehrfurchtsvoll. Chanyeol starrte wie hypnotisiert ins Leere.

Bestürzung, Angst, Wut und Hass war in den Gesichtern der anderen zu lesen. Diejenigen, die schon begriffen, was dies für die Bruderschaft bedeutete, umarmten sich und hatten Tränen in den Augen.

Vicky verspürte nur eines.

Erleichterung.

Erleichterung, dass der Tag endlich gekommen war.

Erleichterung, dass das Warten ein Ende hatte und sie nun endlich das tun konnte, für das sie bestimmt war, auf das sie in den letzten Wochen hingearbeitet hatte. Wofür sie hier waren. Die Transformation zu vollziehen und die Menschheit in eine neue Zeit zu führen. Mit ihr an der Spitze.

Ihr ging dabei ein Satz durch den Kopf, den sie in einer der zahllosen Schriften gelesen hatte:

„Jeder will in den Himmel, aber niemand will sterben."

Bei dem Gedanken daran trat sie vor.

„Wir sind bereit!", sagte sie laut und mit ruhiger Stimme, sodass sie jeder auf dem Platz hören konnte.

Die Oberdirektorin blickte sie mit glänzenden Augen an. Sie lächelte, ging einen Schritt auf Vicky zu und berührte mit der Hand ihre Wange. Sie bewegte für einen kurzen Augenblick lautlos die Lippen, fand dann aber ihre Stimme wieder und sagte zitternd: „Heute Abend. 22 Uhr. Die Liederhalle."

Samstag, 10:30 Uhr

Genau in dem Augenblick, in dem eine weitere Explosion die Stille unterbrach, rannte plötzlich ein Mann aus einem der Bungalows. Er war kahl rasiert und hatte einen dichten, schwarzen Vollbart. Er blieb für einen Augenblick stehen und blickte sich um, als ob er jemanden suchen würde. Als er die Brorkinder sah, begann er, wieder zu laufen. Vicky hatte das Gefühl, dass die Zeit für einen kurzen Moment stehen blieb, und sie den Mann in Zeitlupe betrachten konnte.

Er trug ein spinnenartiges Tattoo auf dem Schädel und sein Blick wirkte völlig wahnsinnig. Im vollen Lauf zog er einen altertümlichen Säbel unter seinem Mantel hervor und nahm Kurs auf das Brorkind, das ihm am nächsten stand. Fast gleichzeitig zogen sämtliche Barriter ihre Schusswaffen und richteten sie auf den heranstürmenden Angreifer.

Doch bevor die Barriter einen Schuss abgeben konnten, tauchte wie aus dem Nichts Katla auf. In einer fließenden Bewegung zog sie eine ihrer Pistolen aus dem Halfter und brachte den Mann mit zwei gezielten Schüssen zum Stehen. Am Kopf und in der Brust getroffen, brach der Lanzenjäger lautlos zusammen. Nur sein Säbel machte ein schepperndes Geräusch, als er auf den Boden fiel.

Katla verschwand wieder genauso schnell, wie sie gekommen war.

Es dauerte einen Moment, bis die Barriter und allen voran die Oberdirektorin sich aus der Starre lösten. Mit einem kurzen Kommando forderte sie alle auf, das Dach zu verlassen und sich nach unten zu begeben. Die gesamte Gruppe setzte sich in Bewegung und begab sich hastig zum nächstgelegenen Eingang des Treppenhauses. Nachdem einige Barriter vorauseilten und die Treppe abgesichert hatten, folgten die Brorkinder. Allen voran Vicky und ihre Mutter.

Mit jedem Stockwerk spürte Vicky die wachsende Unruhe der Gruppe in ihrem Rücken. Sie hörte Worte wie: „Beeilt Euch!" oder „Schneller!" Dauernd stolperte jemand und fiel hin, was zu Schreien und Flüchen führte. Vicky legte fast automatisch an Tempo zu. Als sie endlich im Erdgeschoss angekommen waren und das Gebäude verließen, fand sie sich auf einem der Vorplätze wieder.

Das Einkaufszentrum war schon geöffnet, denn mehrere Kunden gingen in dem Gebäude ein und aus.

Von hinten stolperte der letzte Rest der Gruppe heraus und versuchte, sich ebenfalls zu orientieren.

Auf der Taxispur rechts neben dem Vorplatz standen mehrere dunkle Limousinen mit getönten Scheiben. Barriter warteten schon bei den Wagen und wirkten beunruhigt. Als sie die flüchtende Bruderschaft entdeckten, öffneten sie sofort die Autotüren.

Die übrigen Barriter bildeten ein ringförmiges Spalier um die Brorkinder, um sie vor den Passanten und möglichen Angreifern zu schützen. Die Oberdirektorin nahm Vicky an die Hand und bewegte sich so schnell wie möglich über den Vorplatz in Richtung der wartenden Limousinen.

Zwei Barriter, einen davon hatte Vicky schon mal bei einer der Messen gesehen, winkten die Oberdirektorin und Vicky heran. Ohne zu zögern, schob die Oberdirektorin Vicky hastig auf die Rücksitzbank der Limousine, deren Motor schon lief.

Einer der Barriter setzte sich hinters Steuer. Der andere wollte sich gerade auf den Beifahrersitz schieben, als die Oberdirektorin ihn an der Schulter zurückhielt:

„Sie sind doch Thorge, oder? Fahren Sie meine Tochter ins Safe House bei der alten Fabrik!“, befahl sie so laut, dass Vicky das Zittern in ihrer Stimme hörte. Erst als Thorge nickte, ließ die Oberdirektorin ihn einsteigen.

Dann wandte sie sich durch die offene Autotür Vicky zu:

„22 Uhr. Die Liederhalle! Du weißt, was zu tun ist.“ Ihre Stimme bebte, aber der Blick ihrer Augen war kalt.

„Sag es“, flehte Vicky in Gedanken. „Bitte sag, dass alles gut wird.“

„Ich verlasse mich auf dich“, fügte die Oberdirektorin leise hinzu, blickte zu Boden und schlug dann die Autotür zu.

Das Auto bretterte los. Vicky schnallte sich an und dachte an die nächsten Stunden. Vor allem an den Erreger, der ihr an einem besonderen Ort übergeben werden sollte.

Sie saß allein auf der Rückbank, blickte hinter sich durch die Heckscheibe und sah ihre immer kleiner werdende Mutter, wie sie Anweisungen gab und Brorkinder in die Autos verteilte, die dann mit quietschenden Reifen losfuhren.

Dann war erneut ein lauter Knall zu hören.

Samstag 11:15 Uhr

Vicky blickte erschrocken hoch und sah dunkle, dichte Rauchschwaden, die vom Dachgeschoss hinauf in den grauen, verregneten Morgenhimmel stiegen. Aus der Ferne hörte sie bereits die Sirenen der Feuerwehr, die im Anmarsch war.

Mit einem Ruck riss der Fahrer das Lenkrad nach links und ließ so das Auto, ohne vom Gaspedal zu gehen, um die Ecke driften. Durch die abrupte Richtungsänderung wurde Vicky durch die Fliehkräfte auf die Seite geschleudert und klebte an der Innenseite der rechten Autotür. Das Milaneo, die Oberdirektorin und die anderen waren nicht mehr zu sehen.

Sie richtete sich wieder auf, blickte nach vorne und versuchte zu verstehen, was passiert war.

Sie war schon mit einer komischen Vorahnung aufgewacht.

Seltsam.

Dann der Angriff auf sie, auf die ECH-Bruderschaft, auf die unterirdischen Gänge. Der Lanzenjäger, der auf dem Dach erschien, ließ Vicky erzittern. Die Flucht durch das Treppenhaus … voran die Oberdirektorin.

Und dann ihre letzten Worte: „Ich verlasse mich auf dich."

Bei dem Gedanken an diesen letzten Moment hatte Vicky einen Kloß im Hals. Sie spürte wie die Tränen, die ihr in die Augen schossen, die Welt um sie herum verschwimmen ließen.

Sie biss sich auf ihr Lippenpiercing.

Reiß dich zusammen, Vic!, ermahnte sie sich. Du hast eine Aufgabe.

Hoffentlich hatten alle unverletzt den Stützpunkt verlassen können, Eva, Chanyeol und die anderen. Sie waren ihr Schutzschild. Auch heute Abend.

Um 22 Uhr. In der Liederhalle.

Als das Auto erneut mit einer viel zu hohen Geschwindigkeit und quietschenden Reifen in eine Linkskurve jagte, wurde Vicky mit ihren Gedanken wieder in das Hier und Jetzt befördert.

Noch immer fuhr der Fahrer der Limousine mit hohem Tempo durch die Stadt.

Sie hielt sich verkrampft am Türgriff fest, warf einen Blick nach draußen und bemerkte, dass der Wagen gerade über den Pragsattel fuhr und auf die Spur Richtung Autobahn wechselte.

„Hey, wo fahren wir hin?", fragte Vicky verblüfft.

Von den beiden Vordersitzen kam keine Antwort.

Der Fahrer hielt stur auf die Autobahn Richtung Heilbronn zu.

„Hallo! Ich habe euch was gefragt!"

Die beiden Männer blickten sich für einen kurzen Moment belustigt an.

„Was soll das? Hallo, ich rede mit euch!", schrie sie verärgert.

„Ihr wisst doch, wer ich bin. Wollt ihr Ärger mit der Oberdirektorin oder was soll diese Aktion?"

Thorge, der Barriter auf dem Beifahrersitz beugte sich langsam vor, griff zwischen seine Beine und drehte sich dann ruckartig zu ihr um.

Vicky stockte der Atem, als sie in den Lauf eines silbernen Revolvers blickte.

Der Barriter zielte direkt auf ihr Gesicht.

„Halt deine Klappe, du Schlampe", schrie er sie an.

„Natürlich wissen wir, wer du bist. Und deine blöde Fotze von Mutter wird uns ganz sicher bald keinen Ärger mehr machen"!

Die letzten Worte hatte er fast ausgespuckt.

Der Fahrer legte seine rechte Hand auf den Oberschenkel des Mannes, den ihre Mutter Thorge genannt hatte: „Pedro, bleib ruhig. Lass dich nicht provozieren. Bisher läuft doch alles nach Plan, reg dich nicht auf."

Vicky verstand kein Wort, aber langsam dämmerte ihr, dass die Dinge sich in eine unvorhergesehene Richtung entwickelten.

„Du weißt doch, wie lange wir auf den Tag gewartet haben", entgegnete Thorge, oder Pedro, wie immer er auch hieß, noch immer sehr erregt. „Ständig diese Maskeraden. Ich habe es kaum noch ausgehalten."

Der Fahrer antwortete: „Ich weiß, mir ging es ähnlich. Das Schlimmste waren diese Séancen. Was für eine Ketzerei."

„Aber es hat sich gelohnt", bei den Worten wedelte Pedro mit dem Revolver in Vickys Richtung und sprach mit einem triumphierenden Ausdruck weiter: „Gib mir eine Stunde mit ihr allein. Zu gerne würde ich sie mit meiner Judaswiege bekanntmachen, da kleben noch die Reste vom letzten Barriter dran."

Vicky saß wie versteinert auf der Rücksitzbank und wagte nicht zu atmen.

Eine Falle, dachte sie, das ist eine verdammte Falle. Und die beiden Clowns auf den Vordersitzen waren keine Barriter, sondern anscheinend Lanzenjäger.

Instinktiv suchte Vicky den Türgriff und zog daran. Verschlossen.

Pedro nahm davon scheinbar keine Notiz, er hatte sich beruhigt und schwelgte weiter in seinen grausamen Fantasien. „Wobei, wenn ich es mir recht überlege, sie soll ja so was Besonderes sein, da wäre die Ketzergabel vielleicht doch die bessere Wahl."

Mit einem Grinsen ließ er die Waffe sinken.

Vicky suchte mit wachsender Panik nach einem Ausweg.

Auch der Fahrer lachte jetzt leise, drehte sich zu Pedro und sagte: „Denkst du, mir geht es anders? Ich würde sie am liebsten …"

Aus dem Augenwinkel sah Vicky einen Schatten, der einen Bruchteil später mit hoher Geschwindigkeit und mit einem ohrenbetäubenden Krachen in das Auto einschlug.

Sofort spürte Vicky die Kraft, mit der der Audi von der Straße in den abschüssigen Graben gedrückt wurde. Beim Versuch des Fahrers gegenzulenken, wurde das Auto über den Graben in Richtung einer großen Wiese geschleudert und überschlug sich. Vicky flog auf der Rücksitzbank hin und her, hörte das Splittern von Glas und

ein ohrenbetäubendes, metallenes Quietschen.
Dann wurde um sie herum alles schwarz.

Samstag, 11:40 Uhr

„Viktoria!"

Vicky hörte von irgendwoher ihren Namen.

Sie hatte die Augen geschlossen. Ein seltsam vertrauter Geruch wehte ihr in die Nase.

„Viktoria!" Die Stimme war nun deutlich näher. Deutlich lauter.

Der Geruch wurde stärker. Eukalyptus.

Sie zwang sich, die Augen zu öffnen. Vor ihr erschien das entsetzte Gesicht von Hektor Cordes.

„Viktoria!"

Sie bewegte zur Bestätigung die Lippen, ohne zu wissen, ob sie einen Ton herausbrachte.

„Gott sei Dank, ich dachte schon, ich hätte dich umgebracht", sagte er.

Cordes schien aufrichtig erleichtert.

Sie lag auf dem Rücken und versuchte, sich aufzusetzen.

„Nicht so schnell", sagte Hektor Cordes ängstlich und zog sie langsam nach oben.

Als sie aufrecht saß, wurde ihr schwindlig. Ihr Kopf drehte sich, und sie hatte das Gefühl, dass sie sich fast augenblicklich übergeben musste.

Im Gras lag ein abgerissener Seitenspiegel. In dem gesplitterten Glas sah sie ein merkwürdig verzerrtes Gesicht. Ihr Gesicht. Blut lief ihr an der linken Schläfe herunter. Verwirrt griff sie sich an ihren Haaransatz. Sie hatte zwar keine Schmerzen, aber eine große Schnittwunde an der Seite.

„Was ist passiert?“ Sie blickte Hektor Cordes fragend an. Ihre Stimme hörte sich hölzern und fremd an.

„Ich hab euch härter erwischt, als ich wollte“, sagte er und machte dabei ein entschuldigendes Gesicht. Dann nahm er ein Taschentuch und drückte es fest auf die Wunde am Kopf.

Vicky verstand noch immer nicht.

„Wie fühlst du dich? Kannst du aufstehen?.“

Vicky nickte.

„Wir müssen weg hier, und zwar schnell! Komm, ich helfe dir auf.“

Er umfasste ihre schmalen Hüften und zog sie umständlich auf die Beine. Ihre Knie zitterten. Sie spürte mit einem Mal einen pulsierenden Schmerz in der Schulter, auch ihr Kopf meldete sich mit einem Dröhnen, und in ihren Ohren rauschte es.

Nachdem sie ihren Gleichgewichtssinn wiedergefunden hatte, erkannte sie, dass sie sich in einem Graben etwas abseits der Straße befanden.

Der dunkle Audi, in der sie vor einigen Augenblicken noch gesessen hatte, lag völlig geschrottet auf dem Dach einige Meter von ihr entfernt. Aus dem vorderen Bereich des Autos stieg grauweißer Rauch auf.

„Der Wagen hat sich mehrfach überschlagen, als ich euch von der Straße gedrängt habe. Das Seitenfenster ist dabei zerborsten. Ich habe dich hinten rausgezogen … Du hast riesiges Glück gehabt.“

„Sie haben uns gerammt?“

Hektor Cordes nickte und machte nun mit den Händen eine entschuldigende Geste: „Es ging nicht anders.“

Vicky blickte an Hektor vorbei, den Hang hoch und sah den ziemlich verbeulten Mini Cooper des Kommissars am Straßenrand stehen. Um das Auto hatten sich ein paar Menschen versammelt und schauten neugierig herunter. Einige hielten ihr Smartphone in die Höhe. Verdammte Gaffer, ging es Vicky kurz durch den Kopf.

Ihr Blick wechselte wieder zu Hektor Cordes und dann weiter zum rauchenden Autowrack.

„Was ist mit den beiden Arschlöchern? Sind sie noch da drin?"

Vicky machte bei den letzten Worten eine Geste in Richtung Autowrack.

„Ja, sie sind noch drin. Aber keine Angst."

„Angst?", fragte Vicky, und fügte mit einem trotzigen Unterton hinzu: „Hatte ich nicht."

„Es ist vorbei. Sie können dir nichts mehr tun."

„Was meinen Sie damit?"

Cordes antwortete nicht, sondern schaute nur in die Richtung des Autowracks.

„Sind sie tot?"

„Wie schon gesagt. Es ging nicht anders." Bei den Worten verzog Hektor Cordes sein Gesicht zu einer schrägen Grimasse, was Vicky als erfolglosen Versuch eines entschuldigenden Lächelns deutete.

Sie dachte noch über seine Worte nach, da wurden ihre Gedanken durch laute Rufe vom Hang über ihnen unterbrochen.

Hektor Cordes wirkte nervös: „Komm, wir verschwinden hier."

Plötzlich wurde von irgendwoher eine leise Sirene hörbar. Sie war zwar noch weit weg, wurde aber lauter.

Mit besorgtem Blick deutete Cordes in die Richtung der Sirenen: „Wir müssen sofort verschwinden. Wir sollten nicht mehr hier sein, wenn die Kollegen hier auftauchen." Bei den Worten ergriff er vorsichtig ihre Hand und zog sie hinter sich her.

Vicky folgte ihm fragend den Hang hoch: „Wenn die Kollegen auftauchen?", wiederholte sie seine Worte. „Sie sind doch auch bei dem Verein."

„Ja. N-Nein. Das ist was anderes", begann er zu stammeln.

Er drehte sich hastig zu ihr um, fuhr sich mit der rechten Hand durch die rötlich schimmernden, dünnen Haare und rang sichtlich um Fassung.

Sie sah ihn neugierig an und wartete auf eine Erklärung. In Cordes' Gesicht spiegelte sich für einen kurzen Augenblick Verzweiflung und Ratlosigkeit.

Doch dann hatte er sich wieder unter Kontrolle und fuhr nun wieder mit klarem Blick fort: „Egal, erklär ich dir später, jetzt erst mal weg hier."

Ohne sich groß um die verblüfften Schaulustigen am Unfallort zu kümmern, stiegen sie in den Mini, dessen Beifahrerseite ziemlich mitgenommen aussah. Vicky war überrascht, als der Motor schon beim ersten Versuch ansprang. Cordes gab ruckartig Gas und ließ die Menschentraube mit verblüfften Gesichtern hinter sich zurück.

Kaum waren sie unterwegs, kamen ihnen mit Blaulicht und Sirene ein Streifenwagen, gefolgt von einem Krankenwagen, entgegen. Als die beiden Autos mit einem Affenzahn an ihnen vorbeirauschten, drehte Hektor Cordes sein Gesicht ins Autoinnere. Die Polizisten in dem Wagen achteten allerdings nicht auf den doch recht auffälligen Mini, sondern konzentrierten sich auf die rasante Fahrt.

Samstag, 12:15 Uhr

Hektor Cordes und Vicky schlichen einige Minuten durch den zähen Stuttgarter Verkehr.

Richtung Innenstadt. Richtung ECH-Stützpunkt.

Vicky wurde durch das ständige Stop-and-Go übel. Vielleicht waren es die Auswirkungen des Überschlags. Ihr Kopf schmerzte, auch wenn die Blutung aufgehört hatte.

Wahrscheinlich habe ich eine Gehirnerschütterung, dachte sie. Was gäbe ich jetzt für eine Handvoll Aspirin.

Nein, rief sie sich zur Ordnung. Das wäre die alte Vic. So etwas brauche ich nicht mehr. Ich bin nun anders. Stärker. Reiß dich zusammen.

Sie versuchte, sich in einen inneren Entspannungszustand zu versetzen, so wie sie es in Sitzungen der Bruderschaft gelernt hatte.

Ihr Atem wurde ruhiger und die Kopfschmerzen wurden sofort schwächer.

Als sie sich wieder unter Kontrolle hatte, betrachtete sie den Kommissar.

War er überhaupt ein Kommissar? Vicky schaute neugierig zu ihm herüber.

Er saß angespannt am Steuer seines Minis und starrte abwechselnd von der Windschutzscheibe in die Außenspiegel zurück zum Innenspiegel und dann wieder raus auf den Verkehr, der immer zähflüssiger wurde.

Kleine Schweißperlen hatten sich auf seiner Stirn gebildet. Eine löste sich gerade an seinem Haaransatz und rann schneller werdend über seine rechte Schläfe am Ohr vorbei und blieb im Dreitagebart stecken.

„Verdammte Scheiße!", fluchte er, als er zum wiederholten Mal anhalten musste. Der Verkehr war nun komplett zum Erliegen gekommen. Er schlug auf das Lenkrad und raufte sich einmal mehr die Haare.

„Woher wussten Sie eigentlich, dass ich in dem Auto war", fragte Vicky.

„Was?"

„Na ja, wie haben Sie mich so schnell gefunden? Und wie kamen Sie darauf, dass die beiden Barriter mich entführen wollten?"

„Ich wusste es einfach", tat Cordes ziemlich geheimnisvoll. „Und auch sonst weiß ich inzwischen ziemlich viel. Mehr, als du dir vorstellen kannst. Nur weiß ich das Entscheidende noch nicht: Was ist das Ziel des Anschlags, wer führt ihn aus und wann soll der Erreger freigesetzt werden." Cordes schlug mit viel Wut auf die Hupe und machte einen langen Hals, um einen Blick auf die stehenden Wagen vor ihm zu erhaschen.

Der Verkehr setzte sich wieder langsam in Bewegung.

Vicky dachte an die Liederhalle und fing an zu überlegen. Sie konnte Cordes nicht vertrauen, so viel war sicher.

„Wir werden die Welt verändern", sagte sie stattdessen selbstsicher und voller Stolz.

Hektor Cordes blickte sie überrascht von der Seite an.

Er stoppte erneut den Wagen, atmete tief aus und drehte sich nun zu ihr: „Die Lanzenjäger sind heute Nacht in die Verstecke und Geheimgänge der Bruderschaft eingedrungen. Es gab mehrere Sabotageaktionen. Viele Menschen sind gestorben."

„Ja, das sagte uns die Oberdirektorin", antwortete Vicky und blickte dabei auf die Bonbon-Papierchen auf dem Autoboden.

„Aha? Das hat sie euch gesagt?", erwiderte Hektor. Seine Stimme war sichtlich erregt.

Er schlug erneut ungeduldig auf das Lenkrad.

„Gott, verdammt!" Er hatte sich nun nicht mehr unter Kontrolle. Auf seiner blassen Stirn trat eine dicke Ader hervor.

„Du hättest dein Handy nicht ausschalten dürfen. Ich habe versucht, anzurufen, konnte dich aber nicht erreichen. Egal." Hektor Cordes seufzte resigniert auf, dann hatte er sich wieder im Griff. „Fakt ist, sie haben dich die letzten Tage komplett abgeschottet. Ich kam einfach nicht an dich ran." Er sprach mittlerweile mehr mit sich selbst als zu Vicky.

Sie hatte ihr iPhone doch wieder. Hatte es nie weggeworfen, oder etwa doch? Nein. Sie hatte ihr iPhone in der Tasche. Definitiv. Was wollte er von ihr?

Sie verstand kein Wort von dem, was er sagte. Langsam verlor sie die Geduld,

Er verstummte, blickte an ihr vorbei aus dem Seitenfenster raus, beschleunigte plötzlich den Wagen und riss das Lenkrad ruckartig nach rechts, sodass sie mit hoher Geschwindigkeit über eine Busspur rasten. Hinter ihnen war das Hupen von verärgerten Autofahrern zu hören. Er bretterte mit dem Mini in eine Einfahrt auf einen Schotterplatz. Der Wagen kam abrupt zum Stehen und da Vicky nicht angeschnallt war, hatte sie Mühe, nicht in die Windschutzscheibe gepresst zu werden.

„Was soll das? Wollen Sie mich jetzt auch noch umbringen?“, blaffte sie ihn verärgert an.

Der Kommissar nahm die Hände langsam vom Lenkrad, legte sie ruhig auf seine Oberschenkel und wischte sich seine verschwitzten Hände an der Hose ab. Dann sagte er zu Vicky:

„Viktoria. Ich weiß, die Lanzenjäger sind schlimm. Sie haben Asger brutal gefoltert. Nach meinen Informationen konnte er fliehen. Sein Zustand dürfte allerdings nicht der beste sein …“

Vicky biss sich betroffen auf die Unterlippe.

„Diese verfluchten …“

„Nein, Viktoria“, unterbrach sie Cordes. Er atmete tief durch.

„Das ist es nicht, was ich meine. Ja, die Lanzenjäger haben Asger gefangen und ihn gequält. Aber er war schon bei den ECH zum Abschuss freigegeben. Er hat nicht immer nach der Pfeife der Oberdirektorin getanzt. Das hat ihr nicht gefallen, ganz und gar nicht. Sie wollte ein Exempel statuieren. Ich glaube, den Braten hat er gerochen. Er hatte allerdings so viel Angst vor deiner Mutter, dass er direkt in die Arme der Lanzenjäger gelaufen ist.“

Vicky schüttelte entschieden den Kopf. Dann dachte sie an den Anruf, den Asger bei ihrem ersten Besuch bei der Bruderschaft bekommen hatte.

„Sie würde nie …“

„Doch“, unterbrach er sie erneut. Er wusste, dass ihm nicht mehr viel Zeit blieb. Vicky wollte gerade protestieren, aber Cordes war noch nicht fertig.

„Sie hat Asger fallen lassen. Aber nicht nur das.“

Cordes schien seine rechte Hand auf ihre Schulter legen zu wollen, überlegte es sich dann aber anders.

„Tom ist tot.“

Es dauerte ein paar Sekunden, bis Vicky die Bedeutung der Worte begriff.

„Im Auftrag deiner Mutter.“

„NIEMALS!“, schrie sie ihn verzweifelt an.

Hektor Cordes blieb ruhig: „Sie hat ihn ermorden lassen. Sie muss rausbekommen haben, dass Tom für dich eine wichtige Person ist. So wichtig, dass er die Ziele der Bruderschaft gefährden könnte. Deshalb musste er sterben. Wir haben gestern Abend seine Leiche gefunden."

„Das kann nicht sein, sie würde niemals ... das würde sie nicht ..."

Etwas in Vicky sagte ihr, dass Cordes nicht log. Dass er ihr die Wahrheit sagte.

Cordes nickte und presste dabei die Lippen fest zusammen.

„Aber wieso war Tom denn überhaupt in der Bruderschaft ...?" Ihre Stimme versagte. Sie hatte das Gefühl, dass ihr der Boden unter den Füßen weggerissen und sie in ein unendlich tiefes, dunkles Loch fallen würde.

„Tom war eine Art V-Mann. Wir haben ihn in die Organisation eingeschleust. Dass er dann von der Bruderschaft den Auftrag bekam, dich zu überwachen, war natürlich ideal."

„Tom sollte mich überwachen?"

„Davon kannst du ausgehen. Das war ganz sicher kein Zufall, dass er direkt auf deinem Stockwerk eingezogen ist. Für uns natürlich ideal, so haben wir zwei Fliegen mit einer Klappe schlagen können. Leider hat er sich in dich verliebt. Ich vermute, die Bruderschaft wollte um jeden Preis verhindern, dass er mit dir reden würde. Das muss ihn das Leben gekostet haben."

Vickys Augen füllten sich mit Tränen.

Wann hatte sie Tom das letzte Mal gesehen? Wann das letzte Mal mit ihm geredet? Das muss eine Million Jahre her sein. In einer anderen Zeit. In einem anderen Leben. Sie erinnerte sich an sein markantes Gesicht, seine gutmütigen Augen, seine Lippen. Sie erinnerte sich an den Duft seiner lockigen Haare.

Sie dachte über das nach, was Cordes erzählt hatte. Seinen Auftrag. Und dass er nicht mehr mitspielen wollte. Sie schien Tom schon vergessen zu haben und doch kam er zurück mit einem Fußtritt in ihren Magen, zurück in ihr Leben.

In ihr neues Leben. Wenn es stimmte, was Cordes sagte, dann war Tom tatsächlich wegen ihr gestorben.

Und die Oberdirektorin soll seinen Mord beauftragt haben?

Hektor Cordes war noch nicht am Ende seiner Ausführungen:

„Das ist noch nicht alles, Vicky. Sie hat nicht nur Asger verraten und Tom ermordet. Sie hat auch einige andere Dinge in die Wege geleitet, die du dir nicht vorstellen kannst."

„Schluss jetzt!" Vicky hatte genug. Genug gehört. Bestimmt gab es eine überzeugende Erklärung für das Verhalten ihrer Mutter. Cordes war Polizist. Er versuchte, sie zu manipulieren. Egal, ob es die Wahrheit war oder nicht. Sie spürte, wie ihr die Galle hochkam. Sie riss die Tür auf und kotzte aus dem Auto.

Sie schmeckte die Gallenflüssigkeit in ihrem Mund, spuckte aus und fasste einen Entschluss:

Mit einem Satz war sie heraus und rannte los.

Samstag, 12:35 Uhr

„Hey! Sie dürfen hier nicht rauchen!", fuhr sie ein dicklicher, grauhaariger Mann an, der plötzlich vor ihr stand und sie nun mit seinen trüben Augen beobachtete. Vicky schätzte sein Alter auf mindestens achtzig.

Sie hielt seinem Blick stand, ohne ein Wort zu erwidern und zog stattdessen ein weiteres Mal an der Zigarette. Die Lucky schmeckte immer noch widerlich. Doch sie redete sich ein, dass sie das jetzt brauchte. Egal wie ekelhaft die Kippe war, sie musste jetzt unbedingt rauchen. Sie behielt den Zug für einen kurzen Moment in der Lunge, um den Rauch dann demonstrativ in die Richtung des alten Manns zu blasen.

„Unerhört. Einfach unerhört", maulte der herum. Statt einfach weiterzugehen, führte er jetzt Selbstgespräche. Vicky beobachtete die Zornesfalten auf seiner Stirn. Seine roten Bäckchen wurden noch roter und die Ader an seiner linken Schläfe fing gefährlich an zu pochen. Einen Moment befürchtete sie, dass der Mann vor ihr das Zeitliche segnen würde, aber anscheinend gehörte das zu seinem Ritual. Erneut zog sie an der Lucky, behielt den Rauch in der Lunge und nahm dann einen großen Schluck aus der Jägermeisterflasche.

Der alte Knacker blieb hartnäckig.

Als sich beim nächsten provokanten Raucherkringel ein unbeabsichtigter Rülpser dazwischenschob, hing für einen Augenblick ein Duft von Zigarettenrauch, Kotze und Jägermeisteraroma in der Luft. Der Körper des Mannes zuckte kurz zurück, dann machte er ein angewidertes Gesicht und trollte sich.

Endlich. Gleichzeitig hatte Vicky fast ein schlechtes Gewissen.

Unter normalen Umständen hätte sie sich ein Lächeln nicht verkneifen können. Unter normalen Umständen.

Stattdessen blickte sie verbittert und verwirrt durch die Halle des Hauptbahnhofes.

Nachdem sie aus Hektors Auto abgehauen war, war sie ziellos und in düstere Gedanken versunken umhergestreift. Irgendwie war sie hier gelandet.

Sie saß in der Nähe des kleinen Kiosks, bei dem sie die Flasche Jägermeister gekauft hatte, auf einer Bank und versuchte, einen klaren Gedanken zu fassen. Sie konnte den Sinn von Toms Tod einfach nicht begreifen. Sie war sich sicher, dass der Kommissar die Wahrheit gesagt hatte, dass er wirklich tot war. Aber ihre Mutter seine Mörderin? Das konnte sie nicht glauben. Warum sollte sie das getan haben? Aus welchem Grund?

Zu gern wäre sie in den ECH-Stützpunkt zurückgekehrt, aber sie wusste, dass das keine gute Idee gewesen wäre. Sie war der Entführung dank Cordes nur knapp entkommen und hatte keine Lust, noch einmal den Lanzenjägern in die Arme zu laufen.

Keine Spur weit und breit von ihrer Mutter und den Brorkindern. Was war mit Chanyeol, Eva und den anderen passiert? Hatten sie es geschafft? Sie alle wollten sich um 22:00 Uhr in der Liederhalle treffen. Dann würde der große Moment kommen. Ihr großer Moment, vielleicht der wichtigste in ihrem Leben. Vorher musste sie allerdings noch etwas abholen. Das Wichtigste überhaupt: den Erreger. Am frühen Abend in der Unibibliothek.

Die Bahnhofsuhr zeigte 12:41 Uhr an. Vicky stand auf und spülte den Geschmack der Lucky mit dem Rest in der Flasche hinunter. Zeit für einen Abstecher ins Studentenwohnheim.

Kurz darauf stand sie vor dem Gebäude und blickte durch die Glastür ins Innere.

Bei dem Anblick des hell erleuchteten Treppenhauses fühlte sie sich in ein altes, längst vergessenes Leben zurückversetzt. Dieses Gefühl wurde noch stärker, als sie das Gebäude betrat und in den 6. Stock hochfuhr.

Sie lief den Flur entlang, blieb vor Toms Wohnungstür stehen und sah in den Türspion. Sie hob den Arm, um zu klopfen, tat es aber nicht. Sie traute sich nicht.

Er war tot. Es war vorbei. Es würde niemand aufmachen, so sehr sie es sich auch wünschte. Sie zögerte. Sie spürte, wie sich die Verzweiflung aus ihrer Vergangenheit einen Weg in die Gegenwart suchte. Sie wollte nicht mehr die alte Vicky sein, sie war nun für etwas Neues, Besseres bestimmt, sie hatte einen Sinn, ein Ziel und eine Familie in ihrem neuen Leben.

Sie gab sich einen Ruck und drängte die aufkommende Sentimentalität zurück. Die alte Vicky gab es nicht mehr. Der Drang, es sich zu beweisen, in Toms Wohnung zu gelangen, war nun größer als die Angst vor der Vergangenheit.

Sie klopfte.

Einmal.

Nichts.

Noch einmal.

Nichts.

Sie drehte am Türknauf. Verschlossen.

Im Nu hatte sie ihr Butterfly-Messer aus dem Stiefel gezogen und das einfache Türschloss geknackt.

Langsam trat sie ein.

„Hallo?"

Niemand antwortete. Natürlich nicht.

„Tom?"

Stille.

Dann stand sie in der Wohnung. Es war sehr kalt, sofort bekam Vicky Gänsehaut und ihre Nackenhärchen stellten sich auf.

Sie schloss die Tür hinter sich und blieb im Flur stehen.

Noch mal: „Tom?"

Nichts. Natürlich nicht.

Sie ging von Zimmer zu Zimmer. Alles sah aus wie immer. Aufgeräumt, ordentlich und sauber. Auf dem Schreibtisch lagen noch seine sortierten Studienunterlagen für die nächste Vorlesung. Das Bett war gemacht und die Küche blitzblank. Alles war so, wie sie es bei Tom gemocht hatte.

Sie ließ sich auf das Sofa fallen, auf dem sie so viele Abende gemeinsam verbracht hatten. Eine Wolldecke lag ordentlich zusammengelegt neben ihr. Ihre gemeinsame Wolldecke.

In dem Moment begriff Vicky, dass sie Tom wirklich geliebt hatte und sie begann hemmungslos zu weinen.

Als sie einige Zeit später seine Wohnung verließ, fühlte sie sich besser. Sie hatte auf eine verquere Art Abschied genommen und seinen Tod akzeptiert.

Auf dem Weg zum Aufzug fiel ihr die Kelloggs-Frosties-Dose in ihrer Küche ein.

„Für besondere Zeiten", dachte sie und beschloss, ihre Abneigung gegen ihr altes Leben für einen kurzen Moment zu vergessen.

Sekunden später war sie in ihrer Wohnung. Sie fühlte sich tatsächlich fremd und verlassen an. Alles war leergeräumt. Die meisten ihrer Sachen befanden sich nun in ihrem Zimmer im ECH-Stützpunkt. Ob es nach dem Anschlag der Lanzenjäger überhaupt noch existierte? Wie es wohl jetzt ihren Fischen ging?

Als Vicky merkte, dass sich wieder das bleierne Gefühl der Einsamkeit und Hoffnungslosigkeit meldete, das sie in ihrer Wohnung immer überkam, ging sie schnell in die Küche, zog die Kelloggs-Frosties-Dose aus dem Küchenregal und öffnete sie.

Immerhin. Die Bruderschaft hatte ihr das Marihuana dagelassen. Sie stopfte das Tütchen mit dem Gras in ihren Rucksack, als sie auf dem Boden der Dose ein zusammengefaltetes Blatt Papier entdeckte.

Verdutzt zog sie es heraus. Sie konnte sich nicht daran erinnern, außer Drogen etwas anderes in der Dose deponiert zu haben.

Als sie das Papier aufklappte, stutzte sie. Es war ein Brief. Sie erkannte Toms Handschrift:

Liebe Vicky,

wenn Du das hier liest, bin ich wahrscheinlich tot.

Vermutlich haben mich die ECH umgebracht, denn sie sind mir auf den Fersen. Chan hätte mich bei Dir niemals sehen dürfen, vor allem nicht an diesem Abend. Seitdem sind sie extrem misstrauisch; sie haben Angst, dass irgendetwas bei der Transformation schiefläuft.

Ich werde trotzdem versuchen, abzuhauen und melde mich bei Dir, wenn ich in Sicherheit bin.

Wenn ich mich nicht melde, dann bitte vergiss nie:

Ich liebe Dich.

Ich bin mir nicht sicher, ob Du für mich dasselbe empfunden hast, wie ich für Dich, aber das ist o. k.

Das war es immer.

Vicky, ich will es Dir schon seit Längerem sagen, aber ich wusste nicht wie.

Du wirst manipuliert, belogen und betrogen.

Ich denke sogar schon Dein ganzes Leben.

Du wirst mir bestimmt nicht glauben, daher gehe zu Drago und frage ihn.
Geh zu Drago und sag ihm, es ist so weit: Der Ruf des Lazarus.
Bitte vertraue niemandem. Niemandem, außer Drago!
Schon gar nicht Deiner Mutter.

Tom

PS.: Mach Dir keine Sorgen – Ich habe vorgesorgt. Du wirst das Richtige tun.

Vicky war völlig sprachlos.

Sie versuchte, die Tränen, die ihr in die Augen schossen, zurückzuhalten, die Traurigkeit herunterzuschlucken. Vergeblich. Sie spürte, wie ihre Wangen feucht wurden.

Dann las sie den Brief erneut. Versuchte, sich auf den Inhalt zu konzentrieren. Was hatte er damit gemeint, dass sie betrogen und manipuliert wird?

Sie erinnerte sich an die Worte von Cordes und fühlte mit einem Mal, wie ihre Unsicherheit zurückkam. In den letzten Tagen war dieses Gefühl verschwunden, die Dinge hatten sich für sie zum Positiven verändert. Sie dachte an ihre Mutter, an Eva und an Chan, denen sie nähergekommen ist und die so etwas wie ihre Familie geworden sind. Sie dachte an die Bruderschaft und die Transformation, und sie ärgerte sich, weil sie merkte, dass der Zweifel zurückkam. Ja, sie hatte Skrupel, den letzten Schritt zu gehen, aber zugleich wusste sie, dass sie in ihr altes Leben nicht zurück konnte. Nicht zurück wollte. Mit Toms Tod, so fühlte sie, war die Tür endgültig zugefallen. Zum ersten Mal in ihrem Leben war Vicky vollkommen ratlos. Tom hatte sie geliebt, sonst hätte er diesen Brief nicht geschrieben. Und so sehr sie sich darauf verlassen wollte, dass Cordes mit den Anschuldigungen gegen ihre Mutter unrecht hatte, so wenig konnte sie jetzt Toms Warnungen ignorieren. Sie musste Antworten haben. Und sie wusste auch, wo sie die bekommen würde.

Was zum Teufel war der Ruf des Lazarus?

Und was hatte Drago damit zu tun? Woher kannten die beiden sich überhaupt?

Ihr blieb nur eins übrig.

Sie musste zu ihm.

Samstag 12:45 Uhr

Vicky stand in einiger Entfernung vor dem Eingang des Ocsids. Samstagmittag war traditionell immer noch oder schon wieder viel los im Club. Unentschlossen verfolgte sie eine Weile das Rein und Raus der Gäste, schaute den Limousinen und Sportwagen zu, die ankamen oder abfuhren und erkannte Gesichter, an deren Namen sie sich nicht mehr erinnerte.

Maurice, der Boss an der Tür, hatte sie längst bemerkt und warf ihr einen kurzen, fragenden Blick zu.

Irgendwann fand sie es albern, nur herumzustehen und sich vor dem Reingehen zu drücken. Außerdem wurde ihr langsam kalt.

„Hey Vic, dachte schon, du bist eingefroren", grüßte Maurice erstaunt, als sie vor ihm stand. Er öffnete die schwere Metalltür ins Innere des Bunkers. Und machte eine einladende Geste.

„Hallo Maurice", antwortete sie, „schön, dich zu sehen."

„Warst ja eine ganze Weile nicht mehr da. Dachte schon, dir wäre etwas passiert", sagte er und blickte sie fragend an.

Vicky schüttelte nur lächelnd den Kopf, berührte mit ihrer Hand sanft seinen mächtigen Oberarm, und betrat das Ocsid.

Wie immer wurde Vicky von der feuchten Hitze und den pumpenden Bässen des Clubs schlicht überwältigt. Einmal mehr kam ihr das Ocsid wie ein eigener Kontinent vor, mit anderen klimatischen Bedingungen, mit besonderen Gerüchen, Geräuschen und

Sprachen, bevölkert von Einwohnern, die nach ihren eigenen Gesetzen und Regeln lebten.

Auf dem Weg in den Nox Room begegneten Vicky wieder viele Dinge, die ihr so fremd und sogleich seltsam vertraut vorkamen.

Dabei war eigentlich alles wie immer: Die Garderobe und die Kasse mit den bekannten Gesichtern dahinter, das DJ-Pult im Mainfloor, die Käfige mit den spärlich bekleideten Tänzerinnen, der Weg die Plattform herunter in den Nox Room.

Wie oft war sie hier schon gewesen? Wie viele Tage und Nächte hatte sie hier schon verbracht? Und dennoch fühlte es sich für Vicky heute ganz anders an.

Statt der üblichen Vorfreude und Aufregung fühlte sie nur Scham und Ablehnung.

Sie betrat den Nox Room mit befremdlichen Gefühlen.

Der Raum war trotz der Mittagszeit brechend voll.

Auf der Tanzfläche war ein Metallgerüst aus kleinen Rohren aufgebaut. Daran aufgehängt waren mehrere tellergroße Duschbrausen zu sehen, die in einigen Metern Höhe über den Köpfen der Gäste befestigt waren.

Da die Tanzfläche noch trocken war, hatte die Show noch nicht begonnen.

Vicky registrierte ein paar Männer in Businessanzügen, die auf der linken Seite der kleinen Tanzfläche in einer Sitzgruppe saßen. An jedem Sessel war in Schulterhöhe ein schwebender Hippy Crack Ballon an einem silbernen Flaschenkühler befestigt. Die Gäste zogen immer wieder das Lachgas an kleinen Öffnungen aus den schwarzen Luftballons.

Ihr Blick wanderte weiter.

Als sie an einer der Bars Luke und Nesra stehen sah, schlug ihr das Herz bis zum Hals.

Nesra hatte sich nach vorn gebeugt und schien mit wild gestikulierenden Armbewegungen dem Kellner etwas zu erklären. Immer wieder zeigte sie auf bestimmte Getränkeflaschen hinter ihm.

Luke befand sich wenige Meter daneben und tanzte mit einer etwas pummeligen Frau, die ihren runden Hintern plump und auffällig an seinen Unterleib rieb.

Vicky hatte fast vergessen, wie gut Luke aussah. Er trug ein enganliegendes, schwarzes Shirt, das seine Oberkörpermuskeln zusätzlich betonte.

Wann hatte sie die beiden das letzte Mal gesehen? Es fühlte sich an wie eine Erinnerung aus einem anderen Leben. Aus einer anderen Zeitrechnung.

Ich darf mich nicht ablenken lassen. Jetzt bloß nicht den beiden in die Arme laufen, sagte sie sich. Sie konzentrierte sich wieder auf das, was vor ihr lag.

Sie hielt nach Drago Ausschau.

Er war nirgendwo zu sehen.

Sie versuchte, sich so unauffällig wie möglich zu Dragos Büro vorzuarbeiten.

Es ging leichter als gedacht.

Als sie einige Minuten später an der Bar Platz nahm und sie verstohlene Blicke in die andere Richtung warf, waren Luke und Nesra nicht mehr zu sehen. Zu viele Gäste versperrten den Blick.

„Hallo Vic, lange nicht gesehen", begrüßte sie eine breitschultrige, blonde Kellnerin, deren Namen Vicky nicht einfiel.

„Hi", presste Vicky mit einem Lächeln hervor. Sie fühlte sich zunehmend unwohler.

„Was willst du?", fragte sie die Kellnerin.

„Mit ihm reden", antwortete sie.

„Nein, ich meine, was willst du trinken?"

Tee, ging es ihr spontan durch den Kopf. Sie hatte nur Lust auf den köstlich würzigen Tee, den sie in den letzten Wochen so oft getrunken hatte. Den es hier natürlich nicht gab. Sie bestellte einen Wodka Sour.

Als die Kellnerin das Glas vor Vicky auf den Tresen stellte, sagte Vicky erneut: „Ich muss mit Drago reden, dringend."

Die Kellnerin nickte und verschwand in der Tür hinter der Bar.

Vicky saß da und drehte ungeduldig das Wodkaglas in ihren Händen.

Warum dauert das so lange? Sie wurde unruhig. Sie hasste es zu warten. Vor allem jetzt.

Sie blickte von ihrem Wodka auf, der noch immer unberührt vor ihr stand, drehte sich nach links und blickte in die tanzende Menge. Wenigstens war sie nicht Luke und Nesra in die Arme gelaufen. Aus irgendeinem Grund verspürte sie ein schlechtes Gewissen.

Plötzlich entdeckte sie Katla, die fast regungslos zwischen den tanzenden Körpern stand und nach irgendetwas Ausschau hielt. Als sie sich weiter in die Richtung drehte, in der Vicky saß und sich ihre Blicke trafen, erstarrte Katla in der Bewegung.

Sie kam, ohne Vicky aus den Augen zu lassen, zielstrebig auf sie zu, dabei schob sie Gäste auf ihrem Weg unhöflich beiseite.

Vicky hielt den Atem an. Sie überlegte fieberhaft, was die Anwesenheit von Katla bedeuten konnte.

Die Leibwächterin war noch einige Meter von ihr entfernt, da hörte Vicky plötzlich neben sich die laute Stimme Dragos: „Hallo Vic."

Vicky drehte sich zu ihm. Drago wurde von zwei Security-Mitarbeitern flankiert. Fast zeitgleich kam Katla bei ihnen an, blieb mit einem überraschten Gesicht stehen, als sie Drago entdeckte, blickte abwechselnd zu Vicky und ihrem Chef und wirkte für einen kurzen Moment unentschlossen.

Drago sah Katla verärgert an. Seine Augen formten kleine wütende Schlitze und musterten sie von oben herab.

Was ging hier vor? Spannungen zwischen Katla und Drago waren ungewöhnlich. Katla war ihm gegenüber immer loyal gewesen. Jetzt knisterte die Luft, und Vicky hielt die Luft an.

Noch bevor Vicky auf die Begrüßung Dragos antworten konnte, packte er Vickys Oberarm mit seiner rechten fleischigen Pranke: „Komm, wir müssen reden. Dringend!"

Er schob sie grob in Richtung seines Büros. Die beiden Mitarbeiter der Security, die ihn begleiteten, schirmten ihn so ab, dass niemand in seine Nähe kam.

Vicky sah aus dem Augenwinkel, wie Katla ihnen trotzdem in einigen Metern Abstand folgte.

Als sie den Tunnel zu Dragos Büro passierten, blieb einer der beiden Security-Mitarbeiter zurück. Der zweite Bodyguard und Katla folgten ihnen bis zur Bürotür.

Als Drago sie in sein Büro schob und hinter ihr eintrat, stellte er sich Katla entgegen.

„Das ist jetzt sehr privat, Katla“, sagte er bestimmt, und wollte die Tür schließen.

Katla protestierte: „Aber …“

„Ich sagte: privat!“ Dragos Stimme war schneidend laut und sein Blick ließ keine Widerworte zu. Katla gab die Tür frei: „Wie du meinst“, zischte sie, ohne ihre Verärgerung zu verbergen und blieb neben dem Bodyguard stehen. Drago schloss die Tür.

Mit einem Mal war es fast still im Raum. Vicky wusste, wie gut Dragos Büro gegen Schall isoliert war und vernahm nur noch ein leises, dumpfes Brummen der Bässe aus dem Nox Room.

„Setz dich“, sagte er bestimmt und deutete auf den Stuhl vor seinem Schreibtisch.

Vicky gehorchte.

Sie hatte mehrere Fragen auf der Zunge. Doch sie wusste nicht, wie sie anfangen sollte. Und mit was.

Sie saß regungslos in dem Stuhl, blickte auf die großen stummen Monitore, die das Ocsid aus den verschiedensten Winkeln zeigten.

Hinter ihrem Rücken hörte sie, wie Drago sich einen Drink mixte.

„Vic, wie lange kennen wir uns jetzt?“, fragte er in einem nachdenklichen Ton, während er langsam hinter seinem Schreibtisch Platz nahm und an dem Drink nippte.

Vicky überlegte kurz, öffnete dann den Mund, doch Drago kam ihr zuvor.

„Etwas mehr als drei Jahre“, beantwortete er sich selbst die Frage.

Vicky schaute ihn neugierig an.

Er stellte das Tumbler-Glas vor sich auf den Schreibtisch, entfernte die silbernen Manschettenknöpfe seines weißen Hemdes und legte sie daneben.

Danach krempelte er beide Ärmel bis zu den Ellenbogen hoch.

Als er seine muskulösen Unterarme freigelegt hatte, steckte er sich eine seiner teuer aussehenden Zigaretten an. Vicky erkannte die silberne Uhr mit dem schwarzen Ziffernblatt, die er um sein Handgelenk trug. Es war die Uhr, die Luke und sie vor einigen Wochen für ihn gestohlen hatten.

„Auch eine?“ Er hielt Vicky das Silberetui mit den Zigaretten hin.

Vicky nahm sich eine. Drago gab ihr Feuer. Nach dem ersten Zug drehte sie die Zigarette in ihren Fingern und betrachtete sie.

Erneut fiel ihr das kleine, goldene aufgedruckte Kreuz auf den Zigaretten auf. Seltsam dachte sie, habe ich das nicht vor Kurzem irgendwo anders gesehen?

Plötzlich nahm Vicky all ihren Mut zusammen: „Der Ruf des Lazarus“, presste sie die Worte kaum hörbar heraus, „was weißt du darüber?“

Drago blickte sie überrascht an. Dann verdunkelte sich seine Miene.

Vicky wiederholte ihre Frage: „Der Ruf des Lazarus. Drago, was weißt du darüber?“

Für den Bruchteil eines Momentes hatte Vicky das Gefühl, Drago würde die Fassung verlieren. Sein rechtes Auge zuckte und er schluckte hörbar. Dann war die Fassade, das Pokerface, das man von Drago kannte, wieder zurück.

„Dann ist es also passiert“, sagte er mehr zu sich selbst als zu Vicky. Er lehnte sich in seinem Stuhl zurück, drehte sich nach links und legte die Füße auf den Tisch. Mit traurigem Blick starrte er ins Leere.

Mit der rechten Hand ließ er seine vernarbten Fingerknöchel knacken, während er erneut an seiner Zigarette zog.

Nach gefühlt endlosen Minuten Stille hielt es Vicky nicht mehr aus.

„Also?", fragte sie.

Er musterte sie von der Seite, seine linke Augenbraue leicht hochgezogen.

„Ich mische mich normalerweise nicht gerne in die Pläne der Bruderschaft ein, aber wenn es nun so weit ist, muss ich Vorkehrungen treffen."

Vicky traute ihren Ohren nicht: „Das heißt, du weißt von den ECH?"

Drago schwang die Beine vom Tisch.

„Von den ECH, von der Bruderschaft, deiner Mutter und natürlich auch von ihren verrückten Plänen. Nein, halt, es geht ihr ja darum, die Welt zu retten. Nur, dass für die meisten anderen dann kein Platz mehr ist. Um deine Frage zu beantworten: Ja, ich weiß so einiges, was mir nicht gefällt."

„Und was bitte ist der Ruf des Lazarus?"

„Es ist eines der Code-Wörter, das Tom und ich ausgemacht hatten."

„Für was steht es?"

„Dafür, dass die Pläne der Bruderschaft in die heiße Phase gehen und …", Drago zögerte kurz, blickte dann traurig zu Boden, „… dass Tom dann wahrscheinlich tot ist."

„Was hast du mit dem Anschlag zu tun? Was kümmert dich Tom oder sein Tod? Woher kennst du ihn überhaupt?"

„Er ist mein Sohn." Drago griff sich mit der rechten Hand ans Auge, wischte sich eine Träne weg und hatte sich dann wieder im Griff: „Er war mein Sohn."

Jetzt war Vicky völlig von der Rolle.

Tom. Der Sohn von Drago?

Drago, der Vater von Tom?

Unglaublich. Unterschiedlicher konnten zwei Menschen doch kaum sein. Drago, grobschlächtig, brutal, ein Machtmensch, der sich holte, was er wollte. Tom, eher gewissenhaft, fürsorglich und der größte Streber, den Vicky je kennengelernt hatte.

„Vic, ich weiß nicht, wie gut du informiert bist, aber Tom war V-Mann beim LKA. Und zwar ursprünglich nur aus dem Grund, weil er Informationen über mich liefern sollte. Er hatte Cordes irgendwann mal gesteckt, dass unser Verhältnis ziemlich zerrüttet sei und er mit einigen meiner geschäftlichen Aktivitäten große Probleme hätte. Na ja, du kennst Tom ja … äh, du kanntest ihn ja. Cordes hat also angebissen. Irgendwann hat Cordes dann gemeint, dass die Quelle nicht so sprudelt, wie der Verein sich das erhofft hatte. Zudem hatten sie den Verdacht, dass Tom in beide Richtungen liefert. Also haben sie ihn von mir abgezogen und stattdessen auf die Bruderschaft angesetzt."

Drago machte eine kurze Pause, so als müsste er überlegen, was er Vicky erzählen könnte. „Was für mich natürlich wie ein Sechser im Lotto war."

„Wieso", fragte Vicky verwundert.

„Vic, in meiner Branche geht es vor allem um Wissen. Wissen ist Macht, wenn ich weiß, wann ein Anschlag stattfindet und auf welches Ziel, dann ist das viel wert."

„Geld. Dir geht es bloß ums Geld?"

Drago rieb Daumen und Zeigefinger seiner linken Hand aneinander und machte damit das Geldsymbol.

„Die kleinste Violine der Welt, Vic, darum ging es immer. Darum geht es immer. Sogar deiner sogenannten Mutter."

„Wir werden die Welt verändern", brachte Vicky trotzig hervor.

„Wir?" Dragos Lachen klang spöttisch.

Vicky blitzte ihn zornig an.

„Ich erzähle dir mal was über deinen Verein und deine ach so geliebte Mutter, die Oberdirektorin Gefühle für dich? Dass ich nicht lache. Wenn ich eine Frau kenne, die weiß, wie man Menschen manipuliert, dann deine Mutter."

Vicky öffnete den Mund, wollte etwas erwidern, aber sie schwieg verbissen.

„Denk nach! Warum klopft sie ausgerechnet dann an deine Tür, wenn die Bruderschaft große Pläne hat? Sie hat dich über zwanzig Jahre glauben lassen, dass sie tot ist, und auf einmal soll das alles einen Sinn gehabt haben?"

Drago schüttelte wütend den Kopf.

„Nein Vicky, du bist einfach ein nützlicher Bauer auf dem Schachbrett deiner Mutter, den sie nach Belieben von links nach rechts zieht."

Sie öffnete den Mund, wollte Drago klarmachen, dass er sich irrte, doch sie brachte kein Wort heraus. Dachte über den Moment nach, als Rowin sie überfallen hatte. Drago schien ihre Gedanken lesen zu können.

„Rowin, Eva, Chan – alles nur Figuren in ihrem Spiel. Es war kein Zufall, dass Rowin dich vergewaltigen wollte."

Drago bemerkte Vickys Verblüffung, ließ sich aber nicht irritieren. „Deine Mutter hat ihn geschickt, und sie wusste auch, dass du mit ihm fertig werden würdest. Und wenn du es nicht geschafft hättest, hätte sie es selbst erledigt. Das nennt man emotionale Nähe herstellen, Vicky. Du solltest zu ihrer Prinzessin werden."

Vicky musste schlucken.

Sie erinnerte sich an die Stunden danach, als sich ihre Mutter so um sie bemüht hatte. An die Nähe zwischen ihnen, die Vicky so vermisst hatte und die sie nicht mehr missen wollte. Um nichts in der Welt. Alles nur gespielt?

„Es gibt noch etwas, Viktoria, das du wissen solltest", sagte Drago.

Er sah niedergeschlagen und müde aus.

„Die junge Frau, wie heißt sie noch? Ah ja, Eva", sagte er.

„Was ist mit ihr?"

„Sie war auch auf dich angesetzt. Sollte dich verführen, dich an die Bruderschaft fesseln, emotional eine Bindung aufbauen und Vertrauen schaffen."

Asger, Tom, ihre Mutter, Chanyeol, Rowin, Eva.

Das war zu viel für Vicky.

Sie hielt es nicht mehr aus. Bekam keine Luft mehr. Das Büro schien immer kleiner zu werden, die Wände bewegten sich auf sie zu.

Plötzlich war draußen ein dumpfes, lautes Geräusch zu hören. Es kam direkt von der Tür.

Samstag, 14:00 Uhr

Vickys Blick wanderte zu Drago, der gebannt in Richtung des Lärms schaute. Er breitete betont langsam seine Hände auf dem Tisch aus und reckte das Kinn in die Höhe. Die Nähte seines enganliegenden Hemds knackten, als seine massigen Oberkörpermuskeln den Stoff fast zum Platzen brachten.

Seine kräftigen, vernarbten Finger hatte er auf den Tisch gelegt und die Handflächen leicht angehoben.

Wie ein Tiger, kam es Vicky in den Sinn, der kurz vor dem Absprung jede Muskelfaser anspannte.

Als die Tür aufgerissen wurde und laute House-Beats aus dem Nox Room das Büro von Drago fluteten, ging plötzlich alles rasend schnell.

Vicky sah den schlanken Körper Katlas hereinwirbeln, beide Arme auf Drago gerichtet. In den Händen zwei Pistolen, mit denen sie sofort das Feuer eröffnete.

Scheiße, was passiert hier, dachte Vicky noch, bevor sie dabei instinktiv in Deckung ging.

Sie ließ sich fallen und drückte den Stuhl in Richtung Katla, bevor sie unsanft auf dem Boden aufkam. Was Drago hinter ihr tat, sah sie nicht.

Über den Stuhl hinweg erkannte Vicky, wie Katla Richtung Sitzgruppe hechtete und sich hinter einem der Ohrensessel in Deckung begab.

Eine Sekunde hatte sie die schwarzen Pistolen frisch nachgeladen, und eröffnete aus ihrer Deckung wieder das Feuer.

„Fuck, Fuck, Fuck! Wie komm ich hier raus?“ Vicky schielte zwischen den Stuhlbeinen in Richtung Ausgang. Dort lag Dragos Bodyguard regungslos auf dem Boden, um ihn breitete sich eine Blutlache aus.

KAWUMM!, hinter ihr explodierte etwas mit einem ohrenbetäubenden Knall.

Der Ohrensessel, hinter dem sich Katla verbarg, verwandelte sich in Sekundenbruchteilen in Sperrmüll.

Ein erneutes KAWUMM.

„Drago!“

Sie drehte ihren Kopf nach hinten und sah ihn hinter seinem Schreibtisch stehen, eine doppelläufige, abgesägte Schrotflinte mit beiden Händen vor seinen Körper haltend.

Sein linker Oberarm sah merkwürdig deformiert aus, als ob ein Stück Fleisch fehlen würde. Sein Hemd war blutdurchtränkt.

Grimmig fixierte er Katla, blickte für einen Augenblick runter zu Vicky, die mittlerweile auf dem Boden kniete und schaute sie fragend an.

„Alles in Ordnung“, flüsterte Vicky zurück. In ihren Ohren klingelte es. Ihre Hände zitterten. Ihr Magen meldete sich und wollte den Jägermeister loswerden. Vicky würgte.

Drago lud nach und eröffnete erneut das Feuer.

Vicky schloss die Augen und hielt sich die Ohren zu. Die Wucht der Schrotflinte erinnerte sie an Kanonenschläge. Sie hatte das Gefühl, ihr Kopf würde gleich platzen.

Irgendwann war es still.

Sie spürte einen Griff an der Schulter, öffnete vorsichtig die Augen und blickte in Dragos Gesicht.

Maurice stand über den regungslosen Körper von Katla gebeugt und schien tonlos in sein Headset zu sprechen.

Um Katla hatte sich eine badewannengroße Blutlache gebildet. Der halbe Kopf war weggeschossen, und an der Wand hinter ihr befanden sich Spuren von Blut, Haut und einer grauen Masse. Die Wand selbst, Bilder und die Stühle hinter ihr waren mit zahllosen kleinen Löchern durchsiebt. Das ganze Büro sah aus wie ein Schlachtfeld.

Es roch nach Schießpulver, verbranntem Fleisch und Blut.

„Sie ist tot“, sagte Drago, und sie spürte die Erleichterung in seiner Stimme. Vicky war froh, überhaupt wieder etwas zu hören.

Drago atmete tief durch und zündete sich eine seiner Zigarren an. Dann blickte er Vicky an, so als wüsste er, was kommen würde.

„Warum?“, kam es ihr über die Lippen, „warum hat Katla das gemacht?“

Drago zuckte mit den Achseln: „Sie gehörte zur Bruderschaft der ECH und ich vermute, sie wollte um jeden Preis verhindern, dass ich mit dir rede.“

„Seit wann, weißt du von ihr und … und der Bruderschaft?“

Drago blickte mit leerem Blick auf die Leiche herunter und murmelte kaum hörbar: „Ich war Atheist, bevor ich erkannte, dass ich Gott bin.“ Ein gequältes Lächeln huschte über sein Gesicht, dann riss er sich von Katlas Anblick los: „Man kann leider in niemanden hineinschauen. Ich habe mir eingebildet, dass Katla, weiß, wo ihr Platz ist. Dass sie sich dann, wenn es drauf ankommt, für mich und gegen die Bruderschaft entscheidet. Jetzt glaube ich, dass sie von Anfang an auf mich angesetzt war. Ihre ganze Legende war offensichtlich ein Fake. Und ich war eitel genug, um es ihr zu glauben. Schlimmer noch: Ich kann nicht ausschließen, dass sie Tom verraten hat.“

Vicky sah Drago fragend an.

„Ich glaube, sie hat ihn irgendwann mal hier gesehen. Vielleicht hat sie auch ein Telefongespräch mitbekommen, das nicht für ihre Ohren bestimmt war.“

Vicky war verwirrt. Tausend Gedanken wirbelten in ihrem Kopf herum. Mit einem Mal fühlte sie sich entsetzlich müde.

„Was soll ich jetzt tun?“

Drago blickte sie nachdenklich an, runzelte die Stirn und zuckte mit den Schultern, als ob ihn das Ganze jetzt nichts mehr anginge.

Mittlerweile war ein kleiner Mann ins Büro geschlichen, der sofort auf Drago zuging. Er stellte seine braune Ledertasche auf dem Boden ab, runzelte kurz die Stirn, als er Vicky bemerkte und wendete sich dann Drago zu. Er nahm seine kleine Drahtbrille von der Nase, zog ein Taschentuch hervor und putzte die Gläser mit routinierten Bewegungen. Dabei spitzte er die Lippen, als ob er lautlos ein Lied pfeifen würde.

Ohne zu grüßen, ergriff der Mann das Wort: „Mr. Drago, was machen Sachen? Ts ts ts. Immer ich kommen her und helfen Sie. Sie müssen aufpassen auf sich.“ Er hatte einen osteuropäischen Akzent.

Bei den letzten Worten hatte er sich die Brille wieder aufgesetzt, bückte sich und zog eine Schere aus seiner Tasche. Drago grinste nur und machte mit beiden Händen eine theatralische, entschuldigende Geste. Die Bodyguards um ihn herum lachten.

Anschließend kam der Mann näher und fing vorsichtig an, das völlig blutdurchtränkte Hemd vom Oberkörper zu entfernen, indem er es mit einer Schere auseinanderschnitt. Von Drago kam kein Ton.

Er hatte zwei Schusswunden am Oberkörper, eine am linken Oberarm und eine in der linken Schulter. Der Mann, Vicky vermutete, es war ein Arzt, begann mit einer seltsam geformten Zange in der Wunde von Dragos Schulter herumzustochern.

Drago ließ sich von Maurice ein Glas Whisky einschenken und schnippte mit den Fingern nach seinem Pillendöschen.

Dann wendete er sich wieder an Vicky.

„Was du jetzt tun sollst?“, wiederholte er schließlich ihre Frage, die sie vor ein paar Minuten gestellt und fast wieder vergessen hatte. Er lächelte sie vielsagend an.

„Du wirst das Richtige tun. Da bin ich mir sicher.“

Dann fing er an zu lachen. Immer lauter und immer heftiger.

Vicky hasste ihn in diesem Augenblick.

Sie blickte zur Katlas Leiche, die nun von zwei Männern angehoben und in einen großen Plastiksack beseitigt wurde. Daneben stand schon ein ganzes Sortiment an Putzutensilien.

Ihr wurde in dem Moment klar, dass hier in fünf Minuten bis auf die Einschusslöcher in der Wand nichts mehr darauf hindeuten würde, dass hier jemand gestorben war.

Drago war schon wieder zur Tagesordnung übergegangen, Katlas Tod war ein lästiger Betriebsunfall, aber mehr nicht.

Vicky wollte nur noch weg hier.

Samstag, 20:45 Uhr

Als Vicky die schwere Metalltür der Unibibliothek aufdrückte und das in den 60er Jahren gebaute, am Rande des Uniparks stehende Gebäude betrat, dachte sie an Luke und Nesra. Sie hatten schon ewig nicht mehr miteinander gesprochen, und sie wusste auch nicht, ob sie sie jemals wiedersehen würde. Sie wollte den Gedanken nicht zu Ende denken. Wichtiger war das, was nun vor ihr lag. Sie musste sich auf das Wichtige, Wesentliche konzentrieren und all ihre Kraft dem einen Ziel widmen. Alle Zweifel, die sie seit Toms Tod beschäftigt hatten, beiseite schieben.

Sie ging durch den Empfangsbereich der Bibliothek, die trotz der späten Stunde gut besucht war. Viele Studenten lernten an den Wochenenden bis in den späten Abend, um sich danach in das Nachtleben zu stürzen. Vicky hatte in den letzten Jahren viel Zeit in der Unibibliothek verbracht. Allerdings weniger, um zu lernen, sondern meist, um Drogen zu verkaufen oder auf der Suche nach Dingen, die man schnell wieder loswerden konnte, wie zum Beispiel ein Handy oder ein Laptop, den sie zufällig mitgehen ließ.

Heute war sie allerdings aus einem anderen, viel wichtigerem Grund hier.

In wenigen Minuten würde sie hier den Erreger an sich nehmen. Versteckt in einem besonderen Buch. Danach sollte sie direkt zur Liederhalle fahren.

Nervös ging sie die Treppen in den obersten Stock hinauf, von wo sie einen guten Überblick über den Bibliothekssaal hatte. Das Gebäude war maisonetteartig aufgebaut. Der obere, offene Stock bot eine gute Möglichkeit, das darunter liegende Stockwerk und die zahllosen Bücherregale und Sitzreihen mit Studenten zu überblicken.

Da Vicky diesen Platz von ihren zahlreichen Raubzügen kannte, wusste sie genau, welche Sitzplätze am besten geeignet waren. Sie setzte sich an einen freien Platz in der ersten Reihe eines balkonartigen Vorbaus und beobachtete aufmerksam ihre Umwelt.

Einen Stock tiefer saßen auf etwa zwanzig Sitzreihen zahllose Studenten, die in Büchern blätterten oder auf den Bildschirm ihres Notebooks starrten. Als ob es an diesem Abend nichts Wichtigeres geben würde.

Auf der anderen Seite des Saals, direkt gegenüber von ihr, befand sich eine gigantische, sich über alle Stockwerke erstreckende Fensterfront, die bei Tageslicht einen Panoramablick auf den Unipark preisgab. Jetzt war es draußen so dunkel, dass sich auf der Fensterfront das Innere der Bibliothek widerspiegelte.

Sie liebte diese besondere Atmosphäre in der Unibib, wie sie von den Studenten genannte wurde. Obwohl so viele Menschen zusammenkamen, war es gespenstisch still. Nur ab und zu war ein Husten, ein Verschieben eines Stuhles oder ein Rascheln zu hören. Von draußen drang leise das Geräusch des pfeifenden Windes und das Plätschern des strömenden Regens nach innen.

Diese Anonymität, die trotz der vielen Studenten in der Bibliothek herrschte, bot Vicky einen perfekten Schutz.

Vor allem, wenn sie auf Beutefang war. Doch heute war alles anders.

Intensiver.

Sie war nervös. Auf eine ungewohnte Art und Weise nervös.

Viel zu nervös.

Sie wusste nicht, wie gefährlich der Erreger war. Sie wusste nur, dass sie nach einem kleinen, blauen Buch suchen musste.

Sie blickte auf die weiße Uhr mit den dicken, schwarzen Zeigern, die über dem Eingang an der Wand hing.

Es war kurz vor der vereinbarten Zeit, zu der sie eine spezielle Loge im oberen Stockwerk betreten sollte. Nicht zu früh, und nicht zu spät. Sie saß da, wartete und beobachtete ihre Umgebung.

Dabei fiel ihr eine attraktive, stark aufgebrezelte Studentin auf, die es sich gerade ein Stock tiefer auf einem freien Platz bequem gemacht hatte. Sie zog ihren Laptop aus ihrer Handtasche, stellte ihn vor sich auf den Tisch und klappte ihn langsam auf. Bevor sie ihren Rechner hochfuhr, betrachtete sie sich im Spiegelbild des Monitors, zupfte sich die langen Haare zurecht und strich sich sorgfältig über die Augenbrauen. Erschrocken entdeckte sie einen Pickel auf der Stirn, zog eine kleine Schatulle aus der Jacke und fing an, ihn mit Make-up zu überdecken.

„An einem anderen Abend wärst du mein erstes Opfer", dachte Vicky und schüttelte den Kopf.

Dann konzentrierte sie sich wieder auf ihre Umgebung.

In einer der hinteren Reihen biss ein Student herzhaft in einen Apfel, was ihm sofort tadelnde Blicke der um ihn herumsitzenden Studenten einbrachte.

Noch weiter hinten entdeckte Vicky das Sicherheitspersonal der Unibib. Zwei grauhaarige Männer, definitiv im Rentenalter, die, vermutlich um sich die mickrige Ruhestandsprämie aufzubessern, nebenher als Aufpasser arbeiteten Sie trugen dunkelblaue Overalls mit einem Namensschild auf der Brust. Vicky hatte die Männer schon öfter beobachtet. Sie wusste, dass die beiden sich mehr um sich selbst kümmerten. Keine Gefahr. Auch heute saßen sie in der hintersten Ecke an einem Tisch und spielten leise Schach gegeneinander.

Irgendwo vibrierte ein Handy.

Vicky schaute wieder auf die Uhr. Punkt 21 Uhr.

Nervös blickte sie in die Fensterfront und sah sich selbst im spiegelnden Fensterglas. Dabei fiel ihr zum ersten Mal eine Gestalt auf. Sie saß regungslos ein paar Meter links neben Vicky an einem Einzelarbeitsplatz. Der Platz war, ähnlich einer Telefonzelle, von drei Seiten mit schulterhohen Holzwänden umschlossen und sorgte so für mehr Privatsphäre. Er war nur auf der Vorderseite offen und sah somit wie ein kleiner Balkon aus. Diese Nischen waren unter den Studenten heiß begehrt und daher meist zu allererst besetzt.

Die Gestalt fiel Vicky deshalb ins Auge, weil sie eine Kapuze über den Kopf trug und sie weit ins Gesicht gezogen hatte.

Sie saß regungslos da. Die Arme vor der Brust verschränkt und den Kopf leicht zur Seite geneigt. Sie schien geradeaus in die Fensterfront zu blicken.

Wurde sie etwa beobachtet?

Vicky stand auf, um sich die verdächtige Person genauer anzusehen. Sie schob den Stuhl leise an den Tisch und ging in Richtung der Einzelzellen. Während sie den Gang entlang schritt, behielt sie die Person im Spiegelbild der Fensterfront im Auge.

Die Gestalt erhob sich ruckartig.

Vicky sah jetzt direkt hinüber. Die dunkelgraue Kapuze war gut zu sehen, da die Gestalt größer war als die Seitenwände der Nische. Ein Mann, ein großer Mann, schätzte Vicky. Die Gestalt öffnete die Tür und trat auf den Gang heraus, die Kapuze noch immer tief ins Gesicht gezogen. Vicky konnte das Gesicht nicht erkennen. Doch irgendwas an dem Mann kam ihr bekannt vor.

Die Gestalt verharrte regungslos auf dem Gang. Vicky wurde langsamer. Mit jedem Schritt, dem sie der Person näherkam, verließ sie der Mut. Etwa fünf Meter vor dem Mann blieb sie stehen. Er kam ihr merkwürdig vertraut vor. So als hätte sie ihn schon mal gesehen. Als sie den linken Arm des Mannes bemerkte, biss sie sich erschrocken auf die Unterlippe.

Er hatte keine linke Hand mehr. In seinem schwarzen Jackenärmel steckte eine metallisch glänzende Kralle, die wie ein grotesk aussehender Vogelschnabel auf und zu schnappte. Sie hörte das leise Knirschen der Metallteile. Oder bildete sie sich das ein? In ihrem Nacken stellten sich die kleinen Härchen auf. Sie bekam eine Gänsehaut.

Sein unter der Kapuze verborgenes Gesicht blickte in ihre Richtung. Dann zur Nische, die er eben verlassen hatte. Es war der verabredete Ort, an dem sich das blaue Buch befinden sollte. Plötzlich drehte sich die merkwürdige Gestalt auf dem Absatz um und lief los. Innerhalb weniger Augenblicke war der seltsame Mann aus ihrem Blickfeld verschwunden.

Vicky überlegte, ob sie die Verfolgung aufnehmen sollte, aber dann hatte sie eine andere, naheliegendere Idee. Sie ging zu der Nische, in der sie den Kapuzenmann entdeckt hatte, und blickte sich um.

Tatsächlich. Auf dem Tisch lag das beschriebene hellblaue Buch. Ein schlichter Einband, versehen mit einer goldenen Schrift.

Neugierig nahm Vicky das Werk in die Hand. Als sie den Titel las, stockte ihr der Atem:

„Die Weltanschauung der Rosenkreuzer."

Ungläubig strich sie mit den Fingern über die eingelassenen Buchstaben.

Langsam öffnete sie das Buch und entdeckte einen schmalen, lang ausgeschnittenen Hohlraum, in dem sie den Erreger finden sollte. Nun war das Versteck leer. Der Erreger war verschwunden. Vickys Gedanken überschlugen sich, als ein markerschütternder Schrei durch die Bibliothek hallte.

Vicky ließ vor Schreck fast das Buch fallen.

Im Erdgeschoss herrschte große Aufregung. Menschen schrien laut durcheinander und Geräusche von hektischen Bewegungen und Stühlerücken hallten durch das sonst so stille Gebäude.

Sie legte das Buch schnell zurück auf den Tisch, verließ die Nische und lief mit anderen Studenten die Treppen nach unten.

Dort entdeckte sie den Grund für den Tumult. Vor dem Ausgang der Bibliothek lag ein Mann auf dem Boden, um den sich mehrere Bibliotheksbesucher drängten. Die Menschentraube um ihn herum wurde immer größer. Keiner machte Anstalten zu helfen, alle glotzten nur neugierig auf den leblosen Körper.

Die beiden Rentner von der Aufsicht versuchten hektisch, zu dem Mann auf dem Boden durchzukommen.

Vicky erkannte die Gestalt, die regungslos am Boden lag. Sie hatte nur eine Hand, dafür am anderen Arm eine Kralle. Die Kapuze war vom Kopf gerutscht und das Gesicht war gut zu erkennen. Es war jemand, von dem Vicky gedacht hatte, ihn niemals wiederzusehen.

Asger.

Sein Gesicht war eingefallen, deutlich farbloser und mitgenommener, als sie es in Erinnerung hatte. Er sah krank aus. Verschwitzt und käseweiß. Seine Augen waren weit aufgerissen und rot unterlaufen. Die Kralle gehörte zu einer Prothese, die an seinem Armstumpf angebracht war. Der Armstumpf war mit einer Art Socken überzogen und die Prothese mit zwei Lederriemen daran befestigt.

Für den Bruchteil einer Sekunde glaubte Vicky, die Kralle würde sich bewegen. Aber da spielte ihr die Fantasie wohl einen Streich.

Dann fiel Vickys Blick auf Asgers rechte Hand. Sie hielt etwas umschlossen. Etwas, das aussah wie ein silberner, kostbarer Stift. Ein Kugelschreiber. Nein, ein Füller. Dann musste Vicky an das Versteck in dem Buch denken. Der Erreger. Das musste er sein!

„Hat schon jemand einen Arzt gerufen?“, fragte eine Frau.

„Zu spät, er ist tot“, antwortete einer der beiden Security-Opas.

Und jemand anderes sagte:

„… hat sich an die Brust gegriffen und ist dann einfach umgekippt, ich hab's genau gesehen.“

„Krass“, sagte jemand anderes.

Vicky kniete sich neben Asger.

Vor der Unibibliothek fuhr nun ein Sanitätswagen vor.

Und die Polizei.

Sie hatte nur diese eine Chance.

Sie ergriff Asgers Hand, zog den Stift heraus und ließ ihn in ihrer Jackentasche verschwinden.

Verstohlen blickte sie sich um. Niemand schien etwas bemerkt zu haben. Vor der Unibib war allerdings die Hölle los. Zahlreiche Polizeiautos mit Festbeleuchtung, dazwischen der Krankenwagen. Höchste Zeit für meinen Abgang, dachte Vicky.

Hastig, aber so unauffällig wie möglich, stand sie auf, ging an dem toten Asger und der bestürzten Menschenmenge vorbei und zielstrebig Richtung Ausgang.

Sie war nur noch einige Schritte davon entfernt, da wurde die Metalltüre schwungvoll aufgestoßen. Streifenpolizisten strömten herein, gefolgt von einem Mann, der sich gerade ein Bonbon in den Mund schob.

Hektor Cordes blieb mitten im Eingangsbereich der Bibliothek stehen und ließ seinen Blick durch den Raum schweifen.

Vicky konnte ihm gerade noch den Rücken zudrehen und war mit zwei schnellen Schritten hinter einer Betonsäule und damit aus dem Sichtfeld des Kommissars verschwunden. Sie hielt die Luft an. Hoffentlich hatte er sie nicht gesehen?

„Kommen Sie, Herr Kommissar, hier liegt er", hörte sie eine Stimme sagen.

„Er interessiert mich nicht. Sucht sie. Sie muss hier irgendwo sein", antwortete Hektor Cordes gereizt.

Vorsichtig spähte sie um die Säule herum und sah ihn und andere Polizisten, die sich in dem Eingangsbereich verteilten.

Der Tod Asgers und das Eintreffen der Polizei hatten für viel Unruhe gesorgt. Zudem strömten jede Menge Neugierige durch den Eingangsbereich herein, um zu erfahren, was in der Unibib los war. Vicky erkannte ihre Chance und lief los.

Sie griff einer vorbeilaufenden Blondine seitlich in die Manteltasche, angelte sich die heraushängende Wollmütze, zog sie über den Kopf und huschte durch die Gebäudetür nach draußen.

Als sie aus der Bibliothek raus war und an den Streifenwagen und Cordes verbeultem Mini Cooper vorbeiging, spürte sie, wie die Anspannung langsam von ihr abfiel.

Sie atmete ruhig und kontrolliert durch den Mund ein und aus und konzentrierte sich auf die feuchte, kalte Luft.

„Vic, das war knapp", sagte sie zu sich, „verdammt knapp."

Aber sie hatte bekommen, weswegen sie hergekommen war – den Erreger! Zum x-ten Mal überprüfte sie, ob der Stift noch an ihrem Platz war und dachte darüber nach, dass sie fast am Ziel war. Fast.

Schnell durchquerte sie den Unipark, um genügend Abstand zwischen sich und Cordes zu legen. Nach einigen Minuten bleib sie stehen und wagte es, sich umzudrehen.

Niemand war ihr gefolgt. Sie war allein.

Vickys Zuversicht kehrte zurück.

Vorsichtig zog sie den Stift aus ihrer Jackentasche und betrachtete ihn genauer.

Er war mit hunderten von kleinen, altertümlich aussehenden Symbolen und Linien verziert. Sie zog die Kappe ab. Anstelle einer Schreibfeder kam ein gläsernes Röhrchen zum Vorschein, in dem ein weißer Papierstreifen erkennbar war. Auf dem Streifen waren winzig kleine orangene Pünktchen zu sehen. Wie Sommersprossen, dachte Vicky erstaunt.

Mit zitternden Fingern verschloss sie den Behälter wieder. Jetzt musste sie den Erreger nur noch in die Liederhalle bringen.

Sie steckte den Stift zurück in die Brusttasche ihrer Jacke und versuchte, sich zu beruhigen.

Sie steckte sich eine Lucky an. Hastig nahm sie ein paar schnelle Züge und schnippte dann die Zigarette weg. Sie war viel zu aufgeregt, um sich darüber zu wundern, dass die Lucky erstaunlich gut schmeckte.

Vicky seufzte kurz, dann schlug sie den Weg in Richtung Liederhalle ein.

7

Samstag, 21:32 Uhr

„Kultur- und Kongresszentrum Liederhalle.“

Obwohl Vicky so oft auf dem Platz vor der Liederhalle rumgehangen hatte, war ihr der Schriftzug über dem Eingang noch nie aufgefallen. Jetzt wurde er glamourös angestrahlt, sodass ihn alle Gäste und vor allem die Presse auch gut sehen konnten.

Sie trat auf den Berliner Platz, der sich vor der Liederhalle über ein halbes Fußballfeld groß erstreckte. Er war rechteckig angelegt, um mit dem Rasen und den Sträuchern etwas Grün in das dicht besiedelte Stadtgebiet zu bringen. Um ihn herum waren schon vor Jahren Bäume gepflanzt worden, sodass der Verkehrslärm, der an dieser Kreuzung ziemlich laut sein konnte, etwas gedämpft wurde.

Sie setzte sich auf eine der weißen Steinbänke, die sich am Rande des Platzes unter ein paar Bäumen befanden. Von hier hatte sie einen guten Blick auf den Eingang der hell erleuchteten Veranstaltungshalle.

Es war inzwischen schweinekalt. Der Wind hatte stark aufgefrischt und wechselte ständig die Richtung. Hin und wieder schlug ihr kalter Regen ins Gesicht. Über den Platz verteilt lagen handgroße, matschige Blätter auf dem Boden herum. Einige wurden von den Windböen erfasst und herumgewirbelt. Andere waren mit Regenwasser so vollgesaugt, dass sie liegen blieben.

Vicky blickte auf ihr iPhone.

21:32 Uhr.

Aufmerksam beobachtete sie den Eingangsbereich der Liederhalle.

Es sah so aus, als wäre die Veranstaltung schon im vollen Gang. Im Innern war alles hell erleuchtet und einige Gäste in Abendgarderobe waren zu sehen. Nach draußen drang dezente Musik. Ab und an kamen vereinzelt Personen heraus, hatten ein Handy am Ohr oder steckten sich eine Zigarette an.

Sie beobachtete das Treiben noch einige Minuten, stand dann auf, steckte die kalten Hände in die Jackentaschen und ging los.

Von der Aufregung, die sie gewöhnlich vor Beutezügen erfasste, war nichts zu spüren. Fast so, also hätte das, was heute passieren würde, nichts mit ihr zu tun.

Sie kannte die Liederhalle mit ihren unterschiedlichen Sälen und Tagungsräumen von Veranstaltungen wie der jährlichen Tattoo-Messe oder dem ein oder anderen Rockkonzert.

Zügig lief sie am Haupteingang vorbei, an dem ein großer, roter Teppich ausgerollt war, um den herum sich einige Journalisten und Kameramänner zusammen mit mehreren Security-Mitarbeitern in der Kälte der Nacht die Zehen abfroren.

„Landespresseball 2019" stand auf einem großen Banner, das über dem Haupteingang angebracht worden war.

Sie schenkte all dem keine größere Beachtung, sondern umrundete einmal das Hauptgebäude, um von der anderen Seite zum Personaleingang zu gelangen.

Dort parkten etliche Luxuskarossen der erlauchten Schickeria aus Stuttgart und Umgebung. Neben ausgewählten Journalisten würden heute vor allem viele Prominente, Politiker und Wirtschaftsgrößen unter den Gästen sein.

Für Einzelheiten hatte sich Vicky bei der Vorbereitung durch die Bruderschaft nicht interessiert. Sie wusste allerdings, dass der Anschlag maximale Aufmerksamkeit erzielen sollte – und die stieg mit der Prominenz der Opfer.

Wichtig war nur, dass der Plan funktionierte, dass die Transformation in Gang gesetzt und der Startschuss für ein Umdenken stattfinden würde. Und das, so hatte es ihre Mutter ihr noch gestern eindringlich gesagt, war ihre Aufgabe. Sie dachte an die Séancen zurück und die vielen Gebete und Zeremonien, die sie miterlebt hatte. Dachte an das Gefühl, nun endlich dazu zu gehören, auf der richtigen Seite zu stehen, endlich nützlich zu sein.

Nur genau das lag Vicky seit einiger Zeit im Magen. Sie war sich auf einmal nicht mehr sicher, ob das, was sie tun würde, wirklich das Richtige war. Sie dachte an Tom, an die Worte Dragos, an Rowin. Der Zweifel, nur benutzt zu werden, war da und sie konnte ihn einfach nicht mehr abschütteln.

Vor einigen Tagen, im Zentrum der Bruderschaft, war sie sich noch so sicher gewesen.

Und trotzdem war sie nun hier. Ihr Kopf sagte ihr, dass sie das Falsche tat, aber ihre Gefühle sprachen eine andere Sprache. Sie konnte nicht anders. Sie musste jetzt da rein. Für die Bruderschaft. Für ihre Mutter.

Sie stand nun vor dem Personaleingang.

Zwei Mitarbeiter der Security fragten nach ihrem Namen und wollten ihre Berechtigungskarte sehen. Vicky war vorbereitet. Sie streckte bereitwillig ihren Ausweis entgegen: „Seraphina Hanacek", sagte sie und dachte erneut daran, wie auffällig und ungewöhnlich dieser Name auf der gefälschten Zugangskarte doch war.

Der Mitarbeiter der Security machte einen Haken auf seiner Liste und signalisierte seinem Kollegen, dass alles in Ordnung war. Vicky nahm ihre Codekarte in Empfang und huschte wortlos ins Gebäudeinnere.

Sie folgte der Beschilderung an den Wänden der Gänge und suchte den Aufenthalts- und Umkleideraum des Catering-Service. Der Plan sah vor, dass sie dort um kurz vor 22 Uhr erscheinen musste, um ihr Kellner-Outfit anzuziehen. Nur so konnte sie sich auf der Feier ein Stockwerk höher unauffällig bewegen.

Sie fand schließlich den Raum, trat ein und stieß schmerzhaft mit jemandem zusammen, der von rechts in sie hineinlief.

„Autsch", schrie sie auf und blickte in Chanyeols erschrockene Augen.

„Vicky", platzte er bei ihrem Anblick heraus. Seine Augen glänzten erwartungsvoll.

„Psst", legte Vicky ihm den Finger auf die Lippen. „Depp! Ich bin Seraphina", zischte sie ihm leise, aber mit scharfer Stimme zu. Besorgt blickte sie sich um. Ein paar Mitarbeiter des Catering-Service waren mit der Vorbereitung auf den Abend beschäftigt. Sie zogen sich um, spielten mit ihren Smartphones oder plauderten mit Kollegen. Keiner achtete auf sie.

„Ach ja", sagte Chanyeol mit zerknirschter Stimme.

Er hatte, wie alle anderen, bereits seine schwarze Kellnerrobe an und trug ein bronzefarbenes Namensschild mit der Aufschrift: „Li Chen".

Oh Mann, dachte Vicky, was hatte sich ECH nur bei Chanyeol gedacht. Seit dem Anschlag auf die Bruderschaft hatte sie ihn nicht mehr gesehen.

Egal. Jetzt war er hier. Gemeinsam mit ihr. Sie verstand zwar nicht, warum, aber sie empfand so etwas wie Erleichterung, ihn zu sehen. Sein erwartungsfrohes Gesicht zeigte ihr, wie sehr er ihr vertraute. Hoffentlich enttäuschte sie ihn nicht.

„O. k., jetzt konzentrier dich", rief sie sich zur Ordnung. Die Bruderschaft und die Transformation waren der Grund, warum sie hier war.

„Wo ist mein Spind?", fragte sie Chan.

„Nummer 142." Als ob er die ganze Zeit auf die Frage gewartet hatte, deutete Chan mit dem Finger zu den Schränken.

Vicky öffnete den Spind mit ihrer Codekarte. Sie nahm ihre Arbeitskleidung heraus und zog sich in Windeseile um. Dann verstaute sie Jeans, Hoodie, Doc Martens und den Rest im Spind und verschloss ihn wieder.

Jetzt gab es kein Zurück mehr.

Sie betrachtete sich in einem der großen Wandspiegel.

Sie trug ein weißes Hemd, eine dunkelgraue Weste und eine dieser schwarzen, engen Stoffhosen mit Bügelfalte.

Ihren kostbaren, silbernen „Füller" hatte sie in die Hosentasche gesteckt.

Bis auf die High Heels, die sie heute Abend tragen sollte, war sie startklar. Bei dem Gedanken an ihr Butterfly-Messer, das noch immer in ihrem rechten Stiefel steckte, entschied sie sich kurzerhand um. Sie öffnete erneut den Spind, stellte die High Heels auf den Boden zurück und zog sich wieder ihre Doc Martens an. Mit Stiefel und Messer fühlte sie sich deutlich wohler.

Chanyeol, der vor Nervosität platzte, half ihr beim Anstecken des Namensschildes.

„Fertig." Er blickte Vicky mit großen Augen an. Wie ein Kind, das sich auf den Kindergeburtstag freute.

Vicky seufzte, dann nickte sie ihm aufmunternd zu:

„Es geht los!"

Samstag, 21:55 Uhr

Vicky übernahm die Führung. Sie verließen die Personalgarderobe und orientierten sich zügig in Richtung der Veranstaltungssäle. Überall herrschte großes Gedränge, und ständig kamen ihnen Kellner oder andere Mitarbeiter des Service-Personals entgegen. An einem großen Sideboard an der Wand des Ganges war eine Liste der prominentesten Gäste und deren offizielle Funktion angebracht: Bundestagsabgeordnete, Mitglieder des Landtags, der Oberbürgermeister, der Ministerpräsident, mehrere Vorstandsvorsitzende von Unternehmen, Schauspieler und viele mehr.

Das Who is who des süddeutschen Gesellschaftsadels. Nur, damit sich alle daran erinnerten, wer wichtig war. Gut zu wissen, dachte Vicky. Bei dem Gedanken an ihr kleines Präsent in ihrer Hosentasche meldete sich ihr Magen, ihre Hände wurden feucht. Nur die Aufregung, sagte sie sich und ging weiter.

Plötzlich drang laute Musik durch eine Tür am Ende des Ganges, die gerade aufgestoßen wurde. Eine kräftige Frau im Business-Kostüm und einem Headset kam ihnen leicht genervt entgegen. Offensichtlich hatte ihre Chefin heute Abend schlechte Laune.

„Was trödelt ihr hier rum? Auf, raus mit euch! Die Gäste wollen bedient werden. Draußen steht Gonzales, der braucht unbedingt zwei Springer."

Aus Angst, Chanyeol würde sich verplappern, antwortete Vicky wie aus der Pistole geschossen: „Schon auf dem Weg. Wir geben unser Bestes." Sie setzte ihre professionellste Ich-hab-alles-im-Griff-Miene auf, die schon in so vielen Jobs Fleiß und Motivation erfolgreich vorgegaukelt hatte.

Die Frau im Business-Kostüm schien zufrieden mit der Antwort, denn schon scheuchte sie zwei andere Kellner herum. Anschließend drückte sie sich an Vicky und Chan vorbei und verschwand in einem Seitengang.

Vickys Nervosität stieg.

Ohne Chan zu beachten, lief sie bis zur Tür, auf der das Schild „Beethoven Saal" angebracht war, öffnete sie und ging hinein. Chanyeol folgte ihr auf Schritt und Tritt.

Sie stand hinter einer geschwungenen Cocktail-Bar, die Teil eines weitläufigen, halbkreisförmigen Foyers war. Das Foyer diente als Vorraum der verschiedenen Festsäle und war gut gefüllt mit herausgeputzten Gästen, die sich anscheinend schon jetzt köstlich amüsierten.

Die Deckenstrahler sorgten für warme Lichttöne und aus den Boxen, die an der Decke hingen, ertönte leise Fahrstuhlmusik. Die Türen zu dem Beethoven Saal waren noch geschlossen. Der Landespresseball hatte zwar schon begonnen, allerdings war der offizielle Einlass in den Hauptsaal noch nicht erfolgt.

In ihren Gedanken ging Vicky zum x-ten Mal den Zeitplan durch, versuchte, sich an die Lage der verschiedenen Säle und den geplanten Fluchtweg zu erinnern, da drückte ihnen jemand ein Tablett mit mehreren gefüllten Champagnergläsern in die Hand: „Hier! Verteilen!", bellte sie ein hochgewachsener Kellner an. Vicky war so überrascht, dass sie das Tablett beinah fallengelassen hätte. Auch Chanyeol hatte Mühe, sein volles Tablett mit Champagnergläsern zu balancieren. Um ein Haar wären die Gläser samt Inhalt vom Tablett gekippt.

Als beide wieder auf sicheren Füßen standen, sagte Vicky leicht genervt: „O. k., wir verschaffen uns erst mal einen Überblick, verteilen den Champagner und versuchen, nicht weiter aufzufallen. Die anderen müssten ja auch hier irgendwo stecken."

Chanyeol nickte zum Zeichen, dass er verstanden hatte. Hinter den Gläsern war er allerdings kaum zu sehen.

Vicky ging los.

Sie trug das Tablett schwungvoll durch das Foyer. Ab und zu blieb sie stehen, damit die Gäste sich ein Champagnerglas angeln konnten. So wanderte sie ein paar Minuten durch die Menschenmenge. Chanyeol verlor sie nach einer Weile aus den Augen.

Aber wo, dachte sie beunruhigt, waren eigentlich Eva und die anderen?

Sie sah in Hunderte entspannte Gesichter, die hier und jetzt einen besonderen Abend verbringen wollten. Junge, Alte, Reiche und weniger Reiche. Einige von ihnen, so hatte Vicky gehört, waren Mitglieder oder Unterstützer der Bruderschaft. Sie würden sich nicht zu erkennen geben, aber sie wussten, dass heute die Transformation bevorstand. Im Vorfeld, so hatte es ihr Eva zugeflüstert, waren Tausende an Injektionen mit dem Impfserum „verteilt" worden, jedenfalls an die, so Eva, die es sich leisten konnten.

Aber viele der Menschen hier, wahrscheinlich sogar die Mehrzahl, würde vermutlich ihr Leben lassen. Nicht sofort, aber in den nächsten Wochen, wenn der Erreger sich an die Arbeit machte. Sie würden krank, und sie würden sterben. Ohne zu wissen, wieso. Ohne zu wissen, für welches große, bedeutende Ziel. Und sie würden bis dahin noch hunderte andere Menschen infizieren.

In ihrem Kopf drehten sich ihre Gedanken wie ein Karussell, das immer schneller wurde.

Reiß dich zusammen, sagte sie zu sich selbst. Es gibt keine Alternative.

Als sie sich einer großen Menschentraube näherte, die einem Gast aufmerksam zuhörte, sagte Vicky einmal mehr ihren Spruch auf: „Möchten die Damen und Herren vielleicht einen Begrüßungsdrink?“

Die Gruppe trat einen Schritt zurück und gab den Blick auf die Person in der Mitte frei. Vicky hätte fast das Tablett fallen lassen.

Drago.

Er stand in einem dunkel glänzenden Smoking in der Mitte der Gruppe, an seiner rechten Seite eine junge, attraktive Frau, die sich bei ihm eingehakt und offensichtlich große Lust auf Champagner hatte. Seinen linken Arm trug er in einer schwarzen Schlinge, und unter dem Smoking konnte Vicky einen Verband erkennen.

Auch die anderen Gäste, die Drago umringten, nahmen sich ein Glas von Vickys Tablett und setzten die Unterhaltung fort, ohne weiter auf sie zu achten.

Als sich Vickys und Dragos Blicke trafen, wirkte sein Gesicht wie versteinert. Für einen Augenblick glaubte Vicky, Angst in seinen Augen zu erkennen.

“Für mich bitte nichts“, sagte er leise und schien einen Augenblick zu überlegen.

Die Frau zu seiner Rechten fragte mit einem halb überraschten, halb anzüglichen Blick: „Aber Drago-Schatzi, warum denn nicht? Wollten wir heute nicht feiern?“ Dabei griff sie betont auffällig mit ihren langen, perfekt manikürten Fingern in den Schritt seines Smokings.

Drago wischte ihre Hand grob zur Seite, ohne den Blick von Vicky abzuwenden:

„Bitte entschuldigt mich einen Moment, ich muss kurz telefonieren“, sagte er mehr zu Vicky als zu seiner Begleitung. Die Gäste um ihn herum machten ein bisschen pflichtschuldig enttäuschte Gesichter, bevor sie sich wieder gutgelaunt ihren Getränken widmeten.

Komisch, dachte Vicky, Dragos Reaktion ist komisch. Als ob er nicht damit gerechnet hätte, mich hier zu treffen. Dabei wusste er doch, was heute für ein Tag war. Dass heute DER Tag war!

Drago drehte sich weg und hatte sein Handy schon in der Hand.

Sie entschied sich, sich nicht weiter mit Drago aufzuhalten und das Foyer zu verlassen. Mit dem fast leeren Tablett in den Händen schritt Vicky ins Nachbargebäude zum Vorraum des Hegel-Saals. Hier wurden die Gäste durch den Haupteingang empfangen und an einem roten, schicken Sportwagen vorbeigeführt.

Das Auto war auf Hochglanz poliert und stand auf einem Podest, das sich langsam drehte. Die Flügeltüren des Sportwagens waren nach oben aufgeklappt, sodass die Gäste einen Blick in das Innere des Luxusgefährts werfen konnten.

Der Sportwagen war der Hauptpreis, den man bei der Wohltätigkeitstombola gewinnen konnte.

Der Hauptpreis hätte allerdings nur einen Gewinner glücklich gemacht. Der Plan der Bruderschaft war ein anderer. Wenn der Hauptpreis den Erreger freisetzen würde, gäbe es viel mehr Gewinner. Vorausgesetzt, sie waren geimpft.

Beschwingt von dem Gedanken an das, was in wenigen Minuten passieren würde, schwebte Vicky durch den Vorraum, den Sportwagen immer im Blick. Jetzt begann die entscheidende Phase.

Am Haupteingang entdeckte sie Eva.

Sie stand gemeinsam mit anderen Hostessen und dem Security-Personal am Stehpult, begrüßte die Gäste und buchte die Eintrittskarten ein.

Vicky stellte das Tablett mit den Gläsern auf einem verlassenen Stehtisch ab und ging zu ihr.

Eva war mit den eintreffenden Gästen so beschäftigt, dass sie Vicky erst gar nicht bemerkte.

Erst als sie direkt neben ihr stand, zuckte sie erschrocken zusammen.

„Hi!", begrüßte Vicky sie lächelnd.

„Hallo“, erwiderte Eva sichtlich überrascht, beugte sich etwas näher zu ihr und zischte ihr zu: „Was machst du hier bei mir? Wir sollten nicht zusammen gesehen werden!“

„Ich wollte nur kurz Hallo sagen“, antwortete Vicky. Etwas verblüfft von dem harschen Ton, den Eva an den Tag legte.

„Musst du nicht etwas erledigen?“ Bei den Worten schielte Eva in Richtung Sportwagen.

Nervös griff Vicky in ihre Hosentasche und spürte den Füller zwischen ihren Fingern.

Dann fasste sie sich ein Herz: „Können wir darüber …?“

Mit eiskalter Stimme fiel Eva ihr ins Wort:

„Psst! Jetzt verschwinde von hier! Sonst fliegen wir noch auf.“

Vicky schaute Eva betreten an. Erwiderte nichts. Fühlte sich zurückgestoßen.

Ein Mitarbeiter der Security, der neben Eva stand und den Vicky als ein Mitglied der Bruderschaft erkannte, mischte sich nun ein. „Ist hier alles o. k.? “

Vicky öffnete den Mund, doch wieder fuhr Eva ihr dazwischen: „Ja, ja. Alles o. k.“ Dabei blickte sie Vicky noch für einen Augenblick eindringlich an und drehte sich dann zu den Gästen um, die an ihrem Pult auf den Einlass warteten.

Vicky stand da wie bestellt und nicht abgeholt.

Enttäuscht drehte sie sich um, ging zurück zu dem Stehtisch mit ihrem Tablett und nahm sich eines der Champagnergläser. Mit einem großen Schluck war das Glas leer. Widerlich, das Zeug. Nüchtern bekommt man es kaum runter, dachte sie schlecht gelaunt. Am liebsten wäre sie sofort von hier verschwunden.

Sie nahm das nächste Glas und wollte gerade ansetzen, da bemerkte sie Drago, der an der Garderobe wartete. Er warf immer wieder unruhig den Blick auf die Uhr an seinem Handgelenk und redete auf einen Mann ein, der neben ihm stand.

Dragο bekam seinen Mantel über die Garderobentheke gereicht, legte ihn sich hastig über die lädierte Schulter und eilte dann, mit dem Mann an seiner Seite, durch den Eingangsbereich zum Ausgang hinaus.

Als er das Gebäude verließ, leerte Vicky gerade das zweite Glas. „Die Ratten. Die Ratten verlassen das sinkende Schiff“, dachte sie und tastete nach dem silbernen Füller, der in ihrer Hosentasche steckte.

Da meldete sich plötzlich eine Stimme in ihrem Kopf, gab ihr ein Zeichen.

Nein, sie konnte nicht gehen.

Jetzt nicht. Denn jetzt ging es los.

Samstag, 22:15 Uhr

Vicky blieb noch einen Moment an dem Tisch stehen und beobachtete ihr Umfeld. Keiner achtete auf sie.

Ein Blick auf die Uhr, es war schon eine Viertelstunde nach 22 Uhr.

Jetzt müsste die Liederhalle rappelvoll sein.

Und darum ging es der Bruderschaft. Den perfekten Zeitpunkt abzuwarten, um dann den Erreger freizusetzen.

Bei dem Gedanken an ihren Plan blickte sie einmal mehr in Richtung des roten Sportwagens und bemerkte Chanyeol, der auf der anderen Seite des Flitzers stand.

Er hielt noch immer das Tablett mit den Champagnergläsern in den Händen und wirkte etwas verloren. Was für ein Schaf er doch ist, ging es Vicky durch den Kopf.

Chanyeol musste irgendetwas bei ihr bemerkt haben.

Der brave Junge verwandelte sich wie auf Knopfdruck in einen angriffslustigen Krieger, der sie mit seinem Blick herauszufordern schien. Chanyeol war verärgert, so viel konnte Vicky erkennen, und er wirkte mit einmal sehr entschlossen.

„Jetzt wird's ernst, Vic", dachte sie und bemühte sich, Chanyeol nicht weiter anzusehen.

Die Stunde der Entscheidung war gekommen.

Vicky horchte in sich hinein. Wenn sie es beenden wollte, dann musste sie es jetzt tun. Sie haderte mit sich selbst, dann fällte sie einen Entschluss. Es gab kein Zurück.

Langsam und konzentriert, Schritt für Schritt, näherte sie sich dem Sportwagen, betrat das Podest, blickte sich kurz um und schlüpfte dann in das Innere des offenen Wagens.

Neugierig taxierte sie die Menschen im Saal. Niemand hatte von ihr Notiz genommen.

„Geht doch", dachte sie erleichtert und schaute sich um.

Sie fand die gesuchten Schalter und sofort schlossen sich die beiden Flügeltüren in einer gleitenden Bewegung. Fast lautlos.

Sie öffnete das Handschuhfach, und tatsächlich, da lag er, der Zünder. Vorsichtig nahm sie ihn in die Hand und betrachtete ihn fasziniert von allen Seiten.

Er hatte Ähnlichkeit mit einem kleinen, schwarzen Feuerzeug, mit einem weißen Knopf und einem stecknadelkopfgroßen LED-Lämpchen, das rot blinkte.

Sie legte den Zünder vorsichtig zwischen ihre Oberschenkel auf den Sitz, zog den Füller aus ihrer Hosentasche, öffnete die Verschlusskappe und entnahm die Phiole.

Im Handschuhfach war eine schlitzartige Vorrichtung für den Erreger angebracht worden. Sie schob die Phiole in die kleine Öffnung. Die Phiole rastete ein. Es passte perfekt.

Durch die Windschutzscheibe sah sie, wie ein Mitarbeiter der Security auf das Podest stieg und sich dem Luxuswagen aufgeregt gestikulierend näherte.

Plötzlich stellte sich ihm ein weiterer Mitarbeiter der Security, und sprach energisch auf seinen Kollegen ein. Irgendwie kam ihr der Mann bekannt vor.

„Laurits", erinnerte sie sich. Ein Barriter.

Anscheinend hatte er seinen „Kollegen" überzeugen können, dass alles in Ordnung war, denn jetzt nickte der Unbekannte Laurits zu und wechselte ein paar Worte mit ihm. Anschließend verschwanden sie aus Vickys Blickfeld.

Ein Anflug von Erleichterung, aber auch Enttäuschung machten sich in ihr breit.

Für den Bruchteil einer Sekunde hatte sie gehofft, dass er sie davon abhalten würde, das zu tun, was sie demnächst tun würde.

Vickys Herz klopfte so laut, dass sie Angst hatte, alle könnten es hören. Eine merkwürdige Mischung aus Beklommenheit, Enttäuschung und Vorfreude wetteiferten um ihre Aufmerksamkeit.

Sie wurde immer konfuser, aber sie fasste einen Entschluss. Sie musste die Sache nun durchziehen.

Fast apathisch blickte sie durch die Windschutzscheibe in den Vorraum des Saales. Wie in einem Karussell drehte sich der Sportwagen, zogen die Gäste in ihren Anzügen und Abendkleidern wie in einem albtraumhaften Film an ihr vorbei.

Sie dachte an ihre Mutter, an die Oberdirektorin. An das Gefühl, dass sie sich wiedergefunden hatten. Und an ihre letzten Worte, bevor sie sich verabschiedet hatten:

„Ich verlasse mich auf dich."

Sie nahm den Zünder in ihre schweißnassen Hände.

Da passierte es.

Der Zünder rutsche aus der Hand.

„Oh Gott!" Vicky griff reflexartig zu. Bevor der kleine Zylinder zwischen ihren Beinen den Boden des Fußraums berührte, hielt sie ihn wieder mit beiden Händen fest umschlossen.

Erleichtert hielt sie ihn hoch und erstarrte in der Bewegung, als sie sah, was sie getan hatte.

Der Zünder war aktiviert. Sie musste den Sensor beim Greifen aus Versehen berührt haben.

Das rote LED-Lämpchen blinkte immer schneller und wechselte urplötzlich mit einem feinen Piepton in ein grünes beständiges Leuchten. Dann erlosch der Piepton.

„Das war's", schoss es ihr durch den Kopf.

Sie schloss die Augen, presste die Lippen fest aufeinander und wartete auf das, was da kommen musste.

Samstag, 22:20 Uhr

Eine Sekunde in atemloser Stille verstrich, dann noch eine und dann noch eine. Vicky öffnete vorsichtig die Augen. Sie blickte sich irritiert um. Nichts war passiert. Sie saß noch immer in dem Luxusauto, das Podest drehte sich weiterhin, und in ihren Händen hielt sie immer noch den Zünder.

Die Explosion war ausgeblieben, der Erreger noch nicht freigesetzt und das rote Blinken des LED-Lämpchens wechselte wieder in ein beruhigendes Grün.

Es hatte nicht funktioniert.

In ihre Erleichterung mischte sich ein Gefühl der Ratlosigkeit. Sie verstand nicht, was eben passiert war.

Sie legte das kleine Gerät zitternd zwischen ihre Beine auf den Autositz.

Der Autositz war feucht, klamm und roch nach Urin. Dann bemerkte Vicky, dass sie sich vor Angst in die Hose gemacht hatte.

Warum hatte es keine Explosion gegeben? Eigentlich hätte eine kontrollierte Verpuffung im Motorraum den Erreger freisetzen und rund um das Auto verteilen sollen. Langsam und unbemerkt.

Sie schaute durch das Seitenfenster des Sportwagens. Die Gäste im Beethoven-Saal amüsierten sich weiterhin großartig.

Dann entdeckte sie jemanden, den sie nicht erwartet hätte.

Hektor Cordes stand neben dem Podest, ein faustgroßes, schwarzes Gerät in der Hand, an dessen Ende eine kleine Antenne auf das Auto und damit in Richtung Vicky und den Zünder zeigte. Der

Kommissar blickte konzentriert auf sein Gerät in seinen Händen. Es dauerte einen Augenblick, bis Vicky kapierte, was Cordes machte.

Offensichtlich hatte er sich in das System gehackt und das Signal des Zünders gestört!

Als das Auto erneut eine weitere Runde auf dem Podest gedreht hatte und der Bulle wieder in ihr Blickfeld kam, entdeckte sie Chanyeol, der sich Cordes mit großen Schritten näherte.

Wieder eine Drehung mit dem Auto, und Vicky verrenkte ihren Hals, um durch die kleine Heckscheibe zu sehen, was passierte.

Chanyeol hatte Cordes fast erreicht, der noch immer fieberhaft und angestrengt das Gerät in seinen Händen traktierte.

Dann verschwanden beide kurz aus Vickys Blickfeld, um Sekunden später wieder im hinteren rechten Seitenfenster aufzutauchen. Chanyeol stand jetzt direkt neben dem Kommissar, in der Hand ein Messer, an dem eine dunkelrote Flüssigkeit heruntertropfte.

Blut.

Hektor Cordes ließ den Störsender fallen, knickte weg und fiel auf die Knie. Er griff sich mit beiden Händen an die rechte Seite. Seine Hände waren sofort blutverschmiert.

„Mein Gott! Chanyeol hat ihn erstochen", flüsterte Vicky, als ob sie nicht glauben konnte, was sie da sah.

Cordes schnitt eine schmerzverzerrte, grässliche Grimasse und hatte den Mund dabei weit geöffnet. Er bekam offensichtlich keine Luft. Dann war er wieder aus Vickys Blickfeld verschwunden.

Das Verblüffende war, dass niemand von den anderen Gästen etwas bemerkt hatte. Das Gedränge und die ausgelassene Stimmung hatten Chanyeol die perfekte Deckung gegeben.

Vickys Gefühle fuhren wieder Achterbahn: Erleichterung, Angst und Ratlosigkeit wechselten sich in schneller Folge ab. Was tun?

Nun stand kein Störsignal mehr zwischen ihr und dem großen Neuanfang. Jetzt gab es keine Ausrede mehr.

Hastig nahm sie den Zünder wieder in die Hand. Ihr Atem ging schnell. Ihr Herz flatterte vor Aufregung.

Jetzt oder nie!

Sie blickte ein letztes Mal aus dem Seitenfenster des Sportwagens. Hektor Cordes kniete vor dem Podest und sah sie flehend an. Chanyeol stand daneben und gab ihr das Zeichen, dass alles o. k. war.

Ihr Daumen lag auf dem Auslöser. Jetzt war er da, der Moment, der den Lauf der Welt verändern würde. Vickys Herz raste. Drück endlich, sagte eine Stimme zu ihr, aber sie zögerte. Noch.

Plötzlich tauchten zwei Gesichter in der Menge auf. Irritiert nahm sie den Finger vom Zünder.

Luke und Nesra!

Versteinert blickte Vicky aus dem Auto. Was zum Teufel machten *die* hier? Sie sah, dass die beiden mit einem verzweifelten Blick den Raum absuchten.

Sie schienen nach etwas Ausschau zu halten.

Vicky blickte auf den Zünder in der einen Hand und kämpfte mit ihren Nerven.

„Tu es endlich", sagte die Stimme wieder. Es war die Stimme ihrer Mutter. Verzweifelt nahm Vicky den Daumen vom Zündknopf.

Sie konnte es nicht.

Der Gedanke, Luke und Nesra in Gefahr zu bringen, ja wahrscheinlich sogar umzubringen, war ihr unerträglich.

Nicht die beiden, sagte sie mit Bestimmtheit.

Auf einmal wusste sie, was sie machen würde. Machen musste.

Sie legte den Zünder zurück ins Handschuhfach, zog die Phiole mit dem Erreger wieder aus der Vorrichtung und schraubte sie in den Füller.

Dann öffnete sie mit einem Knopfdruck die Flügeltüren des Sportwagens.

Sie kletterte aus dem Auto und sprang mit einem großen Satz von dem drehenden Podest in die Menschenmenge herunter.

Samstag, 22:25 Uhr

Wo genau befand sie sich? Durch das Drehen des Podestes hatte sie kurz die Orientierung verloren. Vicky entdeckte Luke und Nesra einige Meter entfernt in der Nähe der Treppe. Nesra hatte dem Haupteingang den Rücken zugedreht und bewegte sich in Richtung des Foyers. Anscheinend suchte sie immer noch nach ihr. Luke war ihr auf den Fersen.

Vicky drückte sich durch die Menschenmenge und versuchte, die beiden nicht aus den Augen zu verlieren.

„Luke!“, schrie Vicky über die Köpfe der Gäste vor sich hinweg, aber es war viel zu laut, als dass er sie hätte hören können.

Sie versuchte, schneller voranzukommen, indem sie die anderen Gäste rücksichtslos zur Seite schob.

„Luke!“

„Unverschämtheit“, echauffierte sich eine ältere Frau mit einem sonderbar altertümlichen Hut. Ihr Begleiter, natürlich ein alter Sack im Smoking, hob seinen Gehstock drohend an und schrie: „Was soll das!“

Vicky nuschelte ein unverständliches „Entschuldigung“ und kümmerte sich nicht weiter um das Paar. Sie war schon zwei Schritte weiter.

Sie hastete die Treppen hoch, nahm immer mehrere Stufen auf einmal und kam im Foyer zum Stehen.

Keuchend versuchte sie, sich einen Überblick zu verschaffen.

Sie entdeckte Luke und Nesra einige Meter entfernt. Ihre Blicke trafen sich gleichzeitig.

Als sie sich gegenüberstanden, wusste sie nicht, was sie sagen sollte.

Ein seltsam fremder Moment lag zwischen ihnen in der Luft. Zumindest bildete Vicky sich das ein, denn Luke umarmte sie plötzlich und gab ihr einen Kuss auf den Mund.

„Gott sei Dank, Vic", sagte er erleichtert.

Nesra betrachtete sie mit einem Blick, den Vicky nicht deuten konnte.

Sie fühlte sich ertappt.

Trotzdem versuchte sie, sich nichts anmerken zu lassen. Die beiden konnten nicht ahnen, wie knapp sie einer Katastrophe entkommen waren.

Was sie gerade fast getan hätte. Was sie hätte tun müssen.

„Die Transformation", flüsterte eine Stimme in ihrem Kopf. „Bring sie raus und vollende dein Werk, setze die Erweckung in Gang." Wie eine Maschine, die nun wieder zu arbeiten begann, löste sich Vicky aus ihrer Starre.

„Es ist noch nicht zu spät", dachte sie, als sie bemerkte, dass sie laut gesprochen hatte.

„Was ist noch nicht zu spät?", fragte Nesra und blickte sie streng an.

„Kommt, ihr müsst hier raus", sagte Vicky schnell und zog die beiden energisch in Richtung des Notausgangs.

„Was ist eigentlich los?", fragte Luke irritiert.

„Erklär ich euch später. Kommt jetzt."

Sekunden später hatten sie die dunkle Metalltür erreicht. Vicky drückte schon den Türgriff herunter, da hörte sie hinter sich Luke Stimme: „Hey, Jacky, du auch hier? Das ist ja eine Überraschung!"

Als sie sich umdrehte, sah sie Luke, wie er Chanyeol den Arm um die Schulter legte und auf freudestrahlend auf Vicky zeigte: „Da ist sie."

Chanyeol blickte alle mit weit aufgerissenen Augen an.

Seine Nasenflügel bebten, seine Wangen waren gerötet.

Sie standen nun direkt vor dem Notausgang, im Schatten einer geschwungenen Treppe, die auf das Maisonette-Stockwerk über ihnen führte.

Sie waren unter sich.

Vicky wurde noch nervöser. Sie spürte ihren Puls an der Hauptschlagader am Hals von innen gegen ihre Haut pochen.

Sie dachte an Chanyeol, und an das Messer, das er Cordes in die Seite gerammt hatte.

„Was machst du hier?", brach Chanyeol das Schweigen. Seine Stimme hörte sich gefühllos und kalt an. Er leckte sich nervös mit der Zunge über die trockenen Lippen.

„Was ist mit Cordes?", fragte Vicky zögernd.

Chanyeol zuckte mit den Schultern: „Er hat bekommen, was er verdient hat." Dabei blickte er mit leerem Blick auf den Boden.

„Was ist mit deiner Hose?", mischte sich Luke ein und zeigte dabei auf Vickys Oberschenkel, an denen deutlich der große Urinfleck zu sehen war, der an beiden Oberschenkeln bis runter zu den Knien ging.

Vicky schämte sich.

Allerdings nicht, weil sie sich eingenässt hatte, sondern weil sie an den Moment zurückdachte, in dem das passiert war.

Sie blickte von Luke und Chanyeol zu Nesra und warf ihr einen flehenden Blick zu. Mit zitternden Fingern strich sie ihre Haarsträhnen hinter die Ohren.

„Vic?", fragte Luke erneut, „alles in Ordnung?"

Nesra hatte ihren Blick registriert und sagte bestimmt:

„Ich glaube, ich muss mal kurz allein mit Vic reden, ihr beiden Jungs geht schon mal vor und besorgt was zu trinken. Etwas Stärkeres." Sie machte einen Schritt auf Vicky zu und fasste an ihre Schulter.

„Nein!", ging Chanyeol erregt dazwischen.

„Gib mir den Erreger." Chanyeol hielt seinen Arm ausgestreckt zu Vicky hin, den anderen hatte er hinter dem Rücken versteckt.

Vicky zuckte zusammen.

Chanyeols Stimme signalisierte, dass er es ernst meinte. Er war gereizt und aggressiv, seine Körperhaltung bedrohlich. Seine schmächtigen Schultern wirkten breiter. Sein ausgestreckter Arm zitterte.

Sie versuchte, ihn zu beruhigen: „Chan, das ist keine gu …"

„Den Füller. Gib mir den Füller mit dem Erreger. Sofort!!“, unterbrach er sie. Nun noch energischer und lauter.

Ein Blick zu Luke und Nesra, die sich verwirrte Blicke zuwarfen.

Vicky versuchte es erneut: „Chan …“

„Verräterin!“, brüllte er, dann griff er sich Luke, zog ihn zu sich heran und hielt ihm das Messer an den Hals.

„Nein!“, schrie Vicky und machte einen Schritt auf Chanyeol zu, doch Nesra hielt Vicky zurück.

Luke erstarrte. Seine Augen wanderten von Vicky zu Nesra und zurück. In seinem Gesicht war nicht zu erkennen, ob er wirklich verstand, was gerade passierte.

Hinter Luke wirkte Chanyeol zu allem entschlossen. Er wollte vollenden, was Vicky nicht geschafft hatte.

Aus einem Mundwinkel lief ein Speichelfaden heraus, denn er atmete aufgeregt durch den offenen Mund.

Die Klinge des Messers war noch voller Blut. Das Blut des Kommissars.

Vicky bekam Angst. Angst um Luke. Angst um alles.

„Das ist meine letzte Warnung, Vicky“, sagte Chanyeol mit schneidender Stimme: „Gib mir den Erreger!“

Plötzlich tauchte hinter Chanyeol wie aus dem Nichts eine weitere Gestalt auf. Unmöglich, dachte Vicky, wie kann das sein? Neben Chanyeol stand auf einmal Hektor Cordes, der dem kleinen Asiaten das Messer zu entreißen versuchte.

Dann ging alles ganz schnell.

Von einer Sekunde auf die andere stürzte sich auch Nesra auf Chan. Gemeinsam mit Cordes versuchte sie, das Messer von Luke fernzuhalten.

Luke rutschte aus, stieß sich den Kopf an dem Treppengeländer und ging zu Boden.

Vicky stand noch immer regungslos daneben, unfähig, auch nur eine Bewegung zu machen.

Fluchend stieß Chanyeol Nesra von sich, trat nach hinten aus und traf den Kommissar mit dem Absatz seines Schuhs in die Seite. Hektor Cordes hielt sich vor Schmerzen die Seite.

Plötzlich führte Chanyeol das Messer wie einen Dolch in der Hand und holte zum Hieb auf Nesra aus.

Vicky erwachte zum Leben. Nicht Nesra, dachte sie. Bitte nicht Nesra.

Die Welt um Vicky herum begann, sich zu drehen. Schneller und schneller. Sie konnte die Dinge um sich herum nicht mehr klarsehen. Alles verschwamm. Bis auf Nesra.

Plötzlich stand sie direkt vor Chanyeol. Gesicht an Gesicht. Sah ihn direkt an und atmete ruhig.

Ungläubig blickte Chanyeol sie mit weit aufgerissenen Augen an. Seine Pupillen schienen so groß wie Spiegeleier.

Sie konnte seinen Atem riechen, als er den Mund öffnete, um etwas zu sagen.

Er brauchte mehrere Anläufe, um seine Lippen zu formen, doch statt Worten kam ein dunkelrot schäumender Blutschwall heraus.

„Vic“, hörte sie Nesras Stimme hinter sich. Jemand zog sie von Chanyeols Körper weg, der erst verkrampfte, dann immer schlaffer wurde. Erst als sie sich von seinem Körper löste, bemerkte sie, dass ihr Butterfly-Messer bis zum Griff in seinem Bauch steckte.

Luke kam wackelig auf die Beine und fluchte: „Scheiße, Vic, was war das?“

Chanyeols Blick wurde gläsern. Es schien so, als ob er versuchte, Vicky mit weit aufgerissenen Augen einzufangen. Für einen kurzen Moment wirkte er überrascht, dann drehten sich seine Pupillen nach oben weg. Seine Augenlider begannen zu flattern. Er brach zusammen. Ein paar Wimpernschläge später war er tot.

Vicky konnte ihren Blick nicht von ihm wenden. Für einen Moment empfand sie Reue und Mitleid.

“Tut mir leid, Chan. Das habe ich nicht gewollt“, flüsterte sie leise.

Hektor Cordes war es, der plötzlich die Initiative ergriff:

„Weg hier, schnell!“

Sie flüchteten durch den Notausgang ins Freie und rannten im Schatten der Dunkelheit ein paar Meter an der Liederhalle entlang, bis sie hinter einem Gebüsch zum Stehen kamen. Cordes kam fluchend ein paar Sekunden später dazu, die eine Hand auf seine blutende Wunde gestützt. In der anderen hielt er Vickys Butterfly-Messer. Er hatte es aus Chans Bauch gezogen.

Keiner sagte ein Wort.

Die Straßenbeleuchtung tauchte ihre erschöpften Gesichter in ein gruseliges Licht. Die von Luke und Nesra waren fast so weiß wie das des Kommissars, der jetzt ein dreckiges Taschentuch in der Hand hielt.

Luke, der sich bei dem Gerangel mit Chanyeol eine dicke Beule an der Stirn geholt hatte, fand als Erstes seine Stimme wieder.

„Vic, jetzt musst du uns ein paar Dinge erklären. Was ist da drin eben passiert? Oder habe ich geträumt?"

Sie antwortete nicht. Zu sehr war sie mit ihren eigenen Gedanken beschäftigt.

Wieder Lukes Stimme: „Mensch, Vic. Chan wollte Nesra … der wollte uns abstechen! Auf welchem Trip war der unterwegs?"

Luke drehte sich um die eigene Achse und blickte zum Himmel.

Dabei bemerkte er Hektor Cordes, der immer noch teilnahmslos neben ihnen stand und Mühe hatte zu atmen.

„Und wer ist der Typ eigentlich?" Luke wurde immer hysterischer.

„Hektor. Das ist Hektor", antwortete Nesra mit ruhiger Stimme.

„Hektor. Aha", wiederholte Luke, „sagt mir nichts. Und woher kennst du ihn?" Er blickte Nesra irritiert an. „Habe ich da was nicht mitbekommen?"

Nesra hielt ihren Blick weiterhin auf den Boden gerichtet, lehnte sich nach hinten an die Wand und fügte dann hinzu: „Unwichtig. Lasst uns einfach verschwinden. "

Luke schüttelte irritiert den Kopf und wandte sich wieder Vicky zu: „Vic, du hast ihn umgebracht." Keine Frage, sondern eine nüchterne Feststellung. „Gott sei Dank!"

Vicky zuckte zusammen und spürte aus den Augenwinkeln, wie die anderen sie aufmerksam betrachteten.

Sie sank erschöpft zu Boden und starrte in das Gebüsch vor sich.

Wind kam auf und die Blätter im Gebüsch raschelten.

Luke ließ nicht locker:

„Warum hast du uns denn überhaupt hierhin eingeladen, Vic?"

„Ich habe was? Wie meinst du das?"

Luke griff sich an den Kopf und betastete seine Beule.

„Stimmt, Vic", bestätigte Nesra Lukes Worte.

„Niemals", sagte Vicky. „Das Letzte, was ich wollte, ist, dass ihr beide heute hier seid."

Luke und Nesra warfen sich befremdliche Blicke zu.

Fast gleichzeitig zogen sie ihre Smartphones aus der Tasche und hielten Vicky das Display hin.

Tatsache. Beide hatten eine Nachricht mit einer Einladung auf ihrem iPhone. Ihre Rufnummer als Absender der SMS. Gezeichnet: Vicky.

„D … Das gibt es doch nicht. D … Das war ich nicht", stammelte sie.

Luke und Nesra erwiderten nichts. Wieder diese Blicke.

„Das waren DIE", sagte stattdessen Hektor.

Luke und Nesra schauten den Kommissar an, der sich mittlerweile wieder aufgerappelt hatte und mit einer Hand umständlich eines seiner Eukalyptus-Bonbons aus der Verpackung fummelte. Die andere Hand hielt er mit einem Taschentuch noch immer an die verletzte Seite gepresst.

Luke und Nesra blickten ihn neugierig an.

„Ich nehme an, dass die Oberdirektorin die Idee hatte", sagte Cordes mit schmerzverzerrtem Gesicht. „Ein kleines zynisches Geschenk an ihre Tochter."

Vicky hatte keine Kraft mehr, sich mit dem zu befassen, was jetzt passieren würde. Eher zufällig griff sie an ihre Hosentasche und ertastete den Füller in ihrer Tasche.

Hektor Cordes, der anscheinend Gedanken lesen konnte, steckte die Hand in die Seitentasche seines Trenchcoats, kramte eine Weile herum und holte eine kleine wiederverschließbare Plastiktüte heraus.

Mit schmerzverzerrtem Gesicht grinste er sie an:

„Vicky, es ist vorbei. Aber den Erreger hätte ich trotzdem gerne. Auch zu deiner Sicherheit. “

„Vorbei“, wiederholte Vicky und hielt Cordes den Füller hin.

Als sie begriff, dass die Stimme in ihrem Kopf verschwunden war, brach sie weinend zusammen.

8

Tage später

„Unglaublich! Einfach unglaublich, diese Moslems! Edelmar, hast du das Neueste über die Bombendrohung beim Landespresseball gelesen?“

Die ältere Frau mit den grauen, hochtoupierten Haaren hielt ihrem Ehemann empört und zugleich triumphierend die Tageszeitung unter die Nase.

„Ach Gerda, BILD kennt halt kein anderes Thema mehr.“

Vickys Blick wanderte von den beiden rüstigen Rentnern zur Zeitung mit den großen Buchstaben, die die alte Frau in den Händen hielt. Auf der Titelseite war der Sportwagen und daneben der glückliche Gewinner abgebildet, der feierlich den Autoschlüssel in die Kamera hielt. Die Schlagzeile darüber war deutlich zu lesen: „Bombendrohung – doch nicht nur ein Scherz?“

Eine Woche war mittlerweile seit den Ereignissen in der Liederhalle vergangen.

Seitdem wurde vieles über den Landespresseball berichtet.

Laut Medien gab es im Vorfeld eine Bombendrohung, die von der Polizei so ernst genommen wurde, dass das Gebäude vor der Veranstaltung besonders gründlich durchsucht wurde. Gerüchte, dass im Motorraum des Sportwagens eine merkwürdige Konstruktion gefunden wurde, die eine kleine Menge Sprengstoff enthielt, haben sich nach Informationen der Polizei als Scherz entpuppt. Zu keiner Zeit, so ließen die Behörden verlauten, hätte Gefahr für Leib und Leben der Besucher in der Liederhalle bestanden.

Von einer Leiche wurde nichts berichtet, Vicky vermutete, dass die Bruderschaft Chanyeols leblosen Körper heimlich weggeschafft hatte, sodass es zu keinem größeren Aufsehen gekommen war.

Ohne Leiche gab es kein Verbrechen und ohne Explosion keinen Anschlag.

Und vor allem gab es keinen Hinweis auf die Bruderschaft. Und auf die Oberdirektorin. Ihre Mutter.

Auch Hektor Cordes war komplett von der Bildfläche verschwunden. Wahrscheinlich im Krankenhaus.

Niemand hatte Vicky kontaktiert und sie war sich sicher, dass im Milaneo oder den Katakomben mittlerweile alle Spuren beseitigt und die Bruderschaft wieder eine Fußnote in der Liste der obskursten Verschwörungstheorien war.

Vicky war es egal. Sie hatte genug mit sich selbst zu tun.

Nachdem Hektor Cordes an dem Abend in der Dunkelheit verschwunden war, hatten sich auch Luke, Nesra und Vicky aus dem Staub gemacht, sich in Nesras Loft vergraben und für ein paar Tage den Kopf eingezogen.

Die vergangene Woche war ihr ziemlich schwergefallen. Man hatte Toms Leiche in seinem Apartment gefunden, und seine Beerdigung war der traurige Höhepunkt.

Die offizielle Todesursache wurde mit „Suizid durch Vergiftung mit Medikamenten" angegeben. „Wie praktisch", dachte Vicky mit einem bitteren Geschmack im Mund, eine Mordermittlung war somit nicht notwendig.

Darüber hinaus litt sie an körperlichen Entzugserscheinungen: Kopf- und Gliederschmerzen, Magenprobleme, sporadisch auftretende Schweißausbrüche und Schwindel. Alles Symptome einer Entgiftung.

Immer wieder wechselten sich Panikattacken, Trauer und Glücksempfindungen ab.

Solche starken Stimmungsschwankungen waren für Vicky neu. Und sie machten ihr Angst, weil sie nicht wusste, wie lange die Wirkung der Impfung andauerte.

Sie konnte nicht aufhören, über die E-Mail an Hektor Cordes nachzudenken, in dem die Folgewirkungen des Absetzens von MKULTRA mit häufigen Suizid-Versuchen beschrieben wurden.

Immer wieder versuchte sie, sich damit zu beruhigen, dass es bis jetzt keinen Beweis dafür gab, dass MKULTRA wirklich ein Bestandteil der Impfungen gewesen war.

Obwohl sie es insgeheim besser wusste.

In der letzten Nacht war sie schreiend aufgewacht. Sie hatte von Chanyeol, Eva, Rowin, Tom, Asger und ihrer Mutter geträumt. Sie versuchte, sich mit einem gelegentlichen Spliff abzulenken. Und mit Gesellschaft. Luke hatte die Woche einfach krank gemacht und war mit Vicky in Nesras Wohnung geblieben. Nesra verschwand tagsüber für einige Stunden. Vicky hatte Angst zu fragen, wohin sie verschwand und heilfroh, wenn sie abends wieder da war.

„Nicht auszudenken, wenn die Moslems es wirklich geschafft hätten, das Attentat erfolgreich durchzuführen. Stell dir mal die ganzen Toten vor! Hier in unserem schönen Stuttgart!“, fing die alte Dame wieder an.

„Ach Gerda, ich bitte dich“, winkte der Mann ab.

„Was denn?“

„Es gab keinen Anschlag!“ Der Rentner wurde lauter, doch seine Frau wollte einfach nicht aufgeben:

„Aber die Irmgard sagt, es waren die Moslems und die Medien verschleiern das.“

„Na, wenn ich es dir doch sage, es stand gestern im Stadtanzeiger. Es war eine Falschmeldung. Eine Ente. Und jetzt lass mich mit dem Unsinn in Ruhe und gib mir lieber den Sportteil“, fügte er mit Nachdruck hinzu. Dabei hatte er seine rechte Hand von seinem Spazierstock genommen und wollte ungeduldig nach der Zeitung greifen.

„Moslems!“ Vicky schüttelte den Kopf.

Dann musste sie laut lachen.

Das ihr gegenübersitzende Rentnerpaar blickte sie verdutzt an.

Sie wendete ihren Blick von den beiden ab und blickte aus dem Fenster der Straßenbahn. Ihr Spiegelbild war durch die helle Beleuchtung in der Bahn und die Dämmerung draußen gut zu erkennen.

Als sie sich lächeln sah, stiegen ihr die Tränen in die Augen. Tränen voller Wut und Trauer. Wut über das, was diese vernarrten Fanatiker mit ihr getan hatten. Und was sie selbst beinah getan hätte.

Sie dachte an Tom, an Chanyeol, an Eva. Sie waren ebenso Opfer, wie sie es selbst beinah gewesen wäre. Bei ihrer Mutter war das anders. War sie überhaupt ihre Mutter? Vicky konnte sich nicht vorstellen, dass eine Mutter das eigene Kind so zu manipulieren versucht, wie es die Oberdirektorin getan hatte.

Was war diese Frau nur für ein Mensch? Was war sie selbst für ein Mensch? Sie betrachtete sich im Fensterglas der Straßenbahn und erschrak darüber, wie düster ihr Blick war.

Sie blickte durch ihr Spiegelbild hindurch auf die vorbeiziehende Stadt. Es hatte angefangen zu schneien und der Schnee, der in weißen, dicken Flocken vom Himmel fiel, war ein deutlicher Hinweis, dass bald Weihnachten war.

Besser nicht daran denken.

Nachdem Luke heute Morgen wieder ins Marienhospital zur Frühschicht gegangen war, hatte es Vicky irgendwann nicht mehr allein in dem Loft ausgehalten. Sie war draußen über Stunden umhergestreift. Aus Langeweile und weil sie unbedingt noch etwas erledigen musste.

Der Besuch in ihrer alten Wohnung dauerte nur kurz. Vicky brauchte nur ein paar Sekunden, um zu wissen, dass sie nie mehr hierher zurück wollte. Zu viele schlechte Erinnerungen. Und natürlich Tom. Zeit für etwas Neues.

Dann machte sie sich wieder auf dem Weg ins Loft.

Denn es war Freitagabend.

Ocsid-Zeit.

Und Vicky brauchte dringend Ablenkung.

Freitag, 22 Uhr

Als sie etwa eine Stunde später neben Luke saß und ihm dabei zusah, wie er in aller Seelenruhe einen Joint bastelte, hatte sie ein Déjà-vu. Und doch war heute etwas anders. Sie nahm die Situation bewusster wahr. Sie dachte darüber nach, warum ihre Gedanken plötzlich so klar waren. Als ob sich der Nebel vor ihrem geistigen Auge gelichtet hatte.

Luke redete mit sich selbst. Er fand, er hatte sich eine „Feierabend-Mischung" verdient, was bei ihm normalerweise so viel hieß, dass er einfach die Menge verdoppelte.

Er stopfte das kleine Köpfchen seiner Bong bis zum Rand mit der Marihuana-Tabak-Mischung aus. Anschließend träufelte er noch ein paar Tropfen einer neuen Modedroge aus Rotterdam dazu. Dann war sie einsatzbereit.

Er nahm die Bong zwischen die Beine, entzündete die erste Ladung und zog den Stoff ruckartig in seine Lungen.

Das wiederholte er noch zweimal, bis er tatsächlich ruhiger wurde und die Drogen in seinem Körper wirkten.

Er drückte die Bong in Vickys Hände und lehnte sich dann zurück.

Vicky zögerte kurz, dann begann sie, es ihm gleichzutun.

Der Rauch fühlte sich in ihren Lungen an wie heiße Lava, die sich im ganzen Körper auszubreiten schien. Als sie das Gefühl hatte, die Lava käme in den Händen und Beinen an, tat sie es Luke gleich und blickte an die Decke.

Ein buntes Schachbrett, bestehend aus Regenbogenfarben, tauchte über ihr auf. Die einzelnen Felder schienen zu leben, zu atmen, zu pulsieren.

Aus dem Augenwinkel sah sie, wie Luke die bunten Felder über ihren Köpfen ganz vorsichtig berührte. Sobald er eines der Felder anfasste, wechselte es die Farbe und blinkte pulsierend auf.

Sie hörte Luke kichern.

Dann versuchte es Vicky.

Es klappte.

Jedes Mal, wenn sie ein Feld berührte und es anschließend die Farbe wechselte, verspürte sie ein Gefühl, als würde sie mit sanften, elektrischen Stößen gekitzelt.

Wahnsinn, dachte sie fasziniert.

Und dann fing auch sie an zu kichern.

Samstagmorgen, 3 Uhr

Vicky bewegte sich langsam zu den Bässen, die rhythmisch ihren Körper erreichten. Sie spürte die Beats auf ihrer Haut, ihre feinen Armhärchen richteten sich auf und sie bekam eine Gänsehaut. Leise drängte sich aus dem Hintergrund eine beruhigend wirkende Melodie nach vorne. Sie hob die Arme vor ihren Oberkörper und malte mit ihren Händen Formen in die Luft. Die Melodie wurde lauter, übernahm die Führung. Die Beats wurden schneller. Vicky verschmolz mit der Musik, passte ihre Atmung und ihre Bewegungen dem Rhythmus der Musik an, sie wurde eins mit der Musik.

Ihre Augen waren geschlossen.

Der Gesang einer Frau ertönte und wurde lauter. Die Melodie wurde schwächer und die Frauenstimme wiederholte immer und immer wieder den Refrain:

„Over, over to the end."

Sie streckte ihre Arme aus, drehte die Handflächen nach oben und genoss den Moment. Sie hatte das Gefühl, dass sämtliche Ereignisse, sämtliche Momente der letzten Wochen wie eine abgestorbene Haut von ihrem Körper abfielen.

Sie öffnete die Augen und ließ ihren Blick über die Tanzfläche schweifen.

Das Nox Room war noch immer gut gefüllt. Sie blickte in Gesichter, die sich wie sie in einer Art Trance befanden, eins mit der Musik, mit dem Club, mit dem Leben.

Nesra tanzte ein paar Meter neben ihr, die Augen geschlossen und mit einem zufriedenen Lächeln im Gesicht.

Vickys Blick wanderte weiter zu Luke.

Lukes Anblick ließ sie in der Bewegung erstarren.

Er tanzte nicht mehr, sondern stand still und verkrampft auf der Tanzfläche.

Sein Gesicht war käseweiß. Seine Haare klebten klatschnass an seiner Stirn und unter größter Anstrengung erwiderte er gequält Vickys Blick. War das Angst, was sie da in seinen Augen sah?

Sie konnte gerade noch nach ihm rufen, als sich seine großen Pupillen nach oben unter die Augenlider drehten und er wie ein nasser Sack vor ihr zusammenbrach.

Samstagmorgen, 5 Uhr

Vicky hielt die Hände zusammengepresst. Sie saß vornüber gebeugt in einem Besucherstuhl neben dem Krankenhausbett und versuchte, einen klaren Gedanken zu fassen.

Nach Lukes Zusammenbruch waren Vicky und Nesra sofort zu ihm geeilt. Er hatte das Bewusstsein verloren und nicht mehr geatmet. Sie versuchten, ihn zu reanimieren. Irgendwann war der Rettungsdienst gekommen und Sanitäter hatten sich um ihn gekümmert, ihm ein Beatmungsgerät in den Rachen gesteckt und ihm eine Spritze in den Arm verabreicht.

Luke war auch dann noch nicht bei Bewusstsein gewesen. Anschließend hatten sie ihn abtransportiert und mit Blaulicht in die Klinik gebracht. Nesra und Vicky waren im Krankenwagen mitgefahren. Nesra weigerte sich, von Lukes Seite zu weichen.

Und so war es auch jetzt. Sie stand Vicky gegenüber auf der anderen Seite des Bettes und streichelte vorsichtig und zärtlich Lukes Stirn.

Er war halb wach, halb bewusstlos. Vielleicht schlief er auch. Zumindest rührte er sich kaum. Er hatte Luftschläuche in der Nase, hing mit einer Kanüle im Handrücken an einem Tropf und hatte Elektroden auf die Brust geklebt, die mit langen, dünnen Kabeln an einem EKG-Gerät neben dem Bett verbunden waren.

Ab und zu öffnete er für einen kurzen Moment die Augen, blickte zu Nesra und machte einen hilfesuchenden Gesichtsausdruck.

Vicky hatte schon öfter Leute im Ocsid zusammenbrechen sehen, doch das so etwas Luke passieren konnte, schockte sie zutiefst. Luke war doch unsterblich.

Neben Nesra und Vicky war noch Ulf anwesend, der Arbeitskollege Lukes, der Vicky damals, in einem anderen Leben, die Schulterwunde genäht und versorgt hatte.

Ulf stand am Fußende von Lukes Bett, studierte den Krankenbericht und schien dann zu sich selbst zu sprechen:

„Hmm. Seltsam. “

Eine kurze Pause, dann fuhr er fort: „Luke wurde mit einer Hypoventilation eingeliefert. Sein Atem hat sich so sehr verlangsamt, dass nicht mehr genügend Sauerstoff in das Gehirn gelangt ist.“

Er schlug die nächste Seite des Berichts auf und schien die zweite Seite zu überfliegen: „Der Rettungsdienst hat ihm dann 0,4 mg Naloxon verabreicht, um seinen Blutdruck zu stabilisieren und die Opiat-Rezeptoren zu blockieren.“

Ulf fuhr sich mit einer Hand durch den 3-Tage-Bart an seiner Wange. Er schien ziemlich erschöpft zu sein. Dann sprach er weiter: „Das Blöde ist, dass er sich so viel verschiedene Drogen reingezogen hat, dass damit gleichzeitig die Krampfanfälle verstärkt wurden und der Körper überhitzt hat. Sein Blutdruck und sein Puls sind dann vermutlich in die Höhe geschossen.“

Ulf schaute zu Luke und dem EKG-Gerät.

„Er ist wohl grade so an einem waschechten Herzinfarkt vorbeigeschrammt."

Nun blickte Ulf zu Nesra.

„Er hat Glück im Unglück gehabt. In ein paar Tagen ist er wieder auf dem Damm. Aber das hätte auch anders ausgehen können. Ganz anders!"

Nesra sagte nichts, kniff nur die Lippen zusammen und wendete sich dann wieder Luke zu.

Luke öffnete zögerlich die Augen. Seine Lippen formten ein schwaches Lächeln.

Vicky hielt es in dem Raum nicht mehr aus. Sie musste raus hier. Sie sprang auf und verließ das Zimmer, so schnell sie konnte.

Im Gang vor dem Zimmer stand Drago an die Wand gelehnt und blickte gedankenversunken aus dem Fenster. Er bemerkte Vicky erst, als sie direkt neben ihm stand. „Wie geht es ihm?", fragte Drago besorgt.

„Noch mal Glück gehabt", antwortete sie knapp.

Drago atmete erleichtert aus. Dann sah Vicky Zornesfalten auf seiner Stirn: „Verdammter Mist …", begann er zu fluchen, hatte sich aber sofort wieder im Griff.

„An meiner Ware lag das nicht. Die Drogen sind sauber."

„Du musst dich nicht rechtfertigen", antwortete Vicky müde. „Er hat es einfach übertrieben. Überdosis … zu viel Durcheinander … Luke ist … eben Luke."

Sie zuckte mit den Schultern. Sie fühlte sich übernächtigt und ihr war kalt.

„Vicky", sagte Drago auf einmal in einem veränderten Tonfall. Sie blickte ihn erwartungsvoll an.

„Vicky, hör mal", fuhr Drago fort, dabei streifte er kurz mit seiner rechten Hand ihren Oberarm.

„Ich muss mal mit dir etwas bereden, am besten jetzt gleich. Es gibt da ein paar Dinge …"

Drago ließ den Satz unvollendet, aber er sah Vicky mit großen Augen an.

In seinem Blick lag eine Unsicherheit, ein Zögern, das sie von ihm nicht kannte. Er seufzte kurz, dann sagte er:

„Komm, wir gehen einen Kaffee trinken. Ich könnte einen vertragen."

Einige Minuten später saßen sie in der Cafeteria des Krankenhauses, unweit des Tisches, an dem sie vor einer Ewigkeit mit Luke gesessen hatte, damals in einem blutverschmierten Hoodie und einer frisch genähten Schulterwunde. Sie versuchte, nicht daran zu denken, was seitdem alles passiert war.

Drago hielt den Kaffeebecher mit seiner rechten Hand fest umschlossen, so als wollte er ihn nie mehr loslassen.

„Ich bin dir noch ein paar Erklärungen schuldig. Weißt du, Vic, ich war mir sicher, dass du nichts Dummes bei den ECH tun würdest. Das Attentat nicht begehen und die Transformation der Bruderschaft nicht in Gang setzen würdest."

Vicky starrte ihn mit offenem Mund an.

„Die letzte Spritze. Die letzte Impfung, die dir gefehlt hat …"

Drago machte eine kurze Pause.

„Woher weißt du von den Spritzen?"

„Von Tom. Er hat mir davon erzählt. Von dem ganzen Programm, das bei der Bruderschaft abläuft. Und dass er den Inhalt deiner letzten Spritze ins Klo gespült hat."

"Tom hat was?", flüsterte Vicky, und ihre Stimme war fast nicht zu hören.

Drago sah sie direkt an. „Er hat das Serum entsorgt. Er wollte verhindern, dass die Impfung komplett sein würde, weil er sicher war, dass sie dich dann nicht vollständig umdrehen konnten. Tom war davon überzeugt, dass du ohne die vollständige Impfung immer das Richtige tun würdest. Was ja auch so war."

Vicky erwiderte nichts. Beim Gedanken daran, wie dicht sie davor gewesen war, den Knopf zu drücken, wurde ihr schlecht. Sie dachte nach, über Tom und das, was noch passiert war.

"Und der USB-Stick? Weißt du auch etwas darüber?"

Drago nickte: „Das war der erste Versuch von Tom, dir eine Botschaft zu übermitteln. Du solltest erkennen, welches Spiel die Bruderschaft mit dir spielt. Ohne selbst dabei aufzufliegen. Tom hatte übrigens zwei Kopien gemacht. Eine für dich und eine für Cordes."

„Dann habt ihr die ganze Zeit gewusst, dass ich mir selbst dieses Zeug injiziert habe?" Vicky war so erschöpft, dass sie vergaß, sich darüber aufzuregen.

„Nicht die ganze Zeit", antwortete Drago und machte eine beschwichtigende Geste mit den Händen.

Dann blickte er etwas verlegen auf seine Hände und ordnete die beiden Goldringe, die an seinen Ringfingern steckten.

„Als du in der Liederhalle auf einmal vor mir standest, da dachte ich schon, die Bruderschaft hat gewonnen. Sie hätten es tatsächlich geschafft. Hätten das mit der fehlenden Impfung irgendwie rausbekommen und dir die letzte Dosis auf anderem Wege verabreicht. Auf jeden Fall war ich mir nicht mehr so sicher, was dich und das Attentat angeht."

Vicky dachte an Dragos Reaktion in der Liederhalle zurück, seine abrupte Flucht von dem Presseball. Er hatte einfach Angst bekommen, was sie ihm nicht einmal übelnehmen konnte.

Du hast ja keine Ahnung, wie dicht ich davor war, dachte sie, sagte es aber nicht, sondern dankte insgeheim Tom für das, was er für sie getan hatte. Er hatte nicht nur sie gerettet, sondern auch eine Menge anderer Menschen. Kein Zweifel, er war ein Held. Und er war tot. Sie vermisste ihn.

Trotzdem gab es etwas, das Vicky nicht verstand.

„Drago, was wolltest du überhaupt auf dem Landespresseball? Auch wenn du dir sicher warst, dass ich nicht auf den Knopf drücken würde, so bist du doch ein großes Risiko eingegangen. Warum?"

Drago zog überrascht die dunklen Augenbrauen hoch, antwortete aber dennoch: „Ein Mann in meiner Position darf natürlich auf so einer Veranstaltung nicht fehlen ..."

Vicky unterbrach ihn wütend. „Bullshit, Drago!“ Dann fuhr sie mit ruhiger Stimme fort: „Also, warum warst du wirklich da, Drago?“

„Rache“, presste er mühsam zwischen den Zähnen hervor. „Ich hatte gehofft, dass deine Mutter bei der Transformation ebenfalls anwesend sein würde.“

Dragos Lächeln war kalt und freudlos.

„Natürlich war sie es nicht. Es war ein Irrglaube zu denken, dass die *ehrenwerte* Oberdirektorin sich selbst die Blöße geben würde. Für die Schmutzarbeit hat sie ihre Barriter und Brorkinder, die bereit sind, für die gute Sache zu kämpfen. Und zu sterben.“

Er presste den Unterkiefer vor und zog die Oberlippe verächtlich hoch.

Vicky verstand, warum Drago so einen Hass auf ihre Mutter hatte. Natürlich.

„Tom“, sagte sie leise.

Drago brachte nur ein Grunzen hervor.

Plötzlich schämte Vicky sich dafür, Teil der Bruderschaft und dieser großen Lüge gewesen zu sein. Sie kam sich schäbig vor. Sie hatte das Gefühl, unbedingt etwas sagen, etwas erklären zu müssen: „Hör mal, Drago, es tut mir leid, das mit Tom …“

Drago berührte sie zaghaft am Arm und deutete damit an, dass sie nicht weiterzureden brauchte: „Vergiss es! Das ist Vergangenheit. Kümmern wir uns um die Zukunft.“

Vicky sah Drago verwundert an.

„Ich habe einen Job für dich. “

Jetzt war es an Vicky, überrascht zu sein.

„Ein Job? Drago, ich habe gerade absolut keine Energie, keine Nerven, wieder so ein Ding für dich zu erledigen.“

„Nein, das ist es nicht. Nicht so ein Job.“

Vicky blickte ihn an, wartete.

„Ich schätze dich sehr, Vicky. Nein, mehr noch. Ich mag Dich. Und Tom mochte dich ebenso, er hat dich geliebt. Das wusstest du, oder?“

Vicky blickte verlegen zu Boden, um ihm nicht in die Augen sehen zu müssen.

„Darüber hinaus, du hast dich für die richtige Seite entschieden. Du hast dich gegen die Bruderschaft gestellt. Und gegen deine Mutter."

Vicky schwieg.

„Ich brauche eine neue rechte Hand, Vicky."

Vicky blickte ihn erstaunt an, verstand im ersten Moment nicht.

Drago fuhr fort: „Katla ist tot, und ich will sie auch nicht wirklich ersetzen. Ich suche also keinen neuen Bodyguard. Was ich aber brauche, ist jemand, dem ich vertrauen kann. Du bist clever, hast deinen eigenen Kopf, und du benutzt ihn. Und du hast gezeigt, dass man sich auf dich verlassen kann."

Dann machte Drago eine kurze Pause. Vielleicht um seinen Worten Ausdruck zu verleihen, vielleicht auch nur, um sie kurz über sein Angebot nachdenken zu lassen.

„Du musst dich nicht sofort entscheiden. Mach mal ein paar Tage Urlaub, fahr in den Süden. Was du aber noch wissen solltest, ist: Der Tod von Tom hat einiges verändert, auch für mich. Ich möchte das Ocsid in Zukunft anders aufstellen. Keine illegalen Geschäfte mehr, dafür sauberes Entertainment. Cordes hat mir sehr deutlich zu verstehen gegeben, dass meine Schonzeit jetzt vorbei ist."

Drago hatte sie bei seinen Ausführungen die ganze Zeit ernst angesehen. Eine besondere Pointe hatte er allerdings noch parat: „Das mit den Drogen musst du natürlich in den Griff bekommen. So etwas wie heute, das mit Luke. Das geht dann in Zukunft nicht. So was darf dir nicht passieren. Wenn du für mich arbeitest, dann musst du clean sein. Rund um die Uhr."

Samstagabend

Vicky lief seit geraumer Zeit durch die Stadt.

Sie hatte den ganzen Tag im Krankenhaus verbracht, dann Nesra nach Hause begleitet, nur um dann gleich wieder allein loszuziehen. Sie musste allein sein, nachdenken, über das kürzlich Erlebte und über das Gespräch mit Drago.

Es war eisig kalt. Dicke Schneeflocken fielen vom pechschwarzen Himmel. Durch das gedämpfte Licht der Straßenlaternen und den Schnee, der alle Geräusche verschluckte, wirkte die Innenstadt vollkommen ruhig, geradezu friedlich.

Der Schal, den sie sich eng um den Hals gewickelt hatte, und der hochgestellte Kragen ihrer Lederjacke schützten sie vor dem eisigen Wind, der ihr von vorne ins Gesicht blies. In ihren blonden Haarsträhnen schmolzen die Schneeflocken, obwohl sie die Kapuze ihres Hoodies tief in die Stirn gezogen hatte.

Ihre Doc Martens hielten die Kälte von ihren Füßen ab, aber sie trug nur eine Kunstlederleggings, sodass ihre Oberschenkel mittlerweile fast taub waren.

Sie lief am Schlossplatz vorbei, durch die schlendernden Passanten, die sich an den Ständen des Weihnachtsmarkts drängten.

Als sie die Schloßplatz-Treppen erreicht hatte, entdeckte sie einen Mauervorsprung, der überdacht war und auf dem einige Gäste saßen und Glühwein tranken.

Sie setzte sich an einen freien Platz, rutschte auf dem kalten Mauergestein nach hinten an die Wand, damit sie sich anlehnen konnte und zog die Beine an. Sie liebte diesen Platz.

Vor ihr lag das neue Schloss, mit dem davor angelegten Schlossgarten und der Jubiläumssäule in der Mitte.

Alles bedeckt mit dem Neuschnee, der heute gefallen war und durch den Weihnachtsmarkt festlich beleuchtet. Es herrschte dichtes Gedränge, sie hörte Gelächter, klirrende Gläser und ein vielsprachiges Stimmengewirr. Überall roch es nach Zuckerwatte, Glühwein, Bratwurst und ähnlichem Zeug.

Sie zog eine Lucky aus der Schachtel, leckte sie an, entzündete sie und nahm einen tiefen Zug. Zufrieden registrierte sie, dass ihr die Zigarette wieder schmeckte. Fast so gut wie früher.

Sie genoss die innere Ruhe und die Anonymität in der Menschenmenge. Keiner kannte sie. Keiner achtete auf sie. Sie schöpfte neue Kraft. Trotz und Entschlossenheit kamen zurück, begannen ihre inneren Akkus wieder aufzuladen, und damit kehrten auch ihre Lebensgeister zurück.

Sie fühlte sich wohl. Das erste Mal nach vielen Wochen, vielleicht sogar Monaten, fühlte sie sich wieder wohl.

Trotz der vielen Menschen. Wegen der vielen Menschen. Sie dachte zurück an das Gespräch mit Drago.

Sie hatte nicht direkt zugesagt, aber sein Angebot und das von ihm entgegengebrachte Vertrauen machten sie stolz und selbstbewusst. Die Zweifel waren verschwunden. Sie hatte eine Wahl.

Sie entdeckte ein Graffiti an der Betonwand der Treppen:

„Ihr feiert die Freiheit, aber zu welchem Preis?"

Vicky musste lachen.

„Ich mache das draus, was ich draus mache", sagte sie zu sich selbst und schnippte die Lucky weg.

Sie zog ihre Beats-Kopfhörer und ihr Smartphone aus der Jacke und schmiss die Playlist „Schwarmkontakt" an.

Next Track: Spiegelbild von Mine

„Ich hab' mich gewindet, ich hab' mich gedreht.
Ich habe mich geändert, doch nur aus Versehen.
Ich wünschte, ich wäre dabei gewesen.
Doch als es passiert ist, war ich abwesend."

Sie drehte die Lautstärke hoch und sprang voller Tatendrang von ihrem Sitzplatz herunter.

Hinein in den Weihnachtsmarkt. Hinein in die Menge.

Von irgendeinem Gäste-Stehtisch schnappte sie sich im Vorbeigehen eine Tasse heißen Glühwein, konzentrierte sich wieder auf das Lied:

„Mirror Killer, Mirror Killer, Mirror Killer.
Ich bin am Ende, du bist am Start.
Mirror Killer, Mirror Killer, Mirror Killer.
Was gestern war, ist nicht mehr da.“

Da! Das erste Opfer, ein schicker Geschäftsmann, der mit dem Handy am Ohr telefonierte und ihr entgegenkam.

Wie zufällig rempelte sie ihn an.

Er fauchte ihr irgendwelche Beleidigungen entgegen, die Vicky aufgrund der lauten Musik in ihren Ohren nicht verstand. Sein Rasierwasser roch widerlich süß und viel zu penetrant. Blitzschnell wanderte seine dicke Brieftasche in ihre Jacke. Sie grinste ihn einfältig an, dann war sie an ihm vorbei und ein paar Schritte weiter.

Sie konnte es also noch.

Das Gefühl war allerdings nicht mehr so wie früher. Weniger befriedigend. Weniger richtig.

Verdammt, sie hatte sogar Mitleid mit dem hochnäsigen Schnösel. „Oh verdammt“, ging es ihr durch den Kopf. Sie drehte sich um und beeilte sich, den Geschäftsmann wieder einzuholen:

„Entschuldigen Sie, das hier haben Sie gerade verloren.“ Freundlich lächelnd hielt sie ihm seine Lederbrieftasche unter die Nase.

Der Mann blickte sie für einen Moment entgeistert an, griff sich an die Brusttasche und registrierte entgeistert, dass es wirklich seine war. Wortlos nahm er die Brieftasche an sich, drehte sich um und ging einfach weiter.

Vicky blickte ihm grinsend hinterher.

Einen Moment später drückte sie wieder „Play“ auf ihrem Kopfhörer.

„Mein Spiegelbild killt.
Ich frage mich
Wer hat sich gedreht, der Spiegel oder ich? …“.

Sie sang leise mit, wippte mit dem Kopf zur Musik und fühlte sich von Sekunde zu Sekunde besser. Stärker.

Ja, jetzt war sie wieder in ihrem Element, wie ein Fisch im Wasser. Und doch anders. Besser.

Vicky grinste über beide Ohren und verschwand in der Menge.

Monate später

Es war mittlerweile Frühling geworden und die Vögel zwitscherten ununterbrochen. Ziemlich nervtötend, dachte Vicky, als sie durch den Unipark lief. Sie war auf dem Weg in den Schlossplatz, um Luke, Nesra und andere Freunde zu treffen. Gemeinsam wollten sie ein paar Bier trinken, bevor es dann ins Ocsid ging. Sie würde allerdings schnell auf Red Bull wechseln, denn sie war heute Abend im Dienst.

Sie machte sich gut als Dragos neue rechte Hand. Er war zufrieden. Und sie empfand mittlerweile Gefallen an der neuen Aufgabe und der immer größer werdenden Verantwortung, die Drago ihr Schritt für Schritt übertrug.

Auch das Zurückfahren der Drogen ging leichter als gedacht. Ein gelegentlicher Joint, sonst war sie clean. Ein netter Nebeneffekt war, dass sie seitdem keine Filmrisse mehr hatte.

Ja, alles in allem fühlte sie sich wohl, verspürte eine innere Ruhe, die ihr Kraft und Zufriedenheit gab. Endlich angekommen im Leben, im Hier und Jetzt, das traf es wohl am ehesten.

Plötzlich bewegte sich etwas neben ihr im Gebüsch.

Vicky blieb stehen.

Überrascht sprang sie einen Schritt zurück, als plötzlich ein kleines Tier aus dem Gebüsch tapste.

Es war eine Ratte.

Eine stinknormale, fette, hässliche Ratte.

Sie war braungrau. Keine Spur von gelber Farbe.

Vickys Herz war für einen Bruchteil stehen geblieben. Nun musste sie erleichtert lachen.

Der hässliche Nager verschwand wieder im Dickicht auf der anderen Seite.

Versonnen blickte sie der Ratte hinterher und schaute dabei direkt auf das Gebäude der Unibibliothek.

Sie drehte sich wieder um und lief weiter, beeilte sich, zu Luke und den anderen zu kommen.

Sie musste pünktlich bei Drago erscheinen und wollte davor unbedingt noch ein Bierchen mit den Freunden trinken.

Etwa hundert Meter entfernt, am Rande des Parks stand ein dunkelblauer, kleiner Wagen. Ein funkelnagelneuer Mini Cooper S. Im Auto saß ein Mann, der sich gerade ein Eukalyptus-Bonbon in den Mund schob und beobachtete, wie Vicky langsam in der Dunkelheit verschwand.

Danksagung

Auch wenn ich ziemlich sicher bin, dass er das hier nie lesen wird, möchte ich zu allererst Stephen King für sein Buch „Das Leben und das Schreiben" danken. Das Buch hat mich inspiriert, sodass ich genau damit angefangen habe. Mit dem Schreiben natürlich.

Als Nächstes bedanke ich mich bei Tobi, meinem „Schreibbruder im Geiste", der mir vor allem am Anfang durch die vielen Diskussionen und sein Feedback über meine ersten Schreibversuche eine sehr große Hilfe war.

Dann möchte ich mich natürlich bei meinem Lektor Stefan Lutterbüse bedanken, der sich unglaublich viel Zeit für mich genommen hat. Er hat nicht nur mein Manuskript auf ein viel besseres Level gebracht, sondern mir auch in zig Telefonaten hilfreiche Ratschläge und Einblicke in die Literaturbranche gegeben. Nach den Gesprächen mit ihm, in denen wir oft ziemlich lange über Vicky und die Rosenkreuzer philosophierten, war ich stets Feuer und Flamme, die Geschichte weiterzuentwickeln.

Ein großer Dank geht auch an Herrn Zarn, aus dem Verrai-Verlag, der die Geschichte sofort gut fand und mir, als Jungautor und blutigem Anfänger, die Möglichkeit gegeben hat, das Buch zu veröffentlichen.

Natürlich danke ich auch meiner Familie und meinen Freunden, die immer an mich geglaubt und mich immer ermutigt haben, weiter zu schreiben.

Meiner Frau Rebecca danke ich ganz besonders dafür, dass sie mir bei solchen verrückten und zeitintensiven Hobbys den Rücken stärkt und mich immer unterstützt.

Zu guter Letzt danke ich dem Internet.

Wahnsinn, was für einen Mist man dort findet, wenn man Anregungen für eine Story sucht.

Verrückt, dass alles damit anfing, dass ich *irgendetwas* schreiben wollte, was mit einer gelb angemalten Ratte beginnt und nun dieser Krimi dabei entstanden ist.